SONJA ROOS

Die Lavendeljahre

GOLDMANN

Buch

Die 77-jährige, verwitwete Isabelle Steinmann ist unheilbar krank und hat einen letzten Wunsch: die herrschaftliche, einsame Villa in Frankfurt hinter sich zu lassen und eine große Reise anzutreten. Nach Frankreich, wo sie nach dem Krieg aufwuchs. Im Gepäck hat sie sechzig geheimnisvolle Briefe, adressiert an Philippe Ozaneaux, den sie vor ihrem Tod unbedingt noch finden will. Kurzerhand heuert die exzentrische alte Dame den Ex-Sträfling Ben Bäcker als Privatpfleger und Reisebegleiter an. Und obwohl Isabelles vernunftbegabte Tochter Carole ihrer Mutter nie nahestand, bangt sie nun um deren Verstand und Sicherheit. Notgedrungen schließt Carole sich der seltsamen Truppe an, ohne zu ahnen, wie es um Isabelle steht. Und je mehr Kilometer die Reisegruppe zurücklegt und je tiefer Carole in die Vergangenheit ihrer Mutter eindringt, desto mehr beginnt sie, auch ihr eigenes Leben zu verstehen und sich zu öffnen. Auch dem attraktiven Ben Bäcker gegenüber, der sie mit seiner direkten Art immer wieder aus der Fassung bringt …

Weitere Informationen zu Sonja Roos
sowie zu lieferbaren Titeln der Autorin
finden Sie am Ende des Buches.

0

Sonja Roos

Die Lavendeljahre

Roman

GOLDMANN

Sollte diese Publikation Links auf Webseiten Dritter enthalten, so übernehmen wir für deren Inhalte keine Haftung, da wir uns diese nicht zu eigen machen, sondern lediglich auf deren Stand zum Zeitpunkt der Erstveröffentlichung verweisen.

MIX
Papier | Fördert gute Waldnutzung
FSC® C014496

Penguin Random House Verlagsgruppe FSC® N001967

1. Auflage
Originalausgabe September 2022

Die Veröffentlichung dieses Werkes erfolgt auf Vermittlung der literarischen Agentur Peter Molden, Köln
Umschlaggestaltung: UNO Werbeagentur, München
Umschlagmotive: Landschaft: © mauritius images / Michel PERES / Alamy,
Himmel, Busch, Vögel, Lavendel: FinePic®, München
Redaktion: Ulrike Gerstner
MR · Herstellung: ik
Satz: GGP Media GmbH, Pößneck
Druck und Bindung: GGP Media GmbH, Pößneck
Printed in Germany
ISBN 978-3-442-49185-8

www.goldmann-verlag.de

Für meine Mama

Für alle Mütter und Töchter

Prolog

STRASSBURG, 1942

Die Nacht war rabenschwarz. Wegen der Ausgangssperre waren die Häuser verdunkelt und die Straßenlaternen erloschen, und das Licht des abnehmenden Mondes vermochte es kaum, die Gehwege der Stadt zu erhellen. Zudem hatte ein leichter Nieselregen eingesetzt, in dessen Tropfen sich hie und da Schneegraupel mischte. Sabine Ozaneaux klappte den Kragen ihres Wollmantels hoch und steckte ihre Hände noch tiefer in die Taschen. Die Turmuhr von Saint-Guillaume schlug acht, und Sabine beschleunigte ihre Schritte noch einmal. Schwester Martine würde ihr gleich die Leviten lesen, wenn sie zum dritten Mal in dieser Woche zu spät zu ihrer Nachtschicht käme.

Dabei war es dieses Mal nicht einmal ihre Schuld. Ihre Schwester Agathe hatte einen furchtbaren Anfall, kurz bevor Sabine aufbrechen wollte. Maman konnte sie kaum beruhigen. Erst als Sabine sich der Länge nach auf ihre jüngere Schwester legte und dieser besänftigende Worte ins Ohr flüsterte, konnte sie spüren, wie Agathe sich langsam entspannte und kurz darauf einschlief. Agathe war auch der Grund, warum Sabine und ihre Eltern überhaupt in die besetzte Stadt zurückgekehrt waren, denn Agathe war mit der neuen Umgebung nicht klargekommen, und ihre Anfälle hatten sich verschlimmert. Hier, in ihrem Elternhaus, war sie zumindest ruhiger und neigte auch nicht so oft dazu, sich selbst zu verletzen.

Sabine dachte an Albert, und ein warmes Kribbeln breitete sich in ihr aus. Damals, als Straßburg wegen der Boches evakuiert worden war, hatte Albert vorgeschlagen, sie mit nach Paris zu nehmen, wo er sich Arbeit als Koch suchen wollte. Doch Sabine brachte es nicht über sich, Maman und Papa mit der Last von Agathes Betreuung allein zu lassen. Erst recht nicht, seitdem ihre älteste Schwester Gerte ihrem Mann auf sein Weingut in die Provence gefolgt war. Albert hatte das verstanden, hatte sie geheiratet und war trotz seines tief sitzenden Hasses auf die Deutschen wieder mit ihr und der Familie zurückgekehrt. Er arbeitete nun tagsüber in einem Gasthof in der Küche, nachts aber traf er sich von Zeit zu Zeit mit ein paar Männern, die der Résistance angehörten, sodass Sabine nicht wusste, ob sie stolz oder wütend auf ihn sein sollte. Immerhin war Philippe gerade einmal vier Jahre alt, und Albert brachte sie alle mit seinem Engagement gegen die Deutschen in große Gefahr. Trotzdem, sie hatte ihm schon so viele Opfer abverlangt, sie konnte ihn einfach nicht darum bitten, den Treffen in Marcels Keller fernzubleiben.

Sie hatte den Platz vor Saint-Guillaume nun überquert und warf einen schnellen Blick zur schiefen Turmspitze empor, die ihr jedes Mal ein Lächeln entlockte. Der Anker, der den Kirchturm schmückte, verriet, dass Saint-Guillaume die Kirche der Seeleute war, die, wie Sabines Familie, nahe dem Quai des Bateliers im Viertel Petite France lebten und arbeiteten. Auch ihr Vater Robert war einst zur See gefahren, bis er bei einem Schiffsunglück beide Beine verlor. Die ganze Familie war darum auf Sabines und Alberts Geld angewiesen, weshalb Sabine ihre Arbeit als Nachtschwester am Universitätskrankenhaus kurz nach Philippes Geburt wieder aufgenommen hatte, wenngleich es sie jedes Mal zerriss, ihren Kleinen in den Armen ihrer Mutter zurückzulassen, statt ihn selbst in den Schlaf zu wiegen oder ihm schlechte Träume in der Nacht zu verscheuchen.

»He da, wohin um diese Zeit? Wissen Sie nicht, dass Ausgangssperre ist ab acht?«, bellte eine unwirsche Stimme sie an. Sabine schrak zusammen und griff sich automatisch an ihr Herz, das nun im wilden Rhythmus schlug.

»Ich bin Nachtschwester drüben an der Universitätsklinik«, sagte sie mit zittriger Stimme und hasste die harten deutschen Worte, die sie dabei gezwungen war zu sprechen. Dieser Wagner, der Chef der Zivilverwaltung war, hatte nach der Annexion von Elsass-Lothringen allen Bürgern auferlegt, die Sprache ihrer neuen Heimat zu gebrauchen. Was die meisten daheim, in den eigenen vier Wänden, missachteten, egal, ob sie den elsässischen Singsang oder das Französische mit der Muttermilch aufgesogen hatten. Aber draußen mussten sie alle so tun, als seien sie Deutsche, als stünden sie hinter den neuen Machthabern, als verehrten sie diesen Hitler ebenso wie die beiden Boches, die nun mit finsterer Miene aus dem Schatten vor ihr aufgetaucht waren. Sabine angelte nach ihrer Handtasche und sah, wie der eine Soldat kaum merklich nach seinem Gewehr fasste, das er über der Schulter trug. Der andere starrte sie aus zusammengekniffenen Augen an.

»Ich zeige meinen Passierschein«, sagte sie und griff mit schweißfeuchten Fingern nach dem Dokument, das ihr erlaubte, auch nach der Sperrstunde das Haus zu verlassen.

Der Soldat mit dem grimmigen Gesicht riss es ihr aus der Hand und überflog es, bevor er Sabine das Papier wiedergab.

»Beeilen Sie sich, Frau Ozaneaux«, sagte er, ehe er Sabine mit einem Hitlergruß verabschiedete.

Sie grüßte zurück, auch wenn sie jedes Mal das Gefühl hatte, ihr Vaterland zu verraten, wenn sie diese alberne Geste vollführen musste. Sicher, es gab genug Elsässer, die sich eher als Deutsche sahen und die nur allzu gerne den Besatzern Tür und Tor öffneten. Doch Sabine und ihre Familie gehörten nicht dazu. Ihr Vater war in Paris geboren und stolzer Franzose. Nur ihrer Mutter wegen war er ins Elsass gekommen. Sabine sprach zwar ein paar Brocken Deutsch und war des Elsässischen mächtig, aber zu Hause wurde Französisch gesprochen. Um kurz vor halb neun erreichte sie die Klinik.

»Ah, Sabine, ça va?«, begrüßte sie Michel, der an der Pforte des Krankenhauses saß und wie sie französische Wurzeln hatte.

Sabine legte ihren Zeigefinger an die Lippen und sah sich verstohlen um, ob wohl irgendwer gehört hatte, wie ihr Kollege sie empfing, doch außer ihr war niemand unterwegs um diese Zeit.

»Du musst deutsch sprechen, Michel«, sagte sie, milderte ihre kleine Zurechtweisung aber mit einem herzlichen Lächeln ab.

»Isch scheiß auf die Deutsch«, gab Michel zurück und verschränkte die Arme vor seiner breiten Brust.

Sabine schüttelte den Kopf, vermied es aber, ihn noch einmal darauf hinzuweisen, dass ihn eine solche Äußerung teuer zu stehen kommen könnte. Noch im Laufen zog sie den Wollmantel aus und eilte zu den Fahrstühlen, die sie hinauf zur Gynäkologischen Abteilung brachten, wo Martine Baillot sie bereits mit ungeduldigem Blick erwartete.

»Das wurde auch Zeit, hast du auf die Uhr geschaut?«, fragte sie gereizt und klopfte dabei auf die goldene Armbanduhr, die ihr ihr erster Mann Pierre geschenkt hatte, bevor er im Ersten Weltkrieg gefallen war.

»Tut mir leid, Agathe hatte einen Anfall«, sagte Sabine und eilte an Martine vorbei ins Schwesternzimmer, wo sie den Mantel in einen Spind aufhängte und sich ihre Schwesternkluft überzog.

»Dr. Keller sieht Zuspätkommen gar nicht gerne«, tadelte Martine, beließ es dann aber dabei und zog einen Stapel Akten vom Tisch, den sie Sabine übergab.

»Bei Frau Maillard gab es Komplikationen, es haben heute Mittag Blutungen und starke Schmerzen eingesetzt, das Kind wurde per Kaiserschnitt geholt. Ein Junge, doch er ist sehr schwach. Dr. Keller ist sich nicht sicher, ob das Kind die Nacht übersteht. Frau Gruber erholt sich gut, sie kann morgen mit den Zwillingen entlassen werden, und die junge Frau, die gestern Abend mit Wehen kam, hat am Morgen ein hübsches Mädchen entbunden.«

Martine drückte ihr die Akten in den Arm und verschwand dann, um ihre Sachen aus ihrem eigenen Spind zu holen. Sabine ging alle Unterlagen durch und belud anschließend einen der Rolltische mit Medikamenten, Blutdruckmessgerät, Fieberthermometer und Nierenschale. Dann begann sie ihre abendliche Runde.

In Zimmer 212 lag die junge Frau, die gestern bei der Einlieferung ihren richtigen Namen nicht hatte nennen wollen. Sabine schob ihren Wagen an das Bett und betrachtete die frischgebackene Mutter einige Augenblicke lang. Sie war hübsch, wenngleich auf eine aufdringliche Art. Alles an ihr schien etwas zu groß – ihr Mund, ihre Nase, ihre Brüste, die nun auch noch mit Milch gefüllt waren. Trotzdem waren die Augen von einem unglaublichen Grün und standen damit in einem schönen Kontrast zu ihren dunkelbraunen Haaren. Genau diese Augen waren nun auf Sabine gerichtet, als diese leise die Tür zum Krankenzimmer schloss.

»Wie geht es Ihnen heute, Frau Müller?«, fragte sie und stolperte etwas über den Namen, so wie die Frau es gestern getan hatte, als sie unter Wehen von einem jungen deutschen Soldaten in die Klinik gebracht worden war.

»Hure«, hatte ihre Kollegin Sarah geflüstert, für die alle Frauen Huren und Verräterinnen waren, die sich mit den Boches einließen. Da der junge Soldat bar gezahlt und sich dem Personal gegenüber sehr großzügig gezeigt hatte, war niemand auch nur auf die Idee gekommen, die Identität der Frau zu hinterfragen.

»Sie wissen, dass ich nicht so heiße, Schwester«, sagte die Wöchnerin auf Französisch, und Sabine zögerte einen Augenblick, bevor sie mit einem knappen Nicken bejahte.

»Sehen Sie, ich mag ihn wirklich, obwohl er mich niemals heiraten wird. Er ist einer anderen versprochen in Deutschland. Er wird sie heiraten, sobald der Krieg zu Ende ist. Aber er hat mir geschworen, für mich und das Kind zu sorgen. Das ist mehr, als die meisten Männer tun würden.«

Sie schwieg und ließ es zu, dass Sabine ihren Blutdruck und ihre Temperatur maß.

»Ich habe es zu spät bemerkt, sonst hätte ich es nie so weit kommen lassen. Ich war bei der alten Agnes, sie hat mir viel Geld abgeknöpft für einen Kräutertrank, doch der hat nur schlimme Schmerzen gemacht, das Kind ist dringeblieben.«

Sabine warf einen mitleidigen Blick auf das ungewollte Würmchen. Ein kleines Mädchen, dessen zarte Gesichtszüge vom fahlen Mondlicht beleuchtet wurden, das durch die hohen Fenster schien.

»Schonen Sie sich, Frau Müller, es wird sich alles fügen. Jetzt müssen Sie erst mal wieder zu Kräften kommen.«

Sabine hatte der jungen Frau mit Absicht auf Deutsch geantwortet, um sie daran zu erinnern, dass es nicht sicher war, sich auf Französisch zu unterhalten.

»Ich habe einen anderen kennengelernt, aber der will mich nicht mit Kind, was verständlich ist.«

Sie blickte abwesend zu dem Bettchen, in dem ihre Tochter schlief, die genau in diesem Moment unruhig wurde, als hätte sie bemerkt, dass man über sie sprach. Sabine trat zu dem Kind und nahm es auf, wobei sie vorsichtig das kleine Köpfchen mit beiden Händen umfasste. Verzückt betrachtete sie das Mienenspiel des Babys, während es gähnte.

»Sie ist wunderschön, wie heißt sie?«, fragte Sabine leise und auf Französisch, ihre eigene Mahnung von eben missachtend.

»Ich habe sie Isabelle genannt, nach meiner Mutter«, antwortete die Frau, wandte aber den Blick von ihrer Tochter ab.

Sabine legte sich das winzige Wesen an die Schulter und trat auf das Bett zu, um Mutter und Kind zu vereinen, doch die dunkelhaarige Frau schüttelte kaum merklich den Kopf.

»Ich bin müde, können Sie sie ein bisschen mitnehmen, damit ich Schlaf finde?«

Sie nickte und legte das Mädchen wieder ab, bevor sie mit einem letzten Blick auf die Mutter das Zimmer verließ, wobei sie zuerst das Bettchen mit dem Kind hinausschob und dann noch einmal zurückkam, um ihren anderen Wagen zu holen. Die Frau hatte leise zu weinen begonnen, und Sabine zog es das Herz zusammen. Als alleinstehende Mutter, noch dazu mit dem Bastard eines deutschen Besatzungssoldaten, wartete nicht gerade eine rosige Zukunft auf die junge Frau. Egal, wer am Ende diesen vermaledeiten Krieg gewinnen würde. Wie gerne hätte Sabine ihr etwas Tröstendes gesagt, doch ihr wollte partout nichts einfallen.

Sie beendete ihre Runde und ging dann auf die Säuglingsstation, wo sie vor dem Bettchen des kleinen Mädchens stehen blieb.

»Salut Isabelle, ma petite princesse, tu es très belle«, flüsterte sie liebevoll und strich dem Säugling das dunkle Haar aus der Stirn.

Wie gerne hätte sie ein zweites Kind gehabt, doch es hatte Probleme unter der Geburt mit Philippe gegeben.

Man hatte ihr die Gebärmutter herausnehmen müssen, sodass sie nie wieder das Glück würde spüren können, wie ein neues Leben in ihr wuchs. Nun fühlte sich Sabine den Tränen nahe. Weil sie Selbstmitleid hasste, wischte sie sich jedoch mit einer unwirschen Geste die Feuchtigkeit aus den Augen und begann, die Fieberkurven und weitere Werte in die Akten zu übertragen.

Als Martine gegen sechs kam, um sie abzulösen, nickte sie und bedeutete der anderen, dass sie nur schnell das kleine Mädchen, dessen Bettchen die ganze Nacht neben ihr im Schwesternzimmer gestanden hatte, zurück zur Mutter bringen würde. Sie schob das Wägelchen den langen, vom ersten Morgenlicht durchfluteten Gang entlang, wobei die Rollen quietschende Geräusche auf dem abgetretenen Linoleumboden machten.

»Ma petite princesse, nun bekommst du Frühstück«, sagte sie mit einem Lächeln, das mit einem Mal auf ihren ebenmäßigen Zügen gefror. Das Bett in Zimmer 212 war leer.

Kapitel 1

Isabelle Steinmann beobachtete die Bewerberin über den Rand ihrer Brille hinweg. Die Frau schien sich sichtlich unwohl zu fühlen. Immer wieder nestelte sie am Kragen ihrer steifen weißen Bluse. Zugegeben, im Zimmer war es wie üblich viel zu heiß, und Isabelle wusste, dass die Einrichtung ihren ungewöhnlichen Geschmack widerspiegelte, den manche auch exzentrisch nannten. Die Teppiche waren kostbar und farbenfroh, und die Tapeten hatten ein Muster, das ihre Tochter Carole einmal als »augenkrebserregend« bezeichnet hatte. Isabelles Geschmack, was Tand und Trödel aus fremden Ländern anging, ließ sich bestenfalls als bunt zusammengewürfelt beschreiben, doch mit jedem Stück verband sie eine besondere Erinnerung. Ihr scheinbar zusammenhanglos angesammeltes Konglomerat aus Reisememorabilien wärmte ihr beim Betrachten stets das Herz – auch wenn Kunstkenner vielleicht angemerkt hätten, dass es einem Frevel gleichkam, einen kleinen goldenen Buddha neben einer afrikanischen Fruchtbarkeitsgöttin und einem neuseeländischen Plastikkiwi zu platzieren.

Isabelle hatte jedoch nie viel auf das gegeben, was andere über sie dachten. Wobei sie durchaus daran interessiert war, was der korpulenten Mittfünfzigerin vor ihr gerade durch den Kopf ging. Mehrfach hatte die Dame verstohlen ein Taschentuch aus ihrem Ärmel gezogen und sich die Schweißperlen von der Stirn gewischt. Zudem vermied sie es, ihrem Gegenüber beim Sprechen in die Augen zu blicken, eine Unart, die Isabelle missfiel, denn sie selbst versuchte stets, offen und unvoreingenommen auf die Menschen zuzugehen. Sie lehnte sich noch weiter in ihr orange-grün gemustertes Sofa zurück, wobei sie die Arme vor der Brust verschränkte.

»Ihre Qualifikationen sind beeindruckend, Frau Michels, ich frage mich nur, wie flexibel Sie sind.«

Die Angesprochene rutschte nervös auf ihrem Stuhl herum.

»Nun ja, ich bin vor drei Monaten Großmutter geworden und versuche schon, so viel Zeit wie möglich mit meiner Enkeltochter zu verbringen«, sagte sie und musterte Isabelle plötzlich, um zu sehen, ob ihre Antwort Gefallen fand.

Isabelle ließ sich jedoch nicht in die Karten schauen.

»Ja, ja, die Familie ist das höchste Gut«, erwiderte sie stattdessen ausweichend und setzte sich nun doch wieder nach vorne auf die Sofakante. »Ich melde mich bei Ihnen, Frau Michels, Sie erhalten auf jeden Fall zeitnah eine Antwort.«

Sichtlich erleichtert stand die Dame auf, fächerte sich Luft zu und gab Isabelle die Hand. Mit einem letzten, abschätzigen Blick auf die Tapeten wandte sie sich zum Gehen. Isabelle musste schmunzeln. Ihr Interieur schien der Dame wie erwartet nicht zuzusagen.

Isabelle wartete genau zwei Herzschläge, nachdem die Tür hinter Frau Michels zugefallen war. Dann ließ sie deren Bewerbungsunterlagen mit einem bedauernden Schulterzucken in den Abfallkorb gleiten. Es wäre Zeitverschwendung für sie beide, sich noch länger mit dieser Bewerbung zu befassen – und wenn es etwas gab, wovon Isabelle nicht mehr viel hatte, dann war es Zeit.

Sie blickte auf ihren Terminplaner. Demnach sollten noch drei Aspiranten vor ihrer Tür sitzen, aber sie hatte keine Kraft mehr. Ihr war schwindelig, und sie hatte Durst vom vielen Sprechen, weshalb sie beschloss, die anderen Bewerber auf den nächsten Tag zu vertrösten. Wer dann wiederkam, bewies zumindest schon einmal Ausdauer.

Doch als Isabelle die schwere Eichentür aufzog, die das weitläufige Wohnzimmer vom Flurbereich trennte, saß da nur noch ein einsamer Mann. Er mochte etwa Ende dreißig sein, vielleicht auch ein paar Jahre älter. Sein Haar war kurz geschoren, und ein Dreitagebart bedeckte die untere Hälfte seines markant geschnittenen Gesichts. Er war breitschultrig und muskulös, vermutlich trainierte er viel. Er war nicht klassisch schön, eher auf eine kantige, raue Art attraktiv. Wäre Isabelle runde vierzig Jahre jünger gewesen, sie hätte ihn durchaus anziehend gefunden. So weckte er zumindest ihre Neugier.

Sie schob die Brille auf ihre Nase zurück und blätterte durch die Unterlagen. Es war offensichtlich, dass keine der Bewerbungen, die ihr vorlagen, zu dem Mann gehörte, der sie nun seinerseits interessiert betrachtete.

»Und wer sind Sie?«, fragte Isabelle und konnte nicht verhindern, dass ihre Stimme misstrauisch klang.

Er erhob sich, und Isabelle musste leicht den Kopf in den Nacken legen, als er sich vor ihr aufbaute, da er sie um gute zehn Zentimeter überragte.

»Ich heiße Ben Bäcker, wie der Schauspieler, nur mit ä«, leierte er einen wohl oft abgespulten Spruch herunter.

Er hatte sich angesichts der Wärme im Raum seine zerschlissene Lederjacke ausgezogen, sodass Isabelle nun die Tätowierungen erkennen konnte, die seine breiten Oberarme zierten. Im Gegensatz zu Frau Michels vermochte der junge Mann es sehr wohl, Isabelles Blick standzuhalten. Schweigend betrachteten sie einander, bis sich ein kleiner Sonnenkranz aus Lachfältchen um seine Augen bildete. Sein Lächeln kam überraschend und machte ihn gleich noch anziehender. Die kleinen Furchen verrieten, dass er eigentlich jemand war, der gerne lachte. Doch das Leben schien ihm nicht immer gut mitgespielt zu haben, denn bevor das Lächeln sich in seinen beeindruckenden Augen festsetzen konnte, hatte er es wieder eingefangen und hinter einer sorgsam einstudierten Miene aus gelangweilter Gleichgültigkeit versteckt. Isabelle befand, dass es sich lohnen könnte, ihn trotz ihrer Erschöpfung anzuhören.

»Dann kommen Sie mal mit«, sagte sie resolut und ging ihm voran ins Wohnzimmer, wo die Heizung immer noch auf der höchsten Stufe bollerte, obwohl draußen bereits zweistellige Temperaturen und Sonnenschein lockten.

Isabelle setzte sich und wartete, bis Bäcker ihr gegenüber Platz genommen und sich aufmerksam in dem kunterbunten Raum umgesehen hatte.

»Sie haben einen …« Er brach kurz ab, als er nach den richtigen Worten suchte. »… farbenfrohen Geschmack«, beendete er den Satz und blickte ihr danach wieder offen und vielleicht eine Spur taxierend ins Gesicht.

Seine Augen wanderten einmal an ihrer auffälligen Erscheinung auf und ab. »Leukämie?«, fragte er dann leise, und Isabelle zog kurz und scharf die Luft ein.

»Woher …?«

Noch bevor sie ihre Frage zu Ende stellen konnte, hatte er ihr mit einem Schulterzucken das Wort abgeschnitten.

»Ihr bunter Poncho verdeckt nicht überall die Haut an ihren Armen, sodass mir dort die großen Blutergüsse aufgefallen sind, weshalb ich auf Leukämie schließe. Sie frieren schnell, was für eine allgemein gebrechliche Gesamtkonstitution spricht. Da Sie keine Perücke tragen und sich zu Hause befinden, vermute ich, dass Sie auf eine Chemo- oder Strahlentherapie verzichtet haben – mutmaßlich, weil man Ihnen gesagt hat, dass diese kaum Erfolg versprechend sein wird. Zudem hieß es in Ihrer Stellenanzeige, es handle sich um ein zeitlich begrenztes Engagement. Da Sie – ohne Ihnen zu nahe treten zu wollen – etwa Mitte siebzig sind und man normalerweise davon ausgehen müsste, dass so eine Stelle angesichts Ihrer Diagnose dauerhaft besetzt wird, da sich der Bedarf an Pflege auf Sicht eher noch erhöht, hat man Ihnen wahrscheinlich nur noch wenig Zeit auf dieser Erde in Aussicht gestellt.«

Isabelle starrte den Mann einen Moment lang sprachlos an, bevor sich ein anerkennendes Lächeln auf ihren faltigen Zügen ausbreitete. »Wir werden hervorragend miteinander auskommen, Herr Bäcker. Ich habe wirklich nicht mehr viel Zeit und genug von Menschen, die mit Katzenbuckel um mich herumtanzen und mich behandeln wie ein rohes Ei. Ich brauche Ihre Gesellschaft vor allem auf einer letzten Reise Richtung Frankreich, die ich in den kommenden Tagen zu machen gedenke. Sind Sie ungebunden und zeitlich flexibel?«

Sie blickte ihn erwartungsvoll an. Er rieb sich den Nacken und wich ihrem Blick aus.

»Na ja, ich habe ja gar nicht gesagt, dass ich die Stelle will«, erwiderte er ausweichend.

»Weshalb sind Sie denn dann heute überhaupt hergekommen?«, bohrte sie nach, auch wenn sie einen leisen Stich der Enttäuschung fühlte.

»Mein Bewährungshelfer hat mir die Stellenanzeige geschickt. Ich muss mich aktiv um meine Wiedereingliederung bemühen, und dazu gehört ebenfalls, dass ich auf die Suche nach einer Arbeit gehe.«

Falls er geglaubt hatte, sein Bekenntnis würde Isabelle schockieren, hatte er sich gewaltig getäuscht. Im Gegenteil, nun war ihre Neugier erst recht geweckt.

»Was würde Sie denn für die Stelle als privater Pfleger qualifizieren?«, wollte sie wissen und schob sich dabei die Brille einmal mehr ihren Nasenrücken hoch.

Er zuckte erneut kurz mit den Schultern.

»Ich habe sieben Semester Medizin studiert – vor dem Knast«, fügte er leise hinzu. »Außerdem habe ich im Gefängnis eine Ausbildung zum Sanitäter gemacht und auf der Krankenstation gearbeitet.« Doch Isabelle hatte ihre Entscheidung bereits getroffen.

Sie lehnte sich mit einem äußerst zufriedenen Gesichtsausdruck wieder in ihre dicken bunten Kissen. Er wäre die perfekte Reisebegleitung. Trotz seiner vermutlich nicht unproblematischen Vorgeschichte und der Sache mit der Inhaftierung nahm sie ihn als feinfühlig und intelligent wahr. Wie aufmerksam hatte er ihre Situation eingeschätzt, wie treffend ihre Diagnose erkannt. Gespräche mit ihm wären sicher nicht langweilig. Zugleich schien er sehr stark und zupackend zu sein, was ihrem geplanten Abenteuer durchaus zuträglich wäre. Alles in allem war er ein so ungewöhnlicher, jedoch passender Aspirant für diese Stelle, dass ihn auch gleich der Himmel hätte schicken können.

»Also von mir aus haben Sie den Job. Ich zahle 4500 im Monat, zuzüglich Spesen und Fahrtkosten.«

Kurz sah sie Überraschung über seine sonst so beherrschten Züge huschen, doch er hatte schnell wieder eine neutrale Miene aufgesetzt.

»Geld ist, wie Sie sich vielleicht denken können, kein Problem. Ich brauche jemanden wie Sie, jemanden, der nicht viele Fragen stellt, der anpacken kann und der weiß, worauf er sich einlässt. Ehrlich, ich habe ein gutes Gefühl.« Sie war an die äußerste Kante des Sofas gerutscht und sah ihn nun über den Rand ihrer pinken Brille hinweg erwartungsvoll an.

»Ich weiß nicht.«

Wieder rieb er sich den Nacken, bevor er ihren Blick erwiderte. Sie sah die widerstreitenden Emotionen; das Geld musste eine Verlockung sein, aber irgendetwas schien ihn zögern zu lassen. Vielleicht hatte es mit seiner Biografie zu tun. Doch noch war es zu früh, ihn danach zu fragen, das spürte Isabelle so sicher wie den Wetterwechsel in ihren alten Knochen.

»Das mit der Auslandsreise könnte ein Problem sein, ich muss das mit meinem Bewährungshelfer und den zuständigen Behörden klären«, sagte er nach einer kleinen Ewigkeit, und Isabelle nickte zufrieden.

»Tun Sie das. Ich halte die Stelle frei, bis Sie sich entschieden haben.«

Sein Blick verharrte nachdenklich auf ihr. Isabelle kam nicht umhin, erneut seine Augen zu bewundern. Sie gefielen ihr. Ihre Farbe erinnerte sie an den Himmel über der Provence, tiefblau und klar.

»Sie geben nicht so schnell auf, was?«, fragte er, aber sein Ton war zu milde, um wie eine Zurechtweisung zu klingen.

Isabelle zuckte mit den Schultern und stand auf, um ihm zu bedeuten, dass das Bewerbungsgespräch für sie an diesem Punkt endete. Er erhob sich ebenfalls und folgte ihr zur Tür. Doch noch bevor ihre faltigen Hände den Griff zu packen bekamen, wurde diese aufgerissen, und Isabelle wäre um ein Haar in Carole gestolpert.

»Oh, du bist ja früh dran heute«, bemerkte sie und warf einen verstohlenen Blick über ihre Schulter zu Bäcker, der Carole durchaus mit Interesse musterte. Kein Wunder, ihre Tochter war eine Schönheit, wenngleich sie unnahbar wirkte wie eine Eisskulptur. Sofort verschränkte Carole die Arme vor ihrer Brust und starrte skeptisch zu dem Fremden hinüber.

»Entschuldige die Störung, Mutter, mir war nicht klar, dass du Besuch hast. Möchtest du mir den Herrn vorstellen?« Angespannt ließ sie ihre Finger bei dieser Frage über ihre Ellbogen tippen wie über ein unsichtbares Klavier.

»Nun ja, Herr Bäcker hier hat sich auf eine Stelle beworben.«

Caroles schön geschwungene Augenbrauen zogen sich zusammen, während sie Isabelle prüfend ansah.

»Wir haben vergangenen Monat einen neuen Gärtner eingestellt, Mutter«, erinnerte sie und sah zu Bäcker hinüber, der sich bislang im Hintergrund gehalten hatte.

»Es tut mir leid, dass Sie umsonst hergekommen sind. Den Weg nach draußen finden Sie allein?« Carole deutete mit ausladender Geste auf die Tür, um klarzumachen, dass der Besucher gerne den kürzesten Weg zur Haustür nehmen durfte.

Isabelle schüttelte leicht den Kopf. Ihre Tochter schaffte es, in einem Atemzug unfreundlich und dabei höflich zu klingen.

»Es geht nicht um die Stelle als Gärtner, ich suche eine Art Gesellschafter«, sagte Isabelle und stellte sich vor Ben, als müsse sie ihn beschützen, was unsinnig war, denn der Mann machte den Eindruck, als könne er gut auf sich selbst achtgeben.

»Mutter, das können wir doch in Ruhe gemeinsam tun. Es gibt eine gute Organisation, die Haushaltshilfen aus dem Ausland vermittelt, die wohnen dann bei ihren Auftraggebern und können dir zur Hand gehen und Gesellschaft leisten. Ich kann gerne da nachhören, wenn es dir hier allein zu einsam wird.«

Trotzig reckte Isabelle das Kinn vor.

»Ich brauche keinen Wachhund, Carole. Und außerdem entscheide ich selbst, wen ich einstelle. Jetzt hängt es nur noch von Herrn Bäcker ab, ob er die Stelle überhaupt will.«

Sie wandte sich mit einem kleinen, spitzbübischen Lächeln zu ihm um. »Ich hoffe wirklich, dass Sie zusagen, natürlich nur, wenn Ihr Bewährungshelfer nichts dagegen hat.«

Als Isabelle den entsetzten Ausdruck auf dem Gesicht ihrer Tochter sah, hätte sie sich allerdings am liebsten auf die Zunge gebissen. Leider passierte es ihr immer wieder, dass ihr Mund schneller arbeitete als ihr Verstand. Doch nun war die Katze aus dem Sack.

Carole zog misstrauisch eine Augenbraue hoch und begutachtete Ben erneut.

»Sie haben im Gefängnis gesessen?«

Isabelle bemerkte, wie er sich etwas gerader aufrichtete, als müsse er sich daran erinnern, dass es nichts gab, wofür er sich schämen musste.

»Ja, in der Tat.«

»Wofür?«

»Mit Verlaub, aber das geht Sie nichts an.«

Isabelle kam sich vor wie bei einem Tennismatch. Die Worte sausten ihr wie Bälle um die Ohren, und ihr Kopf flog mit, von einem zum anderen. Ihr Blick blieb schlussendlich an Carole hängen, die ihre Empörung angesichts seiner Weigerung nur schwer zu verbergen vermochte. Ihre Augen hatten sich zu Schlitzen verengt, und ihr Mund war eine einzige schmale Linie der Missbilligung.

»Ich denke, dass Ihr Vorstellungsgespräch damit auf jeden Fall beendet ist. Guten Tag.«

Isabelle wollte schon Partei für ihn ergreifen, als Bäcker sich sanft an ihr vorbeischob und kontemplativ über seinen Dreitagebart strich.

»Und ich denke, dass das Ihre Mutter selbst entscheiden sollte.«

»Meine Mutter entscheidet nicht immer zu ihrem Besten.«

Empört sog Isabelle die Luft ein, ungeachtet der Tatsache, dass ihre Tochter den Nagel auf den Kopf getroffen hatte. Doch bevor sie etwas dazu sagen konnte, zückte Carole einen Hunderteuroschein und hielt Ben das Geld vor die Nase.

»Hier, mehr gibt es für Sie hier nicht zu holen. Nehmen Sie das Geld und lassen Sie sich nicht wieder hier blicken. Wir brauchen keine Kleinkriminellen, die am Ende nur darauf aus sind, meiner Mutter ihr Hab und Gut unter der Nase wegzustehlen.«

Carole war gut darin, Menschen vor den Kopf zu stoßen, was sie gerade einmal mehr unter Beweis gestellt hatte.

»Carole, das geht entschieden zu weit«, warnte Isabelle ihre Tochter darum auch und starrte sie mahnend an. Doch Ben schien wenig beeindruckt. Er trat noch einen Schritt auf Carole zu, sodass diese trotz ihrer hohen Schuhe nun ebenfalls den Blick heben musste, um ihn anzusehen.

»Sie sollten Menschen nicht nach Ihrem Äußeren beurteilen. Würde ich das tun, würde ich Sie für eine verwöhnte, reiche Zimtzicke halten, die im Leben zu oft ihren Willen bekommen hat. Aber zum Glück fälle ich erst ein Urteil über jemanden, nachdem ich ihn kennengelernt habe.«

Caroles Augen weiteten sich kurz. Isabelle hätte fast geschmunzelt. Ihre Tochter war es sicher nicht gewohnt, dass jemand so mit ihr sprach, weder in ihrem Beruf noch privat.

»Ich habe es nicht nötig, mich in meinem Haus von jemand Dahergelaufenem beleidigen zu lassen. Ich fordere Sie noch einmal auf zu gehen. Ansonsten rufe ich die Polizei. Darauf sind Sie doch sicher nicht scharf.«

Isabelle konnte ausmachen, wie seine Kiefer mahlten. Das Blau seiner Augen war von warm zu eiskalt gewechselt.

»Korrigieren Sie mich, aber ich ging davon aus, dass wir uns im Haus Ihrer Mutter befinden. Entsprechend werde ich dann gehen, wenn es ihr Wunsch ist.«

Mit diesen Worten drehte er sich zu Isabelle um und sah sie abwartend an.

Isabelle lächelte. »Ich möchte Sie nicht noch länger dieser unangenehmen Situation aussetzen, jedoch ist es mein ausdrücklicher Wunsch, dass Sie diese Stelle annehmen.«

Sein Blick glitt nun herausfordernd zu Carole, während er sprach. »Ich melde mich, Frau Steinmann. Inzwischen tendiere ich dazu, Ja zu sagen. Guten Tag.«

Mit einem knappen Nicken verabschiedete er sich von Isabelle, dann schob er sich an Carole vorbei, ohne sie eines weiteren Blickes zu würdigen. Das Geld schien ihn ebenso wenig zu interessieren, denn der Hunderteuroschein blieb unangetastet. Als die Tür hinter ihm zufiel, stand Carole buchstäblich vor Empörung der Mund offen.

»Was für ein ungehobelter Grobian. Aber was soll man auch von einem Kriminellen anderes erwarten«, zischte sie, steckte den Geldschein in ihre Jackentasche und drehte sich dann zu ihrer Mutter um.

»Ich frage mich allerdings, was du dir bei der ganzen Sache denkst? Ist dir nicht klar, welcher Gefahr du dich aussetzt, wenn du jemanden wie ihn in dein Haus lässt?«

»Ich habe ein gutes Bauchgefühl bei Herrn Bäcker«, verteidigte Isabelle sich, was ihr aber nur ein ungläubiges Schnauben einbrachte.

»Vielleicht hast du Verdauungsprobleme. Ich würde meinem Bauch bei so einem jedenfalls nicht vertrauen.«

Isabelle lachte, während sie langsam zum Sofa ging, um sich zu setzen. Sie legte sich schnell ein Kissen auf den Schoß, um zu verbergen, dass ihre Beine zitterten. Der Tag steckte ihr ganz schön in den Knochen. Carole war ihr nachgekommen, blieb jedoch mit verschränkten Armen stehen.

»Sag mir bitte, dass du nicht ernsthaft in Betracht ziehst, einen Ex-Knacki mit fragwürdigen Manieren für irgendeinen Job hier im Haus zu engagieren, geschweige denn für die Position deines ›Gesellschafters‹.« Bei dem letzten Wort malte sie kleine Gänsefüßchen in die Luft, um zu untermauern, wie albern sie diese Idee fand. »Mutter, bitte, wenn du mich mit dieser Aktion treffen willst, dann kannst du es jetzt gut sein lassen. Mir ist klar, dass du viel allein bist. Aber du weißt, wie hart ich arbeite und dass ich trotzdem versuche, so oft es geht, zu dir zu kommen.«

Isabelle legte den Kopf schief und betrachtete ihre Tochter nun eingehender. Carole sah deutlich jünger aus als Mitte dreißig und war eine wirklich attraktive Frau, auch wenn sie meistens viel zu ernst wirkte. Sie hatte Theos blondes Haar geerbt und Isabelles grüne Augen. Ihre Nase war gerade, und ihre hohen Wangenknochen hätten direkt aus dem Katalog eines Schönheitschirurgen stammen können. Sie war schlank am Rande zum Mageren, was daran lag, dass sie neben ihrem Beruf als Steueranwältin nur ein Hobby kannte, nämlich das Joggen. In jeder freien Minute lief sie, und ihre sehnigen Arme und Beine waren Beweis dafür. Genau diese Arme streckten sich jetzt aus und zogen fordernd an Isabelles Häkelponcho.

»Mutter, versprich mir, dass du diesem Menschen keinen Job gibst. Ich will nicht, dass jemand wie er in unserem Haus ein und aus geht.«

»Das kann ich nicht versprechen, Carole, denn ich werde Ben Bäcker einstellen, wenn er zusagt.«

Als wäre ihr gerade etwas Wichtiges eingefallen, drehte Carole sich auf dem Absatz um und sprintete hinter dem Besucher her, als wäre dieser mit dem Tafelsilber durchgebrannt. Kurze Zeit später knallte die Haustür ein weiteres Mal zu.

Obwohl es sie enorme Mühe kostete, erhob Isabelle sich wieder, um zu sehen, wohin ihre Tochter gestürmt war. Auf wackeligen Beinen ging sie zu dem großen Fenster, von dem aus man einen freien Blick auf die Hofeinfahrt hatte. Sie erkannte Bäckers eindrucksvolle Silhouette, die in Richtung der langen, von Platanen gesäumten Auffahrt lief. Isabelle konnte kein Auto ausmachen, was dafür sprach, dass er mit dem Bus gekommen war. Ein paar Augenblicke später hatte Carole ihn eingeholt. Unsanft zog sie ihn am Arm zu sich herum. Isabelle öffnete leise das Fenster, um besser hören zu können.

»Warten Sie. Egal, ob meine Mutter ihren verrückten Plan, Sie zu engagieren, nun in die Tat umsetzt oder nicht.

Sie werden mir sagen, wofür Sie eingesessen haben. Sie ist mit Sicherheit zu höflich, danach zu fragen. Ich bin es nicht.«

Mit verschränkten Armen baute sie sich vor ihm auf, und Isabelle konnte von ihrer erhabenen Position aus sehen, wie er Carole ein unechtes Lächeln schenkte.

»Sind Sie sicher, dass Sie das wissen wollen? Sie kennen doch bestimmt den alten Spruch: Neugier ist der Katze Tod.«

Auch wenn er sanft gesprochen hatte, klang unterschwellig eine leise Warnung mit.

Caroles selbstsichere Fassade bekam einen kleinen Riss. »Wollen Sie mir drohen, Herr …«

»Bäcker, Ben Bäcker, wie der Schauspieler, nur mit ä«, half er freundlich aus und kreuzte nun fast amüsiert die Arme vor der Brust, scheinbar gespannt, was sie als Nächstes tun würde.

Sie straffte die Schultern und fing sich wieder, bevor sie weitersprach. »Weichen Sie mir nicht aus, ich will wissen, weshalb Sie gesessen haben.«

»Meine Güte, Sie würden sicher eine exzellente Anwältin abgeben, so wie Sie mich hier ins Kreuzverhör nehmen.«

»Ob Sie es glauben oder nicht, ich bin Anwältin«, sagte sie ohne eine Spur von Humor. Der amüsierte Zug um seinen Mund war nun ebenfalls verschwunden.

»Ich habe fünf Jahre bekommen, vielleicht hilft Ihnen das Strafmaß schon dabei zu begreifen, dass ich nicht nur ein paar Bonbons im Supermarkt geklaut habe.« Er trat einen Schritt auf sie zu, und Isabelle konnte sehen, dass es ihre Tochter enorme Anstrengung kostete, nicht vor ihm zurückzuweichen. Er ließ seinen kühlen Blick über Caroles nun blass gewordene Züge gleiten, bevor er sich zu Isabelle umwandte, die nach wie vor auf ihrem Posten am offenen Fenster stand.

»Wenn Sie mich immer noch wollen, Frau Steinmann, dann gehöre ich ganz Ihnen.« Sein Lächeln war zurückgekehrt und steigerte sich zu einem sarkastischen Grinsen, als er wieder auf Carole zutrat.

»Sie sollten mir besser aus dem Weg gehen, dann werden wir beide keine Probleme haben.« Mit diesen Worten ließ er sie stehen und ging mit federnden Schritten die lange Auffahrt zur Straße hinauf, wo ein entferntes Quietschen die Ankunft des Busses ankündigte.

Carole drehte sich mit nun vor Wut knallroten Wangen zu ihrer Mutter um.

»Eigentlich müsste ich sagen, ihr zwei habt einander verdient, Mutter. Aber am Ende heißt es noch, ich hätte dich buchstäblich ins offene Messer laufen lassen, wenn man dich morgens, mit deiner eigenen Strumpfhose stranguliert, im Bett auffindet. Herrgott noch mal, du weißt nicht einmal, was der auf dem Kerbholz hat. So, wie er sich gerade aufgeführt hat, und in Anbetracht seines Strafmaßes, könnte er ein Gewaltverbrecher sein. Ich bitte dich also inständig, diesen Unsinn nun zu beenden. Ich werde mich umgehend um eine nette Aushilfe für dich kümmern, die dich bei Laune hält.«

Mit diesen Worten stapfte sie zu ihrem Audi TT, dessen Verdeck noch offen stand und sprang wütend auf den Fahrersitz. Sie knallte die Tür mit solcher Wucht zu, dass ein

Eichhörnchen vor Schreck von einem Baum hüpfte und über die Wiese zu einem geheimen Versteck verschwand.

»Einen Teufel wirst du tun, mein Kind. Noch habe ich hier das Sagen«, flüsterte Isabelle und schloss das Fenster, weil sie sich nicht erkälten wollte. Sie brauchte all ihre Kraft für das, was vor ihr lag.

Kapitel 2

Carole lenkte den Audi in die Tiefgarage unter ihrem Apartment, wo sie zunächst reglos im Fahrzeug sitzen blieb, obwohl sie den Zündschlüssel bereits in den Händen hielt. Vor ihrem inneren Auge lief die Begegnung eben noch einmal ab. Ob sie es vor sich selbst zugeben wollte oder nicht, der Vormittag hatte sie aufgewühlt – wie leider allzu oft die Treffen mit ihrer Mutter. Isabelle konnte sie mit ihrer Exzentrik wie kein anderer Mensch auf die Palme bringen.

Einen Ex-Sträfling als bezahlten Gesellschafter engagieren – darauf musste man erst einmal kommen. Immer noch ungläubig schüttelte Carole den Kopf. Sie würde mehr über diesen Bäcker in Erfahrung bringen. Sobald sie wusste, weshalb er gesessen hatte, konnte sie ihrer Mutter diese verrückte Idee vielleicht wieder ausreden. Auch wenn sie sich nicht nahestanden, so wollte Carole keinesfalls, dass ihre Mutter sich irgendeiner Gefahr aussetzte.

Tief in Gedanken stieg sie aus und fuhr mit dem Fahrstuhl in ihre Penthouse-Wohnung, deren spektakulärer Ausblick sie heute nicht berühren konnte. Sie schmiss ihre Jacke und Tasche achtlos auf den Hocker, der im Flur neben dem Schuhregal stand. Dann begab sie sich ins Schlafzimmer, um sich ihre Sportkleidung überzuziehen. Weil sie später noch einen Termin hatte, ging sie heute nur aufs Laufband, doch dafür powerte sie sich darauf umso mehr aus. Schon nach kurzer Zeit rann ihr der Schweiß, und ihr Atem kam stoßweise. Aber es half ihr, die innere Anspannung abzubauen, die sich seit dem Vormittag in ihr aufgestaut hatte. Außerdem bekam sie einen klaren Kopf beim Laufen.

Nach einer heißen Dusche und einer Tasse Kaffee fühlte sie sich besser. Sie fuhr ihren Laptop hoch, suchte nach einer Agentur, die Haushaltshilfen vermittelte, und griff, als sie fündig wurde, direkt zum Telefon. Die Chefin versicherte ihr, dass man bereits in den kommenden Tagen eine entsprechende Dame würde vorstellen können.

Zufrieden legte Carole auf. So konnte sie Isabelle schon bei ihrem nächsten Treffen eine Alternative präsentieren. Wenn ihre Mutter denn unbedingt meinte, sich eine bezahlte Unterhalterin engagieren zu müssen, dann doch wenigstens eine mit guten Referenzen und ohne Bewährungshelfer.

Ihr Verdacht war, dass Isabelle sie mit dieser Aktion drängen wollte, ihr mehr Zeit zu widmen. Aber dafür, dass ihre Mutter in Caroles Kindheit selbst kaum Zeit und Interesse ihrer Tochter gegenüber aufgebracht hatte, fand Carole, dass sie schon viel investierte. Sie telefonierten mehrmals die Woche, und wenn ihr Job es zuließ, fuhr Carole auch ein- bis zweimal in die Villa, die ihr nie wirklich ein Zuhause gewesen war.

Wäre Papa doch noch am Leben! Sie vermisste ihn immer noch jeden Tag. Er hatte stets sein Bestes gegeben, um

Carole eine unbeschwerte Kindheit zu bieten. Aber von klein auf hatte sie gespürt, dass unter ihrem Dach viel Unglück wohnte. Die Ehe ihrer Eltern war zerrüttet gewesen. Sie stritten nicht einmal mehr, sondern lebten nur schweigend nebeneinanderher. Papa hatte sich darum in seine Arbeit gestürzt und Carole oft allein gelassen.

Wie sehr hatte sie sich nach Gesellschaft gesehnt, nach Geschwistern oder wenigstens einem Haustier. Sie hätte all den Reichtum sofort eingetauscht gegen einen Alltag mit Chaos und Lachen und Liebe wie bei ihrer Freundin Sanne, die zu fünft in einer kleinen Dreizimmerwohnung gelebt hatten. Sannes Eltern waren arme, einfache Leute gewesen, ihr Vater Klempner, ihre Mutter arbeitete im Supermarkt an der Kasse. Und trotzdem waren sie glücklich.

Bis heute beneidete sie Sanne um die Familientreffen, bei denen mittlerweile ganze Wagenladungen Menschen zusammenkamen. Brüder und Schwestern, Onkel und Tanten, Nichten, Neffen, Enkel, Cousins, und es wurden stetig mehr. Auch Sanne hatte inzwischen drei Kinder, und Carole vermutete, dass Nummer vier schon unterwegs war, weil Sanne bei ihrem letzten Treffen vor einer Woche Wasser statt Wein den Vorzug gab.

Sie selbst hatte nie viel Glück bei ihren wenigen längeren Beziehungen gehabt. Sanne hatte Carole mal vorgeworfen, sich stets Männer auszusuchen, bei denen sie nicht Gefahr lief, tiefe Gefühle zu investieren. »Du willst nichts geben aus Angst, verletzt zu werden, deshalb bekommst du aber auch nichts zurück«, hatte ihre Freundin erst neulich wieder doziert, als sie auf das Ende von Caroles jüngster Liaison anstießen.

Und vielleicht hatte Sanne damit gar nicht so unrecht.

Jochen war zwar attraktiv gewesen, allerdings auch ein egoistisches Arschloch. Carole hatte schon bei ihrem ersten Date gewusst, dass sie nicht zueinander passten, und doch waren sie danach noch fast ein Jahr zusammen gewesen. Sie hatte sich eingeredet, dass es sie nicht störte, dass Jochen sehr konkrete Vorstellungen von seinem Leben hatte, die vorsahen, dass er sich mit spätestens Mitte vierzig irgendwo am Meer zur Ruhe setzen und den ganzen Tag Golf spielen wollte. Weder Kinder noch Carole hatten in diesen Plänen eine bedeutendere Rolle gespielt, aber immerhin hatte er mal großzügig angedeutet, dass sie stets willkommen wäre in seinem künftigen Ruhestandsparadies. Zudem war er ein grauenhafter Küsser und ein einfallsloser Liebhaber gewesen. Nicht dass sie großen Wert auf das Körperliche legte. Es gehörte irgendwie dazu, aber Carole wusste nicht, warum alle so einen Wirbel darum machten. Sie hatte jedenfalls in ihrem Leben noch keinen Orgasmus mit einem Mann erlebt, und die wenigen Male, bei denen sie sich selbst einen beschert hatte, hatten sie irgendwie einsam und traurig zurückgelassen.

Auch ihre Mutter hatte Jochen furchtbar gefunden. Vermutlich hatte dieser Umstand entscheidend dazu beigetragen, dass Carole viel länger an dieser Liebschaft festhielt, als sie eigentlich wollte. Manchmal kam eben das kleine Mädchen in ihr wieder zum Vorschein, das alles tat, um die Aufmerksamkeit seiner Mutter zu erregen – im Guten wie im Schlechten. Als sie neulich jedoch einen eindeutigen WhatsApp-Chat zwischen Jochen und seiner Sekretärin auf dessen Handy fand, war das Maß voll. Sie hatte die Sache beendet und nicht eine Träne vergossen – so wie bei allen anderen vor ihm ebenso nicht.

»Emotional verkrüppelt«, auch das hatte Sanne sie mal genannt. Carole stieß einen kleinen Seufzer aus. Sanne hätte wohl besser Psychologin statt Kindergärtnerin werden sollen. Das Klingeln ihres Handys riss sie aus ihren trüben Gedanken. Sie sah die Nummer ihrer Mutter auf dem Display.

»Was kann ich für dich tun?«, meldete sie sich ohne Begrüßung. Sie konnte hören, wie Isabelle langsam ein- und ausatmete, bevor sie sprach.

»Ich wollte nur sichergehen, dass es dir gut geht. So wie du vom Hof geschossen bist, hatte ich schon Angst, dich am nächsten Baum zu finden.«

Carole rieb sich müde über die Stirn. »Keine Sorge, ich bin gut nach Hause gekommen und war sogar fleißig. Ich habe mit einer sehr netten Dame telefoniert …«

Weiter kam sie nicht, denn Isabelle fiel ihr ins Wort. »Gut, dass du das Thema anschneidest. Das ist ein zusätzlicher Grund für meinen Anruf. Ich habe eben dieser aufdringlichen Person von der Agentur, die du auf mich gehetzt hast, abgesagt.«

Carole ließ gefrustet ihre Stirn auf die kalte Platte ihres Schreibtischs sinken, während sie die Augen schloss. Isabelle konnte stur wie ein Maulesel sein, wenn sie sich etwas in den Kopf gesetzt hatte, und Carole fehlte gerade die Kraft, sich mit ihr auseinanderzusetzen. Sie hatte das Handy neben sich gelegt und den Lautsprecher angestellt, aus dem nun ein tiefes Seufzen drang.

»Ich tue es nicht, um dich zu ärgern, ich tue es nicht, um Aufmerksamkeit zu bekommen, und ich tue es auch nicht, weil mein Leben mich langweilt und ich mir so ein bisschen Abwechslung erhoffe.« Isabelle klang resigniert und eine Spur verzweifelt.

Carole hob ihren Kopf und blickte nun auf das Handy, als könne sie dort sehen, was ihre Mutter umtrieb. Ein merkwürdiges Kribbeln breitete sich auf ihrer Kopfhaut aus. »Warum dann? Erklär es mir.«

Das Schweigen am anderen Ende der Leitung dehnte sich aus, bis ihre Mutter endlich leise und zögerlich antwortete. »Ich habe meine Gründe.«

Carole stöhnte auf. So war es immer zwischen ihnen. Wenn man glaubte, ein Stück vorangekommen zu sein, rannte man wieder gegen eine Wand. Zorn wallte nun in ihr auf. »Wir drehen uns hier im Kreis, Mutter. Lass es mich so formulieren: Du musst dir keine Gesellschafterin ins Haus holen. Wenn du mich fragst, musst du überhaupt niemanden im Haus haben, da du schon über eine ganze Armada von Hilfskräften verfügst, letztendlich ist es jedoch dein Geld. Aber …«

An dieser Stelle machte sie eine gewichtige Pause, um sicherzugehen, dass ihre Mutter den Ernst der Lage auch verstand. »Aber wenn du diesen Kriminellen ins Haus holst, werde ich alles daransetzen zu prüfen, ob du tatsächlich noch für dich allein entscheiden kannst.«

»Willst du damit drohen, mich entmündigen zu lassen?«, fragte Isabelle, halb amüsiert, halb schockiert.

»So sieht es aus.«

Die Worte waren heraus, bevor sie wirklich darüber

nachgedacht hatte, und sie bereute sie sofort, doch Isabelle klang jetzt mehr vergnügt als verärgert, als sie nach einem nonchalanten »Viel Glück dabei« einfach auflegte.

Carole presste sich verzweifelt die Handballen auf die geschlossenen Augen, bis sie kleine Kreise sah. Hatte sie sich eben nach dem Training wenigstens noch ansatzweise entspannt und klar gefühlt, drehten ihre Gedanken sich nach diesem Telefonat wie ein Karussell. Sie stand auf, um an das bodentiefe Fenster zu treten, von dem aus sie über die Skyline von Frankfurt blicken konnte. Eigentlich beruhigte sie diese Aussicht stets, doch heute fühlte sie sich noch einsamer angesichts der Anonymität der Stadt.

Sie rieb sich über ihre Arme, weil ihr kalt war, obwohl draußen die Sonne schien. Mit einem müden Kopfschütteln wandte sie sich ab und lief unruhig durch ihr schickes Apartment. Außer einigen wenigen teuren Kunstdrucken gab es nichts, was die weißen Wände zierte, keine Familienbilder, keine Schnappschüsse. Die Möbel waren in Schwarz und Weiß gehalten und die Dekoration minimalistisch. Die Wohnung einer erfolgreichen, unabhängigen Frau, versuchte sie sich einzureden, doch in Wahrheit war weder ihr beruflicher Erfolg noch ihr Lebensstil ausreichend, um diese leere Stelle aus ihrer Kindheit mit Leben zu füllen.

Sie dachte wieder an Sanne, an das nette, alte Bauernhaus, das sie und ihr Mann Rainer vor einigen Jahren gekauft und renoviert hatten. Carole fühlte sich stets, als würde sie sich unter einer warmen, weichen Decke verkriechen, sobald sie dort zur Tür hereinkam. Alles war gemütlich und lebendig, wenn auch leicht chaotisch und unordentlich. So wie Sanne eben war. Ohne es zu wollen, beschlich sie ein wehmütiges Gefühl. Es war kein Neid auf die Freundin, mehr die Erkenntnis, dass sie selbst vermutlich niemals ein solches Zuhause haben würde. Carole seufzte.

Sie blickte auf ihre Smartwatch und stellte fest, dass es Zeit wurde, zu ihrem Termin zu fahren. Eilig angelte sie nach ihrem Mantel und ihrer Louis-Vuitton-Tasche. Sie war schon fast an der Tür, als ihr einfiel, dass sie noch in Erfahrung bringen musste, was dieser Bäcker auf dem Kerbholz hatte. Vielleicht brachte das ihre Mutter von ihrem verrückten Vorhaben ab. Sie hastete zurück und fingerte aufgeregt durch ein paar Zettel, die sie ordentlich in einem Ablagefach auf ihrem Schreibtisch aufbewahrte. Jan Munsius, perfekt.

Er arbeitete bei der Staatsanwaltschaft. Sie fischte ihr Telefon aus der Handtasche und tippte seine Nummer ein. Nach wenigen Klingeltönen nahm er ab. Seine Stimme klang wie immer leicht arrogant, wenn auch nicht unfreundlich. »Carole Steinmann, was für eine Überraschung, was verschafft mir die Ehre?«

Es wäre höflich gewesen, sich nach seinem Befinden zu erkundigen, ein paar Plänkeleien einzuwerfen, doch Carole war noch nie ein sehr geduldiger Mensch gewesen, und so fiel sie gleich mit der Tür ins Haus. »Du musst mir einen Gefallen tun, Jan. Finde heraus, warum ein gewisser Ben Bäcker fünf Jahre eingesessen hat. Seine jetzige Adresse kann ich dir zukommen lassen. Soweit ich weiß, hat er einen Bewährungshelfer, da könntest du ansetzen.«

Jan klang wenig erfreut, als er am anderen Ende aufstöhnte. »Carole, wir haben hier gerade einen Monsterfall, die Albaner, hast du vermutlich in der Zeitung gelesen. Mein Schreibtisch biegt sich unter den Aktenbergen, und ich habe wirklich keine Zeit …«

Weiter kam er nicht, denn Carole schnitt ihm das Wort ab. »Jan, bitte. Es ist dringend. Meine Mutter will diesen Bäcker anstellen.«

»Wie wäre es mit einer kleinen Gegenleistung, wenn du schon nach all den Jahren anrufst, nur um einen Gefallen einzufordern?«

Carole verdrehte die Augen. Sie hatte Jan Munsius bereits damals als junge Referendarin nicht gemocht, und es hatte sich an ihrer Gefühlslage kaum etwas geändert.

»Und was schwebt dir vor?«, fragte sie wenig enthusiastisch.

»Wenigstens ein Abendessen, je nach Arbeitsaufwand vielleicht auch mehr …« Er ließ seiner Aussage ein bedeutungsvolles Schweigen folgen. Carole schüttelte angewidert den Kopf. Der Typ hatte offenbar noch nichts von der #MeToo-Debatte mitbekommen. Trotzdem brauchte sie die Infos, und er konnte sie besorgen.

»Ein Abendessen und garantiert nicht mehr.«

Er schwieg wieder, gab jedoch mit einem Seufzer klein bei. »Aber nur, wenn du etwas wirklich tief Ausgeschnittenes trägst.«

»Du bist unglaublich, Jan. Vielleicht würde es auch reichen, wenn ich die Bilder verbreite, die du mir damals hast zukommen lassen.«

Nun war sie es, die gewichtig schwieg, während er sich ungemütlich räusperte. Er hatte ihr vor ein paar Jahren mal ein unappetitliches Selfie von sich geschickt, auf dem er nichts trug außer einem anzüglichen Grinsen. Sie hatte das Bild sofort gelöscht, aber das wusste ihr Gegenüber gottlob nicht.

»Du bist ein kaltherziges Biest«, zischte er, doch die Beleidigung perlte an Carole ab.

»Du kannst mich hier auf dem Handy erreichen, sobald du etwas in Erfahrung gebracht hast.«

Ohne ein weiteres Wort drückte sie das Gespräch weg und atmete kurz tief ein und aus. Sie war nicht stolz auf sich, aber in einer hemdsärmeligen Welt, wie die der Juristerei, musste eine Frau schon alle Register ziehen, um an ihr Ziel zu kommen.

Nicht umsonst war sie mittlerweile so gefürchtet und so hoch bezahlt. Man hatte ihr sogar eine Partnerschaft in der Steuerkanzlei, in der sie nun seit drei Jahren tätig war, in Aussicht gestellt. Sie wäre die einzige Frau in der Chefetage. Es würde bedeuten, dass sie noch mehr arbeiten musste, aber sonst gab es ohnehin nicht viel in ihrem Leben, was ihre Zeit und Aufmerksamkeit beansprucht hätte.

Kapitel 3

Der Bus hielt mit einem Ruck, und Ben wurde aus seinen Gedanken gerissen. Er stieg aus und schlenderte durch die triste graue Frankfurter Innenstadt. Abseits der Shoppingmeilen und der hippen Restaurants und Bars zeigte sich Mainhattan eher finster und hässlich. In einer Straße hinter dem Bahnhof saßen zwei Junkies und kochten Heroin über einer aufgeschnittenen Bierdose aus. Eine viel zu junge Prostituierte schob sich von den Mauern eines mit Graffiti besprühten Hochhauses weg und wollte auf ihn zugehen, doch er warf ihr einen zwar freundlichen, aber entschiedenen Blick zu und schüttelte kaum merklich den Kopf. Daraufhin ließ sie ihr riesiges Kaugummi schulterzuckend platzen und begab sich wieder auf ihren alten Posten.

In der Elbestraße hatte er ein billiges Zimmer ergattert, doch sein Ziel war es, dieser gottverlassenen Stadt bald den Rücken zu kehren. Aber dafür würde er Geld brauchen. Viel Geld, und Isabelle Steinmann hatte ihm genau das geboten. Er verspürte an sich keine besondere Lust, mit einer Sterbenden auf große Fahrt zu gehen. In der Vergangenheit hatte er genug Leid gesehen und wusste, was es hieß, wenn der Krebs einen Körper zerstörte. Er hatte genug vom Tod, aber irgendwie mochte er die unkonventionelle Art der alten Dame.

Ihre Tochter allerdings hatte Haare auf den Zähnen. Da nützte ihr auch ihre schöne Verpackung nichts.

Er trat bei dem Gedanken an Carole Steinmann frustriert vor eine leere Bierdose, die krachend gegen eine Hauswand flog. Er hasste es, dass die Menschen nur noch den Ex-Knacki in ihm sahen. Niemanden interessierte die Geschichte dahinter, niemand wollte wissen, warum er überhaupt dort gelandet war, es zählte nur, dass er im Gefängnis gesessen hatte.

Bei mehreren Krankenhäusern und Hilfsdiensten hatte er sich vorgestellt, doch angeblich waren gerade nirgends Stellen frei. Ben schnaubte. Er hatte zwar im Knast gesessen, das hieß allerdings nicht, dass er nichts von der Welt draußen mitbekommen hatte. Er wusste, dass es überall einen Pflegenotstand gab, doch mit seiner Vita war es eben schwierig, auch nur ansatzweise in dem Berufsfeld Fuß zu fassen, das er so liebte. Schon als kleiner Junge hatte er Arzt werden wollen, um den Menschen zu helfen. Aber ein unüberlegter Augenblick, ein Moment der Schwäche, hatte ihn alles gekostet. Und trotzdem fiel es ihm schwer, seine Tat zu bereuen.

Ben war vor dem schmutzig grauen Bunker angekommen, in dem er eine Zweizimmerwohnung hatte. Er ging durch den Hausflur, der wie immer voller Müll lag, und nahm die Treppe, weil der Fahrstuhl schon lange vor seinem Einzug den Geist aufgegeben hatte und ihn wohl niemand reparieren würde. Wozu auch? Die Menschen, die hier lebten, hatten sich ebenso aufgegeben wie die

Eigentümer den hässlichen Betonklotz, den sie jedoch immer noch zu Wucherpreisen vermieteten.

Ben schloss sein Apartment auf und streifte seine Turnschuhe ab. Dann ging er in die winzige Küche und öffnete den Kühlschrank. Er musste sich nach diesem denkwürdigen Vormittag erst einmal beruhigen, weshalb er nun Gemüse, Fleisch und Gewürze auf der Arbeitsfläche stapelte, um ein Curry zuzubereiten. Es war zwar deprimierend, für sich allein zu kochen, doch das Hantieren mit den Lebensmitteln, das Zerkleinern und Zubereiten und der anschließende Duft und Genuss beruhigten ihn zutiefst. Vielleicht sollte er auf Koch umschulen? Aber selbst in einer Küche wäre er wohl nur der Sträfling, dachte er bitter, während er Bambussprossen und Ingwer unter das Hähnchenfilet rührte. Er hatte sich gerade die rote Paprika geschnappt, als sein Handy klingelte. Johannes Wagener, sein Bewährungshelfer. Ben wischte sich die Hände an seiner Jeans ab und ging ran.

»Wie ist es gelaufen, Kumpel?«, fragte Johannes ohne Begrüßung.

Er war ein anständiger Kerl, dem ernsthaft an seinen Klienten gelegen war. Ben mochte ihn, auch wenn Johannes dem System angehörte, das ihn in den vergangenen Jahren gebrochen statt neu ausgerichtet hatte.

»Ich könnte die Stelle haben, und sie ist wirklich gut bezahlt«, sagte er nachdenklich.

»Aber?« Johannes hatte zweifellos das Zögern in Bens Stimme bemerkt.

»Sie will eine Reise machen, auf die ich sie begleiten soll, ins Ausland.« Und sie wird sterben, und ich weiß nicht, ob ich dann bei ihr sein will, ergänzte er in Gedanken.

Johannes stöhnte, und Ben konnte fast bildlich sehen, wie er seinen rotblonden Hipsterbart zwirbelte.

»Das könnte ein Problem darstellen«, bestätigte Johannes. Ben wusste das. Er war damals zu fünf Jahren verurteilt worden, war aber nach drei Jahren und zwei Monaten wegen guter Führung frühzeitig auf Bewährung freigekommen. Doch eine seiner Auflagen war es, die Stadt nicht zu verlassen und sich regelmäßig bei seinem Bewährungshelfer zu melden.

»Hör zu, Mann, das wäre eine echte Chance. Ich werde also alles tun, damit du den Job kriegst.«

Ben wusste, dass es bei Johannes keine leeren Worte waren und dass er in seinem Namen bei Gericht alles daransetzen würde, ihm diese Stelle möglich zu machen. Doch ob das viel bewirken würde, bezweifelte er.

Einmal mehr überlegte Ben, ob er nicht einfach an die Uni zurückkehren sollte. Aber dann hatte er das Bild vor Augen, wie er im Hörsaal zwischen all den Grünschnäbeln Platz nahm, und ihm wurde klar, dass dieser Zug für ihn abgefahren war. Er hatte weder das Geld noch die Hoffnung, um erneut da anzufangen, wo er einst aufgehört hatte. Vielleicht war die Stelle bei Isabelle Steinmann seine einzige Chance, wieder auf einen geraden Weg in seiner sonst so krummen Vita zu kommen. Er atmete tief ein und aus, bevor er sich selbst mit seiner leisen Bitte überraschte.

»Gib mir schnell Bescheid, die alte Dame hat nicht mehr viel Zeit und wartet auf eine Antwort.«

Mit diesen Worten drückte er Johannes weg und schnitt weiter an der Paprika, auch wenn ihm irgendwie der Appetit vergangen war.

STRASSBURG, 1942

»Bist du völlig verrückt? Wir haben so schon nicht genug, um alle satt zu kriegen, und da schleppst du noch den Bastard von einem Boche an, *merde*, Sabine.«

Ihr Vater riss wütend seinen altersschwachen Rollstuhl herum und fuhr in die Küche, wo ihre Mutter geschäftig in einem Topf wässriger Gemüsesuppe rührte. Sabine seufzte und presste Issy an sich, die in ihrer kleinen rosafarbenen Decke schlief. Es war eine absolut impulsive Entscheidung gewesen. Natürlich hätte sie das Verschwinden der Mutter melden und das Kind an die Behörden übergeben müssen, aber sie hatte es nicht übers Herz gebracht.

»Was, wenn die Mutter zurückkehrt, Sabine? Was, wenn sie ihr Kind holen will und es verschwunden ist? Das ist eine Straftat.«

Ihr Vater war immer lauter geworden, und auf seinen unrasierten Wangen zeigten sich nun hektische rote Flecken. Sabine schluckte. Natürlich hatte sie sich auch diese Gedanken gemacht. Doch es war klar, dass die Mutter nicht mehr wiederkehren würde. Sie hatte einen Brief dagelassen. In einer wunderschönen, geschwungenen Handschrift und an zwei Stellen verwischt, wo ihre Tränen sich mit der Tinte vermischt hatten.

*An wen auch immer,
ich hatte keine Wahl, mein Leben wäre am Ende
und das meines Mädchens ebenso, würde ich sie
mitnehmen. Sorgt gut für meine Kleine, und
möge Gott die Hände stets schützend über sie
halten.*

Unterzeichnet war das Schreiben mit drei X. Sabine hatte es schnell in ihre Schwesterntracht gesteckt und das Baby aus seinem Bettchen geholt. Die Kleine hatte sie mit forschenden Augen angesehen und sich dann hungrig über ihr süßes Mündchen gestrichen. Da war der Plan, das Kind zu sich zu nehmen, in ihr gereift. Sie konnte dieses bezaubernde Wesen doch nicht in ein Heim geben. Sabine war danach zu Martine Baillot gegangen und hatte ihr den Brief überreicht. Nachdem die Ältere das Schreiben gelesen hatte, war sie aufgesprungen und lief, für ihre massige Erscheinung erstaunlich behände, den kleinen Raum im Schwesternzimmer zwischen Tisch und Spindreihe auf und ab. Martine war offensichtlich erbost darüber, dass auf ihrer Station eine Wöchnerin verschwunden war.

»Das wird Dr. Keller gar nicht gerne hören.« Wie immer, wenn sie aufgebracht war, strich sie sich mehrfach von unten nach oben über ihr Doppelkinn und fingerte danach fahrig am Kragen ihrer Tracht.

»Hör zu, Martine, es muss keiner erfahren. Ich nehm sie. Dann sagen wir einfach Dr. Keller, dass Mutter und Kind auf eigenen Wunsch am Morgen entlassen wurden nach einer komplikationslosen Geburt.«

Martine Baillot begann wieder auf und ab zu gehen, wobei ihre großen Brüste unter der engen Schwesterntracht leicht von einer Seite zur anderen wogten. »Warum, um Himmels willen, willst du dir diesen kleinen Bastard aufhalsen? Hast du mit deinem Sohn, deinen invaliden Eltern und deiner bescheuerten Schwester nicht genug am Hals?«

Martine Baillot war eine gemeine, boshafte Schachtel, und Sabine hätte ihr gerne ein paar passende Worte in das von einem leichten Damenbart bedeckte Gesicht geschleudert. Aber sie musste die Stationsschwester irgendwie milde stimmen, wenn sie das hier durchbekommen wollte. »Schau, du weißt, ich kann keine weiteren Kinder kriegen, und der kleine Wurm hier kann doch auch nichts dafür, dass ihn keiner will.«

Martine ließ sich wieder auf den Stuhl fallen, auf dem sie zuvor Krankenakten geprüft hatte. Dieser ächzte unter ihrem Gewicht. »Ich weiß nicht. Wenn das rauskommt, komm ich mit dir in Teufels Küche.«

Sabine spürte den nachlassenden Widerstand der Älteren. »Stell dir erst mal vor, was hier los sein wird, wenn Dr. Keller kommt. Er ist so auf den guten Ruf des Hospitals bedacht. Eine verschwundene Mutter und ein ausgesetztes Kind, zudem noch der Bastard eines Wehrmachtsoffiziers – das gibt Gerede. Vielleicht taucht sogar die Zeitung auf, um darüber zu berichten.« Sabine strich sich nach diesen Worten grübelnd über den Mund. »Ja, das könnte wirklich Wellen schlagen«, setzte sie gespielt nachdenklich hinterher.

Martine hatte nach Sabines kleiner Ansprache entsetzt ihre wasserblauen Augen aufgerissen. Die Vorstellung, bei

Dr. Keller in Ungnade zu fallen, behagte ihr absolut nicht. Sie blickte sich gehetzt nach allen Seiten um. »Also gut, nimm das Kind, aber ich warne dich! Wenn das auffliegt, dann werde ich leugnen, davon gewusst zu haben. Das badest du allein aus.«

»Robert, lass gut sein, nun ist es eh geschehen.«

Jeanne Lambert widersprach nur selten ihrem aufbrausenden Mann, weshalb ihr Vater nun auch fast überrascht zu seiner Gattin aufsah. Statt ihr zu antworten, richtete er den Rollstuhl wieder so aus, dass er Sabine im Blick hatte. »Was wird dein Albert dazu sagen, dass du ihm einen Kuckuck ins Nest legst.«

Empört schnaubte Sabine und weckte damit die Kleine, die sich nun unruhig in ihren Armen wand. »Papa, wie kannst du so etwas behaupten, ich jubele Albert schließlich nicht das Ergebnis einer Affäre unter, sondern habe einfach ein armes, schuldloses Wesen vor dem Heim bewahrt. Albert wird stolz auf mich sein«, sagte sie mit weit mehr Überzeugung, als sie verspürte.

»Dein Mann kämpft im Untergrund gegen die Deutschen, und du bringst ihm einen mit nach Hause. Denkst du ernsthaft, er wird auch noch stolz auf dich sein?«

Sabine seufzte leise. Ihr Vater hatte nicht unrecht. Mit ihrer impulsiven Art hatte sie die Familie schon öfter in Schwierigkeiten gebracht, und wenn sie ehrlich zu sich selbst war, hatte sie keine Ahnung, wie Albert am Abend reagieren würde. Die Kleine schützte sie in diesem Augenblick vor weiteren Anfeindungen, indem sie zu greinen begann.

»Ich muss mich um das Kind kümmern«, sagte sie und verließ die Küche, um aus ihrer Tasche Milchpulver und eine Flasche zu holen. Als sie zurück in das winzige Wohnzimmer kehrte, hatte ihr Vater sich bereits einen großen Schnaps eingegossen, den er höhnisch in ihre Richtung reckte, während sie Isabelle in einen kleinen Bastkorb legte, um Wasser aufzuheizen.

»Auf den Bastard«, sagte Robert und goss den Selbstgebrannten mit einer geübten Handbewegung hinunter. Sabine schloss kurz die Augen, um den Aufruhr in ihrem Inneren zu besänftigen. Als sie sie wieder öffnete, sah sie verwundert, wie der kleine Philippe neben dem Körbchen kauerte und dem Baby seine Hand hinhielt.

»Sieh, Maman, sie mag mich«, sagte er und deutete mit seinem Lockenkopf auf seine Finger, die nun von der Kleinen fest umschlossen wurden. Sabine lächelte. Vielleicht würde am Ende alles gut, wer wusste das schon.

Kapitel 4

Isabelle schlug die Augen auf und stöhnte. Dieser Tage glich selbst das Heben ihrer müden Lider einem Kraftakt. Sie fühlte sich so unglaublich ausgelaugt und wusste, dass ihre Uhr immer lauter tickte. Auch deshalb wartete sie ungeduldig auf eine Rückmeldung von Ben Bäcker. Sie musste diese Reise machen, und ohne ihn würde sie das nicht schaffen. Er oder keiner – Isabelles Bauchgefühl hatte sie nur selten getrogen. Sie stand langsam auf, wobei sie jeden einzelnen Tag ihrer siebenundsiebzig Jahre auf dieser Erde in den Knochen zu spüren schien.

Der Weg ins Badezimmer war heute besonders lang und beschwerlich, und Isabelle musste mehr als einmal innehalten, um sich an der Wand abzustützen, damit sie nicht fiel. Ihr war oft schwindelig, vor allem nach dem Aufstehen, und ihre Beine zitterten, als hätte sie bereits vor dem Frühstück einen Marathon absolviert.

Endlich erreichte sie das Waschbecken, auf dem sie sich schwer atmend abstützte. Ihr Blick glitt in den Spiegel, und sie sah, wie alt sie in den vergangenen Wochen geworden war. Der Krebs zehrte an ihr und hatte neue Falten und tiefe schwarze Ränder unter ihren Augen zurückgelassen. Ganz zu schweigen von den handtellergroßen Blutergüssen, die sich über ihren Körper zogen und aussahen, als hätte sie ein paar Preisboxern im Ring gegenübergestanden. Sie hatte sich gegen eine Chemotherapie entschieden. Man hatte ihr ohnehin gesagt, dass eine solche keine Heilung mehr bringen würde, bestenfalls bekäme sie ein paar Wochen oder Monate geschenkt, doch zu welchem Preis? Isabelle wollte nicht in einem Krankenhausbett vor sich hin vegetieren. Sie wollte die Zeit, die ihr noch blieb, nutzen.

Es gab zwei Dinge, die sie tun musste, um ruhigen Gewissens gehen zu können. Für eines der beiden hatte sie einen Plan, das andere ließ sie ratlos zurück. Carole.

Sie wusste, dass sie in diesem Bereich auf ganzer Linie versagt hatte. Dabei hatte sie sich damals so sehr auf das Baby gefreut. Es war etwas, das sie aus ihren trüben Gedanken riss und ihr Hoffnung gab, dass das Leben auch so noch gut für sie sein konnte. Sie hatte so lange warten müssen auf eine zweite Chance, dass sie mit dreiundvierzig Jahren kaum mehr daran geglaubt hatte.

Doch gleich nach der Geburt hatte sie sich nur unendlich leer und einsam gefühlt, und das Schlimmste war, dass sie schlichtweg nichts empfand, wenn man ihr das rosige, zart duftende Bündel in die Arme legte. Anders als Theo, der Carole vom ersten Tag an vergötterte. Ihr konnte er all die Liebe schenken, die er bei Isabelle nicht loswurde.

Heute wusste sie, dass ihre rabenschwarze Stimmung Folge einer postnatalen Depression gewesen war. Damals jedoch wurde über so etwas nicht geredet, da hatte man sich gefälligst zu freuen und sich sofort in die Rolle der perfekten Mutter zu fügen. Und das war Isabelle lange Zeit unendlich schwergefallen.

Theo hatte ihr aber nur allzu gerne alles abgenommen, sodass es irgendwann so war, dass Isabelle sich wie ein Eindringling vorkam, wollte sie doch einmal ihre Tochter zu Bett bringen oder mit ihr lesen. »Papa machen«, krähte Carole dann immer empört und wich vor ihr zurück, als sei sie der Leibhaftige persönlich. Natürlich, sie war die Erwachsene und hätte sich besser in ihre kleine Tochter einfühlen müssen, aber auch da stand ihr damals niemand zur Seite. Wen hätte sie schon um Rat fragen sollen?

Irgendwie waren sie aus dieser Rollenverteilung nicht mehr herausgekommen. Theo hatte alles für Carole bedeutet, während Isabelle nur geduldet wurde. Egal, ob es um Wackelzähne, Streit mit der besten Freundin, schlechte Schulnoten oder den ersten Liebeskummer ging.

Als Theo vor einigen Jahren einem Schlaganfall erlag, war Carole untröstlich gewesen. Auch Isabelle hatte sein Tod traurig gemacht. Sie hatte ihn nicht aus Liebe geheiratet, hatte nie gelernt, ihn zu lieben, doch sie hatte ihn geschätzt – meistens jedenfalls. Zu Beginn hatte Isabelle sich gewünscht, seine Zuneigung erwidern zu können, wie einfach hätte alles sein können. Aber ihr Herz hatte zeit ihres Lebens einem anderen gehört, und daran hatte sich bis heute nichts geändert.

Damals auf Theos Beerdigung hatte Isabelle sich neben Carole gestellt und ihr zaghaft einen Arm um die Schultern gelegt, doch Carole war ungehalten vor ihr zurückgewichen.

»Fass mich nicht an, Mutter. Du hast kein Recht, hier zu stehen und die trauernde Witwe zu spielen. Ich weiß, dass du Papa nie geliebt hast. Er hat all die Jahre darunter gelitten, hätte alles für dich getan, aber du hast ihn nie durch die dicken Mauern gelassen, die du um dich herumgezogen hast – und mich ebenfalls nicht. Und jetzt ist es zu spät, für ihn sowieso, doch auch dafür, dass du an seinem Grab die fürsorgliche Mutter geben willst.«

Isabelle hatte ihre Hand sinken lassen und den Kloß in ihrer Kehle hinuntergeschluckt. Carole lag nicht falsch. Sie hatte über die Jahre wohl ihr Recht, als Mutter und Ehefrau hier zu stehen, verwirkt. Damals hatte sie keinen Versuch mehr unternommen, an Carole heranzukommen. Dabei spürte Isabelle tief in ihrem Herzen, dass ihre Tochter den Trost gebraucht hätte, den Zuspruch, die Liebe, die sie natürlich für sie empfand, egal, was in der Vergangenheit gewesen war. Vielleicht war es ein Test gewesen, als Carole sie damals von sich stieß, vielleicht hätte sie erwartet, dass Isabelle um sie kämpfte. Wenn dem so war, dann hatte sie erneut kläglich versagt.

Isabelle stöhnte leise und ließ sich kaltes Wasser über die Handgelenke laufen. Manchmal half ihr das, um wieder klarer zu werden. Sie wusch sich danach und zog sich einen der farbenfrohen Kaftane an, die sie so liebte und die Carole stets ein Kopfschütteln entlockten. »Du siehst aus wie eine Alt-68erin, die zu einem Woodstock-Revival will«, hatte sie einmal angemerkt. Aber es gab schon genug Grau in Isabelles Leben, warum sollte sie nicht wenigstens bunte Kleidung tragen?

Sie ging hinunter, wo die Haushälterin Frau Iwanow ihr ein Frühstück bereitgestellt hatte. Quark mit Beeren, ein Croissant, Marmelade und ein Milchkaffee. In den vergangenen Wochen hatte sie wenig Appetit verspürt, aber heute freute sie sich auf das Essen. Sie ließ sich am Küchentisch nieder und wollte gerade die Zeitung aufschlagen, als das Telefon klingelte.

»Frau Steinmann? Ben Bäcker, ich kann die Stelle antreten, ich habe vom Gericht das Okay bekommen, dass ich auch ins Ausland darf.«

Am liebsten hätte Isabelle die Faust in den Himmel gereckt. Ein warmes Glücksgefühl durchströmte sie, und seit Langem fühlte sie sich noch einmal lebendig. »Perfekt, wann können Sie anfangen, Ben?«

»Wann immer Sie wollen, Isabelle«, stieg er auf ihre vertrauliche Anrede ein.

Isabelle lächelte breit. Sie mochte Ben Bäcker.

Sie vereinbarten, dass er gleich am nächsten Tag kommen sollte. Er könnte ihr beim Packen und bei ein paar Dingen helfen, die sie vor der Reise noch erledigen wollte. Danach stand einem Aufbruch ihrerseits nicht mehr viel im Weg.

»Was halten Sie davon, wenn Sie ab morgen hier ein Gästezimmer beziehen? Dann haben Sie nicht immer die blöde Anfahrt mit dem Bus, und ich würde mich auch sicherer fühlen, falls ich nachts Hilfe brauche.«

Er schwieg kurz, als er über ihr Angebot nachdachte.

»In Ordnung, bis morgen«, sagte er schlussendlich, und Isabelle legte mit einem Gefühl der Zuversicht auf. Alles würde gut werden. Zumindest so gut, wie sie erwarten konnte. Jetzt brauchte sie nur noch einen Plan wegen Carole.

Kapitel 5

Drei Tage später klingelte Caroles Handy.

»Frau Iwanow, was gibt es?«, begrüßte sie die Haushaltshilfe ihrer Mutter.

»Fräulein Steinmann, Sie haben gesagt, soll ich sagen, wenn was komisch bei Mama ist«, radebrach Frau Iwanow. Carole verdrehte die Augen. Der Tag war noch zu früh, um sich wieder mit irgendwelchen Kapriolen ihrer Mutter zu befassen, aber schließlich hatte sie der Haushälterin einen üppigen Betrag zugesteckt, damit diese sie von Zeit zu Zeit ins Bild setzte, was ihre Mutter so trieb.

»Hat sie jetzt Mann bei sich wohnen, großes Mann mit tätowierte Arme. Und hat Mama mir gesagt, ich soll die nächsten Wochen freinehmen. Da dachte ich, sag ich lieber Bescheid.«

Carole konnte förmlich sehen, wie Frau Iwanow, die seit über zwanzig Jahren mehrmals die Woche in ihr Elternhaus kam, um sauber zu machen, zu kochen und Wäsche zu bügeln, verlegen an ihrem Haarnetz zupfte, während sie ihrem Spionageauftrag nachkam.

»Danke für die Information, ich werde mich gleich darum kümmern.« Carole legte auf und stand einen Moment stocksteif da. Dann warf sie den Kopf in den Nacken und stieß einen frustrierten Schrei aus. Wenn ein Mensch es schaffte, sie in wenigen Sekunden von null auf hundert zu bringen, dann ihre Mutter. Isabelles sprunghafte Art war das genaue Gegenteil von Caroles fast neurotischer Vorliebe für Pläne und Ordnung.

Insgeheim hatte Carole gehofft, dass das Thema mit dem Gesellschafter durch sei, denn Isabelle hatte diesen ungehobelten Typen seither mit keiner Silbe mehr erwähnt. Dass es wieder nur so eine fixe Idee gewesen war, der ihre Mutter ein paar Tage nachjagte, um dann das Interesse zu verlieren. Denn so war es häufig bei Isabelle.

Carole atmete tief durch und straffte ihre Schultern, dann wählte sie Isabelles Nummer. Ohne Begrüßung fiel sie mit der Tür ins Haus. »Du hast also allen Ernstes diesen Kerl engagiert?«

»Guten Morgen, Carole, schön, von dir zu hören«, flötete es am anderen Ende, ganz so, als hätte es Caroles Frage nie gegeben.

»Hör zu, Mutter, ich bin absolut nicht in der Stimmung für deine Spielchen. Es gibt tatsächlich Menschen, die für ihren Lebensunterhalt arbeiten müssen. Du gibst jetzt diesem Mann ein üppiges Trinkgeld und schickst ihn auf Nimmerwiedersehen nach Hause.«

Carole konnte das leise Lachen ihrer Mutter hören, dann vernahm sie eine tiefe Stimme im Hintergrund.

»Der soll auch mit, Ben, den kannst du zu den anderen Koffern tun«, hörte Carole ihre Mutter sagen.

Sofort schnellte ihr Puls in die Höhe.

»Was geht hier vor, Mutter? Wofür brauchst du einen Koffer?«

Carole wusste, dass sie schrill klang und konnte sich gut vorstellen, wie Isabelle erschrocken den Hörer von ihrem Ohr fernhielt.

»Nun ja, ich werde eine Reise machen, und Ben wird mich begleiten«, sagte sie nach einer kleinen Pause.

Carole schnappte mehrmals nach Luft. »Du willst was?«

»Eine Reise machen. Kind, *ich* befinde mich doch am Rande der Senilität, warum muss ich denn bei dir alles zweimal sagen?«

Carole ging auf die rhetorische Frage gar nicht erst ein. Ihr schwirrte schon wieder der Kopf. Ihre Mutter hatte Frankfurt seit Jahren nicht mehr verlassen. Auch nicht, als Carole ihr damals angeboten hatte, sie zu einem Firmen-Teammeeting nach Cabrera mitzunehmen. Doch jetzt ließ sie alles stehen und liegen, um mit diesem Bäcker Gott weiß wohin zu verreisen. Ein kleiner, eifersüchtiger Stich traf ihr Herz, bevor sie weitersprach.

»Wohin denn bitte?« Sie klang allmählich wie eine Mutter, die ihrer renitenten Teenagertochter beizukommen versuchte. Was auf absurde Weise Sinn ergab, denn wenn sie überhaupt je so etwas wie eine Mutter-Tochter-Verbindung hatten, dann immer mit vertauschten Rollen: Sie war die Erwachsene, und Isabelle führte sich kindisch auf.

»Nach Frankreich, genauer gesagt ins Elsass, hatte ich das nicht erwähnt?«, trällerte Isabelle, und Carole spürte, wie eine Ader an ihrer Schläfe zu pochen begann.

»Hör zu, Mutter …«

Weiter kam sie nicht, denn Isabelle schnitt ihr das Wort ab.

»Es ist zu spät, Carole, ich muss das jetzt machen. Und auch wenn du es mir nicht glaubst, ich liebe dich.«

Damit legte sie auf und ließ Carole am anderen Ende der toten Leitung mit offenem Mund zurück. Selten hatte sie Isabelle so entschlossen und ernst erlebt – und vor allem so emotional. Da stimmte etwas nicht. Ganz und gar nicht.

Carole schüttelte sich, um aus ihrer Schockstarre zu kommen. Dann warf sie ihr Telefon in die Handtasche, griff nach den Autoschlüsseln und stürmte zur Tür hinaus.

Kapitel 6

Isabelle stand im Hof ihres weitläufigen Anwesens und gab dem Gärtner Anweisungen, wie er die Bäume beschneiden sollte. Hinter ihr belud Ben gerade den alten Mercedes, der Theo gehört hatte. Isabelle hatte nie das Herz gehabt, ihn zu verkaufen. Theo hatte den 560 SEL 1985 gekauft, nachdem er von seinem Vater Berthold die Leitung der Firma übertragen bekommen hatte. Es hatte noch viele Wagen nach dem Mercedes gegeben, doch der himmelblaue Oldtimer war immer Teil des Fuhrparks gewesen. Theo und sie hatten ihn manchmal im Sommer an den Wochenenden zu einem Ausflug genommen. Die anderen Autos hatte sie nach Theos Tod verkauft, da sie selbst nicht fuhr und sich stattdessen ein Taxi gönnte, wenn sie es brauchte. Aber der Mercedes war geblieben und wurde auch regelmäßig vom Gärtner gepflegt.

»Bist du dir sicher, dass der uns bis nach Frankreich bringen wird?«, erkundigte sich Ben mit skeptischem Blick auf das Vehikel.

»Er muss«, sagte Isabelle entschieden und klopfte sanft auf das Blech der Motorhaube, um dem Auto ebenfalls zu signalisieren, dass es nun kein Zurück mehr geben würde.

Sie sah Ben dabei zu, wie er die Koffer verstaute und dann erneut nach drinnen ging, um bei Frau Iwanow den Proviantkorb zu holen. Genau in dem Moment, als Ben wieder aus dem Haus trat, schoss ein Audi die lange Einfahrt hinunter und kam mit quietschenden Reifen neben dem Mercedes zum Stehen. Hinter dem Steuer saß Carole, die blonden Brauen zu einer einzigen, geraden Furche zusammengezogen.

Isabelle winkte ihr, als wäre es das Normalste der Welt, dass ihre Tochter wie ein Racheengel auf vier Reifen in ihren Hof geflogen kam. Carole zog den Schlüssel aus dem Zündschloss und stieg hastig aus. Ihre Wangen waren mit hektischen roten Flecken übersät wie immer, wenn sie ihren Zorn nur mühsam in Schach halten konnte.

»Was bitte soll das hier werden?«, fragte sie und baute sich mit in die Hüften gestemmten Fäusten vor Isabelle auf.

»Wie schon erwähnt, bereiten wir uns auf einen kleinen Ausflug vor«, erwiderte Isabelle und war froh, dass ihre Stimme selbstsicherer klang, als sie sich fühlte. Es gab so vieles, das sie Carole hätte sagen müssen. Zum Beispiel, dass dies vermutlich ihre letzte Reise werden würde, doch sie brachte es nicht über sich. Nicht hier und jetzt.

»Mutter, sei nicht albern, ich werde dich nicht mit dem da zu einer Fahrt übers Land schicken. Wir wissen immer noch nicht, was dieser Mensch auf dem Kerbholz hat. Was, wenn er dir irgendwo im Wald die Kehle durchschneidet?«

Isabelle stieß ein ungläubiges Lachen aus. »Das ist absurd. Davon abgesehen, worauf fußt dein Urteil? Du kennst ihn ja nicht mal, Carole.«

»Du kennst ihn doch auch nicht«, presste ihre Tochter nur mühsam beherrscht hervor.

Isabelle zuckte mit den Schultern. »Wer kennt schon irgendwen wirklich?«, fragte sie zuckersüß, während sie aus den Augenwinkeln sah, wie Ben nun mit einem Picknickkorb und einem unverschämten Grinsen, das Carole galt, hinter sie trat. Carole schien jedoch plötzlich etwas anderes zu beschäftigen. »Was in Gottes Namen willst du eigentlich im Elsass?«

»Ich habe da etwas zu erledigen. Wenn du uns jetzt bitte entschuldigen würdest?« Isabelle drängte sich an Carole vorbei und warf ihre grün-gelb gemusterte Strickjacke auf die Rückbank des Mercedes. »Ich wäre dann so weit, Ben«, rief sie, als sie sich kurz darauf etwas unbeholfen auf den Beifahrersitz fallen ließ.

Ungläubig schüttelte Carole den Kopf. Sie kam sich vor, als wäre sie in einen schlechten Film geraten oder einen absurden Traum. Ben Bäcker steuerte dem Auto nun ebenfalls entgegen, doch Carole stellte sich ihm mit verschränkten Armen in den Weg. »Sie werden da nicht einsteigen«, befahl sie mit weitaus mehr Überzeugung, als sie empfand.

»Sagt wer?«, fragte er mit schief gelegtem Kopf.

»Hören Sie, ich weiß nicht, was für ein Spielchen Sie hier treiben. Vielleicht denken Sie, meine Mutter wäre eine Cougar-Lady und würde einen jungen Lover aushalten. Vielleicht glauben Sie auch, dass sie alt und damit leichte Beute ist. In jedem Fall bezweifle ich, dass Ihre Motive, sich diese Stelle zu nehmen, aufrichtiger Natur sind.«

»Und das glauben Sie zu wissen, weil …?«

»Weil ich Typen wie Sie kenne«, stieß sie abfällig hervor.

Er antwortete nicht, stattdessen wanderten seine stahlblauen Augen einmal abschätzend an ihr hoch und wieder herunter. Dann beugte er sich zu ihr, und sein nach Pfefferminz riechender Atem streifte ihre Wange.

»Was für Typen?«, fragte er leise.

Seine Nähe machte sie nervös, und Carole spürte, wie sich eine Gänsehaut unter den Ärmeln ihrer dünnen Bluse bildete. Doch sie würde sich nicht so einfach einschüchtern lassen, von so jemandem schon zweimal nicht.

»Nichtsnutze und Verlierer, die denken, die Gesellschaft schulde Ihnen etwas.«

Er hatte sich wieder aufgerichtet, sodass Carole nicht umhinkam zu bemerken, dass das Blau seiner Augen sich verdunkelt hatte.

»Schade, dass aus Ihrem schönen Mund so hässliche Worte kommen. Wenn Sie zu allen so bissig sind, ist es kein Wunder, dass sie so unbefriedigt wirken.«

Carole schnappte empört nach Luft. Eigentlich war sie niemand, der auf den Mund gefallen war, doch auf diese Unverschämtheit wollte ihr außer einem wütenden Schnauben kein passender Konter einfallen. Ben Bäcker schien ohnehin nicht auf eine Antwort gewartet zu haben; er drehte sich um und ließ sie einfach stehen, ohne sie auch nur noch eines Blickes zu würdigen.

Entgeistert sah Carole zu, wie er den Picknickkorb im Kofferraum verstaute und dann zur Fahrertür strebte. Sie konnte das nicht zulassen. Sie musste irgendetwas tun. Auch wenn ihre Mutter bisweilen eine furchtbare Nervensäge war, sie konnte sie nicht so ihrem Schicksal überlassen. Einen Augenblick lang überlegte Carole, sich einfach vor den Mercedes zu stellen, doch sie war sich nicht sicher, ob der Fahrer, der gerade angeregt mit seinem Fahrgast plauderte, überhaupt anhalten würde.

Einer spontanen Eingebung folgend sprintete Carole zu ihrem Auto, riss ihre Handtasche vom Beifahrersitz und rannte zurück zum Mercedes. Sie öffnete mit zu viel Schwung die Hintertür und ließ sich atemlos auf die Rückbank fallen.

»Was hast du vor?«, fragte Isabelle irritiert.

»Ich schließe mich euch an.«

Das war vielleicht das Spontanste, das Carole je in ihrem Leben getan hatte; und sie wusste nicht, ob sie in Tränen ausbrechen oder hysterisch lachen sollte. Sie entschied, beides zu unterlassen, und kramte stattdessen nach ihrem Handy.

»Hallo, Helga? Bitte verschieben Sie meine kommenden Termine und sagen Sie die Konferenz am Mittwoch ab, ich werde mir ein paar Tage Urlaub nehmen.«

Ihre Sekretärin war sprachlos. Carole nahm so gut wie nie Urlaub, sie hätte mit den angehäuften freien Tagen vermutlich die kommenden zwei Jahre keinen Fuß mehr in die Kanzlei setzen müssen. Doch nach einem kurzen Moment hatte Helga sich wieder gefangen und bestätigte ihren Auftrag. Zufrieden schaltete Carole ihr Handy aus und lehnte sich zurück.

»Und, wohin geht es genau?«

Strassburg, 1942

Albert saß auf der Bettkante und fuhr sich immer wieder über seinen Schnurrbart. Er hatte seit einer halben Stunde kein Wort mehr gesagt, und Sabine wusste, dass das kein gutes Zeichen war. Das Baby schlief in dem Bastkorb, den Sabine auf ihrer Seite des Bettes am Boden abgestellt hatte, damit sie schnell würde reagieren können, sollte die Kleine des Nachts wach werden. In der Spalte zwischen ihren beiden Matratzen lag Philippe und presste seinen abgeliebten Stoffhasen an sich, den Albert ihm auf einem Jahrmarkt im vorigen Jahr geschossen hatte. Er hatte sein Däumchen im Mund, und seine unendlich langen Wimpern bedeckten seine Pausbäckchen. Wie immer, wenn sie ihr schlafendes Kind betrachtete, überflutete sie eine Welle aus Liebe, die so stark war, dass sie automatisch einen tiefen Atemzug nehmen musste. Ihr Blick wanderte zu dem kleinen Mädchen, das zu ihren Füßen schlief, und es überraschte Sabine, dass sie nach der kurzen Zeit ähnlich stark für das Kind fühlte. Beherzt wandte sie sich wieder zu Albert.

»Hör, Liebster, es muss doch niemand erfahren. Wir sagen einfach, dass sie das Kind deiner Cousine Ann-Sophie ist.«

Albert fuhr herum und sah sie aus zusammengekniffenen Augen an.

»Ich habe keine Cousine Ann-Sophie«, merkte er überflüssigerweise an.

Sabine umrundete das Bett und ließ sich sacht neben ihm nieder. »Wir wissen das, aber sonst niemand. Deine

Cousine könnte bei einem Unfall mit ihrem Gatten ums Leben gekommen sein. Vielleicht sind sie mit dem Automobil in einen Graben gefahren oder wurden von einem Feuer überrascht. In jedem Fall hat das Kind überlebt und muss doch nun irgendwo bleiben. Was meinst du?«

Albert schüttelte ungläubig den Kopf. »Ich glaube, dass wir uns so immer tiefer in Lügen verstricken, und das kann nie gut sein, Sabine. Irgendwann stolpern wir über dieses Lügennetz und kommen zu Fall. Davon abgesehen, ich weiß, dass das da nicht das Kind irgendeiner Cousine ist, sondern ein deutscher Bastard.«

Sabine legte ihm eine Hand aufs Knie. »Sprich nicht so über sie, die Kleine kann doch nichts dafür. Sie hat niemanden auf der Welt, und zurückbringen kann ich sie nun auch nicht mehr.«

Sabine spürte, wie ihre Stimme zitterte bei dem Gedanken, dass sie sich von Isabelle trennen sollte. Albert drehte sich zu ihr und strich ihr sanft über die Wange. »Ma belle, ich weiß, dass du traurig darüber bist, dass wir keine weiteren Kinder haben werden, aber trotzdem können wir jetzt nicht irgendwelche Waisen oder Bastarde von der Straße auflesen. Wir haben kaum genug, um alle satt zu kriegen. Da sind deine Eltern und Agathe. Nein, das Kind kann nicht bleiben.«

Entschieden stand er auf und begann damit, sein Hemd aufzuknöpfen, um sich für die Nacht fertig zu machen. Für ihn schien die Diskussion beendet. Sabine spürte, wie bittere Tränen hinter ihren Augenlidern brannten. Sie erhob sich und hielt ihn an den nun offenen Seiten seines Hemdes fest.

»Bitte, Albert. Ich kann sie nicht einfach zurückbringen. Die Baillot reißt mir den Kopf ab. Sie wollte vertuschen, dass ihr eine Wöchnerin abhandengekommen ist. Es war vielleicht impulsiv, aber es ist nun eben nicht mehr zu ändern.«

Albert löste vorsichtig ihre zu Fäusten geballten Hände vom Stoff seines einzigen guten Hemdes und zog es dann ganz aus. Er schwieg erneut eine lange Weile, dann trat er auf sie zu und blickte ihr betrübt ins Gesicht. Sabine wusste, dass Albert ihr nur ungern etwas abschlug, doch diesen Herzenswunsch schien er ihr nicht erfüllen zu wollen.

»Ich werde sie morgen nach Sasbach zu den Franziskanerinnen bringen. Dort wird sie gut aufgehoben sein, und du hast deine Christenpflicht erfüllt. Jetzt leg dich schlafen, du hast doch Frühdienst.«

Sabine wollte etwas entgegnen, da legte Albert ihr sanft einen Finger auf den Mund. »Das ist beschlossene Sache, ma belle, und nun bonne nuit.«

Sabine tat die ganze Nacht kein Auge zu, und als ihr Wecker um kurz nach drei schrillte, fühlte sie sich gerädert und ausgelaugt. Der kleine Philippe war es bereits gewöhnt, dass mitten in der Nacht ein Klingeln seine Mutter aus der Wärme des gemeinsamen Bettes trieb. Das Baby hingegen schlug erschrocken die Augen auf und begann sogleich zu weinen. Sabine nahm sie mit und gab ihr eine Flasche. Dann wickelte sie die Kleine und blieb eine ganze Zeit mit ihr im Arm sitzen, bis der unbarmherzige Zeiger der Uhr sie mahnte, sich nun für den Dienst fertig zu machen. Das Baby war wieder eingeschlafen, und Sabine presste ihm einen letzten, verzweifelten Kuss auf die winzige Stirn, die es im Schlaf krauszog, als missfalle es ihm ebenfalls, von hier fortgebracht zu werden.

Albert hatte gewartet, bis Sabine das Haus verließ, dann stand auch er auf und zog sich an. Er würde ungefähr drei Stunden mit dem Zug brauchen und wollte keine Zeit verschwenden. Doch als er aufbrechen wollte, stand Philippe neben dem Bastkorb und blickte ihn aus großen ängstlichen Augen an.

»Papa, bring sie nicht fort, ich bitte dich. Sie muss bleiben.«

Albert zerriss es das Herz. Als wäre es nicht schon schlimm genug gewesen, Sabine die Sache auszureden. Nun stand auch noch sein vierjähriger Sohn mit entschlossener Miene vor dem Baby und verschränkte die kurzen, dürren Arme, als würde er Himmel und Hölle in Bewegung setzen, um das kleine Wesen zu schützen.

»Philippe, komm, sei ein großer Junge. Das ist kein Hund oder Kätzchen. Sie ist ein Mensch, der wachsen wird, der Kleidung und Nahrung braucht, und wir sind arm. Wir können sie nicht behalten.«

Couragiert trat sein kleiner Sohn auf ihn zu. »Dann teile ich mit ihr.«

»Junge, begreif doch, es ist so schon nicht genug.«

»Gut, dann musst du mich auch weggeben.«

Albert seufzte.

Als Sabine am Abend zurückkehrte, fühlte sie sich ausgelaugt und traurig. Heute war ihnen eine junge Frau unter der Geburt von Zwillingen gestorben, und die beiden Buben hatten es ebenfalls nicht geschafft; viel zu früh hatten die Wehen eingesetzt. Nun graute ihr davor, zu Hause in den leeren Bastkorb zu blicken. Schon jetzt vermisste sie Isabelle schmerzlich. Doch als sie den Schlüssel im Schloss umdrehte, wurde sie vom Weinen eines Babys empfangen. Ihr Herz begann freudig zu schlagen, und sie eilte in die Küche, wo ihre Mutter der Kleinen gerade die Flasche gab und Philippe mit seligem Gesichtsausdruck danebenstand, wobei er das winzige, nur spärlich behaarte Köpfchen streichelte. Albert und ihr Vater saßen mit missmutigen Mienen am Tisch und teilten sich schweigsam eine Flasche Pernod.

»Aber was? Warum?«, stammelte sie und beeilte sich, um aus ihrem Wollmantel zu kommen. Eilig trat sie auf ihre Mutter zu, die ihr mit einem verschwörerischen Lächeln das Baby in die Arme legte.

»Frag deinen Sohn«, brummte Albert und prostete seinem Schwiegervater zu.

»Philippe hat Zeter und Mordio gebrüllt, als Albert das Baby wegbringen wollte. Er hat geschworen, all sein Essen und seine Kleidung mit ihr zu teilen und nie wieder etwas anzustellen, wenn Isabelle nur bleiben darf«, erklärte Jeanne und strich ihrem Enkel über die wilden Locken.

»Deine Tränen waren ja schon schwer zu ertragen, aber es gibt nur so viel, was ein Mann aushalten kann«, sagte Albert theatralisch, doch ein Lächeln zupfte an seinen Lippen. Gerührt trat Sabine auf ihren Mann zu.

»Albert, du wirst es nicht bereuen, glaub mir.« Sie beugte sich vorsichtig zu ihm hinab, darauf bedacht, dabei nicht das Baby zu erdrücken, um ihm einen langen, dankbaren Kuss zu schenken.

»Ich bereue es jetzt schon«, brummte Albert an ihren Lippen, doch als sie sich von ihm löste, sah sie, wie er Isabelle anlächelte, als diese ihn neugierig betrachtete. Es würde alles gut werden, sagte sie sich.

Das musste es einfach.

Kapitel 7

Carole versuchte, ihr Lächeln nicht entgleisen zu lassen, als sie nun auf dem Rücksitz auf eine Antwort von vorn wartete. Zwei neugierige Augenpaare musterten sie im Rückspiegel. Zum einen das ihrer Mutter, in dem sie milde Überraschung, aber auch Freude ausmachen konnte, und dann seine: tiefblau und unergründlich. Sie hätte nicht sagen können, ob sein Blick genervt, taxierend oder gar spöttisch war, vermutlich irgendetwas dazwischen. Doch Carole hatte sich geschworen, dass Ben Bäcker sie nicht mehr aus der Fassung bringen würde.

»Also, wohin nun genau?«, bohrte sie erneut nach, woraufhin Isabelle sich zu ihr umwandte. »Wir fahren nach Straßburg.«

Bäcker griff nach dem Zündschlüssel, nicht aber ohne sie noch einmal eingehend im Rückspiegel zu betrachten.

»Noch wäre Zeit auszusteigen«, merkte er lakonisch an.

Doch Carole zuckte nur mit den Schultern, bevor sie mit honigsüßer Stimme erwiderte: »Das Gleiche gilt für Sie.«

Er schnaubte amüsiert, dann erwachte der Oldtimer mit einem Husten zum Leben. Carole fischte ihr Telefon aus der Handtasche und begann, die Route zu googeln.

»Was tust du?«, fragte Isabelle. Ohne auf ihre Mutter einzugehen, scrollte Carole durch die Fahranweisungen. »Sie müssen sich auf der A67 Richtung Stuttgart/Mannheim halten, dann …«

Weiter kam sie nicht, denn Isabelle hatte sich blitzschnell umgewandt und ihre Hand auf das Display gelegt.

»Was soll das denn?«, wollte Carole irritiert wissen, während die beiden auf den vorderen Plätzen sich nun still, aber einvernehmlich mit Blicken verständigten. Carole fühlte sich wie eine Außenseiterin, obwohl das da vorn ihre Mutter war.

»Spontaneität, mein Kind, das ist die Losung für unsere Reise. Keine vorgegebenen Routen, keine Pläne. Wir haben ein Ziel, aber der Weg ist auch wichtig«, dozierte Isabelle, wobei Carole nun den amüsierten Blick des Fahrers auf sich spürte.

Himmel, auf was hatte sie sich hier eingelassen? Noch konnte sie aussteigen, wäre in null Komma nichts zurück zu Isabelles Villa gelaufen, wo ihr Audi – nebenbei bemerkt unabgeschlossen – auf sie wartete.

Aber Carole war schon immer für Wettkämpfe zu haben gewesen, und nichts anderes war das hier: Ein Wettkampf mit Isabelle, bei dem es darum ging, wer zuerst klein beigab. Also lehnte sie sich zurück und starrte aus dem Fenster, wo sie Frankfurt langsam hinter sich ließen und die Schilder die Autobahn 6 ankündigten. Immerhin stimmte die grobe Richtung, sodass sie nicht am Ende des Tages irgendwo in Hamburg stranden würden. Bevor Isabelle ihr verboten hatte, die Route zu googeln, war eine Fahrzeit von knapp drei Stunden angezeigt worden, weshalb Carole sich zu entspannen begann. Es würde schon nicht so schlimm werden. Wenn sie ankämen, würde sie für alle ein schönes Hotel buchen, sich etwas zu essen auf das Zimmer bringen lassen, dazu einen guten Rotwein. Wenn dann der neue Tag anbrach, konnte Isabelle ja ein wenig Sightseeing mit ihrem *Gesellschafter* machen. In der Zeit würde sie ein paar Dinge per Handy und TelKo regeln, und danach wäre die Abenteuerlust ihrer Mutter hoffentlich befriedigt, und sie konnten hinter diese vermaledeite Reise einen Haken setzen.

Und zu Hause würde sie in Ruhe noch einmal mit ihrer Mutter darüber reden, dass es für Leib und Finanzen sicherer war, sich keinen entlassenen Sträfling ins Haus zu holen.

Carole musste eingenickt sein, denn als sie das nächste Mal die Augen öffnete, passierten sie ein Schild, das Speyer in fünfzehn Kilometern auswies. Sie wollte gerade fragen, warum ihr unliebsamer Begleiter die Autobahn verlassen hatte, als sie Isabelles leise Stimme hörte. »Wir stehen uns leider nicht sehr nahe.«

»Das ist nicht zu übersehen«, sagte Bäcker mit seinem vollen Bariton, der Carole trotz aller Gegenwehr tief im Magen kitzelte. Sie hatte ein gutes Ohr und mochte schöne Stimmen. Was nicht hieß, dass sie den dazugehörigen Menschen mögen musste.

»Ich war keine besonders gute Mutter, schätze ich. Weißt du, es gab eine sehr lange Zeit, in der ich viel zu viel mit mir zu tun hatte und darüber mein kleines Mädchen vergaß.«

Isabelle klang bedauernd, und Ben drehte sich interessiert in Richtung ihrer Mutter, sodass sie sein Profil studieren konnte. Sein kurz rasiertes blondes Haar war etwas länger geworden, seit sie ihn das letzte Mal gesehen hatte, er hatte eine gerade Nase, die einen Hauch zu groß für sein schmales Gesicht war, und ein unverschämtes Lächeln, das sie jedes Mal auf die Palme brachte.

»Sei nicht so hart zu dir. Kinder zu erziehen ist nicht immer leicht, schätze ich.«

»Du hast aber keine Kinder, oder?«, bohrte Isabelle nach, und er schüttelte schnell den Kopf.

»Nein, zum Glück nicht.«

Seine heftige Reaktion überraschte Carole. Gern hätte sie mehr erfahren – auch um weitere Argumente gegen ihn sammeln zu können, doch ihre Mutter warf ihm einen prüfenden Blick zu und entschied wohl, dass sie nicht tiefer graben würde, zumindest im Moment nicht.

»Wusstest du, dass ich in Straßburg aufgewachsen bin?«, fragte sie plötzlich, und Carole lehnte sich etwas mehr in Richtung der vorderen Sitzreihe, um alles mitzubekommen, wobei sie immer noch vorgab zu schlafen. Sie kannte zwar die Geschichte, dass Isabelle erst nach dem Krieg zu ihrem Vater nach Deutschland gekommen war, aber um alles andere wurde stets ein Geheimnis gemacht. Carole brannte darauf, mehr zu erfahren, obwohl es sie gleichsam wurmte, dass sie diese Informationen als stiller Lauscher auf der Rückbank aufschnappen musste.

»Ich habe meine Mutter nie kennengelernt, sie hat mich in einem Krankenhaus in Straßburg zurückgelassen. Eine Krankenschwester hat mich mit nach Hause genommen und großgezogen, bis mein Vater mich nach dem Krieg über das Rote Kreuz hat suchen lassen.«

»Klingt wie ein Film«, sagte er und richtete seinen Blick nun wieder konzentriert auf die Straße, weil sie an einer Kreuzung angelangt waren.

»Ein bisschen vielleicht«, gab Isabelle zu.

»Und deshalb willst du nun dorthin?« Er hatte sie nicht angesehen, sondern den Wagen nun auf eine breite Straße gelenkt, die direkt auf Speyer zuführte.

»Ja, unter anderem auch.«

Na großartig, schoss es Carole durch den Kopf, sonst war ihre Mutter in ihrem Redeschwall oft nicht zu bremsen, doch jetzt mimte sie das stille Grab.

Carole reichte es. »Was zum Geier tun wir in Speyer?«, fragte sie gereizt, woraufhin Bäcker sie wieder mit diesem spöttischen Grinsen im Rückspiegel bedachte.

»Ah, Dornröschen ist erwacht und hat dazu noch ihre lyrischen Talente entdeckt.«

»Arschloch«, hustete Carole in ihre Hand, wobei sie auf Isabelles amüsierten Blick traf. Na, wenigstens schien ihre Mutter bei diesem Abenteuer auf ihre Kosten zu kommen, schoss es ihr grimmig durch den Kopf.

Carole bereitete es große Mühe, ihre Frage erneut zu stellen und dabei nicht allzu biestig zu klingen. »Würde mich bitte jemand aufklären, warum wir diesen Umweg fahren? Wenn ich es eben recht gesehen habe, müssen wir nicht zwingend durch Speyer, um ins Elsass zu gelangen.«

»Ich wollte den Dom sehen«, trällerte Isabelle, zog ihre Sonnenblende herunter und begann, sich die Lippen mit einem kreischend roten Lippenstift nachzuziehen.

Carole verdrehte die Augen. Ihre Mutter als exzentrisch zu bezeichnen, wäre eine Ohrfeige ins Gesicht aller exzentrischen Menschen. Isabelle schien ihr zuzeiten eher durchgeknallt und im Moment latent wahnsinnig. Entsprechend redete Carole nun, als spräche sie mit einer trotzigen Vierjährigen.

»Das ist schön, dass du den Dom sehen möchtest, aber eben wolltest du noch nach Straßburg. Da gibt es auch einen Dom. Da du in den vergangenen Jahren keine Ambitionen hattest, dir möglichst viele Kirchen anzusehen, gehe ich davon aus, dass ein Dom für diese Reise genügen sollte.«

Doch Isabelle zuckte nur mit den Schultern und lächelte geheimnisvoll.

Carole unterdrückte ein Seufzen. Sie traten unterhaltungstechnisch auf der Stelle. Daher fischte Carole resigniert ihr Mobiltelefon aus der Handtasche und begann, durch die Nachrichten zu scrollen, die ihr während ihres kleinen Nickerchens entgangen waren.

Ben beobachtete, wie sie dabei ihre geschwungenen Augenbrauen zusammenzog und auf ihrer Lippe kaute. Wenn sich Carole Steinmann unbeobachtet fühlte, hatte sie fast menschliche Züge, dachte er. Hätte er sie so in einem Café oder einer Bar sitzen sehen, er hätte sie als sehr attraktiv eingestuft.

Ihre grünen Augen, die hohen Wangenknochen, die honigblonden Strähnen, die sich aus ihrem strengen Pferdeschwanz gelöst hatten und die sie von Zeit zu Zeit mit unbewusster Geste hinter ihr Ohr strich. Ein hübsches Ohr. Ben merkte, dass seine Gedanken bei ihrem Anblick in eine völlig ungewollte Richtung davongaloppierten, und er ärgerte sich über sich selbst. Viel zu lange war er keiner Frau mehr nahe gekommen.

Im Gefängnis nicht, aber auch nicht danach. Was daran liegen konnte, dass er von sich selbst keine allzu hohe Meinung mehr hatte. Ihre Worte hallten wider durch seinen Kopf: Versager und Nichtsnutz hatte sie ihn genannt. Vermutlich war es der Funken Wahrheit, der ihn so getroffen hatte, dass er sich wie jener Prolet aufführte, den sie in ihm sehen wollte. Doch egal, wie er sich benahm, mit seiner Vergangenheit würde sie wohl nie mehr als das in ihm sehen. Zum Glück passierten sie nun die Stadtgrenze von Speyer, und er konnte sich auf den Verkehr konzentrieren, statt auf sein verkorkstes Leben.

Er blickte kurz zu Isabelle, die unglaublich blass war unter der Schicht Farbe, die sie sich am Morgen aufs Gesicht gemalt hatte. Er konnte sogar aus der Distanz die tiefen Schatten unter ihren Augen ausmachen und hatte während der Fahrt mehr als einmal gehört, wie sie die Luft anhielt, als müsse sie dem Schmerz den Sauerstoff rauben. Denn Schmerzen hatte sie, das hatte er in der kurzen Zeit unter ihrem Dach schon bemerkt. Sie hielt sich tapfer, war niemand, der jammerte oder wehklagte. Doch trotz der Schmerzmittel, die man ihr gegeben hatte, schien ihr dem Verfall ausgesetzter Körper sich immer öfter über ihren willensstarken Geist zu stellen. Morphium lehnte sie bislang ab, denn sie wollte klar bleiben für die Reise, hatte sie ihm gestanden. Gerne hätte er sie gefragt, ob sie nicht einkehren sollten, ob sie sich nicht ausruhen und etwas Stärkeres einnehmen wollte. Doch sie hatte ihn eben, als ihre Tochter auf dem Rücksitz eingeschlafen war, beschworen, ihre Krankheit mit keiner Silbe zu erwähnen.

»Sie weiß es nicht?«, hatte er entsetzt geflüstert, während Isabelle beschämt zur Seite blickte.

»Nein, aber ich werde es ihr sagen. Nur nicht jetzt. Du hast gemerkt, wie wir beide sind. Wie Feuer und Öl. Ich muss den geeigneten Moment abpassen.«

Er hatte einen Augenblick geschwiegen und die schlafende Carole betrachtet, wobei er sogar Mitleid mit ihr verspürte. »Das ist nicht richtig, Isabelle, sie hat ein Recht darauf, es zu erfahren. Egal, wie ihr zueinandersteht.«

Da hatte Carole auf dem Rücksitz gezuckt und Anstalten gemacht, wach zu werden, sodass er das Thema mit einem mahnenden Blick zu Isabelle fallen ließ. Es stand ihm nicht zu, sich in die Angelegenheiten seiner Arbeitgeberin zu mischen. Er drohte, wieder einmal denselben Fehler zu machen – die Schicksale seiner Patienten zu nah an sich heranzulassen. Er musste mehr Abstand wahren, den Job, die Reise, das alles mit größerer professioneller Distanz sehen, aber genau darüber war er ja schon einmal im Leben gestolpert.

In der Nähe des Doms steuerte er einen Parkplatz an und machte den Motor des Mercedes aus, der es bis hierher anstandslos geschafft hatte.

»Und was genau machen wir jetzt hier?«

Carole klang, als würde sie nicht wirklich eine Antwort erwarten, doch Isabelle drehte sich mit einem warmen Lächeln und einem Zwinkern zu ihr herum.

»Ein bisschen in die Vergangenheit reisen, mein Kind.«

Sabine stand am Fenster und blickte in den Hinterhof, wo Philippe versuchte, einen kleinen Streuner einzufangen, damit Isabelle ihn streicheln konnte. Die Kinder waren unzertrennlich, schon vom ersten Moment an. Sabine hatte fast das Gefühl, als hätte ihr Kleiner nur darauf gewartet, dass sie ein Baby mit nach Hause brachte. Seither war er kaum von Issys Seite gewichen. Er hatte sie gefüttert, sich das Wickeln zeigen lassen, hatte sie stundenlang in dem alten Kinderwagen über den Hof geschoben und ihr beigebracht, wie man krabbelt und läuft. Er vergötterte das Mädchen, und im Gegenzug betete Isabelle ihr großes Vorbild geradezu an. Wenn Philippe nun morgens zur Schule musste, standen ihr dicke Tränen in den Augen, und sie quietschte vor Freude, sobald er die Wohnung betrat und seinen kleinen Ledertornister in eine Ecke pfefferte.

»Hey, Ozaneaux, spielst du mit Fußball?«

Sabine schob das Küchenfenster ein Stück weit auf, um sehen zu können, wer da gerufen hatte. Am Tor standen Michel Fischer, Henri Poulard und Martin Klein, drei Jungen aus der Nachbarschaft, die mit ihrem Sohn in diesem Jahr eingeschult worden waren.

»Keine Lust«, rief Philippe, der endlich den Streuner erwischt hatte und nun stolz zu Isabelle trug.

Henri warf den Ball, der aus zusammengeklebten Stoff- und Lederresten bestand, mehrmals in die Luft.

»Musst du auf deine kleine Schwester aufpassen?«,

fragte er fast mitleidig und spuckte auf die Straße, um sein Missfallen auszudrücken.

»Gar nichts muss ich, ich will mit ihr spielen«, sagte Philippe mit der für ihn typischen Ehrlichkeit, die ihm das Leben leider nicht immer leicht machte.

Martin legte den Kopf schief und starrte Philippe ungläubig an. »Willst du sagen, dass du lieber mit einem Baby spielst als mit uns?«

Philippe zuckte mit den Schultern und versuchte, die Jungs zu ignorieren, die nun begannen, sich über ihn lustig zu machen.

»Du bist ja ein Mädchen, Ozaneaux«, grölte Henri, und die anderen fielen in den Singsang ein. »Mädchen, Mädchen, Mädchen.«

Philippe blickte finster zu den dreien, wobei der Streuner die Gunst der Stunde nutzte und aus der sich lockernden Umarmung des Jungen hinter ein paar Mülltonnen floh.

Isabelles Köpfchen flog zwischen ihrem besten Freund und den fremdem Jungen hin und her. Sie spürte, dass Philippe verärgert war, und begann zu weinen und ihre Ärmchen nach ihm auszustrecken.

Gerade als Philippe auf sie zueilte, um sie hochzuheben, flog der Lumpenball über das Tor und traf die Kleine am Kopf. Sie kippte zur Seite, und aus dem Weinen wurde nun lautes Gebrüll. Sofort stürmte Philippe auf sie zu, hob sie hoch und tröstete sie, wobei die Jungen am Tor nur noch schallender lachten. Als Philippe sich davon überzeugt hatte, dass es Isabelle gut ging, setzte er sie ab, hob den Ball auf und schritt auf das Tor zu. Das Lachen der anderen verebbte, und sie warteten neugierig darauf, was der von ihnen gepiesackte Schulkamerad wohl nun tun würde.

Philippe öffnete langsam das Tor, legte den Ball vor seine Füße, schätze kurz ab und schoss ihn dann mit einer gekonnten Bewegung weit hinaus auf die Straße, wo er zuerst gegen eine Hauswand prallte und anschließend den abschüssigen Weg hinabrollte. Immer schneller, bis er vor den Füßen einer weiteren Ansammlung von Jungs landete.

»Hey, Poulard, danke für den Ball«, brüllte einer, und schon waren die anderen auf und davon. Henri Poulard starrte den Dieben mit offenem Mund hinterher, dann richtete sich seine volle Wut gegen Philippe. »Du Idiot, du bist tot«, brüllte er und warf sich auf ihn.

Sabine schlug an ihrem Fensterplatz die Hand vor den Mund, um nicht laut aufzuschreien. Würde sie jetzt rufen, würden die drei von ihrem Sohn ablassen – dieses Mal. Aber dann wäre er nicht nur der Junge, der lieber mit einem Baby spielte, sondern auch der, der vor einer Rauferei von seiner Maman gerettet werden musste. Deshalb sah sie mit hämmerndem Herzen zu, wie Martin und Michel Philippe an den Armen griffen und Henri ihm in den Bauch boxte.

Ihr Wille, sich nicht einzumischen, bekam deutliche Risse, sie öffnete das Fenster weiter, doch in diesem Augenblick trat ihr Sohn aus und traf seinen Widersacher an dessen empfindlichstem Punkt. Henri ließ sich auf die Knie fallen und hielt sich die schmerzende Stelle, die beiden anderen hatten nicht den Mut, allein weiterzumachen, und ließen nun Philippes Arme los.

Dieser beugte sich nun zu Henri Poulard und nahm eine Handvoll von dessen wild abstehendem Schopf, damit der vor ihm kniende kleine Mistkerl gezwungen war, ihn anzusehen. »Wenn du mir oder meiner Schwester noch einmal zu nahe kommst, Poulard, dann mach ich Hühnchen aus dir, das wäre doch passend bei deinem Namen.«

Hass blitzte in den Augen des anderen auf, aber auch so etwas wie Respekt. Er schwieg, trotzdem wusste Philippe, dass er seinen Standpunkt klargemacht hatte. Ohne ein weiteres Wort drehte er sich um und ging zurück durch das Tor, wo Isabelle schon auf ihn gewartet hatte.

Der kleine Streuner hatte sich in der Zwischenzeit ganz von allein aus seinem Versteck getraut und sich neben das Kleinkind gelegt, welches mit Hingabe dessen flohversetztes Fell streichelte. Sabine stöhnte innerlich, weil die Kinder vermutlich am Abend übersät von Stichen sein würden, aber eigentlich scherte es sie nicht. Sie war in diesem Augenblick zu stolz auf ihren kleinen, großen Jungen, der so tapfer für sich und seine Schwester gekämpft hatte.

Am Abend, als die Kinder gemeinsam in ihrem Bett eingeschlafen waren – Arm in Arm –, erzählte sie Albert von der Auseinandersetzung. Eigentlich hatte sie erwartet, dass er schmunzeln oder sich mit Stolz im Blick zu seinem Sohn wenden würde, doch seine müden Augen blieben auf den fadenscheinigen Läufer geheftet, der vor ihrem Bett lag.

»Albert, was ist denn?«, wisperte Sabine und griff sanft nach seinem Arm. Er fingerte einen zerknüllten Brief aus seiner Hosentasche und reichte ihn ihr. Sabine faltete das Papier auseinander und überflog die auf Deutsch geschriebenen Zeilen, wobei ihre Hände zu zittern begannen.

»Sie berufen dich ein?«, flüsterte sie, nachdem sie zum dritten Mal gelesen hatte, was ihr Herz nicht glauben wollte.

»Wir werden als Deutsche betrachtet und als solche sollen wir dem Führer auf dem Weg zum Endsieg zur Seite stehen«, sagte er abfällig und extra auf Französisch.

»Aber dein Knie! Wegen deines Knies wurdest du doch damals schon vor der Besatzung aus der französischen Armee ausgemustert«, warf sie hoffnungsvoll ein, so als wäre das ein elementarer Hinweis, der den unterzeichnenden Obersturmbannführer Maier zur sofortigen Rücknahme des Schreibens veranlassen würde.

Albert hatte seit Kindertagen ein steifes Knie, weil ihm das Kutschpferd seines Großvaters mit seinen schweren Hufen mal einen ordentlichen Tritt verpasst hatte. Sein Humpeln fiel ihr gar nicht mehr auf, er war behände und agil, jedoch untauglich für den Militärdienst – zumindest für den französischen, was ihn damals schwer getroffen hatte. Dieser Umstand schien die Deutschen indes nicht zu stören.

»Sie ziehen alles ein, was noch kriechen kann«, sagte Albert bitter und nahm ihr den Brief wieder ab.

Entmutigt ließ sich Sabine neben ihn aufs Bett sinken.

»O Gott, Albert, wann endet dieser Wahnsinn endlich?«

Kapitel 8

Isabelle beobachtete ihre Tochter genau, die tief in ihre eigenen Gedanken versunken neben ihr herging, ohne die schöne Gegend auch nur eines Blickes zu würdigen. Wie gern hätte Isabelle ihr etwas von der ungläubigen Freude abgegeben, die sie verspürte, denn für sie grenzte es an ein Wunder, dass Carole überhaupt hier war.

Isabelle war bewusst, dass ihre Tochter ihr nach all den Jahren der Entfremdung jeden Versuch der Aussöhnung schwer machen würde. Doch dieser Ausflug war vermutlich ihre letzte Chance dafür. Ein paarmal hatte sie flüchtig darüber nachgedacht, Carole zu bitten, sie auf die Reise zu begleiten, aber die Angst, abgelehnt zu werden, hatte ihr jedes Mal die Lippen versiegelt. Angst war es auch, die sie davon abhielt, Carole die Wahrheit über ihre Krankheit zu erzählen.

Sie wollte nicht, dass ihre Tochter sie ohne Umschweife in ein Krankenhaus verfrachten würde. Und nicht einmal aus bösem Willen, sondern vermutlich aus nicht unbegründeter Sorge. Doch Isabelle hatte sich geschworen, nicht in einem Hospital ihren letzten Atemzug zu tun. Dafür war das bisschen Leben, das sie noch übrig hatte, zu kostbar.

Hätten sie ein besseres Verhältnis, Isabelle hätte Carole vielleicht schon lange eingeweiht. Auch wäre sie nie auf die Idee gekommen, Ben zu engagieren, doch ihr Bauchgefühl sagte ihr nun, dass es goldrichtig gewesen war, ihn auszuwählen. Gerade ging er mit federnden Schritten neben Carole her, die konzentriert etwas in ihr Handy tippte.

»Sie sind auch mit diesem Ding verwachsen, was?«, stellte er amüsiert fest, woraufhin er sich einen finsteren Blick von Carole einhandelte.

»Sie verpassen noch das Leben, wenn Sie dauernd nur in der virtuellen Welt hängen.« Er zwinkerte Isabelle zu, bevor er Carole ein unschuldiges Lächeln schenkte. Ben wusste genau, dass er sie reizte.

»Ich kann mich nicht daran erinnern, Sie um Ihre Meinung gebeten zu haben«, schoss sie zurück und vertiefte sich wieder in das Handy.

»Kein Problem, ich warte meistens nicht darauf, um eine Meinung gebeten zu werden, ich biete die auch schon mal gerne ohne Aufforderung an«, witzelte er, und Carole verdrehte genervt die Augen.

Isabelle musste lächeln. Sie genoss die Plänkeleien zwischen den beiden. Das war besser als jede Soap im Fernsehen. Ben grinste sie nun schelmisch an.

Da war von Anfang an etwas gewesen, eine Verbundenheit, die sie zu Ben Bäcker verspürt hatte. Vielleicht war es der verlorene Ausdruck in seinen Augen, vielleicht diese Traurigkeit, die unter seiner Oberfläche zu lauern schien und die sie von sich selbst nur zu gut kannte.

Obwohl er ihr noch nicht verraten hatte, warum er im Gefängnis gesessen hatte, war sie sicher, dass er kein schlechter Mensch war. Im Gegenteil. Sie hatte ihn in den vergangenen Tagen als aufmerksam, hilfsbereit und einfühlsam erlebt. Was auch immer seine Geschichte war, er würde sie beizeiten mit ihr teilen. Dessen war sie sich sicher. Isabelle vertraute darauf, dass das Schicksal sie noch so lange durchhalten ließ. Dafür und für die beiden anderen Dinge, die sie im Leben noch tun wollte.

»Da sind wir«, verkündete Isabelle wenige Minuten später, als sie vor dem prächtigen Dom zum Stehen kamen. Carole tauchte aus dem Handy auf, sah sich das Bauwerk einen Augenblick lang aufmerksam an und runzelte dann nachdenklich die Stirn.

»Waren wir schon einmal hier?«, fragte sie verwirrt.

»Du erinnerst dich nicht?«, wollte Isabelle wissen und lächelte milde. Carole war damals auch noch sehr klein gewesen. »Papa hat uns beide in jener Zeit öfter mitgenommen auf eine seiner Dienstreisen. Er hatte hier ein wichtiges Treffen mit einem Investor, der eine Hotelkette plante. Wir haben im *Goldenen Stern* gewohnt und sind nach dem Mittagessen mit Papa zum Dom gewandert. Und du hast geglaubt, der liebe Gott würde hier wohnen.«

Carole blickte weiter versonnen auf das prächtige Gotteshaus. Dann trat sie ein paar Schritte vor und berührte die Steinwand der Kathedrale.

»Ich erinnere mich dunkel«, sagte sie mehr zu sich selbst. »Das war eines der wenigen Male, dass ihr euch gut verstanden habt. Ihr habt sogar Händchen gehalten, und ich habe damals den lieben Gott gebeten, dass es immer so sein soll und dass er mir ein Geschwisterchen schenkt, doch er hat mir beide Wünsche nicht erfüllt.«

Sie klang fast wie ein kleines Mädchen, und Isabelle musste sich zurückhalten, so gerne hätte sie sie jetzt in ihre Arme gezogen.

»Vielleicht liegt es in der Natur der Dinge, sich eher an das Schlechte zu erinnern, Carole, aber es gab mehr solcher Momente. Wobei ich dir zustimme, dass Theo und ich nicht die perfekte Ehe geführt haben. Trotzdem habe ich deinen Vater sehr geschätzt. Er war im Großen und Ganzen ein anständiger Mann und vor allem ein guter Vater, aber geliebt habe ich ihn nicht.«

»Warum hast du ihn dann geheiratet?«, entfuhr es Carole, als sie sich mit Tränen in den Augen zu Isabelle herumdrehte. »Dir ging es um sein Geld, oder? Als Sohn eines der angesehensten Privatbankiers in Frankfurt war es klar, dass du einen guten Fang machen würdest.«

»Weil mich mein Vater gezwungen hat!« Isabelle war laut geworden. Ihr Atem ging stoßweise und ihr war schwindelig, doch nun war nicht der Zeitpunkt, einzuknicken. Carole verdiente die Wahrheit – auch wenn Isabelle sie ihr vermutlich in homöopathischen Dosen verabreichen musste.

»Das wusste ich nicht«, sagte Carole leise und trat einen Schritt auf ihre Mutter zu. »Warum hast du das nie erzählt?«

»Weil du nie gefragt hast«, erwiderte Isabelle matt.

»Es war eine arrangierte Ehe? Ich dachte, so etwas gibt es nur im Kino oder in irgendwelchen Schundbüchern.«

Isabelle lächelte müde. »Sagen wir es so, keine arrangierte Ehe, aber mein Vater hatte klargemacht, dass er eine Verbindung zwischen uns gerne sehen würde. Mir blieb als junge Frau in den Sechzigern nicht viel übrig, als zu gehorchen. Ich habe Theo schon aus freien Stücken geheiratet, aber ich hatte auch nicht wirklich eine andere Option.«

Alle schwiegen einen Augenblick, doch dann räusperte sich Ben, der vermutlich bemerkt hatte, wie blass Isabelle geworden war. »Warum setzt ihr zwei euch nicht da hinten auf die Bank? Ich habe eben eine Bäckerei gesehen, ich geh uns ein paar Brötchen und Kaffee holen.«

Isabelle lächelte ihn dankbar an. Sein Timing war perfekt, denn noch war die Tür einen schmalen Spalt geöffnet, und Isabelle wollte nicht, dass Carole sie schloss, bevor sie die Geschichte wenigstens noch ein kleines Stück weitererzählte.

Ben machte sich auf den Weg in Richtung Bäckerei, und Carole folgte Isabelle zu der Bank, auf der ein paar herabgefallene Blätter einer Kastanie lagen, als erste Boten des nahenden Herbstes. Sie setzten sich und blickten auf den Dom, dessen spitze Türme fast türkis in der Abendsonne schimmerten.

»Ich war einundzwanzig, als ich Theo kennenlernte. Mein Vater hatte eine Soiree veranstaltet und ihn und mich gegenübergesetzt. Schon vorher hatte Vater mir zu verstehen gegeben, dass ich besonders nett zu dem Mann sein soll, weil er ein wichtiger Geschäftspartner werden sollte. Dein Großvater war Fabrikant, leitete in dritter Generation eine Porzellanmanufaktur – Richter und Söhne, Steingut. Er brauchte Geld für neue Maschinen, und Theo war der Spross eines Privatbankiers. Welch glückliche Fügung«, schloss sie bitter.

Carole schwieg, sah sie aber neugierig an, sodass Isabelle nach ein paar Atemzügen weitererzählte. »Theo war zehn Jahre älter als ich, ein ruhiger Mann mit schon schütterem Haar und wenig Charisma. Verzeih meine Ehrlichkeit.«

Carole zuckte nur mit den Schultern. »Es ist keine große Neuigkeit, dass wenig Anziehungskraft zwischen euch bestand«, sagte sie trocken. Isabelle nickte zustimmend.

»Er redete den gesamten Abend nur über den Finanzmarkt und die Börse und langweilte mich damit ganz furchtbar«, fuhr sie fort und schüttelte den Kopf, als fürchte sie, das ermüdende Gespräch in Gedanken noch einmal führen zu müssen. »Ich war jung, Carole, es waren aufregende Zeiten in Frankfurt. Am Römer fand der erste Auschwitzprozess statt, die Jugend wollte Aufarbeitung, die Alten Verdrängung. Wie gerne wäre ich an die Hochschule gegangen, hätte studiert. Ich hätte mich den Studentenrevolten angeschlossen, da bin ich sicher. Aber damals fehlte mir der Mut. Ich traute mich nicht, gegen meinen dominanten Vater aufzubegehren, der schon am Abend der Soiree beschlossen hatte, mich als Pfand für den erfolgreichen Fortbestand von Richter und Söhne einzusetzen. So drängte er mich, dem Werben von Theo Steinmann nachzugeben, und Theo bemühte sich zu Beginn wirklich. Er führte mich aus, in die Oper, in den Stadtgarten am damals neu gebauten Henniger Turm und dann eines Tages ins Café Laumer an der Bockenheimer Landstraße, wo wir Herrentorte aßen und Theo um meine Hand anhielt. Papa war überglücklich, ich aber habe die ganze Nacht geweint. Ich wusste, dass ich Theo nicht liebte und auch niemals lieben würde, doch ich hatte in der Angelegenheit nicht mehr viel zu sagen. Nur drei Monate später schritt ich am Arm meines Vaters den Gang der Herz-Marien-Kirche entlang, wo Theo mich ungeduldig erwartete. Er hatte sich aufrichtig verliebt, der Arme. Diese Ehe war also am Ende für uns beide ein Gefängnis.«

Isabelle brach ihre Erzählung ab. Es hätte noch so viel zu sagen gegeben, doch sie war erschöpft und unsicher, ob Carole überhaupt mehr hören wollte. Vorsichtig sah sie ihre Tochter nun an, die sich während ihres Monologs abgewandt hatte und nachdenklich den Dom betrachtete.

»Was war denn Besonderes hier in Speyer? Warum sind wir hierhergefahren?«, fragte sie plötzlich und drehte sich zu Isabelle, die nun ihrerseits versonnen auf den Dom blickte.

»Weißt du, mir war es damals eine sehr lange Zeit schlecht gegangen, vor und auch nach deiner Geburt, auf die wir so lange hatten warten müssen. Nur weil plötzlich nach vielen einsamen Jahren ein Kind da ist, heißt das nicht, dass man automatisch eine Familie wird. Es gab jede Menge Auf und Ab. Theo wollte unbedingt, dass wir es für dich hinbekommen, weshalb er vorschlug, dass wir noch einmal von vorne anfangen. Der Ausflug nach Speyer sollte ein Neubeginn werden, und es war auch wirklich schön. Wir verstanden uns gut, und du hast diese gelockerte Stimmung aufgesaugt wie ein kleiner Schwamm. Ich wünschte für dich, dass es so hätte weitergehen können, aber …«

Isabelle brach ab und schluckte. Es gab Dinge, die Carole über ihren geliebten Vater nicht wusste, und vielleicht war es gut, wenn das so blieb. Darum schwieg sie beharrlich, auch als Carole mehrmals bat, sie möge doch weiterreden.

Ben war wieder einmal ihre Erlösung. Wie auf Zuruf tauchte er plötzlich mit einem Papptablett auf, in dem drei Coffee-to-go-Becher steckten. In der anderen Hand hielt er eine Tüte, in der vermutlich süße Teilchen oder belegte Brötchen waren.

Isabelles Magen knurrte, und sie lachte erleichtert. »Dein Timing ist perfekt, Ben, ich bin am Verhungern«, rief sie und stand auf, froh, dass sie vor einer Antwort bewahrt wurde.

Kapitel 9

Ben hatte abseits gewartet und den beiden Frauen auf der Parkbank zugehört. Was auch immer in der Ehe der Steinmanns weiter passiert war, er war sich sicher, dass die alte Dame ihr kleines Geheimnis nicht preisgeben wollte. Er entschloss sich deshalb, genau in dem Augenblick, als ihre Tochter zum wiederholten Male darauf drängte, sie solle weiterreden, aus dem Schatten der Kastanie zu treten und seine Lieferung abzugeben. Er nahm sich seinen Kaffee, schwarz und ohne irgendwelches Chichi. Dann ging er ein paar Schritte von der Bank fort, um sich eine Zigarette anzuzünden.

»Sie wissen schon, dass die Dinger Sie umbringen werden?«, hörte er plötzlich Carole hinter sich sagen. Er fuhr überrascht zu ihr herum. Bislang hatte sie es vermieden, ihn aus freien Stücken anzusprechen.

»Und würde Ihnen das leidtun?«

Sie schüttelte langsam den Kopf. »Vermutlich nicht.«

Er nahm einen weiteren, tiefen Zug, wobei er sie interessiert betrachtete. »Warum sind Sie denn zu mir rübergekommen?«

Sie rang mit sich, er erkannte das an der Art, wie sie ihre Lippe mit den Vorderzähnen malträtierte.

»Ich würde gerade alles für eine Zigarette geben, sogar Sie darum bitten«, gestand sie, und er musste sich ein Grinsen verbeißen. Das hatte er nicht erwartet. Ihm lag schon eine kleine Spitze auf der Zunge, doch als er sah, wie sie ihn nun mit leicht schief gelegtem Kopf anblickte, schluckte er die Bemerkung hinunter. Vermutlich hatte es sie so bereits Überwindung gekostet, ihn anzusprechen. Also holte er wortlos das Päckchen Marlboro aus der Jackentasche und hielt es ihr hin.

Sie nahm es ebenso schweigsam und stahl sich eine Zigarette heraus, die er ihr danach anzündete. Er ließ seinen Blick von der brennenden Zigarette zu ihren Augen gleiten und bemerkte überrascht, dass in dem Grün kleine goldene Sprenkel zu sehen waren. Ihr Parfüm kitzelte ihn in der Nase, frisch, mit einem Hauch Zitrus, der sich nun mit dem Rauch der Zigarette vermischte.

Sein Herzschlag beschleunigte sich so plötzlich, dass er glaubte, sie müsse das vehemente Pochen hören, das ihm nun in den Ohren dröhnte. Doch Carole schien gänzlich unbeeindruckt. Sie betrachtete ihn eher wie ein seltenes Insekt – mit einer Mischung aus Neugier und Widerwillen. Sie sah ihm aus den Augenwinkeln dabei zu, wie er nun ebenfalls einen tiefen Zug nahm, bevor er den Rauch geübt aus halb geschlossenen Lippen zur Seite ausstieß.

»Was haben Sie vor dem Gefängnis gemacht?«, fragte sie abrupt. »Meine Mutter sprach davon, dass Sie Medizin studiert haben. Stimmt das?«

Da kam wieder die Anwältin in ihr durch. Er schwieg eine ganze Weile, bevor er ihr antwortete.

»Sieben Semester, in Freiburg«, sagte er leise.

Sie blickte ihn prüfend an. »Wie alt sind Sie?«

»Achtunddreißig«, erwiderte er wahrheitsgemäß, was sie ihre sonst so glatte Stirn runzeln ließ.

»Dann gibt es in Ihrem Lebenslauf zwischen Abitur und Studium aber eine gewaltige Lücke«, stellte sie fest.

»Ich bin viel gereist nach der Schule, Work and Travel überall auf der Welt. Australien, Singapur, Vietnam, später die USA und Kanada. Dabei sind zwei, drei Jahre ins Land gezogen. Dann ging es meinem Vater nicht gut, und ich bin heimgekehrt, um mich um ihn zu kümmern. Er hatte einen Hof bei Mannheim, Milchwirtschaft, einige Hühner und Schafe. Es war ein kleiner Betrieb, der kaum konkurrenzfähig war, aber mein Vater liebte es, Landwirt zu sein. Es hätte ihm das Herz gebrochen, wenn wir das Vieh verkauft hätten, also hab ich einige Jahre auf dem Hof gearbeitet und per Fernstudium sogar Agrarwirtschaft studiert, allerdings eher halbherzig. Ich wollte schon immer Arzt werden. Papa wusste das. Als es ihm irgendwann besser ging, drängte er mich, meinem Traum zu folgen.«

Carole sah ihn gespannt an, doch er erzählte nicht weiter. »Und dann?«

Er zuckte mit den Schultern. Sie blies etwas Rauch in seine Richtung, bevor sie die Asche abschnippte und ihn durchdringend ansah.

»Ich werde es auch so herausbekommen. Ich habe Nachforschungen angestellt, und sobald ich weiß, was Sie zu verbergen haben, ist dieser Ausflug für Sie beendet«, stellte sie dann sachlich fest.

»Verbrennen Sie sich nicht die Finger, Sherlock Holmes«, riet er, und passenderweise hatte die Glut ihrer Zigarette gerade ihre Hand erreicht. Irritiert warf sie den Stummel vor sich auf den Boden und trat ihn aus.

»Ihnen werden die schlechten Witze noch vergehen, Herr Bäcker. Ich behalte Sie im Auge. Weder auf dieser Reise noch danach werden Sie etwas von meiner Familie bekommen.«

Ben kostete es Mühe, seine nonchalante Fassade aufrechtzuerhalten. Das Lächeln erreichte daher seine Augen nicht, als er sie wieder ansah. »Sie können mir glauben, wenn ich Ihnen versichere, dass ich nicht das Geringste von Ihnen will.«

Mit einer kleinen, ironischen Verbeugung ließ er sie stehen.

Carole sah ihm zornig nach. Dieser arrogante Kerl drehte ihr die Worte im Mund herum. Sie ärgerte sich nun darüber, dass sie ihn um eine Zigarette angeschnorrt hatte. Doch nach allem, was sie von ihrer Mutter erfahren hatte, brauchte sie etwas, das ihr half, ihre Gedanken zu ordnen. Als sie Ben dann mit dem Glimmstängel gesehen hatte, war der Wunsch danach so übermächtig geworden, dass sie sogar bereit gewesen war, ihre Animosität für den kurzen Augenblick mit der weißen Fahne des Waffenstillstands zu schmücken.

Sie beobachtete ihn, wie er nun zu ihrer Mutter trat, die mit geschlossenen Augen in der Abendsonne gesessen hatte. Er beugte sich zu ihr und sagte etwas, und sie lachte. In Isabelles Gegenwart entspannten sich seine manchmal harten Gesichtszüge. Diese Unbeschwertheit verlieh ihm etwas Jungenhaftes, und Carole kam nicht umhin zu bemerken, dass er auf eine raue Art wirklich attraktiv war.

Isabelle hatte ihm eine Hand auf den Arm gelegt und lächelte ihm freundlich zu. Carole spürte wieder diesen Anflug von Eifersucht, weil sie sich zur Außenstehenden degradiert fühlte. Doch sie beruhigte sich damit, dass Ben Bäcker schon sehr bald in ihrer beider Leben keine Rolle mehr spielen würde.

Strassburg 1945

Die Nachricht, dass der Krieg vorüber war, hatte sich in Windeseile verbreitet. Sabine hatte die Kinder mitgenommen und ließ sich von der ausgelassenen Menge durch die Straßen treiben. Über die halb verfallene Rheinbrücke waren von Kehl aus deutsche Kriegsgefangene in die Stadt gebracht worden. Müde und mit leerem Blick ließen sie sich von blutjungen französischen Soldaten in brandneuen Uniformen wie eine Herde Schlachtvieh durch die Straßen treiben.

Sabine beobachtete, wie einige deutschfreundliche Bürger versuchten, den Männern heimlich Wasser oder auch etwas zu essen zuzustecken, doch die Wachsoldaten bemerkten das. Ein besonders forscher nahm sein Gewehr und schoss in einen Eimer, den ein alter Mann gerade einem der Gefangenen hatte reichen wollen. Der Eimer fiel zu Boden, und das Wasser lief heraus. Der alte Mann trat erschrocken zurück.

»Haben wir euch dafür von den Nazis befreit?«, fragte der junge Soldat wütend auf Französisch, und der alte Mann schüttelte zögerlich den Kopf, seine Augen ruhten dabei immer noch entschuldigend auf dem Soldaten, dessen Lippen aufgesprungen und blutig waren vor Durst.

»Ich finde das verwirrend, Maman, zuerst sollten wir uns freuen, dass die Deutschen gekommen sind, und jetzt sollen wir uns freuen, dass die Franzosen wieder da sind.« Philippe schüttelte verwundert den Kopf. Wie sollte er das auch verstehen mit seinen sieben Jahren.

Heimlich suchte Sabine den Tross müder Soldaten in deutscher Wehrmachtsuniform mit den Augen ab. Vielleicht war Albert unter ihnen. Ihr Herz schlug schneller bei dem Gedanken, doch sie konnte ihn nicht ausmachen. Sie presste Isabelle fester an sich und beeilte sich, zurück in die Wohnung zu kommen.

Seit im vergangenen Jahr am 23. November Bomben ihr Haus nahe der Rue de Montagne zerstört hatten, lebte sie mit den Kindern, ihrer Mutter und Agathe in einer kleinen Einzimmerwohnung unweit des Krankenhauses. Und diese hatte sie auch nur zugewiesen bekommen, weil sie als Krankenschwester arbeitete.

Ihr Vater hatte in dieser furchtbaren Nacht den Tod gefunden. Er hatte sich beharrlich geweigert, ihnen in den Luftschutzkeller zu folgen, was vermutlich am Ende ihr Leben rettete, denn es hätte gedauert, den Rollstuhl die enge Stiege hinabzutragen, und das Haus war nur wenig später von Bomben getroffen worden.

»Mir passiert schon nichts, und jetzt geht«, hatte er kurz vor ihrem Aufbruch noch gegrollt und sich einen weiteren Schnaps eingegossen.

Ihre Mutter war den Tränen nahe gewesen. »Robert, s'il te plait, viens avec nous, je t'en supplie«, hatte sie ihn auf

Französisch angefleht, doch er hatte beharrlich den Kopf geschüttelt und ihr leise auf Elsässisch geantwortet.

»Geh, Liebste, ich bin es leid zu fliehen, ich bleibe. Nun beeilt euch.«

Als ein hohes Zischen und ein sich anschließender dumpfer Aufprall das kleine Häuschen erzittern ließ, atmete Jeanne noch einmal tief durch, zog Agathe hinter sich her und zwängte diese unter großem Protest in ihren Mantel. Sabine hatte ihren Vater lange angesehen, sich dann hinabgebeugt und ihm einen Kuss gegeben.

»Adieu, Papa«, hatte sie unter Tränen geflüstert, bevor sie Philippe und Isabelle mit sich zur Tür zog. Sie hatte bemerkt, dass der Putz der windschiefen Wände durch den nahen Aufprall der alliierten Bombe bereits erste Risse aufwies.

Sie beteten später gemeinsam im Luftschutzkeller, doch es half nichts: Das kleine Haus lag in Schutt und Asche, als sie am Morgen dorthin zurückkehrten.

Sabine erschrak, als ein Auto sie hupend passierte. Sie riss Philippe von der Straße. In dem Wagen saßen ein paar junge Hitzköpfe und sangen die Marseillaise, die Rouget de Lisle einst hier in Straßburg komponiert hatte.

Plötzlich fühlte Sabine sich aufgekratzt. So lange hatte dieser elende Krieg gedauert, und nun war er endlich aus. Wenn jetzt noch Albert zu ihr zurückkäme, wäre das Leben perfekt. Doch in diesem Augenblick lief sie in die massige Gestalt von Martine Baillot. Sie hatte Martine nicht mehr gesehen, seit diese gekündigt hatte, um sich um ihren im Krieg verwundeten Vater zu kümmern.

»Da schau her, Sabine Ozaneaux«, sagte Martine, die nun wieder französisch sprach. »Ist das der deutsche Bastard?«, erkundigte sie sich und zog Isabelle schroff die Kapuze ihres Mäntelchens herunter.

Ein paar Umstehende hatten die laut geäußerte Gemeinheit der Baillot gehört und wandten sich jetzt zu Sabine um.

Eine alte Frau mit ausgetretenen Schuhen und müdem Blick starrte sie feindselig an und spuckte dann vor Sabine auf die Straße. »Ihr Huren, die ihr euch mit den Besatzern eingelassen habt«, schimpfte sie.

Philippe blickte seine Mutter nun aus aufgerissenen Augen an. Er war noch zu klein gewesen, um zu begreifen, dass Isabelle nicht seine Schwester war, sondern dass Sabine sie als Findelkind zu ihnen ins Haus gebracht hatte.

Bevor sie sich rechtfertigen konnte, fiel ihr Martine Baillot erneut in den Rücken. »Sie hat diesen deutschen Bastard aus der Klinik mitgenommen, nachdem nicht mal die Mutter das Kind wollte. Aber das passt doch, so deutschfreundlich sich unsere gute Sabine und ihr Mann zuletzt gegeben haben. Kämpfte Albert nicht für die Wehrmacht?«, fragte sie nun zuckersüß, und weitere Umstehende fingen an, Sabine zu beschimpfen und zu bespucken.

Sabine konnte nichts mehr erwidern. Jedes Gefühl von Glück war erloschen. Stattdessen war sie wie gelähmt, unfähig, die Anschuldigungen zu entkräften oder richtigzustellen. Da preschte Philippe vor und trat Martine Baillot gegen das Schienbein. Die Frau schrie auf, sodass Sabine aus ihrer Starre erwachte, Philippes Arm griff und ihn von der wütenden Menge wegzog.

»Ich hatte Angst, die lynchen uns, Maman«, erzählte sie später unter Tränen. Ihre Mutter hatte ihr einen Pernod eingegossen. Die Flasche war ein Geschenk eines ausgebombten Nachbarn gewesen, und Jeanne hatte sie nie angebrochen – bis heute.

»Trink, das beruhigt deine Nerven«, befahl sie, und Sabine kippte die gelbliche Flüssigkeit in einem Zug hinunter. Sie hustete, und Jeanne schenkte ihr ein kleines Lächeln.

»Was, wenn die Baillot mich jetzt anzeigt, weil ich Isabelle damals einfach mitgenommen habe? «

Ihre Mutter schwieg eine ganze Weile, dann sah sie Sabine traurig an. »Vielleicht solltest du eine Zeit lang weggehen. Man nimmt es uns ohnehin übel, dass Albert auf der falschen Seite gekämpft hat.«

»Es blieb ihm doch nichts weiter übrig, Maman, sie haben ihn und alle anderen gezwungen«, verteidigte sie ihren Mann.

»Ich weiß das, aber den Menschen hier ist es egal. Sie sehen dieser Tage nur schwarz oder weiß, Sabine. Du musst an dich und die Kinder denken«, flehte sie nun.

»Nein, Maman, ich kann dich doch nicht mit Agathe alleinlassen. Ihre Anfälle werden schlimmer, und wir haben nicht mehr viel von der Medizin, die sie ruhigstellt. Außerdem will ich hier sein, wenn Albert heimkehrt.«

»Lass Agathe ruhig meine Sorge sein, Kind, und ich werde auf Albert warten. Gertrude hat immer noch das Weingut nahe Roussillon, dorthin könntet ihr gehen.«

Sabine runzelte die Stirn. Sie hatte ihre älteste Schwester lange Zeit nicht mehr gesehen. Gertrude hatte vor einigen Jahren einen Franzosen geheiratet, dem sie in die

Provence gefolgt war. Claude war jedoch schon bald nach ihrer Heirat bei einem Unfall ums Leben gekommen, weshalb Gerte, wie sie von allen genannt wurde, das Weingut seither allein betrieb.

Sabine und Gerte standen sich nicht sehr nahe, ein Streit hatte die beiden Schwestern einst entzweit, weshalb es nie, in all den Jahren nicht, infrage gekommen wäre, zu ihr aufs Land zu fliehen. Doch nach Papas Tod hatte Gerte den ersten Schritt getan und in einem Brief erwähnt, dass sie alle willkommen wären, sollte sich die Lage in Straßburg weiter verschlimmern.

»Glaub mir, es ist am besten so, Sabine. Geh, ich weiß nicht, was euch sonst hier erwartet, vielleicht nehmen sie dir das Kind weg, wenn rauskommt, dass du es nie offiziell bekommen hast.«

Sabine blickte zu Philippe und Isabelle, die wie immer in einem Bettchen lagen. Isabelle hatte ihren Kopf auf Philippes angewinkelten Arm abgelegt wie auf einem Kissen. Im Arm hielt sie seinen heiß geliebten Stoffhasen, dessen Ohren schon ganz zerrissen waren. Sie lutschte am Däumchen, während Philippe schützend seinen anderen Arm um ihren kleinen Körper geschlungen hatte.

Auch wenn er nun wusste, dass sie das Kind eines deutschen Besatzers war, tat das seiner Liebe keinen Abbruch. Im Gegenteil, nun schien er noch verbissener in dem Wunsch, sie zu beschützen. Sabine seufzte.

»Vielleicht hast du recht, vielleicht ist es Zeit, Straßburg hinter mir zu lassen«, sagte sie traurig, denn sie liebte ihre Heimat, und bis auf die Zeit, in der die ganze Stadt evakuiert war, hatte sie nie woanders gelebt.

Doch ein Blick auf ihre Mutter, die nun bekräftigend nickte, während sie ihnen beiden einen weiteren Pernod eingoss, bestätigte sie in ihrem Entschluss.

Kapitel 10

Isabelle hatte Carole nach dem Besuch beim Dom gebeten, nach einer Schlafgelegenheit für die Nacht Ausschau zu halten, da sie erschöpft war und nicht mehr im Dunkeln weiterfahren wollte. Carole hatte leise geflucht. Sie hatte keine gesteigerte Lust, diese Reise in die Länge zu ziehen, indem sie noch eine Nacht mehr einplanten. Widerwillig nahm sie ihr Handy und googelte nach dem Hotel, das Isabelle bei ihrer Reiseerinnerung eben erwähnt hatte.

Der *Goldene Stern* war ein Traditionshotel im Herzen von Speyer. Da alle Zimmer wegen eines Kongresses ausgebucht waren, war ihnen nichts anderes übrig geblieben, als gemeinsam ein Dreibettapartment zu beziehen. Auch wenn dieses wenigstens über zwei Schlafzimmer verfügte, passte es Carole, weder sich mit ihrer Mutter das Bett zu teilen, noch mit Ben Bäcker die Räumlichkeiten.

»Ich traue ihm nicht, Mutter, und ich will, dass du auch vorsichtig bist, was ihn betrifft.«

»Papperlapapp«, antwortete Isabelle und ließ sich auf das breite Bett fallen, das mit einem farbenfrohen Überwurf und diversen bunten Kissen dekoriert war. Das Zimmer entsprach damit ganz ihrem Geschmack, Carole jedoch fühlte sich wie eingekerkert. Unruhig tigerte sie in dem engen Raum auf und ab.

»Ich möchte dich daran erinnern, dass der Mann auch ein Mörder sein könnte. Was wissen wir schon von ihm?« Sie hatte die Stimme gehoben, weshalb Isabelle beschwörend ihren Finger auf die Lippen legte.

»Sei doch leise, er kann uns hören«, bat sie, aber Carole hatte sich in Fahrt geredet.

»Was schert es mich, ob er uns hört?«, fragte sie angriffslustig, woraufhin Isabelle sie tadelnd ansah.

»Mich stört es, ich mag ihn. Er ist ein anständiger Kerl.«

Carole schnaubte verächtlich. »Deshalb hat er auch fünf Jahre im Gefängnis gesessen.«

Sie hatte erneut begonnen, das enge Zimmer der Länge nach zu durchqueren, was schnell ging, da sie nach vier Schritten schon wieder an der Wand stand.

»Wie immer urteilst du über Menschen, ohne ihre Geschichte zu kennen, Carole.«

»Und du bist besser? Du kennst seine Geschichte ebenfalls nicht, aber reimst dir irgendetwas wild Romantisches zusammen. Nicht jede Kreatur muss von dir gerettet werden, Mutter«, befand sie sarkastisch.

»Darum geht es nicht. Sondern darum, jemandem eine zweite Chance zu geben, nachdem er einen Fehler gemacht hat.«

Carole war sich nicht sicher, ob Isabelles leidenschaftliches Plädoyer noch immer Ben galt oder ob sie für sich selbst sprach. Jedoch befeuerte die Hartnäckigkeit, mit der sie ihn verteidigte, ihren Zorn.

»Himmel, warum bedeutet dieser Kerl dir so viel? Du hast eine Familie, du musst dir keine kaufen.«

»Familie heißt, füreinander einzustehen. Doch du stehst immer auf der anderen Seite.«

Carole hatte im Schritt innegehalten und sah ihre Mutter schweigend an. Die Worte hatten sie kalt erwischt. Es dauerte einige Momente, ehe sie sich gefangen hatte. Als sie antwortete, versuchte sie, sich ihre Betroffenheit nicht an der Stimme anmerken zu lassen.

»Ich weiß gar nicht, warum ich überhaupt hier bin, Mutter. Ich muss kurzfristig den Verstand verloren haben, als ich mit euch auf diese irrwitzige Reise gegangen bin. Und du hast gerade ziemlich klargemacht, dass du mich nicht brauchst. Ich werde mir also jetzt ein Taxi rufen. Du bist alt genug, um auf dich allein aufzupassen.«

Wutschnaubend trat Carole aus dem Schlafzimmer und prallte in Bens breite Brust, der sie sanft am Arm fasste, damit sie nicht ins Straucheln geriet.

»Lassen Sie mich los, oder ich schreie«, rief sie aufgebracht, und Ben trat von ihr fort, als hätte sie ihn mit einer unsichtbaren Waffe bedroht, die Hände halb erhoben.

»Was für eine Laus ist Ihnen denn schon wieder über die Leber gelaufen?«, fragte er verwundert, als sie nun eilig die drei Holzstufen hinabstieg, die in den Wohnraum des Apartments führten.

Sie nahm ihre Handtasche vom Sofa und begann, mit hektischen Bewegungen auf dem Display ihres Handys herumzutippen. Er hörte, wie sie ein Taxi bestellte, und schüttelte den Kopf. Er hatte selten so viel aufgestaute Wut erlebt – außer vielleicht bei sich selbst. Ben ging zum Schlafzimmer und klopfte leise an die Tür.

»Alles okay hier drin?«, fragte er und sah, dass Isabelle auf der Bettkante hockte und ins Leere starrte.

»Ich habe fast an ein Wunder geglaubt, als Carole zu uns in das Auto gestiegen ist. Ich habe gedacht, dass Gott mir eine zweite Chance mit ihr geben will, aber ich habe es schon wieder verdorben«, sagte die alte Dame mit leiser Stimme.

Passenderweise fiel mit diesen Worten die Haustür zum Apartment mit einem Krachen ins Schloss. Unwirsch rieb Isabelle eine Träne fort und ließ sich dann seitlich auf das Bett fallen. »Ich bin müde Ben, ich bin einfach so müde.«

Sie schloss die Augen, und er wusste, dass sie nicht von der normalen Müdigkeit sprach, die er auch nach einem Tag auf Reisen verspürte. Sie sprach vom Leben, und wieder einmal schalt er sich dafür, dass er es nicht schaffte, Abstand zu den Patienten zu wahren. Nichtsdestotrotz drehte er sich nun um, nahm im Laufen seine Jacke mit, die über dem Geländer hing, und eilte ebenfalls zur Tür. »Ich rede noch mal mit ihr«, warf er Isabelle im Gehen zu.

Vor dem Hotel hatte er sie eingeholt. Sie stand in der kühlen Abendluft und rieb sich über ihre Arme, die in der engen Designerjeansjacke noch dünner wirkten.

»Hey«, sagte er leise und bemühte sich, seine Stimme weich klingen zu lassen. Sie sah fort, nickte aber, um zu zeigen, dass sie seine Anwesenheit registriert hatte.

Er nahm sich eine Zigarette und hielt ihr die Packung hin, doch sie schüttelte nur stumm den Kopf. Er zuckte mit den Schultern, während er sein Feuerzeug in der Dämmerung aufleuchten ließ.

»Wissen Sie, ich habe keine Ahnung, was zwischen Ihnen und Ihrer Mutter vorgefallen ist, aber ich sehe, dass sie sich um einen Waffenstillstand bemüht. Isabelle sucht einen Weg, sich mit Ihnen auszusöhnen, und ich denke, dass Sie es bereuen könnten, wenn Sie ihr jetzt die Tür vor der Nase zuschlagen.«

Carole fuhr zu ihm herum, wobei ihre grünen Augen streitlustig funkelten.

»Sie haben recht, Sie haben keine Ahnung, und es geht Sie auch nichts an.«

»Ich weiß, dass Sie mich nicht leiden können, Carole. Und ich habe damit kein Problem. Sie stehen auch nicht gerade ganz oben auf der Liste der Leute, die mir schnell ans Herz gewachsen sind. Aber es geht hier nicht um mich. Ich bin hier, um Ihrer Mutter zu helfen, etwas zu erledigen. Und Sie sind hier, weil Ihnen trotz allem an Ihrer Mutter liegt, auch wenn Sie das gerade nicht einmal vor sich selbst zugeben wollen.«

Sie schwieg, was er als Aufforderung verstand weiterzureden.

»Geben Sie sich einen Ruck, Carole. Sie haben sich doch ohnehin schon Urlaub genommen. Morgen gehen Sie in das hübsche Städtchen hier, kaufen sich ein paar bequeme Sachen, und dann fahren wir Ihre Mutter nach Frankreich, damit sie erledigen kann, was immer ihr auf der Seele brennt.«

»Sie wissen also auch nicht, was sie in Straßburg will?«, fragte sie, weiterhin, ohne ihn anzusehen.

Er trat dichter an sie heran, wobei er bemerkte, dass sie in diesem Hauch von Jeans fror. Vorsichtig, als würde er sich einem verletzten Tier nähern, ging er ein paar weitere Schritte auf sie zu, während er sich aus seiner warmen Jacke schälte.

Sie zuckte überrascht, als er ihr das Kleidungsstück nun wie einen Umhang über die schmalen Schultern legte. Fast hätte er erwartet, dass sie sein Friedensangebot ungehalten in den Dreck werfen würde, und einen Augenblick lang schien sie diese Option durchaus in Betracht zu ziehen. Doch dann nickte sie einmal kurz und verkroch sich in die Restwärme zwischen den dunkelblauen Stepplagen.

»Ich weiß es ebenso wenig wie Sie, aber es muss etwas sehr Wichtiges sein, und sie sollte das nicht allein tun. Also kommen Sie, gehen Sie mit mir rein und begraben Sie das Kriegsbeil.«

In diesem Augenblick wurden sie von den irrlichternden Scheinwerfern des Taxis geblendet, das nun vor dem Hotel haltmachte. Der Taxifahrer ließ die Scheibe herunter und starrte sie erwartungsvoll an. »Sie hatten 'ne Taxe bestellt?«, fragte er.

Ben sah fragend zu Carole, die offensichtlich weiter mit sich rang. Erst als sie einen Zwanzigeuroschein aus ihrer Geldbörse zog, sich in das Taxi beugte und dem Mann das Geld als Entschädigung für sein ausgefallenes Honorar in die Hand drückte, merkte Ben, dass er die ganze Zeit über die Luft angehalten hatte. Erleichtert sah er dem Taxi nach und schlenderte langsam hinter ihr her in die warme Lobby des Hotels. Er hatte das Gefühl, zwar keinen Krieg, aber doch eine ganz entscheidende Schlacht gewonnen zu haben.

»Hier, die brauche ich nicht mehr. Und könnten Sie etwas Abstand zwischen uns bringen? Ich kann Ihren Atem in meinem Nacken spüren, was ein eindeutiger Hinweis ist, dass Sie mir zu nahe kommen«, sagte sie kratzbürstig und hielt ihm seine Jacke am ausgestreckten Arm hin. Er verkniff sich ein Lächeln, als er das Kleidungsstück entgegennahm und ihr nachsah, wie sie in Richtung der Fahrstühle davoneilte.

Je mehr Zeit er mit ihr verbrachte, desto eher durchschaute er ihre Schutzmechanismen, die seinen gar nicht so unähnlich waren. Nur dass er die Menschen mit Freundlichkeit auf Abstand hielt, während sie die Krallen ausfuhr.

Er schlüpfte in seine Jacke, und sofort kitzelte ihr Geruch ihn wieder in der Nase. Verdammt, sie hatte recht, wenn er nicht achtgab, dann würde er ihr tatsächlich zu nahe kommen.

Gordes, bei Roussillon, 1952

»Philippe?«

Isabelles Stimme hallte ein wenig, als sie ihren Kopf in die Höhle steckte, an deren Eingang lose Steine lagen. Sie stieg vorsichtig darüber und zog etwas Gestrüpp beiseite, wilde Brombeeren, Schlingkraut und ein paar Brennnesseln. »Philippe, bitte, es ist schon spät, und Sabine wird sonst böse«, flehte sie, doch die ersehnte Antwort blieb aus.

Stattdessen wurde ihre hohe Stimme von den Wänden der alten Höhle zurückgeworfen. Es sah ihm gar nicht ähnlich, sie so zu quälen. Philippe wusste, wann bei ihr der Punkt erreicht war, wo aus Spiel Ernst wurde. »Ich kann es an deiner Stimme hören«, hatte er ihr verraten.

Und er wusste auch, dass sie sich vor der nahenden Dunkelheit fürchtete. Noch ein Grund mehr, warum sich ihr Magen nun ungut zusammenzog. Etwas musste ihm zugestoßen sein, und diese Erkenntnis traf sie wie eine Ohrfeige. Philippe war in ihren Augen unverwundbar, er war ihr Held, ihr bester Freund und Vertrauter. Ein Leben ohne ihn konnte sich Isabelle nicht vorstellen.

»Philippe«, schrie sie nun voller Angst und stolperte ein Stück in die Höhle hinein, wobei das schwindende Licht des Tages es kaum mehr als ein paar Meter in den Höhlenschlund hineinschaffte, danach herrschte Finsternis. Ihr Herz schlug ihr gegen die Rippen. Obwohl es kalt war, rann ihr der Schweiß den Rücken hinab.

»Philippe, wenn das ein Spiel ist, dann hör jetzt auf und komm raus. Ich mag kein Verstecken, das weißt du«, flehte sie und tastete sich Schritt für Schritt an den unebenen Wänden entlang. Ihre Füße setzte sie dabei vorsichtig voreinander, immer in der Sorge, als nächstes könnte es bergab gehen. Etwas bewegte sich unter ihren Fingern, vermutlich nur ein Salamander oder ein Mauergecko, doch die plötzliche Bewegung hatte sie so erschreckt, dass sie nun laut aufschrie. Die Angst war in diesem Augenblick größer als der Wunsch, Philippe zu finden, und sie stolperte die wenigen Meter, die sie zurückgelegt hatte, wieder ins Freie. Schwer atmend blieb sie am Höhleneingang stehen.

Herrgott, sie hätte ihn aufhalten müssen. Philippe hatte die Höhle inspizieren wollen, aber Isabelle hatte keine

Lust dazu gehabt. »Feigling«, hatte er gefrotzelt und sie an einem ihrer geflochtenen Zöpfe gezogen. Doch Isabelle wollte sich nicht reizen lassen.

»Ich bewege mich keinen Zentimeter«, hatte sie mit fester Stimme gesagt und in den lavendelfeldblauen Himmel geblickt, der ihr hier viel weiter vorkam als irgendwo sonst auf der Welt.

»Dann geh ich allein«, hatte er angekündigt, aber Isabelle war trotz der Drohung standhaft liegen geblieben – obwohl sie sonst immer alles zusammen taten. Andere Kinder hatten in ihrer Zweisamkeit keinen Platz, nicht jetzt, nicht früher, und Isabelle konnte sich auch nicht vorstellen, dass sich daran jemals etwas ändern würde, obwohl Philippe mit seinen vierzehn Jahren fast schon erwachsen war.

Sie hatte ihm unter halb geschlossenen Lidern zugesehen, wie seine schlaksige Gestalt sich aufrichtete und er sich durch seine wüsten Locken fuhr, bevor er einen Stock aufhob und Richtung Höhle strebte.

»Spielverderber«, hatte er gebrummt, doch Isabelle wusste, dass er ihr nie wirklich böse sein konnte. Sie hatte sich im warmen Gras geräkelt und die Spätsommersonne genossen, die durch die Blätter der Zypressen schien. Es duftete nach verblühtem Lavendel, Erde und Rosmarin – eine Mischung, die Isabelle liebte und die sie mit tiefen Atemzügen in sich aufnahm, wobei sie jedes Mal ein Gefühl von Zufriedenheit und Zugehörigkeit erfasste. Nie hatte sie sich irgendwo mehr zu Hause gefühlt als hier, auch wenn Tante Gerte ihr manchmal Angst einjagte mit ihrer bissigen Art.

Isabelle hatte fest damit gerechnet, dass Philippe sein Abenteuer schnell beenden würde, wenn sie sich ihm nicht anschloss, weshalb sie stoisch liegen blieb. Irgendwann musste sie eingenickt sein, denn als sie das nächste Mal die Augen aufschlug, stand die Sonne schon tief und hatte in das Blau des Tages violette Tupfer gemalt.

Noch einmal rief sie zittrig seinen Namen, doch wieder kam keine Antwort. Beklommen musste sie sich eingestehen, dass sie allein nicht weiterkam. Sie musste Hilfe holen, auch wenn das hieß, dass Philippe Ärger bekommen würde, weil Sabine und Tante Gerte ihnen verboten hatten, in die alten Höhlen zu klettern, die sich immer wieder in der bergigen Gegend fanden.

Isabelle rannte, als wäre der Leibhaftige hinter ihr her, sie ließ die Zypressen- und Olivenhaine zurück, passierte die wertvollen Carignan-Trauben von Tante Gerte, ohne diese eines Blickes zu würdigen, und kam endlich an die lange, staubtrockene Straße, die zum Weingut führte, das, seit sie denken konnte, ihr Zuhause war.

Sabine stand im Hof und hängte Wäsche auf. Tante Gerte kam gerade aus der Scheune, wo die Trauben lagerten. Jetzt, zur Lese, brauchten sie eigentlich jede Hand, umso größer würde das Donnerwetter, wenn sie gleich gestehen musste, dass Philippe und sie sich wieder einmal fortgeschlichen hatten. Doch das war ihr gerade einerlei. Zappelig blieb sie vor der Frau stehen, die wie eine Mutter für sie war.

»Du bist allein?«, fragte Sabine, umgehend misstrauisch, und bückte sich nach einem weiteren Leinentuch.

»Es tut mir leid, Sabine, wir sind wieder davongeschlichen, Philippe wollte diese Höhle erkunden, und ich bin eingeschlafen, und als ich wach wurde, war er fort.«

Sabine war blass geworden. Sofort ließ sie die Wäsche zurück in den Korb fallen, wischte sich die feuchten, von der Arbeit geröteten und aufgesprungenen Finger an ihrer Schürze ab und lief ins Haus. Sie kam mit einer Taschenlampe heraus.

»Gerte, wir müssen nach Philippe sehen, er war wieder mal auf Erkundungstour«, rief sie.

Gerte schüttelte den Kopf und stapfte wütend auf Isabelle zu. »Ihr kleinen Narren, wie oft habe ich euch gesagt, dass die alten Höhlen gefährlich sind. Außerdem solltet ihr Louis und Max bei der Lese helfen.« Im Vorbeigehen klopfte sie Isabelle mit ihrer breiten, schwieligen Hand auf den Hinterkopf. »Nun los, steh nicht rum und halt Maulaffen feil, beweg dich.«

Tante Gerte hatte Sabine eingeholt, wobei sie unablässig vor sich hin schimpfte. Allerdings kam Isabelle nicht umhin zu bemerken, dass Tante Gerte genauso besorgt dreinblickte wie Sabine. Die Schwestern liefen vorweg, und Isabelle hatte Mühe, auf ihren kurzen Beinen Schritt zu halten.

Nur selten hatte sie Gerte und Sabine in solcher Einigkeit erlebt. Die beiden stritten oft, weil es Tante Gerte immer noch schwerfiel, ihre Entscheidungen mit jemandem zu teilen. Sie kommandierte gern herum, vergaß dabei aber, dass Sabine keine Angestellte, sondern Familie war.

»Sobald Albert heimkehrt, verschwinden wir, dann kannst du hier wieder schalten und walten, wie es dir beliebt«, hatte Sabine erst neulich geschimpft, als Tante Gerte ihr einmal mehr Befehle erteilte.

»Hör doch auf zu träumen. Dein Albert ist vermutlich schon lange tot.«

Die beiden hatten sich geraume Zeit schweigend angestarrt, dann war Sabine aus dem Zimmer geflohen. Isabelle hatte gehört, wie ihre Ziehmutter später wach lag in der kleinen Kammer, die sie sich zu dritt teilen mussten. Sie spürte Sabines Schluchzen mehr, als dass sie es gehört hätte.

Doch im Stillen musste sie Tante Gerte zustimmen. Auch sie glaubte nicht, dass Sabines Mann heimkehren würde, an den sie keinerlei Erinnerung mehr hatte, weil sie zu klein gewesen war, als man ihn eingezogen hatte. Sieben Jahre war der Krieg nun schon aus. Sieben Jahre, in denen Albert als vermisst, aber nicht gefallen galt. Andere Malgré-nous – gegen unseren Willen, wie sich die zwangsrekrutierten Elsässer nannten – waren längst wieder zu Hause. Doch Sabine wurde nicht müde zu betonen, dass ihr Liebster zu ihr heimkehren würde.

»Ich weiß es einfach, hier drin«, hatte sie Isabelle einmal anvertraut und sich dabei die Hand auf das Herz gelegt.

Isabelle verstand die Geste in diesem Moment plötzlich viel besser, denn genau dort, in ihrem Herzen, wusste sie, dass es Philippe nicht gut ging. Sie führte die beiden Frauen zu der Höhle und lief tapfer voraus, wobei der Schein von Sabines Taschenlampe zu ihren Füßen über das Geröll am Boden tanzte.

Tatsächlich wurde die Höhle wenige Meter nach dem Punkt, an dem Isabelle vorhin kehrtgemacht hatte, abschüssig. Im Dunkeln hörte sie ein leises Stöhnen, und dann traf der Lichtkegel auf ein paar ausgetretene Schuhe.

»Philippe«, rief Isabelle erleichtert, wobei sie sich bereits im Sitzen das abschüssige Stück Weg hinabgleiten ließ. Kleine Steine und Geröll polterten neben ihr nach unten. Er lag auf dem Boden, ein Bein ungut verdreht, das andere zitterte. Er hatte eine Wunde an der Schläfe und sah benommen zu ihr auf, als sie sich nun neben ihm auf die Knie fallen ließ.

»Du lebst«, sagte sie leise und sah ihn mit ihren immer noch angsterfüllten Augen an. Sanft strich sie ihm eine Locke aus der Stirn, an der bereits getrocknetes Blut klebte. Er zuckte kurz unter ihrer Berührung, doch dann lächelte er schwach.

»So schnell wirst du mich nicht los«, scherzte er, aber Isabelle sah ihn böse an.

»Dummkopf, wie konntest du dich so in Gefahr bringen?«, schimpfte sie und versetzte ihm einen kleinen Schlag, der ihn aufstöhnen ließ. Sogleich fühlte sie sich schlecht.

»Es tut mir leid, Philippe. Aber ich habe mir solche Sorgen gemacht«, erklärte sie.

Er sah sie einen Moment gequält an, dann grinste er tapfer.

»Das nächste Mal wirst du mich nicht allein gehen lassen, was?«, stellte er mit einem Zwinkern fest.

»Philippe, bist du verletzt?«, fragte da Sabine ängstlich, die Isabelle gefolgt war und sie nun sanft zur Seite schob. Vorsichtig tastete sie sein Bein ab, wobei er leise stöhnte.

»Dummer Junge, so ein dummer Junge«, brummte Tante Gerte von hinten, doch dann half sie ihrer Schwester, den Neffen wieder nach oben auf den Weg zum Ausgang zu hieven.

Gemeinsam trugen sie ihn aus der Höhle und anschließend zum Weingut, von wo aus Tante Gerte Doctor Bernard rief, der wenig später sein schickes, neues Automobil im Hof zum Stehen brachte.

Philippe hatte sich zum Glück nur eine Bänderdehnung im Knie geholt, dazu eine leichte Gehirnerschütterung und einen verstauchten Fuß, weshalb Doctor Bernard kühle Umschläge und Bettruhe verordnete. Tante Gerte schenkte ihm zum Abschied noch eine Flasche Vin doux, für den Tante Gertes Gut bekannt war. Dazu ein zögerliches, seltenes Lächeln, das ihre harten Züge aufweichte.

Der Arzt jedoch schien nur Augen für Sabine zu haben, sodass Gerte betreten zur Seite blickte, als er sich sogar mit einem Handkuss von der anderen verabschiedete. Isabelle empfand Mitleid mit der sonst oft übellaunigen Gerte.

Doctor Bernard schaute seither regelmäßig vorbei. Immer unter dem Vorwand, nach Philippes Bein sehen zu müssen. So auch heute. Nur dass er Sabine dieses Mal hinter dem Haus küsste. Isabelle beobachtete die beiden ungläubig von ihrem Versteck aus hinter ein paar Bäumen zu. Als der Arzt dann wie immer zu forsch vom Hof stob mit seinem Auto, musste sie sich zusammenreißen, damit sie nicht hustete bei dem ganzen Staub, den er aufwirbelte. Sabine stand in der Einfahrt und starrte erst dem Wagen hinterher, um dann gedankenverloren in den Abendhimmel zu blicken, der erste Sterne auf dem dunkelblauen Kleid trug.

Als sie zum Haus zurückkehrte, blieb sie vor der Veranda stehen, wo Gerte das Essen vorbereitete.

»Er sagt, er meint es ernst mit mir und bat mich, darüber nachzudenken, ob ich mir eine Zukunft mit ihm vorstellen könnte«, gestand sie. Isabelle konnte sehen, dass Tante Gertes Miene sich verfinsterte. Mit etwas zu viel Gewalt drückte sie Tomaten durch ein Sieb, sodass der rote Saft auf ihre weiße Schürze spritzte.

»Du bist verheiratet«, sagte sie eine Spur zu barsch.

»Warst du es nicht, Gerte, die mich mehrmals daran erinnert hat, dass Albert vermutlich gar nicht mehr lebt?«

»Es ist immer wieder dasselbe, Sabine, nicht wahr? Ich interessiere mich für einen Mann, und du musst ihn mir fortnehmen«, hatte Gerte daraufhin ausgespien.

»Wovon redest du?«, fragte Sabine aufgebracht.

»Tu nicht so, als wüsstest du es nicht. Albert hat zuerst um mich geworben, doch dann kamst du mit deinem roten Schmollmund und deinen großen unschuldigen Augen, und es war um ihn geschehen.«

»Red keinen Unsinn. Albert hatte nie Interesse an dir, Gerte. Er hat sich mit dir unterhalten, weil er mich über dich kennenlernen wollte.«

Gerte sprang auf und stürmte ins Haus, sodass die Tür hinter ihr mit quietschenden Angeln zufiel. Sabine eilte ihr nach. Isabelle folgte beiden leise. Sie wollte so schnell wie möglich in ihr Zimmer laufen, denn es war ihr unangenehm, diesen Streit zu belauschen, doch dafür hätte sie am offenen Wohnzimmer vorbeigemusst, wo die Schwestern sich jetzt wie zwei kämpfende Katzen gegenüberstanden. Also blieb sie erneut als unfreiwilliger Lauscher mit pochendem Herzen im Flur stehen.

Tante Gerte schnaubte abfällig und nahm dann mit verschränkten Armen auf dem grünen Sofa Platz. »Dreh es dir, wie du magst. Aber es spricht doch für sich, dass du nun mit Alain Bernard anbändelst. Du bist eifersüchtig, du neidest mir mein Glück. Hast Angst, ich könnt euch rauswerfen, was?«

»Herrje, Gerte, Alain hat mich schon mehrfach eingeladen. Erst neulich sagte er mir, dass er gar nicht aufhören könnte, an mich zu denken.«

Isabelle sah, wie Tante Gerte bleich geworden war. »Lügnerin. Er hatte schon lange ein Auge auf mich geworfen, bevor du überhaupt hier aufgetaucht bist. Das weiß jeder.«

Sabine seufzte und ließ sich neben Gerte auf das altersschwache Sitzmöbel fallen. »Gerte, ich bin dir unendlich dankbar, dass du uns hier ein Heim gegeben hast. Es war schrecklich in Straßburg nach dem Krieg, nicht nur für mich, auch für die Kinder. Viele wussten, dass Albert aufseiten der Nazis gekämpft hat und dass Isabelle ein deutscher Bastard ist. Dank dir konnten wir hier neu anfangen, und wenn du Gefühle für Alain Bertrand hast, werde ich mich zurückhalten. Aber bitte glaub mir, dass ich dir Albert nicht ausgespannt habe. Ich war und bin seine große Liebe, so wie er meine ist.«

Tante Gerte saß reglos da, selbst als Sabine ihre Hand auf die der Schwester legte.

»Hast du mit ihm geschlafen?«

Gertes vorwurfsvolle Frage erschütterte Isabelle. Die Antwort wollte sie erst gar nicht hören, weshalb sie schnell nach draußen lief, wo ein schmaler Sichelmond den Grund nur schwach erleuchtete. Hoffentlich konnte Philippe bald wieder bei ihr sein. Sie vermisste ihn, gerade jetzt, wo die Welt der Erwachsenen ihr so fremd und beängstigend erschien. Auf der anderen Seite war sie froh, dass er nicht mitbekam, dass seine Mutter mit dem Arzt anbändelte. Philippe hoffte immer noch auf die Heimkehr seines Vaters.

Als sie sich irgendwann wieder ins Haus schlich, hatte Tante Gerte sich an ihrem eigenen Vin doux betrunken. Sachte schnarchend lag sie ausgestreckt auf dem alten Sofa. Sabine beugte sich gerade zu ihr, um sie zuzudecken. Danach bedeutete sie Isabelle, ihr leise nach oben zu folgen, wo Philippe bereits tief und fest in ihrer gemeinsamen Kammer schlief.

»Magst du den Arzt?«, wollte Isabelle auf der engen Stiege wissen.

Sabine blieb stehen und zuckte mit den Schultern. »Ma petite, es ist gleich, ob ich ihn mag oder nicht. Ich werde mich von ihm fernhalten, wenn es meine Schwester verletzt.«

»Aber er sieht dich ganz anders an als Tante Gerte«, beharrte Isabelle.

»Es stimmt schon, ma petite. Nur weißt du was? Obwohl ich einsam bin und mir seine Aufmerksamkeit schmeichelt, wird es mir nicht schwerfallen, die Sache zu beenden. Ich habe ihn nie so geliebt, wie ich Albert liebe. Ich glaube, solche Gefühle kann man nur einmal im Leben empfinden.«

Kapitel 11

Carole war immer noch aufgewühlt. Dieser ganze Trip entpuppte sich mehr und mehr als emotionale Achterbahnfahrt. Und Ben Bäckers Gegenwart führte auch nicht wirklich dazu, dass sie ihre irrlichternden Gefühle unter Kontrolle bekam. Es war eine nette Geste gewesen, ihr die Jacke zu überlassen, doch jetzt haftete sein Duft an ihrer Kleidung – Duschgel und etwas ganz Eigenes, sehr Maskulines.

Ein komisches Kribbeln in ihrem Bauch verriet ihr, dass ihr Körper auf ihn reagierte, wenngleich ihr Verstand sich vehement wehrte. Sie wusste nichts von diesem Mann. Nein, sie musste sich korrigieren: Sie wusste, dass er ein Sträfling war, und dieser Umstand sollte sie allein schon davon abhalten, ihm auch nur einen wohlwollenden Gedanken zu schenken.

Fest entschlossen, Ben Bäcker aus dem Weg zu gehen, betrat sie das Apartment und eilte gleich zu dem Schlafzimmer, das sie mit ihrer Mutter teilte. Isabelle lag auf dem Bett. Ihre Augen waren gerötet, aber jetzt glänzten sie dankbar, als Carole im Türrahmen stehen blieb.

»Du bist doch nicht gefahren?«, fragte sie überrascht, und Carole schüttelte den Kopf.

»Danke«, sagte Isabelle leise, und Carole zuckte mit den Schultern. Sie hatte gleichgültig wirken wollen, Isabelles strahlendes Lächeln jedoch war Beweis genug, dass Carole kein besonders gutes Pokerface hatte, wenn es um die Beziehung zu ihrer Mutter ging.

»Ich habe das nicht so gemeint eben. Ich weiß, dass du vom Grunde her nicht gegen mich bist.« Isabelle setzte sich auf und schenkte dabei dem blauen Kurzflorteppich unter ihren Füßen weitaus mehr Beachtung, als er verdiente. »Ich werde dir alles zu gegebener Zeit erklären, Carole. Du kannst dich darauf verlassen. Ich verspreche es dir«, flüsterte sie dann.

Carole seufzte. »Was spricht dagegen, dass du es jetzt tust?«

Sie bemerkte, wie bei dieser Frage mehrere Emotionen über das Gesicht ihrer Mutter huschten, wobei Furcht die offensichtlichste war.

»Dräng mich bitte nicht«, flehte sie.

Carole hatte sich mehrere Atemzüge lang Zeit gelassen, doch dann nickte sie knapp und verschwand in das angrenzende Bad, wo sie länger als nötig unter dem heißen Strahl der Dusche blieb. Aber selbst als sie mit überhitzter Haut und roten Wangen den beschlagenen Spiegel frei wischte, war sie die innere Kälte nicht losgeworden, die sie erfasst hatte seit dem Gespräch eben.

Irgendetwas verheimlichte ihre Mutter, und Carole hatte das Gefühl, das es von großer Bedeutung war. Es schien mit dieser Reise zu tun zu haben. Doch wenn Isabelle nicht darüber reden wollte, hatte es auch wenig Sinn, sie weiter zu bedrängen.

Warum nur war es so schwierig zwischen ihnen, fragte sich Carole nicht zum ersten Mal. In anderen Familien schaffte man es doch auch, sich zusammenzusetzen und Dinge anzusprechen – selbst die unangenehmen. Schulterzuckend wischte sie den Rest des beschlagenen Spiegels frei, um sich zu föhnen und etwas zurechtzumachen. Dass sie sich mit ihrem Make-up besondere Mühe gab, lag gewiss nicht an der Aussicht, den Abend mit Ben Bäcker zu verbringen, wie sie sich wiederholt versicherte.

Widerstrebend lieh sie sich im Anschluss Unterwäsche und ein Kleid ihrer Mutter, da ihre Jeans schmutzig und ihre Bluse durchgeschwitzt war. Obwohl Isabelle in letzter Zeit abgenommen hatte, war sie stets eine kurvige Frau gewesen, weshalb das farbenfrohe Kleid nun eher wie ein Sack an Carole hing. Sie drehte sich ein paarmal unzufrieden vor dem hohen Spiegel im Flur des Apartments, dann fischte sie aus Isabelles Koffer noch einen goldenen Flechtgürtel, den sie um die Hüfte band.

»Auch nicht wirklich besser«, befand ihre Mutter mit einem nur mühsam unterdrückten Grinsen, doch Carole ließ den Gürtel, wo er war.

Als sie in das Wohnzimmer des Apartments kam, saß Ben in dunkelblauen Jeans und einem schlichten grauen V-Pulli auf dem Sofa und zappte durch das Fernsehprogramm. Erst als Carole vor ihm stand, bemerkte er ihren Aufzug. Sein Lachen war überraschend laut und dröhnend. Es klang eingerostet, so als habe er es schon lange nicht mehr gebraucht. Carole allerdings hatte keine Lust, in seine Heiterkeit einzustimmen.

»Genug amüsiert?«, fragte sie indigniert, doch Ben

konnte gar nicht mehr aufhören. Lachtränen stiegen ihm in die Augen, und auch ihre Mutter hatte nun Mühe, nicht mit einzustimmen.

»Entschuldigen Sie, aber das ist ein so krasser Kontrast. Das Kleid schreit förmlich nach Fröhlichkeit, während Ihre Miene gerade mörderisch ist. Sie sehen aus wie eine Serienkillerin, die sich als Baum im Vogelpark getarnt hat.«

Carole schnaubte, doch sie musste sich angesichts dieser Beschreibung beherrschen, nicht selbst zu lachen. Ganz unrecht hatte er nicht. Das Kleid war über und über mit Farnblättern bedruckt, durch die kreischend bunte Papageien äugten. Es war eine Abscheulichkeit, auch wenn das Label eines namhaften Designers verriet, dass es vermutlich ein kleines Vermögen gekostet hatte.

»Es war das kleinste, das ich in dem Koffer gefunden habe«, verteidigte sie sich lahm, was seine Heiterkeit jedoch nicht schmälerte.

»Wir müssen aufpassen, dass niemand auf die Idee kommt, Sie zu gießen – oder zu füttern«, fügte Ben immer noch amüsiert an, bevor er dem Kissen auswich, das Carole zielgenau nach ihm geworfen hatte.

Isabelle hatte einen Tisch für 20:30 Uhr reserviert. Im Restaurant herrschte rege Betriebsamkeit, Kellner flogen mit vollen und dann wieder leer geputzten Tellern vorbei, Gäste saßen an den Tischen oder standen an der langen Holztheke, wo sie sich im Anschluss an das Essen einen Obstbrand oder ein Bier gönnten. Ihre kleine Gruppe wählte dreimal den Rehrücken mit Klößen und Preiselbeeren, Carole bestellte sich einen Rotwein dazu und Ben ein Wasser.

»Sie trinken nicht?«, fragte Carole, als der Kellner das Selters vor ihm abstellte.

»Nicht, wenn ich im Dienst bin«, sagte er, und Isabelle dachte zum ersten Mal wieder daran, dass das Ganze nicht nur ein Vergnügungsausflug war, sondern für sie eine letzte Reise. Sie hatte nach dieser Erkenntnis keinen Appetit mehr, obwohl ihr Hunger auf das Leben ungetrübt war. Sie fühlte sich noch nicht bereit, diese Welt zu verlassen. Rasch entschuldigte sie sich, nachdem die beiden ihre Teller geleert hatten. Sie brauchte ein wenig Zeit für sich, wenn sie in diese Stimmung geriet.

»Seid mir nicht böse, ich ziehe mich zurück. Bleibt noch und bestellt, was ihr mögt, es geht auf meine Rechnung.«

Mit diesen Worten verschwand sie, nicht jedoch ohne den beiden ein geheimnisvolles Lächeln zu schenken. Wenn ihr Gefühl sie nicht trog, dann knisterte es ganz ordentlich zwischen Carole und Ben. Wie glücklich es sie machen würde, wenn ihre Tochter endlich mal einen netten Mann hätte. Caroles letzte Eroberung war ein arroganter Börsenmakler gewesen mit einem Ego so groß, dass er im Flugzeug vermutlich zwei Plätze reservieren musste. Auch hatte er sich Carole gegenüber oft herablassend verhalten, so als könne sie froh sein, dass er sich mit ihr abgab, dabei war es Isabelles Meinung nach genau andersherum.

Wie erleichtert sie war, als Carole diesen Jochen endlich abgeschossen hatte. Ben wäre da ganz anders. Er hatte das Herz am rechten Fleck. Es würde ihr den Abschied von dieser Welt erleichtern, wenn sie wüsste, dass er fortan auf Carole achtgeben würde. Mit einem zuversichtlichen Nicken drückte sie auf den Fahrstuhlknopf.

Kapitel 12

»Ich mag Ihre Mutter«, sagte Ben und prostete Carole mit dem Selters zu.

Sie nippte an ihrem Wein und betrachtete ihn aus den Augenwinkeln. Hier, bei Kerzenlicht, wenn seine Züge weichgezeichnet waren, wirkte er viel jünger und zugänglicher.

»Erzählen Sie mir etwas von sich«, forderte er sie auf und riss sie damit aus ihren Gedanken. Ertappt griff sie nach dem Wein, um Zeit zu gewinnen, sich zu sammeln.

»Da gibt es nicht viel zu erzählen. Ich bin vierunddreißig, arbeite seit drei Jahren bei Burger, Braun und Lemming, in einer der renommiertesten Steuerkanzleien von Frankfurt, wo man mir bald eine Partnerschaft anbieten wird. Ich jogge gern und habe keine Haustiere. Wollen Sie sonst noch etwas wissen?«

Er lehnte sich zurück und beobachtete sie mit dem für ihn so typischen durchdringenden Blick, bei dem sich Carole nicht das erste Mal vorkam, als könne er geradewegs in sie hineinsehen bis zu der Stelle, wo die Wahrheit lag.

»Kein Freund, Verlobter, Ehemann?«

»Nein. Und nicht, dass Sie das etwas anginge«, setzte sie schnell hinzu. »Und was ist mit Ihnen?« Sie leerte den Rest des Rotweins in einem Zug.

»Sie wissen doch schon alles, was Sie wissen müssen«, sagte er amüsiert.

»Nein, noch nicht, aber ich arbeite daran.« Sie hatte etwas zu viel Wein getrunken – die Worte strauchelten auf dem Weg von ihrem Sprachzentrum zum Mund.

»Ungebunden« informierte er sie dann.

Wie ärgerlich, dass diese Aussage tief in ihrem Inneren einen kleinen Stein der Erleichterung plumpsen ließ.

»Wie war es im Gefängnis?«, platzte es da aus ihr heraus.

Sofort verdunkelte sich das Blau seiner Augen, und ein unsichtbares Gitter fiel herunter.

»Das wiederum geht Sie nichts an.« Er lehnte sich zurück, während er mit dem Finger über den Rand seines Wasserglases strich, das vor ihm stand. Carole sah weg, die kleine Geste hatte eine überraschend große Wirkung auf sie. Vor ihrem inneren Auge sah sie plötzlich nackte Haut, über die seine Finger glitten. Irritiert schüttelte sie sich. Sie war niemand, der sich erotischen Fantasien hingab. Bei *Fifty Shades of Grey* hatte sie im Kino sogar einen Lachanfall bekommen, weil sie das alles so aufgesetzt und albern fand.

Trotzdem wanderte ihr Blick nun von seinem Finger den muskulösen Arm hinauf bis zu seinem kantigen Gesicht. Einen dummen Moment lang verlor sie sich in dem tiefen Blau seiner Iriden. »Sie haben schöne Augen.«

Hatte sie das tatsächlich gerade laut gesagt? Scheinbar, denn seine eben noch verschlossene Miene öffnete sich, um ihr einen Blick auf seine Überraschung ob ihres Kompliments zu gewähren. Erschrocken schlug sie die Hand vor den Mund.

»Ich, Sie, das hier … egal, ich gehe jetzt besser auch schlafen. Gute Nacht.«

Sie musste Abstand zwischen sich und Ben Bäcker bringen, sonst würde sie am Ende, beflügelt durch den Rotwein, noch eine Dummheit begehen. Und solange sie nicht wusste, was ihm die fünf Jahre Gefängnis eingebracht hatte, war er ohnehin tabu.

Mit Steuerbetrug könnte sie vielleicht noch leben, aber alles andere, was Strafen in dieser Größenordnung nach sich zog, hatte mit Gewalt zu tun, und Carole verabscheute Gewalt.

Sie stand eilig auf und ließ ihn mit fragendem Blick zurück. Ihr blödes Herz ignorierend, das leicht aus dem Takt geraten war bei dem unter die Haut gehenden Blickkontakt eben, ging sie zu den Fahrstühlen. Als sie Schritte hinter sich hörte, brauchte sie sich erst gar nicht umzudrehen. Sie wusste auch so, dass er es war.

»Was war das gerade da drin?«, fragte er leise. Carole vermied es, ihn anzuschauen.

»Was genau?« Natürlich wusste sie haargenau, was er meinte.

»Stehen Sie auf mich?« Seine dunkle Stimme trug einen Hauch Unglauben in sich – und ganz viel Ironie.

»Pah, bilden Sie sich nichts ein, Herr Bäcker. Ich stehe auf der anderen Seite des Gesetzes, und es würde mir im Traum nicht einfallen, mich mit jemandem abzugeben, der mit diesem Gesetz offensichtlich in Konflikt geraten ist.«

Carole war stolz auf sich, dass sie all das herausgebracht hatte, ohne zu lallen. Der Wein hatte sie ziemlich benebelt.

»Sie haben doch angefangen, mir schöne Augen zu machen«, stellte er trocken fest, und Carole hatte Mühe, bei seiner Unverschämtheit nicht die Contenance zu verlieren.

»Ich habe lediglich eine Bemerkung über ein offensichtliches, physisches Merkmal gemacht.«

»Das heißt also, ich habe schöne Augen?« Er funkelte sie nun belustigt an. Carole schnaubte entnervt. Sie war nicht mehr in der Lage, mit ihm zu diskutieren. Gottlob rettete sie der ankommende Fahrstuhl davor, ihm antworten zu müssen.

Mit vorgerecktem Kinn stieg sie ein und drückte den Etagenknopf. Ben grinste immer noch von einem Ohr zum anderen, als er hinter ihr in die enge Kabine trat. Mit einem leisen Ping schlossen sich die Fahrstuhltüren, und das Gefährt setzte sich in Bewegung, um sie in den dritten Stock zu bringen. Doch schon kurz darauf hielt der Aufzug mit einem kräftigen Ruck an, der Carole in Bens Arme beförderte. Kurz flackerte das Licht über ihnen, dann wurde es dunkel. Gott sei Dank schaltete sich umgehend die Notbeleuchtung ein.

»Was ist passiert?« Sie wusste, sie klang übermäßig panisch, aber Carole hasste enge Räume, und in einem Fahrstuhl stecken zu bleiben, war somit der Gipfel ihrer Phobie.

»Ich schätze, die Leitungen in dem alten Hotel sind nicht mehr die besten«, kommentierte Ben die Situation.

Carole schwieg, während ihr Blick unruhig über die holzgetäfelten Wände fuhr.

»Himmel, Sie zittern ja wie Espenlaub«, stellte er sanft fest. Carole bemerkte erst in diesem Augenblick, dass er sie noch immer hielt. Mit einem Räuspern trat sie von ihm fort und umklammerte ihren Körper, damit er nicht sah, wie sehr der Moment sie in jeder Hinsicht erschütterte. Ben griff an ihr vorbei zum Notrufknopf, der danach in einem gespenstischen Gelb aufleuchtete.

»Das ist mein Albtraum«, flüsterte sie leise und schloss kurz die Augen.

»Im Fahrstuhl zu stecken oder konkret mit mir im Fahrstuhl zu stecken?«, hakte er nach.

»Lassen Sie das jetzt. Ich bin klaustrophobisch. Mir ist wirklich nicht nach Scherzen zumute.« Sie schluckte schwer, weil sie spürte, wie ihr die Kehle eng wurde und Übelkeit in ihr aufstieg. Carole bemühte sich, den Anweisungen aus diesem einen Ratgeber zu folgen, doch sie bekam ihre immer hektischer werdende Atmung nicht in den Griff.

»Gleich kommt Hilfe, versprochen«, flüsterte er da eindringlich. Benommen öffnete sie die Augen und bemerkte die Sorge in seinem Blick.

»Sehen Sie mich an, Carole, konzentrieren Sie sich auf Ihre Atmung. Ein und aus, na los, machen Sie mit, ein und aus.«

Seine Stimme hatte etwas Hypnotisches. Zittrig folgte sie seinen Anweisungen und merkte nach ein paar tiefen Atemzügen, dass sie tatsächlich ruhiger wurde. Er atmete mit ihr, langsam und geduldig, so lange, bis sich der Fahrstuhl mit einem Ruck endlich wieder in Bewegung setzte.

Vor Erleichterung schossen ihr Tränen in die Augen. Fast wären ihr die Beine weggeknickt, als sie zu guter Letzt aus der beengten Kabine in den nur schwach beleuchteten Flur trat. Ben verlor kein Wort über ihren Zusammenbruch. Schweigend gingen sie nebeneinanderher, bis sie das Apartment erreicht hatten. Carole fingerte fahrig nach dem Schlüssel in ihrer Handtasche und drehte sich dann zu ihm um.

»Danke«, sagte sie leise und fuhr sich unbewusst mit der Zunge über ihre trockenen Lippen. Ben starrte einen Moment zu lange auf ihren Mund. Als sein Blick dann langsam zu ihren Augen wanderte, schien es Carole, als führe ihr ein Blitz direkt in den Magen.

Gott, was war denn los mit ihr? Vermutlich war das der Schock, gepaart mit dem Rotwein. Anders konnte sie sich diesen absurden Wunsch, ihn zu einem endlosen Kuss zu sich herabzuziehen, kaum erklären.

Gordes, bei Roussillon, 1954

»Ich kann immer noch nicht glauben, dass dein Papa heimgekehrt ist«, flüsterte Isabelle und sah sogar in der Dunkelheit, wie Philippes Gesicht strahlte. Sie lagen zusammen auf dem großen Bett in dem Zimmer, das Isabelle nun mit Sabine und Albert teilte nach dessen Heimkehr. Sie schlief nachts auf einer Pritsche hinter einem Vorhang. Philippe war in eine kleine Kammer auf den Dachboden gezogen. Er hatte die Arme unter dem Kopf verschränkt und starrte an die Decke, an der in einer Ecke ein paar Spinnweben silbrig im fahlen Mondlicht glänzten.

»Ich hab es immer gewusst. Er hat mir damals beim Abschied gesagt, dass er heimkommen wird, dass er es mir verspricht, und er hat noch nie ein Versprechen gebrochen.« Philippe klang wie ein kleiner Junge, doch das

Wunder, dass sein Vater nach fast neun Jahren lebend aus russischer Kriegsgefangenschaft zurückgekommen war, ließ den Sechzehnjährigen seine sonst eher großspurige, erwachsene Attitüde vergessen.

»Gott, ich habe ihn so vermisst, vielleicht gehen wir jetzt endlich zurück nach Hause«, sagte er, während er sich auf die Seite rollte und sich auf seinen Ellbogen stütze.

Isabelle blickte weiter stur zur Decke, überwältigt von einem irrationalen Gefühl der Eifersucht. Sie kannte Albert kaum, hatte keine Erinnerung mehr an den Mann, der er vielleicht mal gewesen war. Fest stand nur, dass alles sich verändert hatte, seit er heimgekehrt war.

Alles drehte sich nur noch um ihn, die anderen schienen einfach nur glücklich, ihn lebend zurückzuhaben, doch ihr war Albert unheimlich. Er war so schrecklich dünn, mit eingefallenen, leeren Augen, die immer durch sie hindurch zu blicken schienen. Er redete nicht viel und hatte die ersten Tage fast nur geschlafen. Isabelle empfand gar nichts für diesen Fremden, der ihre eingespielte Gemeinschaft mit seiner Anwesenheit durcheinanderbrachte.

Zudem fühlte sie sich ausgeschlossen, weil sie die Freude, die Sabine und Philippe empfanden, nicht teilte. Und was am meisten wog: Sie wollte nicht weg von Gordes. Hier war das einzige Zuhause, das sie kannte.

»Was gibt es schon so Tolles in Straßburg?«, sagte sie finster und blickte über die Schulter zu Philippe, der immer noch in die Dunkelheit lächelte.

»Na ja, alles. Da gibt es Kirchen und Museen und Theater und Lichtspielhäuser. Die Schulen sind zu Fuß erreichbar und nicht wie hier eine kleine Weltreise entfernt. Und

Grandmère lebt dort mit Agathe, die beiden haben wir jetzt auch schon wieder zwei Jahre nicht gesehen.«

Isabelle zuckte mürrisch mit den Schultern und musste an den Tag zurückdenken, der ihr Leben so grundlegend verändert hatte.

Eigentlich war es ein normaler Morgen gewesen. Philippe und sie hatten mit Filou gespielt, dem dreibeinigen Hund von Tante Gerte, der es liebte, einem alten Stoffball nachzujagen, wobei er immer wieder das Gleichgewicht verlor. Sabine hatte in einem Korbstuhl auf der Veranda gesessen und einen Kaffee getrunken, in einem Magazin geblättert und hie und da die neueste Mode oder den neuesten Klatsch über berühmte Schauspieler wie Gérard Philipe und Danielle Darrieux kommentiert, auch wenn sie die Einzige war, die es zu interessieren schien. Isabelle sah noch genau vor sich, wie Sabine mit einem Mal die Zeitung sinken ließ, aufstand und mit ihrer Hand ihre Augen vor der tief stehenden Sonne abschirmte.

Plötzlich hatte sie »Albert« gerufen, erst leise, dann lauter, und schließlich hatte sie den Namen geschrien. Sie war losgerannt und hatte dabei die Kaffeetasse umgeworfen, die auf einem kleinen Tisch neben dem Korbstuhl stand. Isabelle hatte Sabine noch nie so schnell laufen sehen. Am Ende der langen, staubigen Auffahrt bemerkte sie nun einen Mann, der eine große Reisetasche fallen ließ. Er breitete seine Arme aus und fing Sabine auf, die sich hineinwarf. Er drehte sie, und als er sie wieder absetzte, küsste der Mann sie.

»Das wird Tante Gerte gar nicht gerne sehen. Sie ist doch immer so eifersüchtig, wenn ein Mann sich für Sabine interessiert«, hatte Isabelle gesagt.

Aber Philippe hatte sie wütend angefahren. »Sei still, Dummkopf, das ist Papa.« Dann war auch er losgerannt und hatte sich dem Mann in der zerschlissenen Uniform an den Hals geworfen. Sie hatten sich in den Armen gelegen und sich immer wieder umarmt und geküsst. Erst viel später war der Mann auf sie zugekommen, hatte sich vor sie gekniet und ihr in die Augen geblickt.

»Und du bist Isabelle, wie groß du geworden bist, ma petite princesse.« Er hatte sie nun ebenfalls in seine dürren Arme ziehen wollen, doch Isabelle war vor ihm zurückgewichen, und er lächelte verständnisvoll, wenn auch traurig.

»Schon gut, du kannst dich nicht mehr an mich erinnern. Es ist alles viel zu lange her«, hatte er geflüstert und hatte sich umständlich aufgerichtet. Erst da hatte Isabelle bemerkt, dass sein rechtes Bein aus Holz war.

Zwei Monate war das nun her, und seitdem hatte sich viel geändert. Immer öfter sprachen Sabine und Albert nun davon, zurück nach Straßburg zu kehren, und Philippe wurde dann jedes Mal ganz aufgeregt.

Isabelle kämpfte wieder mit den Tränen. Sie liebte das Weingut und die Gegend hier. Die Berge, die endlose Weite, die kleinen, versprengten Dörfchen, die Freiheit, die hier so unendlich schien wie die Lavendelfelder. Es war ihr Zuhause, das einzige Zuhause, das sie kannte. Allein der Gedanke, es zu verlassen, verursachte ihr einen dicken Kloß im Hals.

»Weißt du, ich glaube, dass Papa auch wegen Doctor Bernard schnell hier wegmöchte. Er und Maman haben sehr gestritten, als sie ihm beichtete, dass da etwas gewesen ist. Papa hat sogar geweint und dann gesagt, hier könne es keinen Neuanfang für sie geben«, flüsterte Philippe, und seine Stimme klang nun belegt. Isabelle drehte sich auf den Bauch, damit sie ihn besser im fahlen Mondlicht beobachten konnte.

»Sabine wusste ja nicht, dass dein Papa noch lebt, und Doctor Bernard war halt nett zu ihr. Er hat sie in seinem schicken Automobil mitgenommen. Und davon abgesehen, ist die Sache nun schon fast zwei Jahre her«, stellte Isabelle fest, aber da fuhr Philippe sie wütend an.

»Es ist egal, wie lange ein Betrug zurückliegt, Issy. Außerdem kannst du doch nicht so naiv sein zu glauben, dass die beiden nur im Auto rumgefahren sind. Mit zwölf weißt du auch, was die Erwachsenen tun.«

Sie sah ihn unsicher an. »Du meinst das Küssen?«

»Nicht nur – die zwei haben es getrieben«, stieß er mit nur mühsam unterdrücktem Zorn hervor.

»Das weißt du nicht«, schalt Isabelle ihn und schubste seine Schulter. Es kam ihr ungeheuerlich vor, dass Sabine so etwas tun könnte. Sie und Philippe hatten beim alten Salvi mal gesehen, wie ein Bulle eine Kuh bestieg, und Philippe hatte ihr erklärt, dass Menschen das auch täten; dass so Babys gemacht würden. Aber Sabine? Und Doctor Bernard? Niemals! Und überhaupt, Sabine war doch viel zu alt, um Babys zu machen.

»Und ob ich es weiß. Ich habe sie damals gesehen. Drüben im Wäldchen. Sie waren nackt, und er lag auf ihr. Etwa so.«

In einer fließenden Bewegung hatte er sich auf sie gedreht und war nun mit seinem zornigen Gesicht dicht über ihr. Hitze schoss ihr in die Wangen. Die komische Befangenheit, die sie in letzter Zeit manchmal in seiner Gegenwart spürte, kehrte mit Macht zurück. Isabelle glaubte, dass ihr Herz so laut schlug, dass er es hören musste. Sie wagte kaum zu atmen. Seine Augen lagen im Schatten, weshalb sie nicht ausmachen konnte, was in ihm vorging. Doch sie konnte hören, dass sich sein Atem beschleunigte, so als wäre er gerannt.

So plötzlich, wie er sich auf sie gelegt hatte, rollte er sich nun wieder herunter. »Ich geh schlafen«, sagte er, während er eilig aufstand. Seine Stimme klang merkwürdig rau. Ohne ein weiteres Wort schlüpfte Philippe aus dem Raum und ließ sie mit ihren verwirrenden Gedanken allein.

Am nächsten Morgen war er schon ohne sie aufgebrochen zur Schule. Isabelle starrte finster auf die staubige Straße, die er in aller Herrgottsfrühe hinabgelaufen sein musste. Er war bisher nie ohne sie gegangen. Sie schulterte mürrisch ihre Schultasche und machte sich mit schwerem Herzen allein auf den Weg.

Missmutig trat sie ein paar Steine fort und schreckte damit einen in der frühen Morgensonne dösenden Gecko auf. So merkwürdig, wie sie sich auch manchmal fühlte, wenn sie zusammen waren, wäre sie nie auf die Idee gekommen, ihm aus dem Weg zu gehen. Es verletzte und irritierte sie, dass er es nun scheinbar tat. Jedes Mal, wenn sie auf dem endlos langen Weg sein Gesicht vor ihrem inneren Auge heraufbeschwor, spürte sie einen kleinen Stich im Herzen.

»Ah, Isabelle, allein unterwegs?« Neben ihr schloss Amélie Lambert auf, die Tochter des Bürgermeisters. Sie war hübsch, mit langen schwarzen Haaren und üppigen Brüsten. Die Jungs sahen ihr oft nach, sogar Philippe, weshalb Isabelle Amélie eigentlich nicht leiden konnte. Doch es war besser, als den langen Marsch ohne Begleitung zu machen.

»Dein Bruder ist krank?«, wollte Amélie nun wissen und fuhr sich durch ihre dunkle Mähne.

»Er ist nicht mein Bruder.« Die Worte waren raus, bevor Isabelle richtig nachgedacht hatte. Sie hatten niemandem hier erzählt, dass Isabelle eigentlich gar nicht zur Familie Ozaneaux gehörte.

Amélies Katzenaugen waren nun interessiert auf sie gerichtet. »Ach nein? Was ist er dann?«

Isabelles Bauchgefühl sagte ihr, dass sie besser den Mund halten sollte, weshalb sie nur mit den Schultern zuckte. Amélie war stehen geblieben und blickte sie abwartend an. »Komm schon, ich sag es auch nicht weiter. Wir sind doch Freundinnen.«

Isabelle musterte die andere kritisch. Amélie hatte einen kleinen, ausgesuchten Freundeskreis. Wer dazugehörte, profitierte von ihrem Status als beliebtestes Mädchen der Schule. Man wurde eingeladen und hofiert. Bislang war Isabelle eher unbeachtet geblieben. Sie seufzte. Es reizte sie, dazuzugehören. Also beschloss sie, ihren blöden Bauch zu ignorieren.

»Meine Maman hat mich im Hospital zurückgelassen gleich nach der Geburt. Sabine war Krankenschwester. Sie hat mich mitgenommen und aufgezogen.«

Amélies Stirn war nun in kleine Fältchen gezogen. »Was ist mit deinem Vater?«

Wieder zuckte Isabelle mit den Schultern. »Ich habe ihn nie kennengelernt. Er war wohl ein deutscher Besatzungsoffizier.«

»Wie spannend«, gurrte Amélie und hakte sich bei ihr unter. Sie gingen ein paar Schritte schweigend nebeneinanderher, und Isabelle glaubte schon fast, es wäre eine gute Idee gewesen, ihr Geheimnis mit der neuen Freundin zu teilen, als Amélie stehen blieb und sie zuckersüß anlächelte. »Was ist es dir wert, dass ich dein kleines Geheimnis bewahre?«

Isabelle sah sie verwirrt an. »Was meinst du?«

»Stell dich nicht dumm, Isabelle. Du bist ein deutscher Bastard. Die Menschen hier hassen die Deutschen. Fast jeder hat jemanden im Krieg verloren. Es könnte dein Leben ziemlich verkomplizieren, wenn man wüsste, dass du das Kind einer Hure und eines Nazis bist.«

Isabelle wurde übel. Sie beeilte sich, von Amélie fortzukommen, doch Amélie holte sie ein und riss sie am Arm herum. »Nicht so schnell. Ich kann gut Geheimnisse bewahren. Aber ich will eine Gegenleistung. Verschaff mir eine Verabredung mit deinem Bruder.« Sie hatte das letzte Wort in unsichtbare Anführungszeichen gesetzt und blickte Isabelle nun triumphierend an.

»Philippe?«

»Jede steht auf ihn, Dummerchen. Aber er hat ja immer dich im Schlepptau. Scheint viel auf deine Meinung zu geben. Wenn du ihm also ans Herz legst, mit mir auszugehen, würde er vielleicht Interesse entwickeln.«

Isabelle schnaubte empört. Sie würde bestimmt nicht dafür sorgen, dass Philippe mit dieser falschen Schlange ausging. Allein bei dem Gedanken schoss eine irrationale Wut in ihr hoch, gepaart mit dem egoistischen Wunsch, ihn niemals mit jemand anderem teilen zu müssen. Allerdings wollte sie nicht bis in alle Ewigkeit die kleine Schwester sein, als die er sie behandelte. Da war dieser alberne Traum, dass Philippe endlich begann, sie mit anderen Augen zu sehen. Ziemlich genau in diesem Moment wurde ihr klar, welchen Namen das merkwürdige Gefühl hatte, das sie verspürte, wann immer sie in Philippes Nähe war – Liebe. Eine sehr erwachsene Liebe, die nichts mit der verspielten, freundschaftlichen Vertrautheit zu tun hatte, die sie früher für ihn empfunden hatte. Sie liebte ihn mit jeder Faser ihres Seins. Sie gehörten zusammen, so wie die Lavendelfelder zur Provence gehörten.

Wütend riss sie sich aus Amélies Umklammerung los und strebte mit langen Schritten davon. »Einen Teufel werd ich tun«, rief sie noch über ihre Schulter. Doch Isabelle ahnte nicht, dass sie ihr Schicksal damit besiegelt hatte.

Schon auf dem Schulhof starrten die anderen sie an und tuschelten hinter vorgehaltenen Händen. Isabelle hörte hier und da ein paar Gemeinheiten, doch sie versuchte, es zu ignorieren. Stattdessen hielt sie verzweifelt Ausschau nach Philippe, den sie aber in keiner der Pausen sah.

Am Nachmittag stand er auch nicht wie gewöhnlich am Tor, um auf sie zu warten. Sie schluckte die Enttäuschung hinunter und machte sich allein auf den Rückweg, als sie Schritte hinter sich vernahm. In ihr keimte Hoffnung, doch statt Philippe waren ihr Amélie Lambert und ein paar der anderen Kinder aus ihrer Clique gefolgt. Isabelles Nackenhaare stellten sich auf, aber sie versuchte, ruhig zu bleiben. Den Blick stoisch auf die Straße geheftet, lief sie weiter. Die anderen gingen ihr unbeirrt nach. Das Schweigen war unheilvoll.

In der Nähe eines kleinen Wäldchens hatte Lucien Fabré plötzlich zu ihr aufgeholt.

»Von dir hört man ja Sachen«, sagte er und baute sich so vor ihr auf, dass Isabelle stehen bleiben musste, da sie sonst in ihn hineingelaufen wäre. Dann ging alles ganz schnell. Amélie Lambert und Marie Pélo waren vorgeprescht und hatten Isabelles Arme gefasst. Sie riss und zog, doch die beiden hatten sie fest im Griff. Lucien trat hinter sie und packte sie so rabiat an ihrem Zopf, dass Isabelle die Tränen in die Augen schossen. Zu dritt zerrten sie Isabelle zu einem Baum, wo sie ihr den Ranzen wegnahmen, der achtlos in ein Dornengestrüpp flog. Dann banden sie Isabelles Arme nach hinten um den Stamm einer alten Eiche.

»Bitte nicht«, flehte sie, doch ihre Peiniger hatten kein Mitleid. Im Gegenteil, Lucien Fabré spuckte ihr sogar noch ins Gesicht.

»Nazi. So einen Dreck wie dich wollen wir hier nicht.«

Lachend rannten sie davon. Erst da bemerkte Isabelle, dass die anderen sie in einen Ameisenhaufen gestellt hatten – es waren rote Waldameisen. Die Biester krabbelten nun behände ihre nackten Beine hoch. Isabelle zerrte hektisch an dem Seil, das sie am Baum festhielt, doch der Knoten war stabil.

»Hilfe!« Ihr Schrei prallte von den Bäumen ab und verhallte in der Stille des Wäldchens. Sie weinte nun nicht mehr nur aus Angst und Scham, sondern, weil die Krabbeltiere ihre Haut mit ihrem stechenden Urin benetzten. Es brannte wie die Hölle. Die ersten erreichten bereits den Saum ihrer kurzen Hose. Gleich würden sie ihr in die Unterwäsche kriechen. Isabelle schrie nun gellend, ihr Kopf flog hin und her, wobei sie die Augen fest zupresste, wie in einem Albtraum gefangen.

»Isabelle, ruhig, ich mach dich los.« Sie wagte kaum zu glauben, dass er wirklich gekommen war, doch der Klang seiner vertrauten Stimme ließ sie schlussendlich die Lider öffnen.

Philippe hatte sein Taschenmesser gezückt und befreite sie geschickt von ihren Fesseln. Sie zitterte am ganzen Leib und fiel einfach auf den Boden, als er sie losgemacht hatte, weil ihre Beine nachgaben. Philippe nahm sie auf den Arm und trug sie von dem Ameisenhaufen fort. Dann setzte er sie sanft auf einen alten Baumstumpf. Ihre Beine waren rot und geschwollen.

»Wer war das?«, fragte er durch zusammengebissene Zähne.

»Amélie Lambert und ihre Freunde.«

»Warum?«

Sie erzählte ihm alles, ließ aber das kleine Detail aus, dass Amélie sie hatte erpressen wollen. Wie hätte sie ihm erklären können, dass ihre Gefühle für ihn so stark waren, dass sie sich lieber quälen ließ, als ihn einer anderen zu überlassen.

»Ich werde dieser Amélie Lambert den Hals umdrehen«, grollte Philippe, und trotz ihrer Schmerzen schenkte sie ihm ein wackliges Lächeln. Sanft wischte er ihr die Tränen fort. Dann suchte er ihren Tornister und trug sie den ganzen Weg nach Hause.

Isabelle lag mit geschlossenen Augen in seinen Armen, sog seinen Duft ein, der sich mit dem des verblühenden Lavendels mischte und ihr das Gefühl gab, genau hierher zu gehören.

Kapitel 13

Isabelle blickte immer wieder in den Rückspiegel. Was sie dort sah, wärmte ihr Herz. Carole sah heute Morgen so ganz anders aus als sonst. Ihr blondes Haar fiel ihr offen über die Schultern, und sie trug einen großen grauen Kapuzenpullover, den sie sich in Speyer in einem Bekleidungsdiscounter gekauft hatte. Sie war ungeschminkt und erinnerte Isabelle an das kleine Mädchen, das sie einst gewesen war. Weil sie sich nicht beobachtet fühlte, waren ihre Gesichtszüge ausnahmsweise entspannt und gelöst. Sie schaute blicklos aus dem Fenster, wo die Landschaft an ihnen vorbeiflog, was sie gar nicht wahrzunehmen schien.

Isabelles spähte zu Ben hinüber, der vorgab, konzentriert auf die Straße zu sehen, aber ab und an bemerkte sie, wie auch er verstohlen in den Rückspiegel schielte, der Ausdruck in seinen dunklen Augen unergründlich. Isabelle schmunzelte. Da war es wieder, dieses Knistern. Egal, wie viel Mühe sich die beiden gaben, es zu ignorieren.

»Sie sollten besser auf die Straße sehen, Herr Bäcker, sonst landen wir noch am nächsten Baum«, kam es plötzlich gereizt vom Rücksitz. Isabelle drehte sich zu ihrer Tochter herum, die Ben nun mit finster zusammengezogenen Brauen im Rückspiegel betrachtete. Lediglich die leichte Röte auf ihren Wangen verriet Isabelle, dass ihr der wohl gerade versehentlich stattgefundene Blickkontakt mit dem Fahrer unter die Haut ging.

Ben schenkte ihr ein wissendes Lächeln, konzentrierte sich dann aber auf den Verkehr.

Die Offenheit war nach dieser kleinen Episode leider aus den Zügen ihrer Tochter verschwunden. Sie tat wie immer alles dafür, dass man sie nicht lesen konnte, stellte Isabelle traurig fest. Und es war ihre Schuld.

Carole hatte früh damit begonnen, mit ihren wahren Gefühlen hinter dem Berg zu halten. Sie war schon als Teenager sehr beherrscht gewesen und ließ kaum jemanden hinter ihre Fassade blicken.

Als Mutter hätte sie alles tun müssen, um diese Mauern einzureißen. Stattdessen hatte sie noch ein paar Steine obendrauf gelegt, indem sie sich aus dem Familienleben rausgezogen und selbst gemauert hatte.

Ihre Hände glitten in die Öffnung ihrer großen, bunt bedruckten Handtasche, um über das schon vergilbte, an den Ecken verknickte Papier zu gleiten. Die Briefe. Sie waren der Grund für ihre Reise. Sechzig Stück, jedes Jahr einer, seit sie ihn hatte gehen lassen müssen. Die Briefe enthielten ihr ganzes Leben. Sie waren wie eine Art Tagebuch, gaben Einblicke in ihr Leben, in ihr Herz. Sie steckten voller Liebe, erzählten von ihren Träumen, offenbarten aber auch ihre Angst, Verzweiflung und Wut. Allein das teure Pergament zu berühren, das ihre Gedanken und Gefühle für die Unendlichkeit bewahrte, machte sie glücklich.

Sie blickte wieder in den Spiegel und rang mit sich. Eigentlich waren diese Briefe nur für einen einzigen Menschen bestimmt; einen, dem vom ersten Moment an ihre ganze Liebe gehört hatte. Doch als ihr Blick nun auf Carole fiel, wusste sie, dass das nicht stimmte. Ihre Tochter hatte schon lange den größten Teil ihres Herzens für sich vereinnahmt, auch wenn Isabelle nie in der Lage gewesen war, ihr das zu zeigen. Vielleicht war es jetzt jedoch an der Zeit. Sie hatte Carole ohnehin versprochen, ihr irgendwann die Wahrheit zu sagen. Zielstrebig zog sie die Briefe aus der Tasche.

»Was ist das?«, fragte Carole überrascht, als Isabelle ihr das mit einem roten Band zusammengehaltene Bündel nach hinten hielt.

»Der Grund, warum wir unterwegs sind. Ich würde mich freuen, wenn du sie liest.«

Caroles Augen wanderten irritiert zwischen den Schriftstücken und Isabelles Gesicht hin und her, doch dann nickte sie kurz und griff danach.

Isabelle stieß erleichtert die Luft aus, die sie angehalten hatte. Es fühlte sich richtig an, endlich alles mit Carole zu teilen, vielleicht half das, die Mauer zwischen ihnen einzureißen.

»Im Auto wird mir übel beim Lesen, ich werde sie mir später ansehen«, erklärte Carole entschuldigend, als sie das Bündel nun in ihrer eigenen Handtasche verschwinden ließ. Isabelle nickte zufrieden und schloss die Augen. Das letzte Schild, das sie passiert hatten, wies Straßburg in sechsundneunzig Kilometern Entfernung aus. Sechsundneunzig Kilometer, die sie geradewegs in die Vergangenheit führen würden.

Isabelle musste eingenickt sein, denn das nächste, was sie bemerkte, war, dass der Motor mit einem leisen Husten erstarb. Fragend blickte sie zu Ben, der sich müde den Nacken rieb. »Sind wir schon da?«

Er schüttelte den Kopf. »Nein, es ist nicht mehr weit, aber ich brauche eine Pause. Mir fallen sonst die Augen zu.«

Er stieg aus und umrundete das Auto, um aus dem Kofferraum die Thermoskanne mit dem Kaffee zu holen. Er goss sich etwas von der heißen braunen Flüssigkeit in den Deckel und wanderte dann über den kleinen Parkplatz, der von einem Wäldchen umrandet war.

Auch Carole stieg nun aus. Sie streckte sich und machte ein paar Dehnübungen. Danach holte sie ihr Handy heraus und lief mit hochgerecktem Arm herum, bis sie an einer Stelle wohl genügend Empfang gefunden hatte. Isabelle schüttelte tadelnd den Kopf. Sie stieg nun ebenfalls aus und ging zu Ben, der Carole mit verschränkten Armen beobachtet hatte.

»Sie ist wirklich verwachsen mit dem Ding«, bemerkte er kopfschüttelnd.

»So ist das wohl heutzutage«, entgegnete Isabelle.

»Ich kann gut ohne leben. Im Gefängnis durften wir keins nutzen, und seit ich draußen bin, hatte ich noch nicht das Bedürfnis, mir eines zuzulegen. Wen sollte ich auch schon groß anrufen.«

Isabelle hielt aufgeregt den Atem an. Noch nie hatte er ihr so viel Persönliches erzählt. Sie musste vorsichtig sein, damit er sich nicht gleich wieder verschloss. »Was ist mit deiner Familie?«

Ein Schatten huschte über seine Züge, sein Blick war wachsam, undurchschaubar. »Ich habe nur noch eine

Schwester. Sie fände es sicher gut, wenn ich mich öfter melden würde. Allein deshalb werde ich mir über kurz oder lang wohl auch so ein Ding zulegen.«

Er deutete mit dem Kopf zu Carole, die wild gestikulierend hin und her lief und dabei mit gerunzelter Stirn in den Lautsprecher redete. Ihre Worte wehten jedoch mit dem Wind fort, bevor sie bei Isabelle und Ben ankamen.

Isabelle wollte gern noch mehr erfahren, doch er schien zu spüren, dass ihr die Neugier unter den Nägeln brannte. Denn mit einer schnellen Handbewegung kippte er seinen kalt gewordenen Kaffeerest ins Gebüsch und trat von ihr fort. »Wir können weiterfahren. Es geht wieder.«

Isabelle folgte ihm mit einem kleinen Lächeln. Sie würde warten, bis er ihr von selbst seine Geschichte erzählte. Dass er das früher oder später tun würde, stand dabei für sie außer Frage. Als sie an der Beifahrertür anhielt, sah sie, wie er am Auto vorbei zu Carole ging.

»Meinen Sie, Sie könnten ihr Telefonat beenden? Wir wollen weiter, damit wir vor Einbruch der Dunkelheit noch einen Platz zum Übernachten finden«, hörte sie Ben fragen.

Ungehalten streckte Carole einen Arm aus, um ihn zum Schweigen zu bringen.

Genervt verschränkte er die Arme und wartete, bis sie endlich fertig war. Als sie auflegte, blitzen ihre Augen streitlustig.

»Ob Sie es glauben oder nicht. Es gibt Menschen, die einen echten Job haben.«

Er nickte langsam. »Tatsächlich habe ich auch einen Job«, merkte er an.

Carole lachte spöttisch. »Das ist kein Job, das ist ein Witz, eine Scharade. Sie nehmen meine Mutter lediglich aus wie eine Weihnachtsgans. Ich wette, dass Sie es sich gut bezahlen lassen, hier ein bisschen Miss Daisys Chauffeur zu spielen.«

Isabelle sah, dass es ihn Mühe kostete, freundlich zu bleiben. Er trat auf Carole zu, lächelte sie zuckersüß an und hatte ihr mit einer blitzschnellen Bewegung das Handy aus den Fingern gerissen.

»Wenn Ihr Job darin besteht, wild hin und her zu laufen und in das Teil da zu brüllen, dann frage ich mich, wer hier zum einen überbezahlt ist und zum anderen eine Scharade spielt.«

»Geben Sie es mir zurück«, fauchte sie und griff nach seinem Arm, den er nun schnell in die Höhe reckte. Carole musste in ihren flachen Turnschuhen hüpfen, um wenigstens ansatzweise in die Nähe ihres Telefons zu kommen. Doch er war so groß, dass es ihr nicht gelang, es ihm wegzunehmen.

»Ich werde die Polizei rufen. Das ist Diebstahl. Sie landen schneller wieder hinter Gittern als Sie ›Sorry‹ sagen können.«

Er kratzte sich nun mit einem Grinsen am Kopf. »Korrigieren Sie mich, aber ich glaube, Sie brauchen ein Handy, um die Polizei zu rufen.«

Mit diesen Worten ging er zurück zum Auto und ließ das iPhone in seine Jackentasche gleiten. Isabelle verbiss sich einmal mehr das Lachen, als Carole nur wenig später mit Gewittermiene ins Auto stieg und die Tür zuknallte.

»Sie sind so was von primitiv«, zischte sie.

Ben fuhr in diesem Moment mit einem solchen Ruck an, dass Carole nach vorne schnellte und sich an der Kopfstütze stieß. Isabelle war zum Glück schon angeschnallt.

»Ups, sorry«, sagte er mit einem breiten Grinsen, während Carole sich mit finsterem Blick die Stirn rieb.

Gordes, bei Roussillon, 1956

»Hey, hat jemand die beiden gesehen? Wehe, die haben sich wieder aus dem Staub gemacht …«, rief Tante Gerte.

Issy hielt sich die Hand vor den Mund, um nicht laut loszuprusten. Philippe jedoch warf ihr einen warnenden Blick zu und legte beschwörend seinen Zeigefinger auf die Lippen. Gebückt schlichen sie an der dichten Ginsterhecke vorbei.

Philippe schob den geflochtenen Picknickkorb vor sich her, während Isabelle die eingerollte Decke trug. Der Tag war einfach zu schön, um ihn im Steilhang zu verbringen. Als sie aus der Sichtweite des Weinguts waren, richteten sie sich auf und schlenderten die staubige Zufahrtsstraße entlang, die nach einigen Kilometern ins Dorf mündete.

Wie immer ging ihr Herz auf, wenn sie den Blick durch diese bezaubernde Gegend streifen ließ. Die kleinen Gassen von Gordes waren so eng, dass die Häuser wie Liebende beieinanderstanden, die sich an einigen Stellen sogar wie zum Kuss bereit einander zuneigten.

Immer roch es irgendwo nach Essen, denn die Fenster standen meist weit offen. Hier waren es Zwiebeln und Knoblauch, ein Stückchen die Straße runter stieg einem der Duft von frischem Apfelkuchen in die Nase. Isabelles Magen knurrte fordernd.

Sie passierten das Château de Gordes, und Isabelle kam nicht umhin, die alten Mauern mit der Hand zu berühren, denn tief in ihrem Herzen glaubte sie, dass es ihr Glück bringen würde.

Sie stellte sich manchmal vor, sie wäre eine Prinzessin und würde hier mit Philippe leben. Sie gingen an der Kirche Saint-Firmin entlang, wo Père Vincent sie finster ansah, weil er ahnte, dass ihr Ausflug heimlich war.

Kichernd liefen sie weiter am Brunnen vorbei, bis sie den Blumenstand der alten Valérie erreicht hatten, wo Philippe ihr eine Rose stahl, was der betagten Marktfrau entging, da sie mit Gérard, dem Dorfpolizisten, schäkerte.

Isabelle schnupperte an ihrem Geschenk und schloss kurz überwältigt die Augen. Sie hatte eine sehr feine Nase, und die Rose roch so unglaublich intensiv, dass ihr fast schwindelig wurde. Sie steckte ihr gestohlenes Präsent in den Picknickkorb und lief dann vorweg, weil sie es kaum erwarten konnte, endlich am Fluss anzukommen.

Am Marktplatz saßen Amélie Lambert und ihre Freunde auf einer Bank und warfen ihnen finstere Blicke zu. Doch Isabelle lächelte nur süß, denn sie wusste, dass die anderen sie in Ruhe ließen. Die Angst, sich Philippes Zorn zuzuziehen, überwog den Spaß, Isabelle zu quälen, dafür hatte er damals nach dem Zwischenfall mit dem Ameisenhaufen gesorgt.

Sie ließen Gordes hinter sich und kletterten die engen, steinigen Pfade hinab, die zum Calavon führten. Der Fluss plätscherte träge in der Augustsonne vor sich hin. Sie winkten ein paar Anglern und suchten sich dann im Schatten einiger alter Bäume ein ruhiges Plätzchen, wo sie ihre Decke aufrollten.

In der Frühe hatte sich Isabelle schon in die Küche geschlichen und Brote belegt. Sie hatte zudem Obst geschält und Limonade in zwei Glasflaschen gefüllt. Hungrig fielen sie nun über ihren Proviant her, wonach Philippe in die kühlen Fluten des Calavon steigen wollte.

An einem alten Baum hatte er an einem Seil einen Reifen aufgehängt, an dem er nun wie Tarzan hin und her schwang, bevor er sich mit einem Schrei in den Fluss fallen ließ.

Isabelle saß am Ufer und sah ihm mit einem Lächeln zu. Sie selbst wollte nicht hineingehen. Zum einen war sie eine miserable Schwimmerin, der sogar das flache Wasser des Calavon an dieser Stelle Angst einflößte, zum anderen hatte sie ihre Menses. In diesen Zeiten schien die Welt noch viel mehr Eindrücke zu haben als sonst. Die Farben waren schärfer, die Gerüche intensiver, und ihre Gefühle für Philippe schimmerten so dicht an der Oberfläche, dass sie befürchtete, jeder, der genau hinsah, würde sie entdecken können. Aber Philippe war niemand, der genau hinsah.

Isabelle zog mit dem Zeh kleine Kreise im Wasser. Sie trug kurze Shorts und eine geknotete Karobluse. Ihr langes Haar hatte sie zu einem Zopf gebunden, und die Fransen ihres dichten Ponys kitzelten sie an der Nase, die sie nun krauszog.

»Du bist mal wieder eine Spaßbremse«, stellte Philippe fest, der neben ihr aufgetaucht war, wobei er sie mit voller Absicht nass spritzte.

»He, pass doch auf«, schalt sie ihn, aber er lachte nur. »Wenn du schon nicht ins Wasser kommen magst, muss das Wasser eben zu dir kommen.« Mit seinen großen Händen fuhr er um sich herum und spritzte nun kleine Fontänen auf sie.

Schreiend sprang Isabelle auf und suchte sich einen Platz weiter vom Ufer entfernt. Er blieb im Fluss, betrachtete sie aber nun mit schief gelegtem Kopf. »Du hast Sommersprossen bekommen«, stellte er fest.

»Na und?« Sie klang angriffslustig, was vielleicht daran lag, dass sie sich selbst nicht wirklich schön fand und seine Worte wie eine Kritik bei ihr angekommen waren.

»Nichts, na und. Es sieht süß aus.« Isabelles Herz machte einen Sprung, doch Philippe war längst wieder abgetaucht.

Weiter hinten schoss sein dunkler Lockenkopf aus den Wellen. »Es ist herrlich. Eine Schande, dass du nicht reinkommst.«

Sie zuckte mit den Schultern und pflückte ein paar Gänseblümchen, die neben ihr im Gras wuchsen. Während Philippe zum anderen Ufer kraulte, flocht sie einen Kranz, den sie sich ins Haar legte. Mit dem verbliebenen Blümchen spielte sie versonnen *Er liebt mich, er liebt mich nicht*.

»Er liebt mich«, flüsterte sie mit einem Lächeln, als das letzte Blättchen fiel. Sie beobachtete ihn, wie er nahe dem Platz, wo sie sich ausgestreckt hatte, aus dem Wasser stieg, sich schüttelte wie ein Hund und sich danach tropfnass auf die Decke fallen ließ, damit die Sonne seine gebräunte Haut trocknen konnte.

Isabelles Mund war wie ausgedörrt. Langsam stand sie auf und ging zu ihm. Ihr Schatten ließ ihn aufmerken, und er öffnete seine karamellfarbenen Augen. Wortlos setzte sie sich im Schneidersitz neben ihn. Sie schwiegen eine ganze Weile einvernehmlich, während der warme Wind ihre überhitzte Haut streichelte.

»Wie könnten wir all das hinter uns lassen?«, flüsterte sie irgendwann.

Philippe drehte sich auf den Bauch, legte zwei Fäuste übereinander und stützte nachdenklich sein Kinn darauf.

»Ich sag ja gar nicht, dass es hier nicht schön ist. Aber Straßburg ist unser Zuhause.«

Isabelle schluckte. Das Thema war immer wieder aufgekommen in letzter Zeit. Denn vor allem Albert war unzufrieden. Er stellte auf dem Weingut keine große Hilfe dar mit seinem kaputten Bein und schimpfte stets, dass er hier so nutzlos sei wie der dreibeinige Hund von Tante Gerte.

»Dein Zuhause vielleicht, meins ist hier«, erwiderte sie trotzig.

»Es ist einfach auf Dauer zu eng für uns alle«, sagte er entschieden. In diesem Punkt konnte sie ihm kaum widersprechen.

Philippe hatte wenigstens etwas Privatsphäre in seiner kleinen Kammer unter dem Dach. Sie hingegen bekam jedes Wort und jede Bewegung auf der anderen Seite des Vorhangs mit. Und es half sicher nicht, dass Tante Gerte und Max, der Erntehelfer, nun ein Paar waren und immer öfter Andeutungen machten, dass sie vielleicht die Räume einmal selbst brauchen würden.

»Ich wüsste nicht, wie ich irgendwo einschlafen könnte

ohne den Duft der Lavendelfelder in der Nase«, sagte sie beklommen.

Sie zuckte überrascht, als Philippe aufsprang und davonlief. Kurz darauf kehrte er mit einem kleinen lila Strauß zurück, den er in ihren Schoß fallen ließ. Dann setzte er sich mit angewinkelten Beinen neben sie.

»Issy, Heimat ist da, wo die Menschen sind, die man liebt. Alles andere ist egal. Aber wenn du den Lavendelduft brauchst, dann will ich dir in Straßburg jeden Abend einen Strauß ans Bett legen.«

Gerührt fuhren ihre Finger über die kleinen Ähren. Als sie ihn wieder ansah, waren seine hellbraunen Augen plötzlich dunkel wie Schokolade. Isabelle hatte das Gefühl, jemand würde alle Luft aus ihr herauspressen. Sie keuchte leise, während ihre Zähne ihre Lippen einfingen, damit sie nichts Dummes sagte. Die Menschen, die man liebte – der Satz echote in ihrem Kopf, auch wenn sie unsicher war, wie er es gemeint hatte.

»Isabelle …« Philippes Stimme klang rau und tief. Er streckte langsam seine Hand aus, um ihr eine lose Strähne hinters Ohr zu stecken. Diese sanfte Berührung verursachte ihr eine Gänsehaut – trotz der Hitze. Sein geliebtes Gesicht kam näher, immer näher, und Isabelle starrte wie hypnotisiert auf seinen Mund.

Alles in ihr war in Aufruhr, ihr Herz, ihr Verstand, sogar ihr Körper. Jedes Härchen schien sich aufzustellen. Ihr Atem kam nun stoßweise, während sie überwältigt die Augen schloss. Aber der Kuss blieb bloß ein Traum, denn das nächste, was durch das Dröhnen ihres Herzens an ihr Ohr drang, war Tante Gertes aufgebrachte Stimme.

»Ihr kleinen Faulpelze. Hab ich es mir doch gedacht. Auf jetzt. Zieht euch an. Wir brauchen jede Hand. Was glaubt ihr denn, wofür die Ferien sind?«

Philippe war mit hochrotem Kopf von ihr abgerückt. Bedauernd blickte er zu ihrem Mund, der noch in Erwartung seines Kusses leicht geöffnet war. Dann riss er sich los und schüttelte sich, wie jemand, der aus einem Traum erwacht. Während er sich schweigend anzog, packte Isabelle das Picknick zusammen.

Sie folgten Tante Gerte zu ihrem Auto, wo Isabelle auf die Rückbank kletterte und Philippe sich mit unergründlicher Miene auf den Beifahrersitz fallen ließ.

»Schaut nicht so sauertöpfisch. So wie es aussieht, ist das ohnehin eure letzte Lese.«

Isabelles Herz setzte einen Schlag aus. Sie starrte Tante Gerte entgeistert an. »Was meinst du?«, fragte sie entsetzt.

Gerte sah sie kurz im Rückspiegel an. »Na ja, Albert hat eine Wohnung gefunden in Straßburg. Im Herbst sollt ihr beiden dort die Schule besuchen.«

Und so schnell legte sich ein dunkler Schatten auf diesen wunderschönen Tag.

Strassburg, 1957

Isabelle schlenderte lustlos hinter Philippe her, der es eilig hatte, in die Schule zu kommen.

»Nun mach schon, du Trödelliese«, schimpfte er, doch sein schiefes Grinsen milderte die kleine Gemeinheit ab. Er wusste, was für ein Spießrutenlauf die Schule für Isabelle war. Sie ging mit Martine Baillots Nichte Liliane in eine Klasse, die natürlich nichts Besseres zu tun hatte, als gleich allen zu erzählen, dass Isabelle deutsches Blut in den Adern hatte.

Mehr als einmal hatte Philippe sie danach auf dem Schulhof vor ihren Peinigern retten müssen. Jungen, die sie schubsten, ihre Sachen ins Gebüsch warfen oder ihr heimlich Schilder an den Tornister klebten, auf denen »Heil Hitler« stand. Mädchen, die sie mit gemeinen Worten und Blicken nicht minder verletzten.

Philippe hatte geglaubt, dass es hier in der Stadt besser werden würde als in dem kleinen provenzalischen Dorf, wo diese Hinterwäldler Issy immer, wenn er nicht hinsah, piesackten. Doch die Vergangenheit hatte sie auch hier in der alten Heimat schnell wieder eingeholt.

Selbst wenn der Krieg vorüber war, er hatte so viel Schaden in den Städten und Köpfen der Menschen angerichtet, dass es schon ausreichte, einen deutschen Vater zu haben, um den Hass der anderen auf sich zu ziehen. Arme Isabelle, hatte sie ihren leiblichen Vater doch noch nicht einmal kennengelernt. Sie war so französisch wie sie alle, lernte erst hier in Straßburg ein paar Brocken Elsässisch und war des Deutschen nicht einmal mächtig. Sie war nicht mehr als ein weiteres Opfer auf der nicht enden wollenden Liste, die auch lange Jahre nach diesem Krieg fortgeschrieben wurde.

Dabei schritten sie auf dem Boden der neuen europäischen Hauptstadt, die man eigens ausgewählt hatte. Nirgendwo sonst war die Geschichte Frankreichs und Deutschlands so verwoben wie hier, und man erhoffte sich an diesem Flecken Erde einen neuen Ausgangspunkt für eine Versöhnung. Doch das war Politik und hatte mit dem Leben auf der Straße nicht viel zu tun. Hier waren die Feindbilder immer noch klar definiert.

Auch Philippe bekam das zu spüren als Sohn eines Malgré-nous. Dabei war seinem Vater doch gar nichts anderes übriggeblieben, als der Einberufungsbefehl kam. Zu groß war die Sorge um seine Familie gewesen und was mit ihr passierte, wenn er sich widersetzt hätte. Dass es gegen seinen und den Willen der anderen Elsässer gewesen war, versuchten sie nun nach dem Krieg durch den selbst gewählten Namen zu zeigen, aber das half auch nicht viel, die Blicke waren und blieben feindselig.

Philippe verkürzte seine Schritte, damit Isabelle zu ihm aufholen konnte, dann griff er ihre kleine Hand, die kalt und zögerlich in seine schlüpfte, bevor sie ihm endlich ein Lächeln schenkte. Wie immer durchströmten ihn bei der Berührung gemischte Gefühle. Er hatte im vergangenen Sommer mehr als einmal fast eine Grenze überschritten.

Es waren merkwürdige Emotionen, die er für sie empfand. Zum einen waren da noch immer sein Beschützerinstinkt und der Wille, es ihr an nichts mangeln zu lassen. Die Gefühle eines großen Bruders eben. Zum anderen aber hatte er natürlich bemerkt, dass sie schon längst kein kleines Mädchen mehr war. Sie hatte Rundungen, die immer wieder seine Blicke auf sich zogen, und wenn er den Fehler machte, ihr in die Augen zu sehen, hatte er manchmal Angst, in den grünen Tiefen zu ertrinken. Sein Herz schlug schneller, sobald sie ihm ein Lächeln zuwarf oder ihn berührte, so wie jetzt. Doch war es schicklich, solche Gefühle für einen Menschen zu haben, den man sein ganzes Leben lang kannte? Mit dem man wie Bruder und Schwester aufgewachsen war? Er wusste es nicht.

Als sie ihn am Ärmel zupfte, bemerkte er, dass sie am Schultor angelangt waren. Hier trennten sich ihre Wege, da die Unterstufe im anderen Gebäudeteil unterrichtet wurde. Philippe würde im Sommer sein Abitur machen, dann wäre niemand mehr an Isabelles Seite, um sie zu beschützen, schoss es ihm durch den Kopf, und er drückte noch einmal ihre ineinander verschlungenen Finger, um ihr, aber auch sich selbst, Mut zu machen.

»Bis heute Mittag, und stell keine Dummheiten an«, scherzte er lahm, woraufhin sie ihm einen vernichtenden Blick zuwarf.

Nie auch nur ein einziges Mal war ein Streit oder eine Auseinandersetzung von ihr ausgegangen. Doch wenn die anderen Schüler sich zusammentaten und mit dem Finger auf Isabelle wiesen, war der Direktor, der jüdischen Glaubens war und seine Familie im Krieg in Auschwitz verloren hatte, nur zu gerne bereit, es für bare Münze zu nehmen, dass der deutsche Bastard Schuld trug. Oft genug hatte sie am Ende auch noch die Strafarbeit bekommen dafür, dass andere sie quälten.

Sorgenvoll blickte er ihr hinterher. Jedes Mal wurde sein Herz schwer, wenn sie auf die andere Seite der Schule strebte, wo sie allein dastand, bis der Gong alle in die Klassenräume rief.

Im Gegensatz zu ihm hatte Isabelle es nicht geschafft, Freunde zu finden. Er hatte ein paar enge Freunde, die ihn schätzten, weil er ein guter Fußballer war und einen ausgeprägten Gerechtigkeitssinn besaß, sodass die Schwachen sicher sein konnten, bei ihm Schutz zu finden. Es half, dass sein Kreuz im letzten Sommer breiter und seine Stimme tiefer geworden war, es brauchte schon Mut, sich mit ihm anzulegen.

Isabelle sah mit einem gequälten Lächeln zu ihm herüber. Er konnte die kleine Lücke zwischen ihren Schneidezähnen ausmachen, die sie hasste, die er aber insgeheim bezaubernd fand. Diese Lücke hatte ihr allerdings auch den gemeinen Spitznamen »Lapin d'Hitler« – Hitlers Kaninchen eingebracht. Diese kleinen Miststücke. Philippe wünschte sich nicht zum ersten Mal, dass er Isabelle besser beschützen könnte. Doch in der Klasse und auf dem Schulhof war sie auf sich gestellt.

Nach dem Unterricht wartete er ungeduldig am Tor und merkte erst, dass er sich entspannte, als er sie unversehrt auf sich zuschlendern sah.

»Wie war's heute?«, fragte er und vermied es, ihre Hand zu nehmen, da die Geste in all ihrer Vertrautheit manchmal schmerzte.

»Immerhin war heute kein völlig schrecklicher Tag«, antwortete Isabelle. »Ich habe nur einen blauen Fleck, weil Marie Boulanger mir den Stuhl weggezogen hat, als ich mich gerade hinsetzen wollte, was die ganze Klasse zum Lachen brachte. Ansonsten haben sie mich in Ruhe gelassen – auch die grausamsten Spiele verlieren wohl an Reiz, wenn man sie zu oft spielt.«

Sie trat nach einem kleinen Stein und sah dem Kiesel dabei zu, wie er fortholperte. Philippe hatte zu ihr aufgeschlossen und sah die Resignation in ihrem Gesicht. Sein

Herz krampfte sich schmerzhaft zusammen. Er wollte sie so gerne trösten. Einem Impuls folgend zog er Isabelle an sich, was jedoch ein Fehler war, wie er gleich bemerkte. Ihr Duft stieg ihm in die Nase – Lavendel und Isabelle, eine betörende Mischung.

Seit sie Gordes verlassen hatten, schlief Isabelle auf einem Kissen, das Maman ihr mit getrocknetem Lavendel gefüllt hatte. »Gegen das Heimweh«, pflegte sie mit einem Lächeln zu sagen, wenn sie die Füllung auswechselte. Es half jedoch nicht viel, Isabelle vermisste Tante Gertes Weingut immer noch mit jeder Faser ihres Seins. Er wusste das, weil er sie nachts oft weinen hörte.

Neben dem Geruch waren es ihre Wärme und ihre sanften Rundungen, die seinen Körper nun in Aufruhr brachten. Er spürte ein verräterisches Ziehen tief in seiner Magengrube und löste sich schnell von ihr, weil er fürchtete, sie könne bemerken, wie sehr ihn die kleine Umarmung erregt hatte.

»Komm, Maman wartet mit dem Essen, sie muss gleich los zur Klinik«, trieb er sie nun an. Nach ein paar tiefen Atemzügen hatte er sich gottlob wieder im Griff.

Dieses Mal beschleunigte Isabelle ihre Schritte gerne. »Ich sterbe vor Hunger«, sagte sie und überholte ihn mit einem Lachen. Er blickte ihr liebevoll nach. Es war verrückt, wie sie spielerisch die komplette Palette an Emotionen bei ihm auslösen konnte.

Philippe schloss zu ihr auf und schob sich seine Schirmmütze aus der Stirn, sodass eine vorwitzige Locke herausfiel. Er strich sie nachdenklich zurück an ihren Platz. »Hilfst du mir gleich beim Abwasch?«, fragte er.

»Tue ich das nicht immer?«, gab sie mit einem Lächeln zu bedenken. Er nickte. Sie beide mussten viel anpacken zu Hause, denn Maman arbeitete oft in der Klinik, und Papa war nicht zu gebrauchen, wenn er morgens schon mit der Flasche Pastis kollidiert war.

Philippe seufzte leise. Er wusste, dass die Rückkehr nach Straßburg leider nichts am Stand der Dinge in der Ehe seiner Eltern geändert hatte. Papa konnte ihr immer noch nicht verzeihen, dass sie eine Affäre hatte, als er im Krieg war. Es war wohl richtig gewesen, alles zu beichten und reinen Tisch zu machen, zumal er sie andauernd hatte beteuern hören, dass es ihr nichts bedeutet hatte. Doch Papa kam nicht damit klar.

Zudem kämpfte er mit seinen eigenen Dämonen, die ihm aus dem Krieg nach Hause gefolgt waren. Meist suchten sie ihn nachts heim, sodass Philippe ihn schreien und stöhnen hörte im Nebenzimmer. Es half ebenfalls nicht, dass Papa wegen seines Holzbeins nicht mehr seinen Beruf als Koch ausüben konnte, weil das lange Stehen zu anstrengend war.

Eine andere Arbeit fand er nicht, oder er wollte sie nicht finden, dafür hatte er jedoch das Trinken angefangen. Oft genug stand schon eine leere Flasche auf dem Tisch, wenn sie am Nachmittag aus der Schule kamen. Er war dann streitlustig und aggressiv, wenn Maman vom Dienst kam, und die schlechte Stimmung zog sich über den Abend bis in die Nacht hinein. Erst gestern hatte er sie wieder durch die dünne Wand gehört.

»Du bist betrunken, Albert, lass mich«, hatte sie leise gezischt.

»Als ob es anders wäre, wenn ich nüchtern wär. Du willst mich nicht mehr, denkst lieber an deinen Arzt mit dem schicken Auto, richtig? Dann geh doch zu ihm, ich kann dir ohnehin nichts mehr bieten, ich bin ein Krüppel«, hatte er gesagt und war dabei immer lauter geworden, bis er das Wort »Krüppel« fast geschrien hatte.

»Sei leise, du weckst die Kinder. Und nein, ich denke nicht an meinen Arzt, wie oft soll ich dir noch sagen, dass es mir nie etwas bedeutet hat? Aber du, Albert, du bedeutest mir alles. Ich liebe dich, doch ich weiß nicht, wie lange ich das hier noch aushalte.«

Danach hatte sie wieder geweint, während er aufgestanden war, um in dem alten Sessel am Wohnzimmerfenster den Rest seiner Flasche zu trinken und dem neuen Morgen mit leeren Augen entgegenzustarren.

»Was steht denn da für ein Schlitten?«, fragte Isabelle und riss ihn mit einem leisen Pfiff aus seinen Gedanken. Philippe bemerkte den großen schwarzen Mercedes nun auch, der gleich auf dem Gehweg vor dem Haus parkte, in dem sie im vergangenen Jahr eine Wohnung bezogen hatten. Er schluckte.

»Ist das ein deutsches Kennzeichen?«, flüsterte sie, als ob jemand auf der menschenleeren Straße sie hören könnte.

»Sieht so aus«, sagte Philippe, der nun beklommen eine Runde um das Auto drehte. Eine merkwürdige Vorahnung kribbelte in seinem Nacken.

»Der ist brandneu, ist erst dieses Jahr vom Band gehüpft, ein 300 SL Coupé«, stellte Philippe ohne Begeisterung fest. Obwohl er schnelle Autos liebte und sich auch für Rennen interessierte, hatte er so eine Ahnung, dass dieses Auto keine guten Nachrichten bringen würde.

Noch ehe er weiter überlegen konnte, wem der Wagen gehörte, ging die Tür auf, und Sabine blickte sie aus ernsten Augen an. »Da seid ihr ja, wir haben Besuch.«

Mehr gab sie zunächst nicht preis, stattdessen lief sie eilig die Stufen zur Wohnung hinauf, aus der es nach gebratenem Fleisch und Kartoffeln roch. Isabelle tauschte einen fragenden Blick mit ihm, bevor sie beide hinter Sabine hereilten. Im Hausflur streiften sie ihre Schuhe ab und stellten ihre Ranzen in eine Ecke, als Sabine auf Isabelle zukam und sie sanft am Arm fasste, um sie ins Wohnzimmer zu dirigieren.

Papa saß wie immer in seinem Sessel, jedoch schien er heute nüchtern zu sein, denn statt eines Weinglases umfassten seine schmalen Hände eine dampfende Kaffeetasse. Ihm gegenüber saß ein fremdes Pärchen. Der Mann musste ziemlich groß sein, denn er überragte Papa sogar im Sitzen um gut einen Kopf. Er hatte blondes, kurz geschnittenes Haar, ernste blaue Augen und ein markantes Kinn. Seine Haltung war aufrecht, seine Kleidung teuer. Die Frau neben ihm war hübsch, wenn auch auf eine eher unauffällige Art. Ihr Haar trug sie schulterlang und gewellt, ihre schmale Gestalt versank im Sitzen in einem grünen Wollmantel, der am Kragen ihr herzförmiges Kinn mit einem echten Pelz umspielte. Gerade nippte sie an einer Tasse Tee, wobei Philippe auffiel, dass Sabine das gute Geschirr herausgeholt hatte. Während der Mann sie mit freundlicher Neugier betrachtete, waren die Augen der Frau kühl auf Issy gerichtet.

»Isabelle, das sind Werner und Ingrid Richter«, stellte Sabine die Gäste vor. Dann holte sie noch einmal kurz und zittrig Luft, bevor sie ergänzte: »Werner Richter ist dein Vater.«

Kapitel 14

Sie waren auf Isabelles Wunsch hin so viele Umwege über kleine, enge Nebenstraßen und durch winzige, versprengte Dörfchen gefahren, dass es illusorisch war, Straßburg noch an diesem Abend zu erreichen. Carole hatte zudem bemerkt, dass es ihrer Mutter nicht gut zu gehen schien. Mehrfach hörte sie ein leises Stöhnen oder sah, wie Isabelle in dem Versuch, eine bequeme Position zu finden, unruhig hin und her rutschte.

Auch Ben schien es registriert zu haben, denn sein Blick glitt immer wieder besorgt in Isabelles Richtung. Einmal ertappte sie die beiden bei einem stummen Austausch, bei dem er fragend die Brauen hob und sie entschieden den Kopf schüttelte. Es war frustrierend, wie ausgeschlossen sie sich in solchen Momenten fühlte.

Sie hatten sich in einem kleinen Örtchen in der Nähe von Baden-Baden ein Hotel genommen. Heute war nur noch ein gemeinsames Abendessen geplant, danach hatte sie sich fest vorgenommen, sich früh auf ihr Zimmer zurückzuziehen.

Schließlich wartete noch Arbeit auf sie, die Carole dank ihres Smartphones, das er ihr eben mit einem unverschämten Grinsen zurückgegeben hatte, auch von unterwegs erledigen konnte.

Sie hatte bei der Ankunft ihre weiße Bluse an der Rezeption zum Aufbügeln abgegeben, die nun glatt und ordentlich in ihrem Zimmer hing. Carole duschte, zog sich an und erschien pünktlich um 19:30 Uhr am Tisch. Isabelle und Ben saßen bereits da und unterhielten sich angeregt. Seine Augen tanzten dabei fröhlich über das Gesicht ihrer Mutter, als sie etwas Lustiges sagte, und Carole spürte wieder diesen kleinen Stich, weil sie sich niemals so unbeschwert und leicht in Isabelles Gegenwart fühlte.

»Habe ich was verpasst?«, fragte sie und versuchte, weniger gereizt zu klingen, als sie war. Sie ließ sich auf den freien Stuhl neben Isabelle nieder, sodass Ben ihr schräg gegenübersaß.

»Ich habe Ben nur gerade von dem Ausflug ins Fantasialand erzählt, als du unbedingt diese Berge von Zuckerwatte in dich reinstopfen musstest und dann, nachdem du mit Theo wie verrückt Achterbahn gefahren bist, auf der Heimfahrt alles in meine teure, neue Handtasche gebrochen hast.«

Isabelles Augen waren nun von kleinen Lachfältchen umgeben, als sie Carole ansah, die sich unbehaglich räusperte.

»Daran kann ich mich nicht erinnern«, sagte sie kurz angebunden, weil das Bild plötzlich so viele Emotionen in ihr auslöste. Natürlich erinnerte sie sich. Sie hatte sich diesen Ausflug zum Geburtstag gewünscht, und Papa konnte ihr nie etwas abschlagen. Doch noch schöner war es gewesen, dass Isabelle unangekündigt mit einer kleinen Reisetasche an der Tür aufgetaucht war.

Carole hatte trotz des Malheurs auf der Heimfahrt großen Spaß gehabt, doch abends im Hotel hatte es dann Streit gegeben, weil Isabelle auf ein eigenes Zimmer bestand, aber keines mehr frei war.

Carole hatte sie wütend angesehen. »Du machst wieder alles kaputt«, hatte sie ihre Mutter angeschrien und war nach draußen gerannt, wo sie kaum Luft bekam.

Isabelle war ihr nachgekommen und hatte sich vor sie gehockt. »Bitte, Carole, glaub mir, dass ich mich bemühe. Ich tue das hier für dich, nur wegen dir bin ich hier.«

Aber Carole hatte keine Lust gehabt, weiter ihren Beteuerungen zuzuhören. »Du machst Papa immer traurig, und damit machst du mich traurig. Lass uns doch einfach allein, wir brauchen dich nicht«, hatte sie sie angefahren und war dann wieder nach drinnen gelaufen, wo ihr Vater mit blasser Miene und bekümmertem Blick auf sie gewartet hatte.

Isabelle hatte die Nacht auf einem Sofa im Wohnraum des Hotelzimmers geschlafen und Carole dafür mit Papa das Bett geteilt. Sie wusste heute noch nicht genau, ob sie in dieser Nacht nur geträumt hatte, dass Isabelle plötzlich an ihrem Bett kniete, ihr über das Haar strich und flüsterte: »Wärst du nicht, wäre ich längst fortgegangen, aber dann würde ich dich verlieren, und deshalb bleibe ich.«

Der Kellner, der mit der Karte kam, riss Carole aus ihren Erinnerungen. Sie wählten und aßen danach, wobei die Konversation plötzlich gestelzt und aufgesetzt wirkte. Carole war mit den Gedanken woanders, und ebenso schienen Ben und Isabelle nicht ganz bei der Sache zu sein.

»Darf ich Ihnen einen Nachtisch ans Herz legen?«, erkundigte sich der Kellner, doch Carole war schon aufgestanden und legte mit einem Kopfschütteln ihre Serviette auf ihren Platz.

»Danke, ich bin satt und werde mich jetzt zurückziehen. Bis morgen.«

Sie warf einen schnellen Blick auf ihre Mutter, die keine Anstalten machte, sie aufzuhalten. Im Gegenteil, in dem Moment, in dem sie sich vom Tisch entfernte, hörte sie, wie das Gespräch zwischen ihr und Ben wieder in Fahrt kam. Es war frustrierend.

Sie ging den abgetretenen Teppich entlang bis zu ihrer Zimmertür, schob missmutig den Schlüssel ins Schloss und lief dann fahrig im Zimmer auf und ab. Es war verrückt, dass sie mit auf diese Reise gekommen war. Zuhause türmten sich die Akten, und die ganzen Rückrufbitten hatte sie immer noch nicht abgearbeitet.

Außerdem schien sich ihre Mutter auch so gut auf dieser Reise zu amüsieren. Carole beschloss, noch den morgigen Tag abzuwarten, doch dann ihrer aller Heimreise zu planen. So erschöpft wie Isabelle heute gewirkt hatte, war es ihr vielleicht gar nicht unrecht, wenn sie nach einem Tag Sightseeing in Straßburg einen Zug buchen würde. Bäcker könnte das Auto dann zurückfahren. Und auf der Fahrt würde Carole ihre Mutter davon überzeugen, dass es rausgeschmissenes Geld war, ihn weiter zu beschäftigen.

Sie spürte, wie etwas Ruhe in ihr aufgewühltes Inneres kam, jetzt, da sie einen Plan gefasst hatte. Carole schüttete sich ein Glas Wein aus der Minibar ein und setzte sich dann aufs Bett. Sie betrachtete den Stapel Briefe, den Isabelle ihr vorhin im Auto in die Hand gedrückt hatte, wie ein gefährliches Tier. Sie hatte keine Ahnung, was drinstand, war aber unsicher, ob sie es überhaupt erfahren wollte. Am Ende würde das noch ihre ganze geordnete Welt durcheinanderbringen. *Das ist sie doch längst*, flüsterte eine leise Stimme, und Carole stöhnte resigniert auf. Es war schon schwer, sich in der einsamen Dunkelheit eines Hotelzimmers selbst etwas vorzumachen. Statt ihre Mails zu beantworten, öffnete sie vorsichtig die rote Schleife und begann zu lesen.

Kurze Zeit später hämmerte sie wütend gegen die Tür des Nachbarraums. Isabelles Stimme klang dünn, als sie sie zum Eintreten aufforderte. Doch Carole ignorierte den ersten Impuls, mit ihrer aufgestauten Wut einfach zurück auf ihr Zimmer zu verschwinden. Sie war definitiv zu empört für Mitleid.

»Was kann ich für dich tun?«, fragte Isabelle, die an einem Tisch saß und im Licht einer kleinen Stehlampe in einer alten Zeitschrift blätterte. Statt einer Antwort flog das Bündel Briefe auf den Tisch. Isabelle sah fragend zu ihr auf.

»Das ist der Grund für diese bescheuerte Reise, oder? Irgend so ein blöder Franzose, in den du dich als Backfisch verknallt hast. Warum sollte ich den Mist lesen, Mutter? Damit ich begreife, wie unglücklich Papa dich gemacht hat? Das wusste ich auch vorher schon. Und was versprichst du dir nun davon? Einen zweiten Frühling mit deinem mittlerweile geriatrischen Geliebten? Glückwunsch und viel Spaß bei deinem Trip, ich bin jetzt wirklich raus. Du hast ja adäquate Begleitung.«

»Hast du sie überhaupt gelesen?«, fragte Isabelle leise. Wütend schüttelte Carole den Kopf. »Wozu? Ich habe den ersten überflogen, allein schon die Anrede: Mein über alles geliebter Philippe – das hat mir gereicht. Sechzig Jahre ist dieser Brief alt. Und wenn ich das richtig sehe, hast du diesem Kerl seither jedes gottverdammte Jahr so einen Brief geschrieben. Wozu soll ich das lesen? Ich weiß auch so, dass du Papa und mich nie geliebt hast.«

Mit diesen Worten drehte sie sich auf dem Absatz um und wollte aus dem Zimmer stürmen, als sie hinter sich ein Stöhnen hörte. Sie fuhr herum und sah, dass Isabelle kreidebleich geworden war. Ihre Lippen schimmerten bläulich, genau wie die dünne Haut unter ihren eingefallenen Augen. Caroles Wut ebbte ab, die Sorge gewann Überhand. Sie schloss die Tür, die sie gerade noch stürmisch aufgerissen hatte, und ging zurück zu ihr.

»Was ist mit dir?«, fragte sie besorgt, während sie sich vor Isabelle hinhockte.

»Geh bitte und ruf Ben«, flüsterte diese tonlos und krampfte sich dann zusammen. Carole ignorierte die erneute Zurückweisung.

Sie nickte. Jetzt war nicht die Zeit zu diskutieren.

Kapitel 15

Nach dem Abendessen hatte Ben Isabelle noch zu ihrem Zimmer begleitet, die heute unter ihrer aufgesetzten Fröhlichkeit müde und erschöpft wirkte. Er machte sich Sorgen um die alte Dame. Es wäre vielleicht an der Zeit, sie in ein Krankenhaus zu bringen. Doch was immer sie noch erledigen wollte – es hielt sie aufrecht.

Um sich abzulenken, zappte er durch das Fernsehprogramm und blieb am Ende auf einer Dokumentation über die Verschmutzung der Weltmeere hängen. Das Thema war prädestiniert dafür, ihn auf andere Gedanken zu bringen, die trotz der Sorge um seine Patientin viel zu oft zu Carole wanderten. Als er gerade wegdämmern wollte, riss ihn ein Klopfen aus dem Schlaf.

»Ben, bitte, machen Sie auf.«

Es war Carole. Er ging eilig zur Tür und öffnete sie. Sie sah verängstigt aus. Ihre Haare hatten sich aus dem festen Zopf gelöst, und auf ihrem Porzellanteint bildeten sich hektische rote Flecken.

»Es geht um meine Mutter«, stieß sie angespannt hervor. Er nickte knapp und zog sich schnell eine Kapuzenjacke über sein T-Shirt. Die Jeans hatte er noch an. Barfuß folgte er ihr auf die andere Seite des Flurs.

»Sie scheint Schmerzen zu haben. Wissen Sie, was mit ihr los ist? Mit mir will sie darüber offensichtlich nicht reden.«

Er kratzte sich verlegen am Kopf. Das war eine blöde Situation. Natürlich hatte sie ein Recht darauf zu erfahren, dass ihre Mutter todkrank war. Dass sie vielleicht nicht einmal diese Reise überleben würde. Aber wer war er, dass er Isabelle darin zuvorkam?

»Bitte, fragen Sie sie selbst. Es steht mir nicht zu, etwas dazu zu sagen.«

Sie schnaubte frustriert und kaute einmal mehr vehement auf ihrer Unterlippe. »Gehen Sie schon, Sie braucht Sie«, entschied sie dann mit einem knappen Nicken.

Sie kehrte zu ihrem Zimmer zurück, blieb allerdings mit verschränkten Armen davor stehen. Er bedachte sie noch einmal kurz mit einem bedauernden Blick und ging dann eilig zu Isabelles Tür. Sie brauchte seine Hilfe.

Als er eintrat, lag die alte Dame auf dem Bett, das Bündel Briefe, das sie Carole am Nachmittag gegeben hatte, an ihre Brust gedrückt. Ihre Haut war blass mit einem unguten bläulichen Unterton, ihre Augen wirkten eingefallen, und sie zitterte. Er kannte die Anzeichen nur zu gut, wusste, was der Schmerz aus einem Menschen machte. Ohne weitere Worte ging er zu der kleinen Ledertasche, in der sie ihre Medikamente aufbewahrte. Nach kurzem Suchen hatte er die Ampullen gefunden.

»Nein, ich will klar sein für die Reise, Ben. Es muss anders gehen«, sagte sie stockend und krümmte sich, weil eine neue Welle sie erfasste. Vermutlich hatte der Krebs bereits gestreut, und der Gedanke machte ihn traurig. Er hatte Isabelle schon viel zu sehr in sein Herz geschlossen.

»Das Morphium wird dir Erleichterung schenken, so wie jetzt bist du auch nicht klar«, stellte Ben ruhig fest, ging in die Hocke und suchte in der Tasche nach einer Einwegspritze. Doch da stand sie plötzlich hinter ihm, und ihre knochig gewordene, mit mehreren teuren Ringen bestückte Hand packte ihn überraschend fest an der Schulter.

»Vielleicht kennst du mich noch nicht gut genug, denn ein Nein ist und bleibt ein Nein bei mir.« Sie klang fast wütend, doch der Zorn hatte auch die Müdigkeit und das Wackeln aus ihrer Stimme vertrieben. Stattdessen sah sie nun kämpferisch aus, wie sie in ihrem pink-grünen Morgenmantel im Kimonostil vor ihm stand.

Ben seufzte, doch dann schenkte er ihr ein Lächeln und wühlte erneut in der Tasche. »Tramadol«, sagte er und schwenkte die Tropfen wie eine Friedensfahne.

Isabelle nickte und ließ sich wieder auf ihr Bett fallen, wo sie wartete, bis Ben in dem kleinen Bad einen Zahnputzbecher mit Wasser gefüllt hatte, in den er die Tropfen gab. Schon eine Viertelstunde nachdem sie das Medikament zu sich genommen hatte, merkte er, wie sie sich entspannte und ihre Augen nicht mehr trübe und verschleiert wirkten.

»Willst du etwas aus der Minibar? Ich könnte jetzt einen Schluck vertragen«, sagte sie und grinste ihn an wie das junge Mädchen, das sie einst gewesen war. Er konnte Carole in der verblühten Schönheit ihrer Züge ausmachen.

»Einen Teufel wirst du tun«, erwiderte er und ging zur Minibar, wo er den Alkohol aussortierte und die kleinen

Fläschchen in den Taschen seiner Jacke verschwinden ließ. Die Erfahrung hatte ihn vorsichtig werden lassen.

»Tramadol und Alkohol wären eine böse Mischung, das kann zu Atemstillstand führen, also würde ich vorschlagen, du bleibst auf dieser Reise bei Wasser und Saft.«

Isabelle verdrehte die Augen. »Ich hätte mir doch besser eine brave kleine Pflegerin geholt, die keine Widerworte gibt und macht, was ich ihr sage.« Es sollte finster klingen, aber die Wärme in ihrem Blick verriet sie.

»Zu spät«, stellte Ben trocken fest und setzte sich ihr gegenüber in einen Sessel. »Das Zeug putscht ein bisschen auf, ich kann dir gerne noch Gesellschaft leisten, bis du müde wirst, ich kann selbst nicht besonders gut schlafen«, bot er an, und Isabelle nickte dankbar.

Einen Moment schwiegen sie friedlich miteinander, doch dann durchbrach Ben die Stille. »Was ist los zwischen Carole und dir? Es hat sie verletzt, dass du sie eben weggeschickt hast. Du solltest ihr endlich die Wahrheit sagen.«

Isabelle seufzte. »Na ja, um unsere Beziehung zu verstehen, muss ich wohl etwas ausholen.«

Sie atmete tief ein, wie um sich für das Kommende zu stählen.

»Du musst wissen, dass wir fast zwanzig Jahre kinderlos waren. Dunkle, traurige Jahre, in denen ich viel gegen meine inneren Dämonen gekämpft habe. Die Vergangenheit wollte mich nicht loslassen, aber die Gegenwart bot mir auch keinen Grund dazu. Theo und ich lebten mehr nebeneinander als miteinander. Ich war oft krank, habe viele Therapien gemacht, weil ich einfach nicht mit dem

Leben klarkam, das ich gezwungen war zu führen. Ich war einsam, hatte keine Freunde, keine Familie mehr, und Theo weigerte sich, mich studieren oder, Gott bewahre, arbeiten zu lassen. Als ich schwanger wurde, hatte ich zum ersten Mal die Hoffnung, dass sich etwas ändern, dass das Baby mir eine Aufgabe bringen würde, doch als Carole kam, fühlte ich mich nur leer und unfähig. Ich konnte keine Bindung zu ihr aufbauen, habe viel geweint und konnte mich lange Zeit nicht richtig um sie kümmern. Ihre Geburt hat alte Wunden aufreißen lassen, mit denen ich immer noch nicht fertig war.«

»Postnatale Depression würde ich sagen«, stellte Ben fachkundig fest, und Isabelle nickte.

»Das hat nur damals niemanden interessiert«, bemerkte sie. »Als es mir besser ging und ich versuchte, eine Bindung zu ihr aufzubauen, war der Zug bereits abgefahren. Sie fremdelte mit mir, wollte lieber zu Theo oder dem Kindermädchen, das sie vergötterte. Nur nachts, wenn sie schlief, konnte ich mich zu ihr setzen, ihr weiches Haar streicheln und ihr sagen, wie lieb ich sie habe.«

Isabelles Stimme war leise und traurig geworden, als sie nun weitererzählte. »Theo merkte, wie sehr ich litt, und bot mir an, dass wir gemeinsam versuchen, aus den Einzelteilen doch noch eine Familie zu machen. Ich war ihm dankbar, bat ihn aber darum, das Körperliche auszuklammern. Er war einverstanden, was die Atmosphäre zwischen uns zunächst leichter machte. Carole und ich begleiteten ihn von da an auf einigen Dienstreisen, wir machten Ausflüge, es war schön, und ich spürte, wie sich Carole mir zuwandte.

Doch eines Tages ist Theo dahintergekommen, dass ich versucht hatte, einen mir wichtigen Menschen aus meiner Vergangenheit zu finden. Er wurde furchtbar böse, schrie mich an, dass er mit seiner Geduld am Ende sei und ich endlich mit meinen Geistern abschließen sollte. Ich war es leid, dass ich all die Jahre vorgeschrieben bekam, wie ich leben, was ich tun und fühlen sollte. Also weigerte ich mich. Mehr noch, ich sagte ihm ins Gesicht, dass ich ihn verlassen wollte, dass ich so nicht weiterleben könnte.«

Sie stockte und brach ihre Erzählung ab, sodass Ben sich vorbeugte und sie forschend ansah. »Und dann?«, fragte er leise, als sie auch nach einigen Minuten keine Anstalten machte weiterzuerzählen.

Sie seufzte. »Dann hat er mir gesagt, dass ich Carole verlieren würde, wenn ich diesen Weg weiter beschreite. Er hatte akribisch Buch geführt über all die vielen Ehejahre hinweg. Er hätte vor Gericht mein Versagen als Mutter und Frau gut belegen können, wohingegen ich mit leeren Händen dastand. Zudem wusste ich, dass Carole im Falle einer Scheidung niemals freiwillig mit mir gekommen wäre, also blieb ich. Aber ich habe ihn verachtet dafür.«

Auch wenn sie den Zusatz leise gesagt hatte, konnte er immer noch die Emotionen in ihrer Stimme hören. Sie war einige Augenblicke in einer längst vergangenen Zeit verloren, bevor sie in das Hotelzimmer zu ihm zurückkehrte.

»Weißt du, ich hab das alles ertragen, um mein Kind nicht zu verlieren, doch genau das ist passiert.«

Sie trank einen großen Schluck Wasser und sah Ben müde an. »Und jetzt muss ich mein Selbstmitleid wegen dir auch noch mit Selters herunterspülen.«

Sie klang wie ein Kind, dem man die Süßigkeiten vorenthielt, und Ben konnte sich ein Grinsen nicht verkneifen.

»Du wirst es überstehen«, sagte er unbedacht.

»Das wohl nicht, aber gemeinsam machen wir das Beste draus bis zum Schluss, nicht wahr? Und nun lass mich schlafen, ich bin alt und müde.«

Er spürte, wie sich sein Herz schmerzhaft zusammenzog. Wieder einmal hing er schon zu tief drin, um unbeteiligt zu bleiben.

»Erzähl ihr bitte bald die Wahrheit. Es ist Zeit, die Mauern einzureißen«, sagte er, bevor er zurück auf den plüschigen Flur hinaustrat. Er blieb vor Caroles Tür in der Dunkelheit stehen und legte eine Hand an das Holz, als könne er das kleine Mädchen von damals mit dieser Geste trösten. Sie war zum Spielball in der kalten Ehe ihrer Eltern geworden. Kein Wunder, dass sie niemanden an sich heranließ. Doch bevor seine weiche Seite auf die dumme Idee kam zu klopfen, riss er sich los und ging in sein Zimmer. Er war vermutlich der Letzte, den sie gerade sehen wollte.

STRASSBURG, 1958

»Ich will da nicht hin«, sagte Isabelle trotzig und verschränkte die Arme vor der Brust.

Sabine seufzte. »Du weißt, dass dein Vater überhaupt nur eingewilligt hat, dich hier zu lassen, wenn du wenigstens die Ferien mit ihm und seiner Frau verbringst.«

»Sie hasst mich, Sabine. Wenn er nicht da ist, lässt sie mich deutlich spüren, wie unerwünscht ich bin. Und dieses Haus, dieses große, leere Haus. Es macht mir Angst.« Isabelle wollte nicht weinen, und doch liefen jetzt die Tränen, die sie mit einer ungehaltenen Geste von ihren Wangen wischte.

Sabines Miene wurde weich, und sie ließ das Messer sinken, mit dem sie gerade noch Pellkartoffeln von ihrer Schale befreit hatte. »Ma petite princesse, wir haben keine Wahl. Es sind doch nur ein paar Wochen, im August bist du wieder hier.«

Isabelle schnaubte wütend. »Genau, in diesen paar Wochen bin ich in Deutschland die Scheißfroschfresserin, und wenn ich zurückkomme, dann bin ich hier ein dreckiger Boche. Ich gehöre nirgendwohin, Sabine, nicht nach Frankreich und auch nicht nach Deutschland.«

»Du bist eben wie das Elsass, Isabelle. Du bist dein eigener kleiner Staat, und du musst nirgendwo hingehören, denn du gehörst zu uns.« Mit diesen Worten hatte Sabine sie in ihre Arme gezogen und fest an sich gedrückt, was den Schmerz ein wenig linderte. »Und jetzt geh und pack deine Koffer, Albert wird dich am Morgen ganz früh zum Bahnhof bringen.«

Missmutig stapfte Isabelle in ihre Kammer und warf lustlos ein paar Kleider, Pullover und Hosen in den Koffer. Immerhin hatte sie, seit Werner Richter in ihr Leben getreten war, einen vollen Schrank. Auch Sabine und Albert ging es deutlich besser, weil ihr leiblicher Vater darauf bestanden hatte, dafür zu zahlen, dass Isabelle weiter bei den Ozaneauxs leben durfte.

Werner Richter war kein schlechter Mensch und schien sich aufrichtig darüber zu freuen, sie endlich gefunden zu haben. Er war vielleicht zunächst eine Spur enttäuscht gewesen, als das Rote Kreuz ihm im vergangenen Jahr mitgeteilt hatte, dass man sein Kind ausfindig gemacht hatte und dass es ein Mädchen war. Insgeheim, so nahm Isabelle an, hatte er auf einen Jungen gehofft. Denn seine Frau konnte keine Kinder bekommen, und die Porzellanmanufaktur, die seit dritter Generation im Besitz der Richters war, sollte nicht in fremde Hände kommen.

Trotzdem hatte er ihr versichert, dass er froh war, nun eine Tochter zu haben. Im Anschluss hatte er sich sogar als großzügig und verständig erwiesen, als Isabelle unter Tränen gefleht hatte, sie nicht von der Familie fortzubringen, die sie großgezogen hatte. Und vor allem nicht von Philippe, doch das hatte sie natürlich nicht so unverblümt gesagt.

Werner Richter mochte enttäuscht gewesen sein bei diesem ersten Besuch, seiner Frau hatte man allerdings die Erleichterung angesehen. Sie war wohl weniger erpicht darauf, einen französischen Bastard mit nach Hause zu nehmen und dort in die feine Gesellschaft einzuführen. Ihr leiblicher Vater hatte ihr das Versprechen abgerungen, die großen Ferien, Ostern und Weihnachten in Deutschland mit ihm zu verbringen, damit sie sich besser kennenlernen konnten.

Isabelle hatte sich weigern wollen, sie liebte die Sommerferien, weil sie in dieser Zeit Philippe für sich und endlich Ruhe vor den Hänseleien der Mitschüler hatte. Dasselbe galt für das Oster- und das Christfest, die zwar bescheiden, aber feierlich begangen wurden im Hause Ozaneaux.

»Es tut mir leid, doch das ist nicht verhandelbar«, hatte er gesagt, und Isabelle bekam einen ersten Eindruck davon, was es hieß, mit Werner Richter zu diskutieren. Nicht umsonst galt er als knallharter Geschäftsmann, der aus einem kleinen Familienbetrieb ein florierendes Unternehmen mit mehreren Hundert Angestellten gemacht hatte.

Und so war sie im vergangenen Jahr an Weihnachten das erste Mal mit dem Zug von Straßburg nach Frankfurt gefahren. Sabine hatte ihr dafür das neue Kleid herausgelegt, das erst wenige Tage zuvor mit der Post aus Deutschland angekommen war. Es war wadenlang, und der Rock schwang bei jeder ihrer Bewegungen mit. Ein Traum aus cremefarbenem Tüll, Rüschen und Volants mit einer Wespentaille und zarten, aufgestickten Mohnblumen. Isabelle hatte sich nie schöner gefunden als in dem Moment, wo sich der teure Stoff an ihren langsam zur Frau erblühenden Körper schmiegte.

Sabine hatte ihr die dunklen Haare zu einem ordentlichen Dutt hochgesteckt und ihr eine Kette geschenkt mit einem schlichten goldenen Kreuz, die sich Isabelle stolz um den Hals legte. Sie stand danach lange vor dem Spiegel und beobachtete, wie das Kleid ihre Bewegungen umspielte, bis ein Räuspern sie aus ihrer Verzückung riss.

»Du … du siehst sehr schön aus.« Philippe hatte an der Tür zu ihrer Schlafkammer gestanden, seine Augen dunkel und unergründlich, während seine Hände immerzu die abgetragene Baskenmütze im Kreis drehen ließen.

Isabelle hatte gespürt, wie ihr die Röte den Hals hinaufkroch und sich schnell abgewandt. »Danke«, flüsterte sie und schob sich eine kleine Strähne in ihre Frisur zurück.

Philippe war ins Zimmer getreten und hinter ihr stehen geblieben. »Du wirst uns sicher bald vergessen, wenn du bei deinem reichen Vater bist.«

Er klang bitter und eine Spur ängstlich, sodass Isabelle zu ihm herumfuhr. »Bist du verrückt? Ihr seid meine Familie, mein Vater und sein Geld sind mir gleich. Ich würde alles geben, um Weihnachten bei euch verbringen zu können, sogar dieses schöne Kleid hier«, rief sie und zerrte wütend an dem hübschen Stoff, weshalb Philippe noch näher auf sie zutrat und sanft ihre Hände einfing, bevor diese Schaden anrichten konnten.

Isabelle war, als hätte sie einen Stromschlag bekommen, so sehr fuhr diese kleine Berührung durch sie hindurch. Auch Philippe musste es gespürt haben, denn sie hörte, wie er vorsichtig die Luft einsog und nicht mehr auszuatmen schien.

»Ich werde dich vermissen«, gestand sie leise und sah verlegen zu Boden. Ihr Herz schlug ihr nun bis zum Hals. Der Besuch ihres Vaters hatte sie beide erschüttert, und Isabelle spürte, dass sich noch einmal alles zwischen ihnen änderte.

Die Achse ihrer Beziehung hatte sich deutlich in die Richtung verschoben, die sie seit ihrem letzten Sommer in der Provence so ersehnte, und je mehr Zeit sie miteinander verbrachten, desto heftiger wurden ihre Gefühle für ihn. Und es war Eile geboten – wer wusste denn, wann sie jemals wieder den Mut und die Gelegenheit hätte, ihm zu sagen, was sie tief in ihrem Herzen schon lange spürte. Sie holte zittrig Luft, dann wagte sie es, ihm genau in die Augen zu blicken.

»Philippe, ich liebe dich.«

Es war heraus. Sie fühlte sich zwar erleichtert, aber auch unglaublich verletzlich in diesem Augenblick.

Als er nichts erwiderte, wollte sie ihre Hände aus seinen ziehen und sich abwenden, denn sein Schweigen schien ihr Antwort genug. Die Zurückweisung brannte wie Feuer auf ihren Wangen.

Doch sein Griff verstärkte sich, sodass Isabelle schlussendlich wagte, ihn wieder anzublicken. Auch wenn er weiter beharrlich schwieg, lag die Antwort nun allzu offensichtlich in den karamellfarbenen Tiefen seiner Pupillen.

Mit einem Arm gab er ihre Hand frei, dafür umfing er sie an der Taille und zog sie sanft an sich. Dann, ganz langsam, senkte er den Kopf, den Blick dabei fragend auf sie gerichtet, bis sie beide zeitgleich die Augen schlossen – genau in der Sekunde, in der sich ihre Lippen trafen. Es war ein scheuer, vielleicht sogar unbeholfener Kuss, und trotzdem ließ er sie atemlos und schwindelig zurück.

Er hatte ihr ein kleines Päckchen in die Hand gedrückt und sich noch einmal zu ihr gebeugt. »Darin liegt mein Geschenk, du darfst es aber erst an Weihnachten öffnen.«

Die ganze Zugfahrt über hatte sie sich gefragt, was wohl darin sein mochte. Und wenn ihre Gedanken nicht um das Geschenk kreisten, dann um Philippe, wobei ihr Herz jedes Mal einen kleinen Tanz vollführte. Es hatte ihr geholfen, die Aufregung und Angst in Schach zu halten, als der Zug ausrollte und sie ihren Vater, groß und aufrecht, am Bahnsteig erblickte.

Er hatte sie in seinem Mercedes abgeholt und ihr Frankfurt gezeigt, bevor sie zu der Villa in Sachsenhausen fuhren. Das Haus war beeindruckend, ein Palast wie im Märchen. Es lag abseits, eine Auffahrt führte entlang unzähliger, akkurat gestutzter Platanen auf dem mit Kopfsteinpflaster ausgelegten Hof. Eine breite Steintreppe leitete von dort zur großen, zweiflügeligen Holztür, und vier Säulen trugen den Vorbau, sodass das Haus aussah, als käme es direkt aus dem Kinofilm *Vom Winde verweht*.

»Neoklassizistisch, den Park hat mein Landschaftsgärtner nach englischem Vorbild gestaltet«, dozierte ihr Vater, während er sie in den ganz mit weißem Marmor ausgelegten Eingangsbereich schob. Isabelle war erschlagen von so viel Luxus. In den Bädern gab es goldene Wasserhähne, im Speisesaal stand eine meterlange Tafel, im Kaminzimmer stapelten sich die Bücher in deckenhohen Regalen. Es gab acht Schlafzimmer und einen eigenen Bereich für die Dienstboten, doch selbst dort fand Isabelle nirgends ein Räumchen, das die Größe ihrer Schlafkammer daheim gehabt hätte. Nicht mal die Vorratskammer hier war so winzig. Trotzdem hatte die kleine Wohnung der Ozaneauxs mehr Wärme und Herz als jedes einzelne, teuer eingerichtete Zimmer dieses Prachtbaus.

Der Weihnachtsbaum war ebenso prunkvoll und groß wie die Villa. Darunter türmten sich unglaublich viele Päckchen. Ihr Vater hatte sie mit Kleidung, Schmuck und einer teuren Lederhandtasche bedacht, doch Isabelle brannte nur darauf, allein zu sein, um endlich Philippes Geschenk auszuwickeln.

Nach einem steifen Mahl, bei dem es Gans und Rotkohl gab und Ingrid Richter zu viel trank, durfte Isabelle sich zu guter Letzt zurückziehen. Mit schweißnassen Fingern schob sie die rote Schleife weg und riss dann ungeduldig an dem braunen Packpapier, wobei ihr etwas in den Schoß fiel. Sie griff danach und wusste im gleichen Augenblick, was es war. Philippe hatte ihr etwas geschnitzt mit dem Schweizer Taschenmesser, das er bei der ersten Zusammenkunft vor einigen Wochen von ihrem Vater als ein Präsent bekommen hatte. Seine Gabe war schlicht und doch so perfekt. Glatt poliertes Holz, in stundenlanger Arbeit in Form gebracht: Philippe hatte ihr sein Herz geschenkt.

Isabelle lächelte bei der Erinnerung an diesen Moment. Sie griff unter ihr Lavendelkissen, wo das Holzherz seither in jeder Nacht lag. Gemeinsam mit dem Kissen war beides für sie der Geruch und das Gefühl von Heimat. Sie ließ ihre Heiligtümer mit einem wehmütigen Lächeln in den Koffer gleiten. Sie vermisste Straßburg jetzt schon, und ihr graute vor den langen, einsamen Wochen in Frankfurt. Missmutig ließ sie die Schnallen ihres Koffers zuschnappen.

In Gedanken kehrte sie zu diesem Weihnachtsfest und dem sich anschließenden Jahreswechsel im vorigen Jahr zurück. Ingrid Richter hatte einen Silvesterball gegeben, zu Ehren von Isabelle, wie sie mit einem falschen Lächeln verkündet hatte. Isabelle war überwältigt gewesen von den vielen Menschen, den teuren Kleidern der Frauen und den feinen Anzügen der Herren. Ein Quartett aus Geigen und

Harfe sorgte im Hintergrund mit leiser, klassischer Musik für Unterhaltung, während livrierte Kellner herumgingen und Häppchen auf silbernen Tabletts reichten.

Isabelle stand abseits und fühlte sich nicht dazugehörig. Sie hatte zwar versucht, etwas Deutsch zu lernen, doch sie verstand es besser, als dass sie es sprechen konnte. Dann war eine Gruppe junger Leute zu ihr gekommen. Zwei Jungen und drei Mädchen, alle zwischen vierzehn und sechzehn, ebenfalls teuer gekleidet und mit der Arroganz einer reichen Herkunft ausgestattet.

»So, so, du bist der französische Bastard«, hatte ein Mädchen unfreundlich gesagt – Ingrid Richters Nichte Annegret, wie Isabelle später erfuhr.

»Mein Vater ist bei der Ardennenoffensive gefallen, durch die Kugel eines dreckigen Froschfressers«, hatte ein Junge gesagt und sie im Vorbeigehen mit bedrohlicher Miene angerempelt.

In dem Moment war ihr Vater zu der Gruppe gestoßen, hatte den Arm um sie gelegt und die anderen warnend angesehen. Doch seine Stimme war freundlich, als er dann fragte: »Amüsiert ihr euch gut?«

Alle hatten genickt und waren danach auseinandergestoben, aber auch in den Osterferien, die Isabelle wieder in Frankfurt verbringen musste, hatten Annegret und ihre Freunde ihr das Leben schwer gemacht.

Isabelle schob die unschönen Erinnerungen beiseite. Sie kurz vor der Abfahrt erneut heraufzubeschwören, würde ihr die Reise nur noch mühseliger machen. Mit einem Seufzer ließ sie sich aufs Bett fallen und starrte blind an die Decke ihrer kleinen Kammer. Sie fühlte sich wie der einsamste Mensch auf der Welt, entwurzelt, ohne eigentlich jemals Wurzeln gehabt zu haben, und erst ein leises Klopfen holte sie aus ihren finsteren Gedanken.

»Ist das ein Empfang für einen müden Heimkehrer?«

Es war Philippe. Isabelles Herz zersprang fast vor Freude. Sie hatte schon Angst gehabt, ihn nicht mehr zu sehen vor ihrer Abreise, denn er hatte nach seinem Schulabschluss eine Ausbildung als Koch in einem Hotel in Colmar begonnen und kam nur noch selten nach Hause. Zwar stand sein Urlaub an, aber eigentlich erst in ein paar Tagen, was Isabelle zusätzlich traurig gemacht hatte.

»Du bist schon hier«, rief sie beseelt und fiel ihm um den Hals. Er drückte ihr einen schnellen Kuss auf, doch schob sie eilig von sich, als er seine Mutter in der Küche werkeln hörte.

»Ich habe so viele Überstunden, dass mein Chef mich früher nach Hause hat fahren lassen«, sagte er und strich ihr sanft eine wilde, dunkle Locke aus dem Gesicht.

»Du hast geweint«, stellte er dann leise fest, doch fragte nicht nach dem Grund.

Isabelle wusste, dass er auch so ahnte, was ihr auf dem Herzen lag. Sie hatte ihm von Annegrets Gemeinheiten erzählt und von Ingrid Richters Kälte. Und auch wenn sie ihren Vater mochte, fühlte sie sich in seinem Haus wie ein Fremdkörper.

Leider passierte ihr das nun ebenso, wenn sie von Deutschland nach Straßburg zurückkehrte, wobei Straßburg auch niemals in dem Maß Heimat für sie gewesen war wie die Provence, aber das verschwieg sie Philippe, Sabine und Albert.

»Komm, lass uns etwas gehen, ich brauche Luft nach der langen Zugfahrt«, gestand er und zog sie aus ihrer Schlafkammer.

»Wohin geht ihr denn noch, es ist schon spät«, ermahnte Sabine. Doch Philippe rief ihr nur ein kurzes »Raus« über die Schulter zu, bevor sie beide kichernd in den nach Knoblauch und Kräuter riechenden Hausflur traten und wie Kinder die Treppe hinunterpolterten.

Sabine sah ihnen nach und seufzte tief.

»Lass sie doch, sie haben sich wochenlang nicht gesehen«, sagte Albert leise, als hätte er ihre Gedanken gelesen.

»Ich weiß, was die beiden tun, wenn sie glauben, niemand bekommt es mit, Albert, und es gefällt mir nicht. Ich wünschte, er würde ein Mädchen kennenlernen und sich verlieben.«

»Sie tun doch nichts Verbotenes«, stellte Albert fest.

»Aber sie sind wie Bruder und Schwester aufgewachsen, Isabelle ist wie meine Tochter. Es fühlt sich falsch an, Albert«, erwiderte sie und nahm ihm gegenüber am Küchentisch Platz.

Seit Albert nicht mehr trank und angefangen hatte, im Büro einer Spedition zu arbeiten, war etliches besser geworden. Es war vielleicht nicht mehr so wie vor dem Krieg, dafür trugen sie beide zu viele Wunden mit sich herum. Aber er hatte ihr die Sache mit Doctor Bernard vergeben, und wenn sie sich nun liebten und er sie danach zufrieden an sich presste, konnte Sabine fast glauben, dass sie glücklich waren.

»Es bliebe immerhin in der Familie«, witzelte Albert, weshalb Sabine ihm nun empört das feuchte Spültuch ins Gesicht warf.

»Das ist nicht zum Lachen, Albert. Ich mache mir Sorgen. Was werden die Leute sagen?«

Er brummte mürrisch. »Lass die Leute doch reden. Dass du auch immer so viel darauf gibst, Sabine. Sie zerreißen sich eh die Mäuler über Isabelle, weil sie deutsches Blut hat, über mich, weil ich auf der falschen Seite gekämpft habe. Also, was soll es?«

Sabine stand auf, umrundete den Tisch und ließ sich auf seinen Schoß fallen. Dann legte sie den Kopf auf seiner Schulter ab und atmete seinen Duft nach Tabak und Seife ein. »Es ist ja nicht so, dass ich mich nicht mehr daran erinnere, wie es sich anfühlt, wenn man frisch verliebt ist. Trotzdem wäre es für alle leichter, würden beide ihr Herz an jemand anderen verschenken.«

Albert schob seine breite Hand unter ihren Kopf und hob ihn sanft an. »Wir haben sicher mindestens eine Stunde, bis die zwei Turteltäubchen heimkehren. Warum erinnerst du mich nicht daran, wie sich das mit dem Frischverliebtsein anfühlt?«, fragte er spitzbübisch und verschloss ihren Mund mit einem Kuss, bevor sie protestieren konnte.

Der Abend war mild, die Luft roch nach Sommer, als Philippe Isabelle in Richtung Parc de l'Orangerie führte. An seinem linken Arm baumelte ein Korb, den er im Flur versteckt hatte.

»Wie früher zu Hause«, hatte Isabelle beglückt gerufen und sich an die endlosen Sommertage erinnert. An das Gefühl, frei und doch geborgen zu sein inmitten der hügeligen Landschaft der Provence. Mit einem seligen Lächeln hatte sie sich an seinem rechten Arm eingehängt, und so schlenderten sie auf einen alten Baum zu, unter dem Philippe eine Decke ausbreitete und kleine Köstlichkeiten auspackte.

»Das sind Macarons, und die Tartes sind mit Aprikosen und Walnüssen gefüllt«, sagte er stolz. Dann zauberte er eine Flasche Piper-Heidsieck aus dem alten Korb hervor.

»Philippe, die kostet ein Vermögen, wo hast du die her?«, fragte sie.

»Ich hab etwas gespart. Ich gehe nicht aus, so wie die anderen es tun, die schon Mitte des Monats kein Geld mehr haben«, erklärte er und stellte nun zwei Gläser und zwei Teller auf die karierte Decke.

Es war nicht das erste Mal, dass Isabelle Champagner kostete. Im Haus ihres Vaters floss dieser auf den vielen Festen und Soireen in Strömen, doch ihn jetzt mit Philippe zu trinken, machte den Alkohol zu einer Köstlichkeit, zu einem kleinen, geheimen Versprechen, das auf ihrer Zunge prickelte. Verträumt schloss sie die Augen und genoss anschließend die Süßspeisen, die Philippe mit seinen eigenen Händen für sie gezaubert hatte.

»Weißt du, ich habe mir etwas überlegt«, holte seine warme, tiefe Stimme sie aus ihrer Verzückung. Erwartungsvoll sah sie ihn an.

»In zwei Jahren bin ich mit der Lehre fertig. Dann will ich nach Paris gehen und mir eine Stelle suchen«, verkündete Philippe.

Isabelle nickte, schluckte schwer und sah betreten von ihm fort. Dann wäre er noch weiter weg und käme vermutlich gar nicht mehr nach Hause. Ihr brach das Herz.

Unvermittelt berührte sein Zeigefinger ihr Kinn, und er drehte ihr Gesicht zu sich. »Ich will, dass du mich begleitest, Isabelle. Sobald du die Schule fertig hast, gehen wir. Wir suchen uns ein Zimmer, und vielleicht reicht mein Geld dafür, dass du die Universität besuchen kannst, und wenn du einundzwanzig bist, dann heiraten wir, was meinst du?«

Er hatte immer schneller gesprochen, und seine Stimme hatte sich am Ende mehrfach überschlagen. Ungläubig blickte sie ihm in die Augen, wobei sich eine Freudenträne in ihren Wimpern verfing. Ihr Herz war so zum Überlaufen voll, dass ihr Kopf wie leer gefegt war, weshalb es dauerte, bis sie ihm endlich antworten konnte.

»Nichts auf der ganzen Welt würde ich lieber tun, mon amour.«

Sie küssten sich danach so lange und hungrig, dass irgendwann ein älterer Herr zu ihnen an die Picknickdecke trat und sie bat, sich nicht so ungebührlich in der Öffentlichkeit aufzuführen.

»Das ist meine Frau«, sagte Philippe übermütig und küsste Isabelle erneut, sodass der alte Herr mit einem empörten Schnauben das Weite suchte und sie nun wieder in der abendlichen Stille des Parks für sich waren.

Philippe holte mit ernstem Gesicht ein kleines Kästchen aus der Innentasche seiner Jacke und gab es ihr. Darin lag ein schlichter Goldring.

»Sind wir jetzt verlobt?«, flüsterte Isabelle, als sie sich

andächtig das zart gearbeitete Band über den Ringfinger schob.

»Das sind wir. Doch trag ihn besser nicht in der Öffentlichkeit. Ich weiß, dass Maman es nicht gutheißen wird.«

Isabelle wurde traurig. »Aber ohne ihren Segen würde ich mich furchtbar fühlen.«

Philippe lächelte sie warm an. »Sie wird sich daran gewöhnen und dann auch damit abfinden, Chérie. Nur bis dahin bleibt es unser Geheimnis, ja?«

Mit diesen Worten küsste er sie erneut, wobei er sie sanft auf die Decke schob und sich neben ihr ausstreckte, um den Kuss noch einmal zu vertiefen.

Isabelle ließ sich völlig fallen. Ihn zu küssen war wie vom süßesten Kuchen zu naschen. Und doch ließen seine Berührungen sie mit diesem seltsamen Hunger zurück. Sie löste sich von seinen Lippen und nahm dann mutig seine Hand, die sie auf ihre Brust legte, dort, wo ihr Herz nun im wilden Takt schlug.

Er keuchte. Einen winzigen Augenblick lang fuhren seine Finger über ihr üppiges Dekolleté, doch dann zog er seine Hand langsam zurück und sie dafür in seinen Arm, wo sie sich an ihn schmiegte und seinem aufgeregten Herzschlag lauschte.

»Nicht hier, wo uns jederzeit jemand sehen kann«, flüsterte er rau.

Isabelle war zwar enttäuscht, denn ihr ganzer Körper schien in Flammen zu stehen. Flammen, die nur er zu löschen vermochte. Doch Philippe hatte recht. Sie mussten vorsichtig sein, auch wegen Sabine. Er drückte ihr noch einen keuschen Kuss auf und zog sie dann mit sich hoch.

»Komm, zu Hause warten sie sicher schon«, befand er mit einem bedauernden Lächeln.

Sie räumten ihr Picknick ein und schlenderten dann unter einem blutroten Abendhimmel zurück in die Rue Virgile, wo sie eigentlich noch gar nicht so sehnsüchtig erwartet wurden.

Kapitel 16

Carole hatte kaum geschlafen. Sie war in aller Herrgottsfrühe eine Runde Laufen gegangen, um den Kopf freizubekommen. Die schon herbstlich anmutende Luft brannte ihr in der Lunge, sodass ihre Augen zu tränen begannen. Doch sie trieb sich weiter an, bis sie keuchend und verschwitzt wieder vor dem Hotel stand. Nach einer heißen Dusche fühlte sie sich etwas besser.

Sie hatte einen Entschluss gefasst. Sie wollte das Kriegsbeil mit Ben begraben, zumindest für den Augenblick, denn vermutlich würde sie von ihm noch eher erfahren, was hier los war, als von ihrer Mutter.

Entschieden trat sie auf den Flur, um erneut an sein Zimmer zu klopfen. Dieses Mal dauerte es etwas, bis er ihr öffnete. Er sah verschlafen aus. Sein kurzes blondes Haar stand ungebändigt in alle Richtungen ab. Er wirkte auf eine anziehende Art zerknautscht. Hey, das da ist immer noch der unverschämte Sträfling, der dich für sein Leben gern provoziert, erinnerte sie sich und trat unweigerlich einen Schritt von ihm fort. Er blickte sie aus nur halb offenen Augen fragend an.

»Würden Sie eine Runde mit mir spazieren gehen?«, bat Carole, ehe sie es sich anders überlegen konnte.

Sein Blick wanderte zu seiner Armbanduhr. »Sie wissen schon, dass es gerade mal halb sieben ist?« Er klang nun trotz seiner Müdigkeit amüsiert.

»Nun ja, ich bin bereits seit fast zwei Stunden auf.«

»Kein Wunder, dass Sie so absurd munter wirken.« Er gähnte herzlich und kratzte sich dann am Kopf, sodass noch mehr Haare in Unordnung gerieten.

Es kribbelte sie merkwürdigerweise in den Fingern, die renitenten Strähnen zu ordnen. Stattdessen verschränkte sie einmal mehr die Arme. »Muss ich Sie erst anbetteln, oder könnten Sie sich vorstellen, mir auch ohne eine weitere Erniedrigung meiner selbst ein klein wenig entgegenzukommen?«

Er grinste unverschämt, und Carole spürte, wie ihr heiß wurde. Weshalb, wollte sie allerdings nicht näher analysieren.

»Geben Sie mir zehn Minuten.« Er trat zur Seite, und sie warf einen Blick in sein Hotelzimmer, wo seine Sachen ordentlich gefaltet auf einem Stuhl lagen. Obwohl er gerade aus dem Bett gekommen zu sein schien, war sogar das Laken akkurat wieder über die Kissen gezogen.

Er musste ihren überraschten Blick richtig interpretiert haben. »Ja, ich habe auch als Hausmann gute Qualitäten. Wenigstens das lernt man im Gefängnis.«

Obwohl er sich bemühte, witzig zu klingen, konnte Carole hören, dass das Thema einen kleinen Riss in seiner sonst gut abgeschirmten Gefühlswelt aufgetan hatte. Darunter schimmerten tiefe Verletzungen. Sie versuchte zu ignorieren, dass Mitleid und ernsthaftes Interesse in ihr aufstiegen.

»Ich warte vor dem Hotel«, sagte sie schnell, um Abstand zwischen sich und ihn zu bringen.

Kurz darauf trat auch er in die kühle Morgenluft. Er hatte scheinbar noch geduscht, denn sein Haar war nun feucht und nach hinten gekämmt. Er blieb mit schräg gelegtem Kopf vor ihr stehen.

»Da drüben ist ein schöner Weg«, befand sie und ging voran. Die Welt war golden zu dieser Stunde des Tages. Das warme Licht der frühen Sonne reflektierte das herbstliche Bunt der Blätter und malte die Konturen weich.

Sie gingen eine ganze Zeit lang schweigend nebeneinanderher, wobei die kühle Morgenluft ihren Atem sichtbar machte und beiden rote Wangen bescherte. Der enge Pfad führte vom Hotel fort durch das Dorf, wo Ben bei einer kleinen Bäckerei zwei Kaffee kaufte.

Dankbar nahm sie den Styroporbecher und wärmte sich die kalten Finger. Sie schlenderten zum Ufer eines schmalen Bachs und ließen sich nebeneinander auf einer Bank nieder. Eine Weile sagte keiner ein Wort, doch dann riss sie sich zusammen, nur für dieses Gespräch war sie hier – ganz egal, dass sie seine stille Gesellschaft an diesem Morgen sogar ein klein wenig genoss.

»Was war los gestern Abend? Nein, präziser: Was ist überhaupt los?«

Ben kratzte sich, wie immer, wenn er nervös war, am Kopf, nahm noch einen Schluck Kaffee, um Zeit zu schinden, und ließ dann kurz seinen Blick über ihr Gesicht huschen, um zu prüfen, wie viel Wahrheit sie vertragen konnte. Dann starrte er lange schweigend auf das Wasser und rang mit sich – der Vertrauensbruch Isabelle gegenüber fiel ihm keineswegs leicht.

Trotzdem wollte er Carole nicht erneut abweisen. Wenn seine Patientin schon zu stur war, das Richtige zu tun, so musste er das eben machen. »Isabelle hat Leukämie, die Prognose ist schlecht, eine Behandlung hat sie abgelehnt.«

Carole sog scharf die Luft ein.

»Ich wünschte, ich hätte Ihnen das irgendwie schonender beibringen können.«

»Was heißt das?«, fragte sie leise, und er konnte hören, wie ihre Stimme wankte wie ein Seiltänzer, der jeden Moment das Gleichgewicht verlieren würde.

»Vielleicht ein paar Monate noch, vielleicht auch nur Wochen, ich weiß es nicht.« Er hatte versucht, professionell zu klingen, doch war ihm klar, dass sich Gefühle unter seine sachlich vorgebrachten Sätze geschummelt hatten.

Carole starrte ihn entsetzt an. Sie brauchte eine ganze Weile, bevor sie wieder Worte fand. »Das ist typisch für meine Mutter, sie erzählt es einem dahergelaufenen Fremden, aber ihrer Tochter nicht. Wozu auch? Ich hätte es ja früh genug erfahren, wenn sie erst mal tot wäre, richtig?«

Ben seufzte leise. »Ich habe Isabelle mehrfach gebeten, es Ihnen zu sagen, doch Sie kennen Ihre Mutter, sie hat ihren eigenen Kopf.« Es wunderte Ben, wie tapfer sie Haltung bewahrte, obwohl Carole die Erschütterung deutlich anzusehen war. Aus den Augenwinkeln beobachtete er sie. Wie sie ein paarmal tief Luft holte, um sich zu fassen, wie sie einen großen Schluck Kaffee trank, der sicher dabei helfen sollte, den Kloß in ihrer Kehle hinunterzuspülen. Wie sie danach angespannt ihre Lippen aufeinanderpresste. In ihren Augen schimmerte es feucht, doch sie versagte es sich offensichtlich, dem Drang zu weinen nachzugeben, indem sie mehrmals fest die Lider schloss, bis der Moment der Schwäche abebbte.

»Sie gehört in ein Krankenhaus und nicht auf diesen verrückten Roadtrip«, sagte sie irgendwann und hatte ihre Stimme fast wieder unter Kontrolle.

»Ich habe in den vergangenen Tagen mehrfach darüber nachgedacht. Natürlich haben Sie recht, und doch – warum sollte sie das bisschen Zeit, das ihr bleibt, in einem Krankenhausbett verbringen? Was spricht dagegen, auch im Angesicht des Todes das Leben in vollen Zügen zu genießen?«

Carole schwieg erneut, als müsse sie seine Worte erst einmal verdauen.

»Hat sie große Schmerzen?«, fragte sie dann leise und sah ihm in die Augen, als wolle sie sichergehen, keiner Lüge aufzusitzen.

»Ja, aber sie weigert sich, Morphium zu nehmen, sie will, solange es geht, klar bleiben.«

Carole wandte den Blick wieder ab und nahm noch einen Schluck Kaffee, wobei sie angewidert die Nase krauszog, weil dieser mittlerweile vermutlich kalt und ungenießbar war.

»Warum wollte sie es mir nicht sagen?« Sie sprach so schnell, dass die Worte ineinanderflossen, doch Ben hatte sie trotzdem verstanden.

Müde rieb er sich über das Gesicht und zuckte mit den Schultern. »Ich weiß es nicht, ich kann nur raten. Aber so, wie ihr beide zueinander steht, hatte sie vermutlich Sorge, dass du ihr die Reise schlichtweg verbieten würdest.«

Sie blickte ihn kurz verwundert mit hochgezogener Braue an, als er so abrupt zum vertraulichen Du wechselte, doch kommentierte es auch nicht weiter.

Dann zog sich eine verräterische Röte an ihrem schmalen Hals bis zu den blassen Wangen hinauf. »Es hat wohl auch nicht geholfen, dass ich ihr gedroht habe, sie entmündigen zu lassen.«

»Vermutlich nicht«, stimmte er trocken zu.

»Und jetzt? Soll ich so tun, als wäre alles bestens? Soll ich helfen, diesen Philippe zu finden, damit sie vor ihrem Tod noch einmal ein bisschen in besseren Tagen schwelgen kann?«

Er schenkte ihr ein aufrichtiges Lächeln. »Warum nicht?«

Carole schnaubte und warf dann den leeren Kaffeebecher in einen neben der Bank stehenden Abfallkorb. Doch nun, wo ihre Hände nichts mehr zum Festhalten hatten, wurden sie unruhig, und sie begann, wütend ihre Finger zu kneten, bis diese ganz rot waren.

Ben sah ihr einige Momente lang zu, dann legte er aus einem Impuls heraus seine große Hand über ihre nervös zappelnden Hände.

Einen Augenblick saßen sie beide völlig überrascht und bewegungslos so da. Er blickte ihr prüfend ins Gesicht, dann fasste er sich ein Herz und schob ihre rechte Hand sanft fort, um seine Finger mit denen ihrer linken zu verschränken. Es sollte eine tröstliche Geste sein, doch sie war auch unerwartet intim.

Ben wollte sich schon eilig zurückziehen, aber da spürte er einen zaghaften Druck wie ein leises Dankeschön. Eine winzige Berührung nur, die allerdings tief in seinem Inneren eine lange tot geglaubte Saite zum Klingen brachte. Er versuchte, dem kleinen Hautkontakt trotzdem nicht zu viel Bedeutung beizumessen.

Sie vermied es, ihn anzusehen. Stattdessen heftete sie ihre moosgrünen Augen stur auf das Wasser, das sich zu ihren Füßen sanft im Wind kräuselte.

Jedoch waren ihre Gesichtszüge nicht wie üblich misstrauisch, sondern offen und weich. Ihr eben noch wütender Mund hatte sich zu einem melancholischen Lächeln verzogen. »Sie war schon immer ein bisschen verrückt, weißt du?«

Er nickte. Insgeheim kam es ihm wie ein kleiner Sieg vor, dass sie ebenfalls zum Du gewechselt war. Doch er wollte auch in diese Vertraulichkeit nicht allzu viel hineininterpretieren. Es war wie bei der Zähmung eines wilden Tieres, das jeden Moment wieder fortlaufen oder loskratzen konnte. Als sie fortfuhr, blieb ihre Hand jedoch, wo sie war.

»Sie hat sich mal ihre schönen, dunklen Locken abgeschnitten, weil ich als Teenager mit einem gruseligen Kurzhaarschnitt vom Friseur nach Hause kam. Ich hatte ein Bild mitgenommen von Jean Seberg, die ich bewunderte, aber die Sache ging völlig in die Hose. Ich wollte nicht mehr aus dem Haus und hab nur noch geheult, und da stand sie auf einmal vor mir. Sie sah bescheuert aus, weil sie es mit einer alten Küchenschere gemacht hatte, aber es war ihr egal. ›Wenn die Leute heute lachen, dann über mich‹, hat sie fröhlich gesagt und mich danach in eine Eisdiele geschleift. Auch wenn ich das damals niemals zugegeben hätte, war es am Ende ein schöner Tag.«

Ben hatte ihr still gelauscht und sie dabei studiert. Sie schien zu strahlen – im sanften Licht des Morgens und tief versunken in ihre Erinnerungen.

Unbewusst fuhr sein Daumen über die weiche Haut ihrer Handfläche. Sie hatte ihre Erzählung geendet und starrte ihn nun überrascht an.

Eine verrückte Sekunde lang hatte er das Gefühl, sie würde sich ihm entgegenlehnen, doch dann zog sie die Hand fort und verschränkte die Arme.

Ben schob seine nun nutzlosen Hände in die Jackentaschen. Der Moment war flüchtig gewesen, ihr Waffenstillstand fragil, und doch hatte sich etwas zwischen ihnen verändert. Der Drang, sie zu provozieren, war dem Wunsch gewichen, sie besser kennenzulernen.

»Hat sie dir verboten, es mir zu sagen?«, fragte sie plötzlich, und ihm wurde klar, dass sie ihre Mutter trotz beharrlicher Leugnung ziemlich gut kannte.

Er nickte.

»Dann hab ich dich jetzt also in der Hand, wenn du nicht deine Stelle verlieren willst?«

Noch vor ein paar Tagen hätte dieser Satz ihn beunruhigt, denn es ging ihm hierbei nicht nur um das Geld oder darum, in seinem Berufsfeld wieder Fuß zu fassen. Mittlerweile wollte er Isabelle einfach auf dieser letzten Reise beistehen.

Doch die Art, wie Carole die Frage gestellt hatte, ließ ihn daran zweifeln, dass sie böse Absichten hatte. Es klang eher herausfordernd und vielleicht sogar eine Spur spielerisch.

»Sieht wohl so aus«, gab er schmunzelnd zu.

Sie hatte den Kopf leicht geneigt und biss wieder einmal unbewusst auf der Unterlippe herum. Er hatte bemerkt, dass sie es tat, wenn sie angestrengt nachdachte. Es war höllisch sexy.

»Ich muss verrückt sein, aber los, lass uns zum Hotel gehen und sehen, ob wir diesen Philippe ausfindig machen können.«

Sie war aufgestanden und sah ihn abwartend an. Ben atmete tief ein und aus. Er musste aufpassen, er war drauf und dran, mehr für sie zu empfinden, als gut für ihn war.

Er nickte und erhob sich nun ebenfalls. »Dann mal los, stürzen wir uns ins Abenteuer«, sagte er und klang dabei fröhlicher, als ihm zumute war.

Auf dem Weg zurück hingen sie beide ihren Gedanken nach, und Ben kam nicht umhin, die Szene auf der Bank noch einmal vor seinem inneren Auge ablaufen zu lassen. Auch wenn es merkwürdig klang, aber er hatte noch nie mit einer Frau Händchen gehalten. Dafür war ihm nie eine Frau nah genug gekommen.

In seinen jungen Sturm-und-Drang-Tagen hatte er anderes zu tun gehabt, und dann war sein Vater krank geworden und hatte all seine Aufmerksamkeit gefordert. Tja, und danach hatte er im Gefängnis gesessen. Auch wenn er ihr vorwarf, niemanden an sich heranzulassen, so war er im Grunde keinen Deut besser, wie ihm bewusst wurde.

Frankfurt, 1958

Isabelle saß am Fenster ihres Zimmers und sah hinaus, wo sich das parkähnliche Grundstück vor ihr erstreckte. Vater hatte im vergangenen Jahr einen Pool bauen lassen, an dem nun Annegret und ihre Bande in der Sonne lümmelten.

Isabelle seufzte. Sie blickte zum Bett, wo ihr schicker Badeanzug lag. Doch auch wenn die Sehnsucht nach Sonne und Luft groß war, würde sie das Zimmer heute nicht mehr verlassen. Die Abneigung der anderen tröpfelte wie Gift in sie hinein, wenn sie sich in deren Gegenwart aufhielt. Also vermied sie ein Zusammentreffen, so gut es ging.

Als es an der Tür klopfte, fuhr sie erschrocken zusammen. Ingrid, ihre Stiefmutter, stand unaufgefordert im Zimmer. Ihre puppenhaften Züge wurden stets kalt und lauernd, sobald sie Isabelle sah.

»Nun, willst du dich den übrigen jungen Leuten nicht anschließen?«, fragte sie freundlich, doch Isabelle wusste, dass Ingrid durchaus klar war, was die anderen normalerweise taten und sagten.

»Nein danke, ich bin müde«, log sie deshalb und wandte sich wieder ihrem Spiegelbild in der Scheibe zu.

Ingrid trat auf sie zu. »Hast du dich eigentlich nie gefragt, warum dein Vater dich erst so spät hat suchen lassen?«, flüsterte sie nun dicht hinter ihr.

Isabelle überlief ein Schauer. Ihr Körper war darauf geeicht, noch ungesagte Gemeinheiten bereits in der Stimme des Gegenübers auszumachen.

»Er brauchte einen Erben, sonst nichts. Leider konnte ich ihm nicht geben, was er wollte, so sehr wir es auch versuchten. Irgendwann beichtete er mir die Affäre, die er mit dieser kleinen französischen Hure hatte und aus der wohl ein Kind hervorgegangen war. Wir waren uns zwar damals schon versprochen, aber eben noch nicht verheiratet. Außerdem war Krieg, also verzieh ich ihm seinen Fehltritt und ermutigte ihn sogar, nach dem Kind zu suchen. Wie sehr hatte er auf einen Sohn gehofft, den er in die Firma einarbeiten und der einst das Erbe von Richter und Söhne hätte antreten können. Stattdessen berichtete das Rote Kreuz nach der Suche, dass Clara Fellner unter dem Namen Clara Müller ein Mädchen zur Welt gebracht und im Krankenhaus zurückgelassen hatte. Eine gewisse Schwester Baillot erzählte dann, dass ihre Kollegin den Bastard nun aufzog. Na ja, wenigstens irgendwer, der dich wollte, nicht wahr?«

Isabelle schluckte. Zum einen, weil die Gemeinheit sie dennoch tief traf, zum anderen, weil sie zum ersten Mal den wirklichen Namen ihrer Mutter gehört hatte.

»Werner ist zu anständig, er hat sich trotz aller Enttäuschung auf den Weg gemacht, um dich zu finden. Auch was aus deiner Mutter wurde, hat er bei seiner Suche erfahren. Sie starb an Syphilis, was wohl eine gerechte Strafe für eine Frau ist, die sich unverheiratet den Männern hingibt.«

Bittere Tränen brannten nun in Isabelles Augen, und sie atmete schwer, weil sie das Gefühl hatte, Ingrids gemeine Worte lägen wie Steine auf ihrer Brust.

»Aber glaube nicht, du seist willkommen in diesem Haus. Werner braucht dich, um den Fortbestand der Firma zu sichern, entweder durch Heirat oder die Geburt eines Sohnes. Nur deshalb bist du hier.«

Noch ehe Isabelle etwas hätte erwidern können, war Ingrid wieder verschwunden, und so ließ sie ihren Tränen freien Lauf. Erst ein leises Räuspern schreckte sie auf. Grete, die Hausdame, stand nun dort, wo eben noch Ingrid ihr Gift versprüht hatte.

Mitleidig blickte die mütterliche Angestellte auf Isabelle. »Sie hat viel durchgemacht, die gnädige Frau. Elf Fehlgeburten, am Ende riet der Arzt, es sein zu lassen, weil ihr Leben in Gefahr war. Dabei war ihr einziger Wunsch, dem Herrn ein Kind zu schenken. Es muss ein Schlag für sie sein, dass er nun eins hat und sie nicht.«

»Doch das entschuldigt nicht, wie gemein sie zu mir ist«, sagte Isabelle unter Schluchzen.

»Nein, aber so sind die Menschen nun mal. Im Schmerz treten sie um sich, um anderen ebenfalls Leid zuzufügen. Der Herr jedenfalls hat Sie sehr gern, Fräulein, das müssen Sie glauben«, sagte Grete, bevor sie leise wieder aus dem Zimmer verschwand.

Isabelle sah ihr lange nach, ehe sie abermals aus dem Fenster starrte. In Gedanken zählte sie die Tage, die es noch dauerte, bis sie endlich in den Zug nach Hause steigen konnte. Bis dieser endlose Sommer vorüber war. Sie vermisste Philippe mit jeder Faser ihres Seins. Er war alles, was sie aufrecht hielt. Und die Aussicht auf das Leben, das vor ihnen liegen würde.

Wie immer, wenn sie an ihn dachte, griff sie unter den Kragen ihrer Bluse und berührte den zarten Goldring, der an der schmalen Kette neben dem Kreuz nahe ihrem Herzen lag. Isabelle blickte sich im Spiegel an. Wenn sie aus den Sommerferien zurückkehrte, würde sie sich ihm hingeben, das hatte sie im Stillen beschlossen.

Sie war nun sechzehn, alt genug und vor allem ungeduldig genug. Wie sehr sie sich nach ihm sehnte, nach seiner Nähe und seinen Berührungen, aber auch nach der Zuversicht, die er stets verströmte.

»Geh raus und genieße den Tag, Chérie«, hätte er ihr sicher geraten, und sie nickte bestätigend.

Sie hatte plötzlich keine Lust mehr, sich in der Abgeschiedenheit ihres Zimmers zu verstecken. Sie stand auf und griff nach dem Badeanzug, und nur wenig später ging sie mit kerzengeradem Rücken über den akkurat gestutzten Rasen in Richtung Pool.

»Ah, unsere kleine Französin«, ätzte Annegret und warf ihr einen gehässigen Blick zu. Im Gegensatz zu Isabelles weichen Rundungen war Annegret flach wie ein Brett und zu dünn für eine Generation Männer, die Vollweiber à la Elisabeth Taylor oder Gina Lollobrigida anhimmelten.

Und Annegret war sich dieser Unzulänglichkeit durchaus bewusst, erkannte Isabelle. Denn sie war nicht die Einzige, die die anzüglichen Blicke von Annegrets Freund Karl bemerkte, dessen Augen an Isabelles Dekolleté hängen geblieben waren.

»Mann, mach den Mund zu«, sagte sein Kumpel Hannes, der Karl dabei auf die Schulter klopfte.

Isabelle war unbehaglich zumute, doch sie wollte nicht schon wieder klein beigeben, und so warf sie ihr Handtuch auf die Wiese und streckte sich im Schatten eines Baumes darauf aus. Sie schloss die Augen und versuchte, das Flüstern der anderen zu überhören, doch Fetzen davon drangen trotzdem an ihr Ohr.

Diese Pute, eingebildet, viel zu große Titten, hörte sie Fragmente des Gesprächs aus Annegrets Ecke.

Deren Freundin Bibi kicherte meist nur oder sprach zu leise, weshalb Isabelle sie nicht verstand.

Es hätte alles mir gehört, wenn diese Kuh nicht aufgetaucht wäre, vernahm sie dann Annegrets wütendes Wispern.

Isabelle schluckte schwer. Daher also kam der Hass. Annegret hatte sich Hoffnungen auf das Erbe gemacht. Natürlich, Ingrid hatte keine Kinder und Werner bislang auch nicht. Es gab keine weiteren Geschwister oder andere Erbberechtigte, sodass Annegret, deren Mutter einen einfachen Schreiner geheiratet hatte, sich wohl nicht ganz zu Unrecht den großen Reichtum erhoffte, der ihr nun, nach Isabelles Auftauchen, versagt bliebe. Die Arme, dachte Isabelle, konnte aber nicht verhindern, dass sie selbst in Gedanken eher bissig, denn mitleidig klang.

»Dann pass mal auf, dass sie dir nicht noch deinen Karl wegnimmt, der hat schon Stielaugen.« Das hatte Bibi nun laut genug gesagt. Isabelle wurde es langsam unangenehm, doch sie blieb und versuchte noch konzentrierter, die anderen auszublenden.

Hätte sie weiter gelauscht, vielleicht wären ihr die hinterhältigen Pläne von Annegret und Bibi nicht verborgen geblieben. Aber so war sie irgendwann in der Wärme der tief stehenden Nachmittagssonne weggedämmert, als plötzlich viele Hände nach ihr griffen und sie vom Boden gerissen wurde. Isabelle schrie auf, doch da legte ihr jemand eine Hand auf den Mund.

»Sei still, wir wollen nur ein wenig Spaß machen.« Das war Karl, der immer noch anzüglich auf ihren Busen starrte, während er ihren linken Arm trug und ihren Mund mit seiner großen Pranke verschloss. Ihren anderen Arm schleppte Hannes, während Bibi und Annegret ihre Füße gegriffen hatten.

Noch bevor Isabelle wirklich verstand, was geschah, hatten die vier sie über den Pool gehalten und reinfallen lassen. An der hinteren Stelle war das Wasser tief, fast zwei Meter. Ihre Angst davor, in den flachen Wassern des Calavon schwimmen zu lernen, wurde ihr nun zum Verhängnis. Kurz tauchte sie auf, aber dann schloss sich die klare Oberfläche wieder wie eine blaue, durchsichtige Tür über ihr, während sie strampelnd unterging. Panisch ruderte sie mit den Armen und wollte schreien, doch das Wasser schluckte ihren Schrei und drang stattdessen in ihre Lunge. Noch zweimal schaffte sie es aufzutauchen, sah die Gesichter der anderen, die zwischen Schock und Amüsement verharrten, bevor ihr schwarz vor Augen wurde.

Erst in der Klinik erwachte sie. Werner Richter saß an ihrem Bett, daneben Ingrid, den Mund zu einem schmalen Strich verzogen.

»Sie ist zu sich gekommen, gottlob, wir reden später weiter«, zischte er, aber Ingrid wollte die Sache wohl nicht auf sich beruhen lassen.

»Herrje, es war ein dummer Streich. Annegret und die anderen wussten doch nicht, dass sie nicht schwimmen kann. Karl hat sie ja auch rausgeholt, als sie sahen, dass sie Probleme hatte.«

»Probleme? Ingrid, sie wäre fast ertrunken, das kann man wohl kaum als dummen Streich bezeichnen. Ich will jedenfalls nicht mehr, dass deine Nichte zu uns kommt. Und damit Ende der Diskussion.«

»Aber Annegret ist wie eine Tochter für mich«, entgegnete Ingrid empört.

»Isabelle ist unsere Tochter, Punkt«, antwortete er entschieden und richtete seine Aufmerksamkeit nun auf sie.

Er legte seine Hand auf Isabelles Arm und lächelte ihr aufmunternd zu. »Wie fühlst du dich?«, fragte er und rieb dabei ihre Haut, als müsse er sich davon überzeugen, dass sie noch genug Leben in sich trug.

»Es geht«, krächzte Isabelle, der die Lunge beim Sprechen schmerzte.

»Du wirst noch ein paar Tage hierbleiben müssen, so leid es mir tut«, sagte er und berichtete, was der behandelnde Arzt empfohlen hatte.

Isabelle nickte tapfer, doch sie spürte trotzdem, wie die Tränen sich ihren Weg bahnten.

»Kind, was ist denn nur?«, fragte Werner Richter mit ernsthafter Sorge in der Stimme.

»Nichts, es tut mir leid, aber ich vermisse meine Familie so«, schluchzte Isabelle. »Ich wünschte so sehr, Sabine und Albert und Philippe wären hier.« Sie drehte ihr Gesicht fort und weinte stumm in ihr Kopfkissen.

»Wir sind deine Familie«, korrigierte Ingrid sie kühl, doch Werner Richter warf seiner Frau einen vielsagenden Blick zu, sodass diese nun ihren ohnehin schon schmalen Mund wieder zum stummen Strich verschloss.

»Mal sehen, was sich da machen lässt«, sagte er freundlich, und zum ersten Mal keimte Hoffnung und auch Zuneigung zu ihrem leiblichen Vater in ihr auf.

Nur eine Woche später, Isabelle war gerade entlassen worden, hielt der Mercedes vor der Tür, und Sabine, Albert und Philippe kletterten heraus. Isabelles Herz tanzte vor Freude.

Sie war unglaublich aufgeregt und wollte nichts lieber, als den dreien die prachtvolle Villa und den schönen Garten zeigen. Sie griff kurz zu ihrem Verlobungsring und lief dann – trotz Werners Warnung, sich zu schonen und im Haus zu bleiben – die Stufen hinunter zur Eingangstür.

»Ma petite princesse«, rief Sabine und stürmte auf sie zu, sodass Isabelle sich auf halbem Weg in die Arme der Frau werfen konnte, die alles für sie war, Mutter, Vertraute, Freundin. Albert kam nach und drückte sie kurz mit der für ihn üblichen, herzlichen Knappheit.

Dann endlich stand sie vor Philippe. Auf seinen Lippen lag ein süßes Lächeln, als er mit einer Hand zärtlich eine ihrer wilden Haarsträhnen einfing und wie kostbare Seide durch seine Finger gleiten ließ. Dann zauberte er mit der anderen einen kleinen Strauß Lavendel hervor. Der Duft kitzelte Isabelle in der Nase und trat gleichsam tausend Erinnerungen los. Überwältigt presste sie das Bouquet an sich und schnupperte mit geschlossenen Augen.

»Der Geruch ist immer wie eine Treppe. Sie führt mich zurück zu unseren Lavendeljahren«, gestand sie träumerisch.

»Lavendeljahren?« Philippe sah sie fragend an.

»So denke ich an die Zeit in unserem alten Zuhause.«

Er beugte sich nun zu ihr, ganz dicht, sodass sie seinen

warmen Atem spürte, der über ihre Haut strich. »Gott, wie habe ich dich vermisst«, flüsterte er.

»Und ich dich«, wisperte sie, wobei sie noch näher auf ihn zutrat, sodass sich ihre Nasen fast berührten, als sie ihr Gesicht zu ihm emporhob. Erst das leise Räuspern erinnerte sie wieder daran, dass sie nicht allein waren.

Misstrauisch hatten Werner und Ingrid die Begrüßung der beiden beäugt und blickten nun anklagend zwischen ihnen und Sabine und Albert hin und her. Alle sahen betreten zu Boden. Es war klar, dass sich hier nicht zwei Geschwister begrüßten, sondern zwei Liebende.

Ertappt trat Isabelle von ihm fort, wobei ihr Herz schmerzte, weil sie nichts lieber getan hätte, als ihm um den Hals zu fallen und ihn mit wilden Küssen zu bedecken. Sabine tauschte mit Albert nervöse Blicke, bevor sie als Ablenkung die lange Zugfahrt, den schönen Sommertag und das atemberaubende Anwesen kommentierte.

Unter ihrem Redefluss entspannte sich die Atmosphäre, und Werner Richter fing sich so weit, dass er die Gäste ins Innere des Hauses komplimentierte und eine Führung anbot. Trotzdem entging Isabelle nicht, wie er hin und wieder finster zu Philippe sah und sich dann sein kantiges Kinn rieb, als suche er nach einer Lösung für das vor ihm liegende Problem.

»Das ist wider die Natur«, sagte Ingrid Richter und hatte ihre kühlen Schlangenaugen auf Sabine gerichtet.

»Herrje, sie sind nicht blutsverwandt, aber ich gebe Ihnen recht, auch ich fühle mich nicht wohl bei dem Gedanken, was die beiden füreinander empfinden«, gestand Sabine leise.

Sie und Albert saßen in dem prunkvollen Kaminzimmer auf zwei teuer aussehenden Ohrensesseln, während Werner und Ingrid Richter auf dem dazu passenden Ledersofa thronten.

Werner Richter hatte sich eine Pfeife gestopft und kaute nun nachdenklich auf dem Mundstück herum, derweil seine Frau mit kerzengeradem Rücken neben ihm saß und Sabine weiterhin durchdringend anstarrte.

»Sie hätten es erst gar nicht so weit kommen lassen dürfen«, sagte sie nun und sah ihren Mann an, als erhoffte sie sich von seiner Seite Unterstützung.

Albert rutschte nervös auf seinem Stuhl herum.

»Ich bin mir nicht sicher, ob meine Tochter bei Ihnen zu einer gottesfürchtigen und anständigen Frau reifen kann. Ich bin vor dem Herrn und dem Gesetz ihr Vater, und als der möchte ich mich nun auch um ihre weitere Erziehung kümmern«, sagte er nach einer Weile.

Sabine schluckte schwer. »Was soll das genau heißen?«, fragte sie leise und spürte, wie ihr Herz zu rasen begann.

»Es soll heißen, dass Isabelle nicht mit Ihnen nach Straßburg zurückkehren wird. Sie bleibt hier und wird in Frankfurt die Schule abschließen. Danach werde ich ihr einen anständigen Mann suchen, der ihr ein gutes und standesgemäßes Leben ermöglicht.«

Den letzten Zusatz untermalte er mit einem Kopfnicken, das den offensichtlichen Reichtum in dem Raum unterstrich.

»Sollte nicht Isabelle selbst entscheiden, wo sie leben und wen sie lieben will?«, wollte Albert wissen.

Werner Richter schüttelte entschieden den Kopf.

»Dazu ist sie viel zu jung. Und denken Sie mal an Ihren Sohn. Sie wollen doch auch für ihn das Beste, oder nicht?«

Sabine war die Erste, die wieder Worte fand. »Was genau meinen Sie damit?«

Werner Richter rückte nun auf den Rand des Sofas und lächelte sie geschäftsmäßig an. »Wir sind uns doch beide einig, dass diese Liaison ungut für die Kinder ist. Sie sind jung und verwirrt und wissen noch nicht, was und wer ihnen guttut.«

Er blickte Sabine erwartungsvoll an, die nach einiger Zeit zwar zögerlich, aber zustimmend nickte. Albert warf ihr einen undurchsichtigen Blick zu, doch sagte nichts weiter.

»Wie ich gehört habe, ist ihr Junge in der Ausbildung, will Koch werden, da kann er doch sicher einen finanziellen Grundstock gebrauchen. Vielleicht reicht es sogar dafür, dass er sich irgendwann ein eigenes Lokal leisten kann. Ich bin gerne bereit, die Geldmittel zu stellen. Im Gegenzug garantieren Sie mir, dass die beiden nach diesem Aufenthalt hier keinen Kontakt mehr miteinander haben werden.«

Sabine schluckte. Sie kam sich wie ein Judas vor, weil sie dazu tendierte, auf das Angebot einzugehen. *Hatte Werner Richter nicht recht mit dem, was er sagte?*, verteidigte sie ihren Verrat vor sich selbst.

Auch ihr war die aufkeimende Liebe der beiden ein Dorn im Auge. Isabelle wäre hier sicher in guten Händen, denn Richter schien aufrichtig besorgt um sie zu sein. Und am Ende saß er ohnehin als ihr Vater am längeren Hebel. Nur seiner Großzügigkeit war es zu verdanken, dass Isabelle überhaupt noch bei ihnen wohnen durfte.

Und wünschte sie sich nicht insgeheim auch für Philippe nur das Beste? Ein unbeschwertes Leben, keine Geldsorgen. Irgendwann würde er ein anderes Mädchen kennenlernen und glücklich mit ihr werden. Und die Leute würden dann vielleicht auch endlich aufhören zu reden.

Sie schwiegen lange, sehr lange, doch irgendwann nickte Sabine, und Werner Richter lehnte sich beruhigt in die dicken Kissen des braunen Sofas zurück. Seine Frau wirkte noch verbissener als zuvor, und Albert betrachtete mit vorgeschobenem Kinn und äußerster Konzentration seine Schuhspitzen, was bedeutete, dass ihm ihre Zustimmung missfiel.

Doch niemand sagte mehr etwas für oder gegen die beiden Liebenden. Die Entscheidung über ihr weiteres Leben war gefallen, auch wenn weder Isabelle noch Philippe an diesem lauen Sommerabend ahnten, dass ihr Schicksal besiegelt war.

Frankfurt, 1958

Philippe sah blass und elend aus, genau so, wie sie sich fühlte, stellte Isabelle fest. Sie hatte so viel geweint in den vergangenen Stunden, dass sie das Gefühl hatte, innendrin so rau und staubig zu sein wie die Zufahrtsstraße zu Tante Gertes Weingut.

»Es muss doch einen Weg geben«, sagte er und stand auf, wild entschlossen, dieses Schicksal nicht anzunehmen. Er lief in dem kleinen Gartenhaus unruhig hin und her, wobei er immer wieder nervös zur Tür blickte. Seit Sabine ihnen mitgeteilt hatte, dass Werner Richter seine Meinung geändert hatte und nun darauf bestand, dass Isabelle bei ihm in Deutschland blieb, hatten sie keinen Moment für sich gehabt. Stets war jemand in ihrer Nähe. Ihr Vater hatte sogar Grete dazu verdonnert, nachts Isabelles Tür abzuschließen, wenn diese ihr wie immer noch eine warme Milch ans Bett stellte.

Vorhin hatten sie jedoch die Gunst der Stunde genutzt und waren vor den wachsamen Augen von Isabelles Stiefmutter in den weitläufigen Park geflohen. Hier hatten sie sich in dem hübschen Gartenhaus versteckt, in dem es sogar alte Decken und Kissen gab, auf denen Isabelle saß und ihn verzweifelt ansah.

»Mir fällt aber keiner ein. Er ist mein Vater, und er darf über meinen Aufenthaltsort bestimmen. Er hat mein Leben in der Hand«, schluchzte sie und fühlte, wie neue Tränen zu fließen begannen.

»Mon cœur, hör mir gut zu. In fünf Jahren bist du einundzwanzig. Dann bist du volljährig, und er kann dir nichts mehr vorschreiben. Spätestens dann kommst du zu mir, und wir werden unseren Traum wahr machen.«

Sie sah ihn mit aufgerissenen Augen an. »Bist du verrückt, wie soll ich denn fünf Jahre ohne dich, ohne euch leben? Das halte ich nicht aus, Philippe. Ich will hier nicht sein, ihr seid meine Familie, mein Zuhause. Nimm mich mit, bitte«, flehte sie und begann bitterlich zu weinen.

»Es geht nicht, Isabelle. Sabine und Albert sind die Hände gebunden und mir ebenso. Dein Vater hat bestimmt, dass du auf ein Internat kommst, wo du den Schulabschluss machen sollst. Würden wir dich mitnehmen, er könnte uns die Polizei auf den Hals hetzen.«

Isabelle schluchzte erneut so herzzerreißend, dass Philippe seinen nervösen Fußmarsch beendete und sich neben sie auf die Kissen fallen ließ, um ihr tröstend über die bebenden Schultern zu streicheln.

»Es ändert nichts an meiner Liebe zu dir, Isabelle«, raunte er. »Ich werde auf dich warten. Schau, vielleicht ist das auch eine Chance für uns. Ich kann uns schon etwas aufbauen in Paris. Wenn ich erst einmal Arbeit habe, spare ich mein ganzes Geld, um uns eine hübsche Wohnung zu suchen. Wenn du dann kommst, wird alles wunderschön, du wirst sehen.«

Er klang überzeugter, als er war, das wusste Isabelle. Sie hob ihr tränenüberströmtes Gesicht zu ihm auf, und er fing ihren Mund in einem verzweifelten Kuss ein, der sie beide in seiner Heftigkeit überraschte und mitriss.

Immer noch küssend, glitten sie auf die Decke, sodass Isabelle nun auf dem Rücken lag, während Philippe sich seitlich ausgestreckt hatte, um den Kuss noch zu vertiefen. Mutig griff sie seine Hand und schob sie in den Ausschnitt ihres Kleides, dorthin, wo sein Ring an einer goldenen Kette ihre Haut streifte. Dorthin, wo ihr Herz für ihn schlug.

»Schlaf mit mir, jetzt und hier, Philippe«, flehte sie leise.

Philippe rückte etwas von ihr ab und rieb sich verzweifelt über die Stirn. »Chérie, nichts würde ich lieber tun, aber so, heimlich auf dem Boden einer alten Hütte, das fühlt sich falsch an.«

»Bitte«, flehte sie. Das eine Wort rüttelte bereits heftig an seiner Entschlossenheit, obwohl Philippe versuchte, standhaft zu bleiben. Das konnte sie sehen. Er rang mit sich. Nervös fuhr er sich durch die Haare. »Isabelle, ich wollte das erste Mal für uns beide so schön und unvergesslich machen wie nur irgend möglich. Und vor allem will ich dir keine zusätzlichen Probleme bereiten, ich …« Er stockte und lief tomatenrot an. »Ich habe nichts dabei zur Verhütung.«

Doch Isabelle ließ sich nicht beirren. Sie pellte sich aus ihrem Kleid und lag nur noch in ihrer weißen Spitzenunterwäsche vor ihm.

»Du bist wunderschön, atemberaubend, du weißt, dass ich dir so nicht widerstehen kann«, stellte er gequält fest.

»Wir gehören zusammen, Philippe«, flüsterte sie eindringlich. Sie hatte gewonnen. Sie konnte es an der dunklen Entschlossenheit in seinen Augen sehen. Mit zitternden Händen knöpfte er sein Hemd auf. Die gute Hose folgte in einem unachtsamen Bogen. Nur mit seinen Shorts bekleidet, streckte er sich wieder neben ihr auf der verschlissenen Wolldecke aus. Noch einmal tasteten seine karamellfarbenen Augen ihr Gesicht ab. »Bist du dir sicher?«

Sie nickte. Nie war sie sich einer Sache sicherer gewesen. Auch wenn Ort und Zeitpunkt denkbar ungünstig waren, so wollte sie nichts mehr, als sich ihm zu schenken, mit ihm eins zu werden. Es war mehr als eine romantische Geste – es war alles, was sie besaß, und sie würde es ihm bereitwillig geben.

Vorsichtig begann seine Hand, ihre weiche Haut zu streicheln. Über die Arme, den Bauch hinauf, bis sie an ihren Brüsten verharrte. Eine kleine Gänsehaut bildete sich überall da, wo seine Berührungen entlangführten.

Sein Atem beschleunigte sich, und sein leises Keuchen vermischte sich mit ihrem, als sie sich erneut küssten.

Isabelle hatte nie intensiver gefühlt als in diesem Augenblick, und es kam ihr unfair vor, dass nur er ihr solch unglaubliche Gefühle bescherte, weshalb nun auch ihre Hände zögerlich auf Wanderschaft gingen. Sie konnte fühlen, wie er sich fast unmerklich anspannte und sein Atem sich beschleunigte.

Sie erkundeten sich ausgiebig, als hätten sie alle Zeit der Welt, obwohl sie jede Sekunde entdeckt werden konnten. Es zählte nur der Augenblick. Vergessen war der Schmerz darüber, dass sie sich bald trennen mussten.

Unbeirrt befreite sich Isabelle aus ihrer Unterwäsche und sah Philippe dabei zu, wie er es ihr gleichtat. Dann, ganz vorsichtig, rollte er sich auf sie. Seine Augen waren dunkel vor Leidenschaft, seine wilden braunen Locken fielen ihm in die Stirn.

»Noch können wir aufhören«, stieß er rau und zittrig hervor, doch ihnen beiden war klar, dass das nicht stimmte. Der Punkt aufzuhören war längst überschritten. Isabelle schüttelte langsam den Kopf und schlang dann die Arme um ihn, damit sie ihn noch näher zu sich ziehen konnte. Die Verzweiflung und ihre unendliche Liebe zu ihm schürten ihre Leidenschaft ins Unermessliche.

Als er etwas ungelenk in sie drang, biss sie sich kurz auf die Lippen, um einen überraschten Schmerzenslaut zu unterdrücken. Doch schon im nächsten Moment, als sie die Augen öffnete und sein geliebtes Gesicht über sich sah, war das Unbehagen verflogen.

Langsam begannen sie sich zu bewegen, wie die Einheit,

die sie von jeher gebildet hatten. Es war, als hätte ihr ganzes Leben auf diesen einen Punkt hingeführt, endlich vollständig mit ihm vereint zu sein.

In dem Moment, als sich Isabelle mit einem kleinen Schrei aufbäumte, spürte sie, dass auch er sich anspannte. Ein Zittern durchlief seinen Körper, dann brach er über ihr zusammen, wobei er sich abstützte, um sie nicht unter seinem Gewicht zu begraben. Mit einem Seufzer legte er seine Stirn sanft auf ihrer ab.

»Ich kann dein Herz hören. Es ist genau im Takt mit meinem«, wisperte sie. Nie hatte sie eine größere Zufriedenheit verspürt als in diesem Augenblick.

Philippe wollte etwas erwidern, doch da hörten sie draußen Stimmen. Ingrid und Sabine, die ihre Namen riefen. Panisch sah sie ihn an.

»Schnell, Chérie«, flüsterte er und griff nach seiner Shorts. Sie angelte ebenfalls nach ihrer Kleidung, war aber weitaus flinker und geschickter darin, sich anzuziehen, denn sie stand schon fertig vor ihm, als er immer noch ungelenk mit den Knöpfen seines Hemdes hantierte.

»Beeil dich, sie sind gleich da.« Ihre Stimme überschlug sich fast. Wie zwei Diebe beseitigten sie schnell die Spuren ihres Zusammenseins. Dann kletterten sie eilig aus einem hinteren Fenster, gerade noch rechtzeitig, bevor die beiden Frauen vorne zur Tür hereintraten. Hand in Hand liefen sie geduckt an einer endlosen Hecke entlang, bis sie sich wieder dem Haus näherten.

»Issy, ich verspreche dir, ich schenke dir ein ganzes Leben voller Lavendeljahre«, sagte er ernst, als sie atemlos im Schatten eines Baumes stehen blieben.

Sie lächelte traurig. »Ich habe Angst, Philippe. Angst, dass eine lange Trennung uns doch am Ende auseinanderbringen wird.«

Er schüttelte vehement den Kopf, während er sie in eine rasche Umarmung zog. »Niemals.«

Sie wischte sich verstohlen eine Träne aus dem Auge. »Ich liebe dich mehr als alles auf der Welt«, wisperte sie in sein Ohr. Sie tauschten einen kurzen, verzweifelten Kuss, bevor er sie entschieden von sich schob.

»Du gehst besser allein rein«, befand er. Sie ließ ein letztes Mal den Blick über sein geliebtes Gesicht gleiten, dann rannte sie zur hinten gelegenen Küche, um dort ungesehen ins Haus zu schlüpfen.

Bereits am nächsten Morgen stand der Aufbruch bevor. Isabelle hatte in der Nacht kein Auge zubekommen. Die Bilder des Nachmittags hatten sich für die Ewigkeit in ihr Bewusstsein gebrannt, jeder tiefe Blick, jede Berührung, jedes geflüsterte Wort. Es war unglaublich gewesen, wunderschön, überwältigend. Isabelle fühlte sich, als hätte sie endlich das eine Puzzleteil gefunden, welches das Bild vervollständigte.

Sie wusste, dass sie auf Philippe warten würde, egal, was passierte. Jedoch schien es ihr nun fast unmöglich, fünf Jahre ohne ihn zu überstehen. Ihr Herz zog sich allein bei dem Gedanken schmerzhaft zusammen.

Nun stand sie mit Werner und Ingrid im weitläufigen Hof des Anwesens und beobachtete, wie der Chauffeur, den ihr Vater seit Neuestem beschäftigte, das Gepäck ihrer Familie in den Kofferraum der Limousine verfrachtete, die nun neben dem Mercedes Coupé in der Garage der Villa stand.

»Schreib mir, so oft du kannst«, flüsterte Philippe und berührte sanft ihre Hand, die kalt war und klamm.

Isabelle konnte nur stumm nicken, ansonsten wäre ihr Herz übergelaufen mit all den Gefühlen, die darin verschlossen bleiben mussten. Sabine und Albert kamen zu ihnen herüber, und nach einem mahnenden Blick trat Philippe mit einem leisen Seufzen von ihr fort.

Sabine zog sie zu einer kurzen, herzlichen Umarmung an sich und strich Isabelle dann über die Wange. »Pass auf dich auf, ma petite princesse. Es wird schon alles gut werden.«

Dann kam Albert, der ihr unbeholfen die Schulter tätschelte, jedoch schwieg, wie es seine Art war.

Mehr als alles andere auf der Welt hätte sie sich gewünscht, noch einmal Philippes Lippen auf ihren zu spüren, doch er stieg mit einem bedauernden Schulterzucken in das wartende Auto. In seinen warmen Karamellaugen brannte jedoch die gleiche Sehnsucht.

Als der Chauffeur sich anschickte zu fahren, trat Isabelle noch einmal schnell auf das Auto zu und legte ihre Hand auf die Heckscheibe, wo Philippe saß. Sie kämpfte mit den Tränen. Wenn ein Herz geräuschvoll brechen könnte, alle Umstehenden wären beim Klang der fallenden Scherben in ihrem Inneren taub geworden. Doch dann presste er von innen seine Hand gegen ihre und formte mit den Lippen die Worte, die sie über die nächste Zeit hinwegtrösten sollten: Je t'aime, chérie, ich werde dich holen kommen, versprochen.

Kapitel 17

Als Ben und Carole am Hotel ankamen, war der Morgen bereits in all seiner Betriebsamkeit angebrochen.

»Ich werde hochgehen und nach ihr sehen. Sie hat gestern Nacht starke Schmerzmittel genommen«, erklärte Ben ihr auf dem Weg nach drinnen.

»Und die paar Semester Medizin reichen aus, um eine Schwerkranke zu betreuen?« In Caroles Stimme schwang reichlich Skepsis mit.

»Deine Mutter ist nicht der erste Patient, den ich auf seinem letzten Weg begleite.«

Sie sah ihn zunächst überrascht und dann nachdenklich an. »Warum hast du das Studium abgebrochen?«

Er zuckte mit den Schultern.

»Okay, ich hab's verstanden, es geht mich nichts an.« Sie klang gekränkt. Als sie sich daraufhin an ihm vorbei zu ihrem Zimmer drängen wollte, hatte er sie am Arm gefasst und in einer fließenden Bewegung zu sich herumgezogen.

Herausforderung lag in ihrem Blick, doch ihm wollte einfach nichts einfallen, was er gerade zu ihr sagen konnte. Die Wahrheit hätte zu vieler Erklärungen bedurft, anlügen wollte er sie aber auch nicht. Stattdessen zog er sie noch ein Stück zu sich. Ihr Gesicht war auf einmal seinem sehr nahe. Die ganze Spannung, die seit ihrem ersten Aufeinandertreffen zwischen ihnen knisterte, entlud sich nun wie ein lange überfälliges Sommergewitter. Bevor er überhaupt wusste, was er tat, beugte er sich hinab zu einem Kuss. Sie keuchte überrascht auf, schien genauso überrumpelt wie er selbst. Sein Herz schlug in seinen Ohren, während er fühlen konnte, wie ihre zunächst zusammengepressten Lippen plötzlich nachgaben, weicher wurden und ihn schlussendlich einließen. Sie schmeckte warm und süß, nach Kaffee und Carole.

Ein Geräusch hinter ihnen ließ sie erschrocken auseinanderfahren. Ein älteres Ehepaar trat aus einem der Zimmer. Der Mann schenkte ihnen ein Lächeln, das irgendwo zwischen wissend und melancholisch lag.

Ben räusperte sich verlegen. Er wollte sich entschuldigen, wollte Carole erläutern, was das gerade gewesen war, doch ihm fehlte selbst eine sinnvolle Erklärung. Er hatte sich von seinen Gefühlen leiten lassen – etwas, das er nur äußerst selten tat. Jetzt, wo sein Verstand wieder einsetzte, wurde ihm bewusst, wie lächerlich es von ihm war, so an sie zu denken. Zwar hatte sie sich von ihm küssen lassen, ja, ihn sogar zurückgeküsst, aber das würde nichts daran ändern, dass Welten sie trennten.

Sie sah ihn einige Herzschläge lang an, während ihre Finger unbewusst über ihre Lippen glitten, die nach seinem Kuss leicht geschwollen waren. Dann verschwand sie schweigend in ihrem Zimmer.

Ben ignorierte die leise Frustration, die ihn erfasst hatte. Er frühstückte mit Isabelle und half ihr danach, zu packen und die Koffer im Mercedes zu verstauen. Carole hatte er seit dem Kuss nicht mehr gesehen, und ein nervöses Flattern machte sich in seinem Magen breit, als sie schlussendlich mit ihrer Reisetasche im Foyer des Hotels auftauchte. Sie wirkte völlig gefasst, so als habe der Moment vorhin nicht stattgefunden. Sie nickte ihm zu und schenkte ihm dann nicht einmal mehr einen Blick, während sie ihr spärliches Gepäck verstaute und auf dem Rücksitz Platz nahm.

Frauen, dachte er kopfschüttelnd. Er war noch nie aus ihnen schlau geworden. Er biss frustriert die Zähne zusammen, kletterte auf den Fahrersitz und startete das Auto, nachdem Isabelle, in eine warme Decke gehüllt, sicher neben ihm saß.

Erst als sich seine Blicke mit Caroles einmal mehr im Rückspiegel trafen, wurde ihm klar, dass ihr kleines Aufeinandertreffen sie keineswegs kalt gelassen hatte. Er konnte es in ihren unglaublichen Augen lesen. Da war eine Menge Skepsis, aber auch Verlangen – das gleiche Verlangen, das er selbst verspürte.

Ob er es wahrhaben wollte oder nicht – von der ersten Minute an, in der Carole Steinmann in sein Leben geplatzt war, hatte es zwischen ihnen heftig gefunkt. Sie waren wie zwei Magnete, die sich abstießen, weil sie falsch ausgerichtet waren, doch eben hatte sich etwas gedreht, und diese Anziehungskraft war geradezu magisch.

Er musste schlucken und sich mit Gewalt von ihrem Gesicht losreißen, das er gern noch eingehender nach ihrer momentanen Gefühlslage abgetastet hätte. Doch der zunehmende Verkehr auf der kleinen Landstraße erforderte seine Aufmerksamkeit.

Seine Gedanken verweilten trotzdem bei ihr. Ben war kein Kind von Traurigkeit – war es zumindest in seinen jüngeren Jahren nicht gewesen. Er hatte mit vielen Frauen das Bett geteilt, wobei keine dabei gewesen war, die ihm so unter die Haut ging wie Carole.

Vielleicht war es die Verletzlichkeit, die er unter ihrer schroffen Oberfläche gefunden hatte. Vielleicht die Leidenschaft, die er kurzzeitig gespürt hatte trotz ihrer sonst so kühlen und gefassten Art. Es reizte ihn, aus den Funken, die zwischen ihnen sprühten, ein Feuer zu entzünden. Kurz war da diese fixe Idee, dass sie sich gegenseitig retten konnten, aber Ben war Realist genug, um zu wissen, dass das hier das echte Leben war und eben keine Sonntagabendschnulze.

Sie erreichten Straßburg nach mehreren kleinen Zwischenstopps, in denen Carole Ben bewusst aus dem Weg ging.

Der Kuss am Morgen hatte sie erschüttert. Sie hatte nicht damit gerechnet, weder dass er sich diese kleine Unverschämtheit herausnehmen würde, noch dass es ihr gefallen könnte. Aber das hatte es. Mehr als das. Die Berührung seiner Lippen war ihr durch und durch gegangen. Ihr ganzer Körper hatte auf ihn reagiert, von den Zehenspitzen bis hinauf zu ihrer Kopfhaut.

Nun fühlte sie sich hungrig und unruhig, aus dem Gleichgewicht geworfen. Sie war vermutlich eine der wenigen Frauen, die dem Küssen kaum etwas abgewinnen konnten. Bislang hatte sie weder gern noch oft geküsst – und dann musste ausgerechnet Ben Bäcker sie vom Gegenteil überzeugen.

Noch immer konnte sie seine Lippen auf ihren spüren. Fühlen, wie ihr Herz davonraste und ihre Knie weich wurden. Er hatte eine eigentümliche Macht über sie. Für jemanden, der gern die Kontrolle im Leben behielt, war das eine erschreckende Erkenntnis. Ebenso erschreckend wie die Tatsache, dass sie ihn sofort wieder geküsst hätte.

Sie musste sich auf etwas anderes konzentrieren, weshalb sie ihr Handy herausfischte und es sich für den Rest der Fahrt verbat, ihn auch nur eines Blickes zu würdigen.

Immerhin hatten ihre verbissenen Bemühungen, sich mit dem Smartphone abzulenken, dazu geführt, dass sie am Reiseziel ein hübsches kleines Hotel unweit des Parc de l'Orangerie fand. Auch das Europäische Parlament und die Cathédrale Notre Dame de Strasbourg lagen nicht fern von ihrer Unterkunft. Carole hatte die *Villa La Florangerie* in der Rue Westercamp dann mit Isabelles Einverständnis gebucht. Drei Einzelzimmer mit Frühstück.

Ben trug seinen Seesack und Isabelles Koffer Richtung Rezeption, Carole hatte ihren kleinen Overnighter geschultert, in dem sie ihre Einkäufe aus Speyer verstaut hatte – eine Jeans, zwei weitere Kapuzenpullover, Unterwäsche sowie ein günstiges Trainingsoutfit und ein Paar Laufschuhe. Eine Handvoll Kosmetikartikel und ein Nassrasierer rundeten ihr mageres Reisegepäck ab.

»Ich bin erschöpft von der Fahrt, entschuldigt mich, aber ich werde mich nun erst einmal etwas hinlegen. Wir sehen uns nachher beim Essen?«, fragte Isabelle und hatte sich schon den Schlüssel zu ihrem Zimmer geschnappt.

Carole nickte und trug ihre Sachen zwei Türen weiter.

Bens Zimmer lag genau dazwischen. Jedoch verschwand auch er hinter der schweren Holztür, ohne ihr nur in irgendeiner Weise noch einmal Beachtung zu schenken.

Carole ignorierte die leise Enttäuschung, die sich in ihr ausbreiten wollte, während sie nun ihr Zimmer betrat und ihre Tasche auf das mit weichen Decken belegte französische Bett warf. Sie ging zum Fenster und genoss den atemberaubenden Blick auf den Park, der in den goldenen Farben des frühen Herbstes schimmerte. Mit einem Nicken griff sie ihre Laufsachen. Was half besser, als sich auszupowern, wenn die eigenen Gefühle Achterbahn fuhren?

Eine Stunde später stand sie schwer atmend an dem wunderschönen See, an dessen Ufer Tretboote auf neue Gäste warteten. In der Mitte schoss eine große Fontäne in den tiefblauen Himmel. Die Luft roch nach Gras und Laub, und aus dem nahe gelegenen Restaurant drang der Duft von frischem Fisch und Kräutern zu ihr herüber. Auf dem kleinen Spielplatz tobten Kinder, und ihr Lachen vermischte sich mit den besorgten Mahnungen der Mütter, die auf den Bänken unweit des Sandkastens saßen und die letzten warmen Strahlen der Sonne genossen.

Carole stützte die Hände in die Hüften und beugte sich vornüber, um wieder Luft zu bekommen. Sie war erledigt, doch nun fühlte sie sich wenigstens etwas ruhiger. Sie wollte unbedingt Frieden mit Isabelle schließen. Der Gedanke, dass ihr dabei die Zeit davonlief, versetzte sie in schiere Panik und machte sie ratlos. Wie konnte man ein ganzes Leben, das man aneinander vorbeigelebt hatte, auf der Zielgeraden noch überein bringen? Auf diese Frage hatte sie bislang keine Antwort gefunden.

Sie musste allerdings zuerst diese komische Sache mit Ben klären, bevor diese noch weiterführte. Es lenkte sie vom Wesentlichen ab und ließ ihre dummen Gedanken allzu oft in eine ungewollte Richtung marschieren. Sein Mund, seine Augen, seine warme Stimme ... Da, schon wieder. Carole schüttelte ärgerlich den Kopf, als könne sie so jeden Gedanken an ihn mit hinausjagen.

Sie würde sich auf keinen Fall auf ihn einlassen, schließlich wusste sie immer noch nichts über ihn. Sein beharrliches Schweigen konnte deshalb nur bedeuten, dass er davon ausging, dass es anderen Menschen nicht gefallen würde, was er an Ballast aus der Vergangenheit mit sich herumschleppte.

Dass sie anfing, ihn zu mögen, und darauf brannte zu erfahren, was seine Geschichte war, gehörte dabei in die tiefsten Tiefen ihres Herzens. Niemals sollten diese Empfindungen das Tageslicht erblicken, genauso wie ihre anderen zwiespältigen Gefühle, die sie schon ihr Leben lang mit sich herumtrug – egal, ob für Isabelle, für ihren Papa oder auch sich selbst gegenüber.

Carole warf einen Blick auf ihre Apple Watch, die ihr anzeigte, dass ihre Herzrate während des Trainings zu hoch gewesen war. Sie schloss die Nachricht und sah, dass es Zeit wurde, zum Hotel zurückzukehren. Die Sonne neigte sich bereits dem Horizont zu, und die Luft wurde spürbar kälter. Die Mütter auf dem nahen Spielplatz sammelten unter großem Getöse ihren Nachwuchs ein, Kinderwagen und Laufräder wurden zum Ausgang geschoben. Der Park würde bald in seinen abendlichen Dornröschenschlaf sinken, weshalb Carole nun den Weg zurück zur *Villa La Florangerie* einschlug.

Das Kitzeln in ihrer Magengegend, jedes Mal wenn Ben sich wieder ungebeten in ihre Gedanken schlich, versuchte sie, dabei standhaft zu ignorieren.

Kapitel 18

Nach einem angespannten Abendessen hatte Carole die Flucht auf ihr Zimmer angetreten. Sie war zutiefst verletzt darüber, dass Isabelle ihr immer noch nicht selbst von der Krankheit berichtet hatte und sie stattdessen weiter auf Abstand hielt.

Beim Essen hatte sie ihre Mutter beobachtet. Die Bestandsaufnahme war ernüchternd. Isabelles Haut war durchscheinend und wächsern, ihre Kleidung schlackerte um sie herum. Sie musste viel Gewicht in den vergangenen Wochen verloren haben. Zum ersten Mal fielen ihr auch ein paar blaue Flecken am Handgelenk ihrer Mutter auf. Wie blind sie gewesen war. Nun, da sie wusste, wonach sie suchte, sah sie die Zeichen überdeutlich.

Isabelles aufgesetzte Fröhlichkeit machte es ihr noch schwerer, so zu tun, als wisse sie von nichts. Doch sie hatte Ben versprochen, ihn nicht zu verraten. Ben. Allein sein Name löste schon wieder einen kleinen Stromschlag in ihrem Inneren aus, so wie sie ihn einmal bekommen hatte, als sie ihren Vater auf eine Geschäftsreise nach Südamerika begleitet und dort in einem See einen Zitteraal berührt hatte. Auch nach dieser Begegnung hatte ihr Körper noch stundenlang vibriert.

In der Einsamkeit des kargen Hotelraums stand sie fröstelnd am Fenster und kämpfte mit dieser dummen Sehnsucht, die sein Kuss irgendwo tief in ihrem Herzen aus einem dunklen Verschlag befreit hatte und die sich nun partout nicht wieder auf ihren angestammten Platz verweisen lassen mochte – egal, wie oft sie sich einredete, dass sie nichts von ihm wollte.

Eine weitere Nacht mit wenig Schlaf und verwirrenden Gedanken hatte sie gereizt und übellaunig gemacht. Entsprechend hielt sie sich am nächsten Morgen nicht mit floskelhaften Begrüßungen auf. »So, wohin soll es jetzt gehen?«

Isabelle schmunzelte hinter ihrer Serviette, mit der sie sich die Reste des Marmeladentoasts von den Lippen wischte. »Ich habe hier eine Adresse«, sagte sie dann und holte einen Zettel aus ihrer übergroßen Handtasche.

»Avenue de la Forêt-Noire, das ist gleich am Jardin Botanique«, stellte Carole fest, nachdem sie die Adresse gegoogelt hatte. »Sollen wir ein Taxi rufen?«, fragte sie und blickte Isabelle prüfend an.

»Wozu? Es ist herrliches Wetter, und ein Spaziergang hat noch niemandem geschadet.«

Carole wollte widersprechen, doch dann sah sie Ben an, der fast unmerklich den Kopf schüttelte, und sie verbiss sich jeden weiteren Kommentar. Wäre sie nun überbesorgt, Isabelle würde sofort Lunte riechen, dass Carole Bescheid wusste.

Sie verließen das Hotel und mischten sich unter die Menschen, Einheimische sowie Touristen, die ihrer Wege gingen. Die Bistros und Cafés waren voll, Geschäftsleute, die telefonierten, Paare, die sich tief in die Augen sahen, Eltern, die lachend ihren Nachwuchs auf den Schultern trugen.

Isabelle schien all das aufzusaugen und sich Kraft aus dieser Lebendigkeit zu holen. Ihre Wangen leuchteten, und ihre Schritte waren heute federnd.

Carole fragte sich, wen oder was sie wohl suchten. Wenn sie recht hatte und es sich um eine ehemalige Liebschaft handelte, hoffte sie, dass der Besuch keine Enttäuschung werden würde. Schließlich war nicht gesagt, dass dieser Philippe ebenfalls all die vielen Jahre an sie gedacht hatte. Vielleicht erinnerte er sich nicht einmal mehr an Isabelle, oder aber er wurde sogar wütend, wenn eine alte Flamme vor seiner Tür auftauchte. An Bens wachsamem Blick konnte sie ablesen, dass ihm Ähnliches durch den Kopf ging.

Es war nicht sehr weit bis zur Avenue de la Forêt-Noire, trotzdem wirkte Isabelle erschöpft, als sie nun vor dem Haus Nummer 324 standen. Es war ein unscheinbares Mehrfamilienhaus mit kleinen Balkonen und blauen Fensterläden.

»Und jetzt?«, fragte Carole vorsichtig, als Isabelle unschlüssig auf dem Bürgersteig verweilte.

Sie konnte erkennen, wie ihre Mutter nervös wurde, als wäre ihr die Tragweite des Ausflugs erst in diesem Moment bewusst geworden. Isabelle öffnete und schloss ihre Hände, sodass es aussah, als wären sie große Schmetterlinge, die gleich zum Abflug ansetzten. Unruhig trat sie dabei von Fuß zu Fuß und atmete mehrmals tief und zittrig ein. Ein leichter Schweißfilm hatte sich trotz der kühlen Luft auf ihrer Stirn gebildet.

»Vielleicht war es eine blöde Idee«, sagte sie plötzlich und wandte sich schon zum Gehen um.

»O nein, Mutter. Wir sind nicht den ganzen Weg hergekommen, damit du jetzt kneifst. Geh hin und klingele an seiner Tür, sonst werde ich es für dich tun.«

Ben musste sich ein Lächeln verkneifen, als er Carole beobachtete. Beherzt war sie ihrer Mutter in den Weg getreten, die Arme verschränkt und das Kinn trotzig vorgereckt, sodass sie wie ein zu schmal geratener Türsteher wirkte.

Wie ähnlich sich die beiden sind, schoss es ihm durch den Kopf, als Isabelle die Pose ihrer Tochter nun unbewusst spiegelte. Sie standen sich einige Augenblicke lang wie zwei Kampfhähne gegenüber, doch dann sackten Isabelles Schultern herunter, und sie gab klein bei.

»Okay, ich werde jetzt klingeln«, sagte sie kleinlaut und ging die paar Schritte zu der doppelflügeligen Holztür zurück, neben der eine Reihe von Türschellen mit Namen darauf schließen ließ, dass es viele Bewohner hier gab.

Nervös flog ihr Zeigefinger über die verschiedenen Parteien, bis er plötzlich innehielt. »Ozaneaux, P.«, las sie vor und atmete noch einmal tief durch, bevor sie den kleinen goldenen Knopf betätigte.

Sie warteten, doch nichts geschah.

»Vielleicht ist er einkaufen«, schlug Ben vor, und Carole nickte zustimmend.

»Da drüben ist ein kleines Bistro, wir können dort warten und es nachher noch einmal probieren.«

Es war nicht auszumachen, ob Isabelle erleichtert oder enttäuscht darüber war, den geheimnisvollen Philippe nicht angetroffen zu haben. In jedem Fall wirkte sie nun sehr in sich gekehrt, als sie zu dritt das kleine Bistro ansteuerten, wo sie im Freien noch einen Platz an einem der länglichen Holztische ergatterten. Ein Kellner kam heraus und deckte den Tisch mit einem grün-weiß karierten Tuch ein, bevor er ihnen die Speisekarten hinlegte und verschwand, um schon einmal die Getränke zu holen.

Sie bestellten Spätzle mit frischen Pilzen und tranken einen leichten Hauswein dazu, doch im Gegensatz zu Carole schien Isabelle keinen Appetit zu haben. Sie stocherte in ihrem Essen und schob die Pilze von einem Tellerende zum anderen.

Carole beobachtete ihre Mutter aufmerksam, während sie ihre eigene Portion in Windeseile verputzte. »Hast du keinen Hunger?«, fragte sie und griff nach einem weiteren Stück Baguette.

Isabelle zuckte mit den Schultern und seufzte, wobei sie ihren Teller fortschob. »Nicht wirklich«, gestand sie und wischte sich den Mund mit einer ebenfalls grün-weiß-karierten Serviette ab.

»Was ist denn nur? Du wolltest unbedingt hierher, wolltest diesen Philippe so gerne treffen, doch jetzt macht es fast den Eindruck, als würdest du es bereuen.«

Isabelle beobachtete ihre Tochter lange schweigend, wobei ein kleines Lächeln um ihre faltigen Lippen spielte. »Vielleicht kannst du das nicht verstehen, aber es jagt mir gerade eine Heidenangst ein, hier zu sein. Das ist ein Traum, den ich sechzig Jahre lang geträumt habe. Ich habe mir ein Treffen in allen Farben ausgemalt, mir kaum etwas sehnlicher gewünscht, aber sind Träume denn überhaupt dazu gemacht, sie wahr werden zu lassen?« Sie klang leise und unsicher.

»Wozu sollten Träume sonst gut sein?«, fragte Carole da unvermittelt und legte kurz aufmunternd ihre Hand auf Isabelles. Einen Augenblick lang saß Isabelle sprachlos da, offensichtlich zu ergriffen, um ihre Gefühle in Worte zu fassen. Sie sah ihre Tochter mit einem Ausdruck unverhohlener Liebe an. Alle Mauern für einen Bruchteil heruntergefahren, alle Schutzfunktionen ausgesetzt.

Ben hielt die Luft an, um den Moment nicht durch eine unbedachte Bewegung zu zerstören. Auch Carole war weit aus ihrer Deckung herausgekommen. Sie schenkte Isabelle ein kleines, aber aufrichtiges Lächeln, bevor sie noch einmal kurz deren Finger drückte, sich dann jedoch wieder vorsichtig in ihren Schützengraben zurückzog.

»Ich geh zahlen, dann können wir noch einen Versuch bei Haus Nummer 324 machen«, erklärte sie, doch ihre Stimme klang belegt. Ben lehnte sich zurück und betrachtete Isabelle, die ihrer Tochter versonnen nachsah.

»Diese Fahrt scheint dir mehr als nur einen Traum zu erfüllen«, sagte er und erntete ein trauriges Lächeln.

»Nicht zu früh freuen, Carole und ich haben es bislang noch immer geschafft, nach ein paar kleinen Schritten in die eine Richtung, einen Dauerlauf in die entgegengesetzte zu machen.«

Ben zuckte mit den Schultern. Er hatte das Gefühl, dass es dieses Mal anders sein könnte, doch er zog es vor, seine Meinung für sich zu behalten.

Die Sonne stand tief am blauen Nachmittagshimmel, wie sie es im Herbst immer tat, und ließ die Häuser auf der gegenüberliegenden Straßenseite lange Schatten werfen. Isabelle wirkte nun zielstrebiger, als sie die Klingel betätigte, doch auch dieses Mal war ihr Mut nicht von Erfolg gekrönt. Stur blieb sie stehen und schellte ein ums andere Mal, bis Carole ihr sanft eine Hand auf die Schulter legte.

»Mutter, lass uns zum Hotel zurückkehren, es wird kalt. Wir können morgen noch einmal unser Glück versuchen, dann ist er bestimmt wieder zu Hause«, sagte Carole aufmunternd.

Isabelle stand eine lange Zeit unbeweglich da, bevor sie nickte und sich dann abrupt umdrehte. »Ihr habt recht, genug für heute.«

Ihre Schritte schienen nun nicht mehr leicht und federnd, als sie sich von dem Haus entfernte, stattdessen sah sie aus, als sei sie in den vergangenen Stunden um Jahre gealtert. Sie wirkte müde und eingefallen, und Ben schätzte, dass sie Schmerzen hatte. Als sie sich nach wenigen Straßenzügen keuchend an eine Hausmauer lehnte und zu zittern begann, schloss er schnell zu ihr auf.

»Geht es?«, wollte er besorgt wissen.

Sie nickte langsam, doch dann erbrach sie sich zu seinen Füßen. Ben stützte sie und strich ihr beruhigend über den Rücken, bis das Würgen abebbte und sie sich immer noch schwankend aufrichtete.

»War wohl was im Essen«, versuchte sie sich vor Carole zu rechtfertigen, die zu ihnen aufgeholt hatte und mit einem wissenden Blick in seine Richtung sah.

»Ich rufe ein Taxi«, sagte sie, statt die Lüge mit einer

Antwort zu würdigen. Sie kramte nach ihrem Handy und ging ein paar Schritte, wo sie sich in einen Hauseingang stellte, um besser hören zu können.

»Sag es ihr«, beschwor er Isabelle erneut, die sich den Mund mit dem Handrücken abwischte, bevor sie sich müde an ihn lehnte.

»Das werde ich, versprochen, aber lass mich den Zeitpunkt wählen«, flehte sie.

Er nickte zögerlich, auch wenn er ihre Sturheit missbilligte. Zwar wusste Carole durch ihn bereits um die Krankheit, doch er konnte sehen, wie sehr sie darum kämpfte, dass Isabelle ihr endlich selbst das Vertrauen schenkte.

Das Taxi hielt fünf Minuten später und brachte sie zurück ins Hotel. Ben begleitete Isabelle aufs Zimmer und half ihr dabei, sich umzuziehen und Medikamente zu nehmen. Carole war unter dem Vorwand, noch arbeiten zu müssen, in ihren Räumen verschwunden. Ben hatte den Zimmerservice für Isabelle geordert, doch obwohl das Essen herrlich roch und appetitlich angerichtet war, stocherte sie nur wie ein Vögelchen darin herum, bevor sie irgendwann mit einem Kopfschütteln den Teller ganz von sich schob.

»Ich habe keinen Hunger«, gestand sie, und Ben zog besorgt die Augenbrauen zusammen.

»Du musst etwas essen, damit dein Körper Kraft bekommt, um sich gegen die Krankheit zu wehren.«

Sie schüttelte mit einem milden Lächeln den Kopf. »Aber ich wehre mich gar nicht dagegen, ich habe nicht mehr die Kraft für aussichtslose Kämpfe. Es ist nun mal so, wie es ist. Ich will nur noch so lange durchhalten, bis ich ein paar Dinge geregelt habe.«

Ben seufzte leise. Ähnliche Dialoge hatte er mit seinem Vater geführt, nur dass dieser keine Rechnungen in dieser Welt mehr offen hatte. *Irgendwo da oben wartet deine Mama auf mich, Ben. Ich habe keine Angst zu gehen,* hatte er gesagt, ihm zuliebe dann aber doch ein paar Bissen heruntergewürgt.

Isabelle streckte sich auf dem großen Bett aus und döste danach relativ schnell ein. Er hatte die Dosis der Medikamente noch einmal erhöhen müssen, um ihr Linderung zu verschaffen.

Leise verließ Ben den Raum, als er sicher war, dass sie schlief. Erschöpft kehrte er in sein Zimmer zurück und ließ sich dann auf sein Bett fallen. Er kam sich vor, als wäre er in eine Zeitschleife geraten. Sorge, Hilflosigkeit, Resignation, all diese Gefühle kamen wieder hoch, und er hatte seine eigenen Gebote erneut gebrochen. Er steckte bis zum Hals in dieser Geschichte.

Um die Kälte aus den Knochen zu bekommen, die sich seit dem Abend darin hielt, hatte Ben sich so lange unter die Dusche gestellt, bis das heiße Wasser nur noch zögerlich floss.

Dann schlang er sich ein Handtuch um die Hüften und betrat sein Schlafzimmer. Etwas regte sich in der Dunkelheit, und sofort schoss sein Puls in die Höhe. Er fluchte leise und schalt sich dafür, die Tür nicht abgeriegelt zu haben. Als dann jedoch eine schlanke Gestalt in den weichen Lichtkegel der Nachttischlampe trat, sah er, mit wem er es zu tun hatte. »Scheiße, Carole, du hast mich zu Tode erschreckt.«

Sie sagte nichts, kam nur langsam auf ihn zu, wobei ihre grünen Augen auf seinem Gesicht ruhten. Sie blieb vor ihm stehen, schwieg jedoch weiter beharrlich. Gerade als Ben dazu ansetzte, sie zu fragen, was sie hier wolle, legte sie ihm den Finger auf den Mund und schüttelte den Kopf.

Danach glitt sie in einer verführerischen Bewegung aus ihrem weiten Sweater. Darunter war sie nackt. Ben schluckte schwer. Er beugte sich zu ihr, doch sie wich seinem Kuss aus. Stattdessen nestelte sie an seinem Badehandtuch, das kurz darauf zu seinen Füßen lag. Dann schob sie ihn bestimmt zum Bett, wo sie ihm bedeutete, sich zu setzen. Sein Herz begann zu rasen. Auch wenn ihr merkwürdiges Verhalten ihn irritierte, erregte es ihn unglaublich, nicht zu wissen, was als Nächstes passierte. Er begehrte sie mit einer Heftigkeit, die ihn fassungslos machte. Es war ungewohnt, die Führung so vollkommen abzugeben, doch gleichwohl aufregend.

Schon lange hatte er nicht mehr den warmen Körper eines anderen Menschen gespürt, aber es war mehr als das. Er sehnte sich nicht nach irgendeiner Frau – er sehnte sich nach ihr.

Als er saß, ließ sie sich auf seinen Schoß gleiten.

Überwältigt wollte er sie an sich ziehen, seine Finger in ihrer blonden Mähne vergraben und seine Lippen auf ihre pressen, doch sie wich ihm erneut aus. Da verharrte er. Mit beiden Händen umfasste er behutsam ihr Gesicht und hielt es, sodass sie gezwungen war, ihn anzusehen. Er las den Widerwillen in ihrem Blick, sich jetzt einer Diskussion zu stellen.

»Ich weiß, was du hier tust, Carole. Ich hab dich durchschaut, denn deine Mauern haben Risse«, flüsterte er und zog sie dann trotz ihrer Gegenwehr an seine Brust.

Sie versuchte, sich von ihm wegzudrücken, trommelte sogar mit den Fäusten auf ihn ein, doch er hielt sie einfach wie ein Kind, das einen Wutanfall hatte. So plötzlich, wie ihr Zorn hochgelodert war, ebbte er wieder ab. Er spürte, wie sie nachgab und sich an ihn lehnte, sodass er nun ihre Tränen auf seiner bloßen Haut spüren konnte.

»Es ist okay, lass es raus«, raunte er und strich ihr beruhigend übers Haar, während sie von einem Weinkrampf geschüttelt wurde.

»Ich kann mit alldem hier nicht umgehen«, schluchzte sie, wobei er nicht genau wusste, ob sie die Situation mit ihrer Mutter meinte, mit ihnen beiden oder alles zusammen, weshalb er einfach schwieg und sie weiter festhielt.

Sie blieb eine kleine Ewigkeit auf seinem Schoß in seinen Armen sitzen, erschöpft und leer geweint.

»Es ist immer ein Schock, wenn man sich mit dem bevorstehenden Tod eines geliebten Menschen auseinandersetzen muss, Carole. Und ich kann verstehen, dass du dich gerade einfach lebendig fühlen willst. Aber ich glaube, wenn wir jetzt weitermachen, würde das am Ende das genaue Gegenteil bewirken.«

Obwohl es ihm unendlich schwerfiel, wollte er sie sanft von sich schieben, um seinen letzten Rest Würde nicht auf dem Altar der Lust zu opfern. Er fühlte sich so schon merkwürdig benutzt.

Doch sie überraschte ihn erneut, indem sie ihm zuerst lange in die Augen sah und sich dann zu einem zögerlichen Kuss zu ihm beugte. Die Berührung war so zart, dass Ben sie eher ahnte als spürte. Als sich ihr Atem beschleunigte und mit seinem vermischte, wurde der Kuss hungriger, tiefer. Sie öffnete sich, gewährte ihm schlussendlich Zugang durch eine Lücke in ihren Mauern. Als er sie nun an sich zog, ließ sie sich bereitwillig in seine Umarmung fallen.

»Himmel, ich will dich, wie ich noch nie eine Frau gewollt hab«, flüsterte er.

Sie lehnte ihre Stirn gegen seine und schloss kurz überwältigt die Augen. »Ich will dich auch«, gestand sie fast verwundert.

Mehr brauchte es nicht, um seine Leidenschaft ins Unermessliche zu steigern. Gemeinsam begannen sie, sich zu bewegen, erst langsam, dann immer drängender, bis sie irgendwann mit einem spitzen Schrei kam, und er ihr nur Sekunden später folgte.

Sie zitterte so heftig, dass er sie vorsichtig mit sich aufs Bett zog und die weiche Decke über sie beide breitete. Dann knipste er die Nachttischlampe aus, sodass nur noch das fahle Licht des Mondes das Zimmer erhellte. Sie schwiegen eine Weile einvernehmlich, dann drehte sie den Kopf in seine Richtung und bedachte ihn mit einem scheuen Lächeln.

»Ich habe mich geirrt, was dich angeht. Du bist großartig mit meiner Mutter, geduldig und sanft. Du wärst sicher ein hervorragender Arzt geworden. Es tut mir leid, dass ich die ganze Zeit so eklig zu dir war. Ich weiß gar nicht, wann ich angefangen habe, immer nur das Schlechte in den Menschen zu sehen.« Ihre Stimme klang rostig, als würden solche Geständnisse aus einer lange nicht benutzen Ecke ihres Herzens kommen.

Er schwieg einige Augenblicke. »Ich habe mich ebenfalls geirrt. Ich habe dich für kaltherzig gehalten und für arrogant, als wir uns kennengelernt haben«, räumte er ein.

»Ich bin kaltherzig und arrogant«, sagte sie und zog auf die ihr unvergleichliche Art eine Augenbraue fast bis zum Haaransatz, doch dann musste sie lachen, und er stimmte mit ein.

Ben zog sie enger an sich und atmete tief und zufrieden aus. Es war einer dieser seltenen Momente, in denen das Leben gut zu sein schien und er das Gefühl hatte, genau hierher zu gehören. Er lag auf dem Rücken, sie hatte es sich an seiner Schulter gemütlich gemacht und betrachtete im Dunkeln sein Profil, während sie mit ihren Fingern träge Kreise auf seinem Brustkorb zog und er das Gleiche auf ihrer Hüfte tat.

Irgendwann endeten sie beide zeitgleich in ihrer Bewegung und sahen sich einfach nur an. Nach einer kleinen Ewigkeit beugte er sich zu ihr. Zuerst waren es nur zarte Berührungen, ein Streicheln und Tasten der Lippen, aber dann vertiefte sich der Kuss und drohte, ihn vollständig in einen schwindelerregend tiefen Abgrund zu reißen.

Nie zuvor hatte er eine Frau so geküsst. Es war nicht die Technik, nicht die Tatsache, dass sie kurz zuvor miteinander geschlafen hatten. Es war mehr die Erkenntnis, dass sein ganzes Herz in diesem Kuss steckte, was ihn zum einen euphorisch machte und zum anderen zu Tode erschreckte.

Auch Carole schien es zu spüren, denn sie zitterte wieder trotz der warmen Decke. Es wäre ein Leichtes gewesen, sie jetzt auf sich zu ziehen und da weiterzumachen, wo sie eben geendet hatten. Doch dieser Kuss kam ihm viel bedeutungsvoller vor. Als sie ihn irgendwann brach und sich wieder in seine Armbeuge kuschelte, begnügte er sich damit, ihr noch einmal sanft die Lippen auf die Stirn zu pressen. »Schlaf jetzt«, murmelte er und zog sie noch ein bisschen fester an sich.

Frankfurt, 1958

Wie endlos lang die Tage doch waren, seit ihre Familie hatte gehen müssen. Eigentlich lag die Abreise gerade mal drei Monate zurück, aber Isabelle kam es vor wie drei Jahre. Sie sehnte sich schrecklich nach Philippe. Wenn sie morgens erwachte, flüsterte sie seinen Namen in die stille Dunkelheit ihres Zimmers. Wenn sie sich für die Schule fertig machte, berührte sie ihren Verlobungsring und sandte ein lautloses Gebet zum Himmel, dass Philippe sie bald holen möge. Und wenn sie abends zu Bett ging, dann nahm sie sein geliebtes Gesicht mit in ihre Träume.

Derzeit besuchte Isabelle noch ein nahe gelegenes Mädchengymnasium, doch ihr Vater liebäugelte damit, sie in ein Internat zu schicken, und hatte bereits Kontakt zum Schulleiter einer elitären Institution aufgenommen. Es war ihr jedoch gleich, denn sie fühlte sich nirgends wohl. Sie konnte ihre französische Herkunft ohnehin nicht verbergen, der Akzent schlich sich immer noch in ihre Sätze, ganz egal, wie sehr sie sich bemühte, sauberes Hochdeutsch zu sprechen. Somit war sie als Außenseiterin abgestempelt.

Und kam sie dann müde und erschöpft am Nachmittag aus der Schule, wartete in dem großen Haus nur die übellaunige Ingrid auf sie, die ihr im Stillen vorhielt, schuld daran zu sein, dass ihre Nichte Annegret nun nicht mehr kommen durfte.

Als Isabelle die Treppe herunterkam, stand ihre Stiefmutter bereits unten in der marmornen Eingangshalle.

»Du bist spät, beeil dich«, sagte sie kühl und ging voran in das Speisezimmer, wo Grete die Tafel wie immer so gedeckt hatte, dass Ingrid am fernen einen Ende und Isabelle am anderen saß. Lustlos stocherte sie in ihrem Frühstücksrührei herum. Der Geruch allein machte sie leicht benommen und löste Übelkeit in ihr aus.

»Du isst nichts«, stellte Ingrid fest und musste lauter reden, damit ihre Worte es über die große Distanz des lang gezogenen Esstischs schafften. Isabelle zuckte nur mit den Schultern. Die Trennung hatte ihr den Appetit verdorben, vielleicht brütete sie auch etwas aus, denn ihr war seit Tagen übel, vor allem in den Morgenstunden.

»Blass bist du ebenfalls, geht es dir nicht gut?«, bohrte Ingrid nach, wobei sie so gereizt klang, als würde Isabelle aus dem einzigen Grund krank werden, ihrer Stiefmutter das Leben schwer zu machen.

»Doch, alles gut«, log Isabelle und schob den Teller von sich, weil eine neue Welle Übelkeit sie erfasste.

Misstrauisch beobachtete Ingrid, wie Isabelle mit sich kämpfte, sich plötzlich die Hand vor den Mund schlug, den Stuhl nach hinten rückte und aus dem Speisezimmer stürmte. Sie schaffte es gerade noch rechtzeitig auf die Gästetoilette, wo sie das bisschen Ei erbrach und danach erschöpft auf den Vorleger sank. Ein ungeduldiges Klopfen zwang sie dazu, sich mühsam auf die Beine zu kämpfen.

»Ich komme gleich«, sagte sie und lehnte sich zittrig auf den Rand des Waschbeckens, um sich den Mund auszuspülen und die Frisur zu richten, bevor sie Ingrid wieder unter die Augen trat.

»Geh auf dein Zimmer, vielleicht hast du dir ein Virus eingefangen. Ich werde die Schule informieren und nach Doktor Klein schicken«, befand ihre Stiefmutter, nachdem sie einmal kritisch den Blick an Isabelle hatte auf und ab wandern lassen.

Dankbar eilte Isabelle die Treppe hinauf und legte sich auf ihr Bett, wo sie nur wenig später einschlief. Am Mittag kam der ältliche Arzt der Familie, der ihr ein Mittel gegen die Übelkeit verschrieb und Bettruhe, Zwieback und Tee verordnete. Doch auch in den folgenden Tagen schien der Infekt sich erst in den frühen Nachmittagsstunden abzuschwächen. Am Morgen wurde sie weiterhin von Übelkeit und großem Ruhebedürfnis überfallen.

Isabelle hatte nun fast eine Woche die Schule nicht besucht, lernte dafür aber fleißig, weil es sie ablenkte und das Einzige war, das ihr etwas Spaß brachte. Sie war eine gute Schülerin mit einer schnellen Auffassungsgabe. Latein machte ihr besonders viel Freude. Sie hatte am heutigen Tag bereits große Teile von »De bello gallico« übersetzt, doch nun obsiegte der Hunger. Sie verließ ihr Zimmer und begab sich auf den Weg Richtung Küche in der Hoffnung, dass die Köchin noch Reste vom Mittagessen für sie warm hielt.

Doch die garstige Stimme ihrer Stiefmutter, die aus dem Wohnzimmer erregt und wenig dezent an ihr Ohr drang, ließ sie innehalten.

»Mein Gott, Werner, bist du blind? Das Mädel hat einen Braten in der Röhre.«

»Male den Teufel nicht an die Wand, Ingrid, es kann auch einfach eine Magenverstimmung sein.«

»Magenverstimmung«, spie Ingrid abfällig aus. »Ich bin eine Frau, und ich sehe die Zeichen, Werner. Sie ist blass, appetitlos und leidet besonders in den Morgenstunden unter Übelkeit. Zudem sind ihre Brüste üppiger geworden. Deine lasterhafte Tochter hat sich schwängern lassen – von ihrem eigenen Stiefbruder!«

Den letzten Satz hatte sie mit solcher Abscheu ausgespien, dass es Isabelle eiskalt den Rücken hinunterlief.

»Wir werden das abklären lassen, mach ihr gleich morgen einen Termin bei deinem Gynäkologen. Gott bewahre, du behältst recht«, sagte ihr Vater finster, und Isabelle hörte, wie Eiswürfel in einem Glas klirrten, weil er vermutlich einen Cognac aus der Hausbar brauchte, um seine Nerven zu beruhigen.

Der Appetit war ihr einmal mehr vergangen. Sie schlich die Treppe hinauf und legte sich benommen aufs Bett. An diese Möglichkeit hatte sie noch gar nicht gedacht, doch jetzt fiel ihr auf, dass ihr Monatsfluss schon eine ganze Zeit lang nicht gekommen war. Das hatte ihr jedoch keine Sorgen bereitet, sie war einfach viel zu wenig bewandert in solchen Dingen. Zwar wusste sie als Mädchen, das auf dem Land aufgewachsen war, schon lange, woher die Babys kamen. Zudem hatte Sabine ihr am Tag ihrer ersten Periode mit roten Wangen und leiser Stimme erklärt, was Mann und Frau im Ehebett taten, aber irgendwie war sie nach dieser Erklärung davon ausgegangen, erst schwanger werden zu können, wenn sie verheiratet war.

Vorsichtig glitt ihre Hand über ihren flachen Bauch. Befand sich darin wirklich ein lebendiges, winziges Wesen? Eines, das Philippe und sie für immer verbinden würde? Der Gedanke machte sie glücklich, auch wenn ihr gleichsam klar wurde, wie kompliziert dadurch alles würde.

Sie setzte sich auf und beschloss, ihm einen Brief zu schreiben. Es war einer von unzähligen, die sie bereits verfasst und dem Dienstmädchen zum Versenden zugesteckt hatte, doch von Philippe war noch kein Wort gekommen, was sie beunruhigte. Aber sie wollte nicht glauben, dass er nicht genauso intensiv und unablässig an sie dachte, weshalb sie sein Versäumnis damit entschuldigte, dass er sicher im Hotel keine freie Minute hatte.

Sie berichtete ihm, wie es ihr ging und was sie eben gehört hatte.

»Stell dir vor, es wäre wahr. Ein Baby, Philippe. Wäre das nicht wundervoll? Ja, zugegeben, es käme vielleicht zu einem Zeitpunkt, wo vieles noch ungeklärt ist, aber Vater könnte uns dann doch nicht mehr voneinander fernhalten. Er müsste uns zugestehen, dass wir heiraten, damit sein Enkelkind nicht in Schande geboren wird. Allein der Gedanke, dass wir in ein paar Monaten Mann und Frau sein könnten, dass wir Eltern werden, macht mich kribbelig und über alle Maßen glücklich. Ich hoffe, du empfindest ebenso. Bitte schreib mir schnell, ich muss wissen, wie es dir geht und was du zu alldem zu sagen hast, Geliebter.«

Mit dem Gefühl, dass das Schicksal es gut mit ihr meinte, schlief sie an diesem Abend ein.

Am nächsten Morgen saß sie hinten in der Limousine neben einer Ingrid, deren Gesichtszüge wie eingefroren wirkten. Ihre kalten Schlangenaugen starrten zum Fenster hinaus, und ihre dünnen, langen Finger kneteten den Pelzbesatz ihres Mantels. Der Fahrer warf Isabelle von Zeit zu Zeit einen mitleidigen Blick zu.

Der Gynäkologe hatte eine schicke Altbaupraxis am Frankfurter Berg. Die Sprechstundenhilfe sah Isabelle missbilligend über den Rand ihrer altmodischen Brille hinweg an. »Sie und das Fräulein können im Wartezimmer Platz nehmen«, sagte sie, wobei sie »Fräulein« wie ein Schimpfwort betonte.

Ingrid setzte sich ihr gegenüber auf einen der Korbstühle und blätterte nervös in einer Zeitschrift. Isabelle holte ein paarmal tief Luft, denn auch ihr war mulmig zumute, doch dann wurde sie schon hereingerufen.

Die Untersuchung war ihr unangenehm, nie hatte sie so einen komischen Stuhl gesehen, und es war ihr furchtbar peinlich, sich vor dem Arzt zu entblößen, der ihr jedoch kaum Beachtung schenkte. Ohne ein Wort an sie zu richten, machte er seine Arbeit, wusch sich dann die Hände und bat sie, sich wieder anzukleiden und mit ihrer Stiefmutter in sein Sprechzimmer zu kommen.

»Anfang dritter Monat«, sagte er ohne weitere Vorrede.

Isabelle wurde von einer Welle unterschiedlicher Emotionen überrollt, Freude, Angst, vor allem aber Liebe, alles überstrahlende Liebe für Philippe und für sein Baby, das sie in sich trug.

Ingrid hatte die Nachricht mit einem kurzen Kopfnicken registriert, dann wurde Isabelle rausgeschickt, als ginge sie das Ganze überhaupt nichts an. Ungeduldig wartete sie darauf, dass Ingrid das Arztzimmer endlich verließ.

Als sich die Tür schließlich öffnete, warf ihr der Arzt einen vorwurfsvollen Blick zu, bevor er sich bei Ingrid verabschiedete und ihr einen Zettel zusteckte, den sie in ihrer schicken Handtasche verschwinden ließ.

Die ganze Heimfahrt über schwiegen sie beide beharrlich, doch kaum waren sie zu Hause angekommen, brach das Donnerwetter los. Ingrid war mit zornigen Schritten vor ihr in die Villa geeilt, wo sie im Eingangsbereich mit bebenden Schultern stehen blieb.

Unsicher folgte Isabelle ihr und schloss leise die Tür, als ihre Stiefmutter herumfuhr, ihr Gesicht nun nicht mehr kalt und beherrscht, sondern eine wütende Fratze.

»Du schamloses Luder, du bringst nichts als Schande über deinen Vater, der alles für dich tut. Machst die Beine beim ersten Jungen breit, der dir über den Weg läuft. Und dann ist es auch noch der Sohn der Leute, die dich aufgezogen haben. Du bist keinen Deut besser als deine Mutter, dieses französische Flittchen«, zischte sie.

»Wie kannst du es wagen, du kennst sie nicht und mich auch nicht. Du bist gemein und obendrein neidisch, weil ich ein Kind unter dem Herzen trage. Etwas, das dir in diesem Leben nicht mehr vergönnt sein wird.«

Die Worte waren heraus, bevor Isabelle sich hätte bremsen können. Sie war selbst zu verletzt, als dass sie diese Gemeinheit hätte herunterschlucken können. Doch nun kam Ingrid wie ein finsterer Rächer auf sie zu. Noch ehe Isabelle wusste, wie ihr geschah, hatte Ingrid ihr eine kräftige Ohrfeige verpasst, sodass ihre Zähne aufeinanderschlugen und sie Blut im Mund spürte, weil sie sich bei dem unvermittelten Angriff auf die Zunge gebissen hatte.

Isabelle fasste sich an ihre Wange, die flammend heiß war, und stand bebend vor ihrer Stiefmutter. »Schlag mich ruhig, verletzen kannst du mich trotzdem nicht. Ich werde ohnehin nicht mehr lange mit dir unter einem Dach leben. Vater wird nun zustimmen, dass Philippe und ich heiraten und zurück nach Straßburg gehen«, sagte sie mit trotzigem Stolz.

Ingrid allerdings belohnte ihre kleine Rede mit lautem Gelächter. »Gott, bist du wirklich so naiv? Denkst du, dein Vater lässt dich hier mit deinem Bastard im Leib herausspazieren, sodass du diesem Taugenichts folgen kannst? Träum weiter, Kind.«

Bevor Isabelle fragen konnte, was Ingrid damit meinte, hatte diese sich jedoch schon umgedreht und war in Richtung ihrer Räume verschwunden. Isabelle blieb nichts anderes übrig, als ebenfalls auf ihr Zimmer zu gehen und den Abend abzuwarten, wo sicher die nächste Gardinenpredigt bevorstand. Die Zeit bis dahin nutzte sie, um Philippe einen weiteren Brief zu schreiben.

»Nun ist es also wahr, Geliebter. Wir bekommen ein Kind, du und ich. Ist das nicht unglaublich. Ich freue mich so und werde alles hier ertragen in der Gewissheit, dass wir am Ende zusammen sind.«

Sie küsste das Papier, steckte es in einen Umschlag und lief die Treppe hinunter, wo sie den Brief unter die Korrespondenz ihres Vaters schob, die von einem der Dienstboten am Nachmittag zur Post gebracht wurde. Die Aufregung hatte ihre Wangen rosig gefärbt und ihr Herz mit Freude gefüllt.

Auch war ihr seit ein paar Tagen nicht mehr übel. Es schien, als würde sich jetzt alles fügen. Als habe das Leben ihr zwar unendlich viele Hürden in den Weg gestellt, ihr aber nun die Macht gegeben, alle zu überwinden. So fühlte sie sich stark und gerüstet, als sie am Abend ihrem Vater gegenübertrat.

Dieser saß stumm in seinem Sessel, die Hände wie zum Gebet gefaltet, wobei seine Fingerspitzen seine lange, gerade Nase berührten, während er Isabelle eingehend musterte.

»Vater?«, fragte sie irgendwann unsicher, weil sein Schweigen sie ratlos machte und ihr mehr Angst einjagte, als hätte er gewütet und getobt.

»Es gibt Mittel und Wege, wie wir das Problem aus der Welt schaffen können, Isabelle«, erklärte er unvermittelt. »Und danach habe ich dich im Schlossinternat St. Johann angemeldet, eine erstklassige Mädchenschule, wo du behütet deinen Bildungsweg abschließen kannst. Es wird die Suche nach einem geeigneten Ehemann erschweren, aber ich bin sicher, dass deine Mitgift so manchen Bewerber darüber hinwegtrösten wird. Es wird alles gut werden, du wirst sehen.«

Er hatte langsam und bedächtig gesprochen, und seine Worte hatten wohl tröstlich klingen sollen, doch Isabelle war nun von blanker Panik erfasst.

»Was meinst du damit, Vater?«, fragte sie, wobei ihre Stimme die Tonleiter hoch und runter stolperte.

»Er meint, dass wir es wegmachen lassen«, sagte Ingrid, die nun hinter den Sessel getreten war, um ihrem Mann die Antwort abzunehmen. Sie hatte dabei ihre dürren Finger auf seine Schultern gelegt und schenkte Isabelle ein Lächeln, das ebenso falsch wie schadenfroh schien.

Unbewusst umschlang Isabelle ihren Bauch, als könne sie ihr Ungeborenes dadurch schützen. »Nein, das könnt ihr nicht machen. Es ist mein Baby, meins und Philippes, und wir werden es bekommen«, schrie sie und merkte, wie ihre Tränen die Worte verzerrten.

»Isabelle, sei vernünftig, du bist noch ein Kind, das würde dein ganzes Leben ruinieren.«

»Das Baby nicht bekommen zu dürfen, würde mein ganzes Leben ruinieren«, schluchzte sie und wiegte sich auf ihrem Sitz hin und her, die Arme immer noch um ihre Mitte geschlungen.

»Nun, da du nicht volljährig bist, hat dein Vater darüber zu entscheiden, was mit dir geschieht, und du kannst froh sein, dass er ein so großzügiger Mann ist, der dir diesen Fehltritt verzeiht. Ein anderer Vater hätte dich mit deinem Bastard auf die Straße gesetzt«, stellte Ingrid spitz fest.

»Das wäre mir egal, er kann mich ruhig auf die Straße setzen. Ich will euch und euer Geld nicht. Ich habe alles, was ich brauche, seht ihr?«, rief sie und holte ihre Kette mit dem Verlobungsring aus dem Kragen ihres Pullovers.

»Was soll das sein, etwa ein Verlobungsring?«, fragte Ingrid spöttisch.

Stolz reckte Isabelle ihr Kinn in die Höhe und sah ihrer Stiefmutter fest in die Augen. »Ganz recht, das ist ein Verlobungsring. Und ihr könnt sicher sein, dass wir nicht auf Vaters Placet warten werden. Sabine und Albert werden mich mit offenen Armen zurücknehmen, und sie werden unser Kind genauso lieben, wie sie uns lieben.«

»Isabelle, hör auf, dir solche Flausen in den Kopf zu setzen, ihr seid beide minderjährig, der Junge könnte nicht mal für dich und das Kind sorgen. Und die Ozaneauxs haben so auch schon genug, um das sie sich kümmern müssen. Glaub mir, dass es so am besten ist.«

Ihr Vater hatte besänftigend gesprochen und sich dabei erhoben. Nun stand er in seiner ganzen beeindruckenden Größe vor ihr und hob ihr tränennasses Gesicht zu sich empor. »Wir werden über diese unsägliche Angelegenheit kein Wort mehr verlieren. Ingrid wird einen Termin bei einem Arzt außerhalb von Frankfurt machen. Dr. Klein hat ihn ihr empfohlen, ein sehr liberaler und verschwiegener Mann, der sich solcher Probleme annimmt. Bis dahin bist du vom Schulbesuch befreit. Du kannst zu Hause lernen, und ich bin bereit, dir einen Hauslehrer zu besorgen, damit wir die Zeit bis zum neuen Schuljahr überbrücken, dann kannst du in St. Johann ganz neu anfangen.«

Unwillig schüttelte Isabelle den Kopf und drehte ihr Kinn fort, sodass ihr Vater seine Hand sinken ließ und sie wütend an seiner Seite zur Faust ballte.

»Ich will keine Widerworte mehr, hörst du!«, grollte er. »Bis zum Termin wirst du auf deinem Zimmer bleiben, und damit du keine Dummheiten machst, werden wir die Tür verschließen.«

»Das kannst du nicht tun, bitte nicht«, flehte Isabelle. Sie war aufgesprungen und griff verzweifelt nach dem Stoff des teuren Sakkos, das ihr Vater trug.

Doch er befreite sich unwirsch und trat entschieden von ihr fort. »Ich habe nichts mehr dazu zu sagen, geh auf dein Zimmer!«

Isabelle nahm ihren ganzen Mut zusammen und stemmte die Füße in den Boden. »Nein«, entgegnete sie bestimmt.

»Reiz mich nicht, Isabelle«, warnte ihr Vater, dessen Stimme nur mühsam beherrscht klang.

Als Isabelle einfach stehen blieb, riss ihm der Geduldsfaden. Er trat auf sie zu, packte sie unsanft am Arm und zog sie hinter sich her. Isabelle versuchte, sich aus seinem Klammergriff zu befreien, doch sie hatte keine Chance. Um nicht zu fallen, musste sie ihre Schritte an seine anpassen und sich die Treppe hinauf in ihr Zimmer verfrachten lassen. Dort schob er sie zu ihrem Bett, wo er ihr einen unsanften Stoß versetzte, sodass sie auf die Matratze fiel.

»Ich kann dieses ungebührende Verhalten unter meinem Dach nicht dulden und mir auch nur damit erklären, dass dir eine anständige Erziehung der Umstände wegen bislang versagt geblieben ist. Aber das wird sich jetzt ändern, Isabelle. Du wirst lernen, mir zu gehorchen, solange du deine Füße unter meinen Tisch stellst!«

Mit diesen Worten stürmte er aus ihrem Zimmer. Das Drehen des Schlüssels besiegelte ihr Schicksal. Sie saß in der Falle.

Kapitel 19

Carole wurde von den ersten zögerlichen Boten des frühen Morgens geweckt. Der Himmel war noch tintenblau an den Rändern, aber eine verheißungsvolle Röte kroch langsam den Horizont herauf und versprach einen weiteren schönen Herbsttag.

Ben schlief noch tief und fest. Ein kleines Lächeln umspielte seine Lippen und hüpfte auch auf ihre Mundwinkel herüber. Sie hätte gestern, als sie spontan beschlossen hatte, in sein Zimmer zu gehen, mit vielem gerechnet, aber nicht damit, dass sie neben Ben Bäcker aufwachen würde. Aus all den guten Gründen verbat es sich, mit ihm irgendeine Art von Beziehung einzugehen. Er war der Pfleger ihrer Mutter, er war ein Ex-Sträfling, er war immer noch ein Unbekannter, auch wenn sie ihre Meinung über ihn in den vergangenen Tagen widerwillig hatte revidieren müssen. Carole erwischte sich bei dem Gedanken, dass er ein Mann war, den man, hatte er sich einmal zu einer Sache bekannt, in guten wie in schlechten Zeiten an seiner Seite wusste. Eine Eigenschaft, die ihn in Verbindung mit seinem unbestreitbar guten Aussehen noch anziehender machte. Doch Carole war nicht bereit dazu, sich einzugestehen, dass diese Anziehungskraft tiefer reichen könnte. In der Nacht war sie zu ihm gegangen, um sich zu beweisen, dass sie nichts für ihn empfand. Dass es Lust war, nicht mehr. Sie hatte geglaubt, ihn mit Sex aus ihrem System bekommen zu können. Bislang hatte es immer geholfen, mit einem Mann zu schlafen, denn spätestens wenn sie sich wieder einmal leer und unbefriedigt neben einem schnarchenden Kerl nach der Einsamkeit ihres eigenen Bettes sehnte, wäre klar, dass sie nicht der Typ für tiefergehende Gefühle war. Dieses Mal aber hatte sie wohl falschgelegen. Die Nacht war unglaublich gewesen. In dem Augenblick, in dem sie sich ihm geöffnet hatte, schien sie wie befreit. Er hatte es geschafft, ihre meterhohen Mauern zu durchbrechen und sie dazu zu bringen, sich endlich einmal fallen zu lassen. Aber vielleicht hätte sie sich weiterhin einreden können, dass es rein körperlich war, bis zu diesem verhängnisvollen Kuss. Er hatte sie mit solch einer Tiefe, mit so viel Gefühl geküsst, dass sie gar nicht anders konnte, als ebenfalls ihr Herz in diese nicht enden wollende Berührung zu legen.

Von diesem Moment an wusste sie, dass sie sich etwas vorgemacht hatte. Dass sie nicht gekommen war, um ihn mit bedeutungslosem Sex aus ihren Gedanken zu vertreiben, sondern dass sie tief in einem verborgenen Winkel nie aufgehört hatte zu hoffen, dass sogar sie einmal der Liebe begegnen würde.

Er hatte sich durch nichts in die Flucht schlagen lassen, weder durch ihre schroffe Art noch durch ihre Vorurteile oder kleinen Gemeinheiten.

Im Gegenteil, er hatte ihr Kontra gegeben, hatte mit seiner ruhigen Beständigkeit immer mehr Boden erobert, bis sie es am Ende war, die das Gefühl hatte, auf Treibsand zu stehen.

Diese Unsicherheit traf sie jetzt im hellen Licht des Morgens mit voller Wucht. Sie schob sich vorsichtig aus seiner Umarmung, den Blick dabei auf seine entspannten Züge geheftet.

»Du beobachtest mich«, sagte er plötzlich leise und schielte mit einem Auge in ihre Richtung.

»Schuldig« gestand sie ertappt, während sie sich weiter bemühte, Abstand zwischen sich und seinen schlafwarmen Körper zu bekommen.

Ben gähnte herzhaft und versuchte, sie sanft wieder an sich zu ziehen, doch Carole war schon zum Bettende gerutscht. Resolut schob sie seine Hand zurück. »Ich sollte besser gehen.«

Er sah sie prüfend an, schwieg aber.

»Wir sollten das hier nicht an die große Glocke hängen«, führte sie aus und angelte schon nach ihrem achtlos entsorgten Hoodie. Doch noch bevor sie den Stoff über den Kopf ziehen konnte, war er hinter sie gerückt, hatte seine Arme um sie geschlungen und begonnen, kleine Küsse auf ihren Nacken regnen zu lassen, sodass ihr Puls sich unter seinen kundigen Lippen beschleunigte.

»Du denkst schon wieder zu viel«, flüsterte er dicht an ihrem Ohr, und der Hoodie fiel unbeachtet zu Boden.

Isabelle wäre die Veränderung auch aufgefallen, wenn sie Carole nicht irgendwann mit zerzaustem Haar und rot glühenden Wangen aus Bens Zimmer hätte schlüpfen sehen. Wenngleich sich die beiden Mühe gaben, es vor ihr zu verheimlichen.

Carole war sogar eine gute Viertelstunde nach Ben am Frühstückstisch erschienen und vermied es, ihn allzu offen anzusehen. Doch immer wenn sie glaubte, Isabelle sei abgelenkt, schenkte sie ihm ein kleines, geheimnisvolles Lächeln, das ihr Gesicht von hübsch zu wunderschön transformierte. Ben studierte dafür sehr eingehend die Speisekarte, wobei auch er jede Chance nutzte, Carole heimliche Blicke zuzuwerfen.

Hätte sie sich an diesem Morgen nicht so mut- und kraftlos gefühlt, Isabelle wäre euphorisch gewesen. Sie hatte so ein Bauchgefühl gehabt bei den beiden Streithähnen, und es hatte sie nicht getäuscht. Es würde ihr unendlich viel bedeuten zu wissen, dass Carole glücklich wäre. Dann könnte sie beruhigter gehen.

Ben hatte ihr schon vor dem Frühstück eine Dosis Schmerzmittel verabreicht, die ihr heute aber keine Erleichterung bringen wollte. Ihr Körper schien ihr gerade gänzlich den Dienst verweigern zu wollen, obwohl es noch so viel zu tun gab.

»Wäre es nicht schön, wenn ihr beiden den Tag in dieser hübschen Stadt verbringt? Was meint ihr?«, sagte sie irgendwann eine Spur zu fröhlich.

Misstrauisch blickte Carole auf und studierte ihr Gesicht. »Und was sind deine Pläne?«, fragte sie.

»Ich will ein bisschen Wellness hier im Hotel machen«, log sie.

Nun sah auch Ben sie aus zusammengekniffenen Augen an. »Isabelle, alles in Ordnung?«, erkundigte er sich leise, wobei er sich zu ihr beugte, damit seine Worte nicht bis zu Carole drangen.

»Ich kann heute einfach nicht«, erwiderte sie ebenso im Flüsterton, und er nickte verständig.

Kapitel 20

Carole beobachtete, wie Ben ihrer Mutter aufhalf, wie er ihr genau die Balance bot zwischen Unterstützung und Selbstbestimmung, und sie bewunderte ihn einmal mehr für diese Einfühlsamkeit. Die beiden verschwanden Richtung Fahrstuhl, und Carole seufzte leise, weil sie wie immer zurückblieb. Sie war versucht, ihre Mutter auf die Krankheit anzusprechen, sich gewaltsam Einlass zu deren Geheimnissen zu verschaffen. Doch dann wiederum hoffte sie, dass Isabelle von selbst auf sie zukäme, um es ihr zu sagen. Ihr endlich die Hand reichen und Hilfe annehmen würde. Sture, stolze Frau, schalt sie sie gedanklich, wobei sie lächeln musste.

Die Wut auf ihre Mutter war in dem Moment verraucht, als Ben ihr sagte, dass sie nur noch wenig Zeit miteinander haben würden. Carole wollte unbedingt den Graben überbrücken, der seit jeher zwischen ihnen zu klaffen schien. Dabei war ihre komplizierte Beziehung nicht der eigentliche Grund für diese Distanz, das spürte Carole. Es gab etwas im Leben ihrer Mutter, das so viel Raum einnahm, dass für sie und Papa kein Platz mehr war. Und auf dieses Etwas war sie lange Jahre eifersüchtig gewesen, nicht nur das: Sie hatte das Versagen insgeheim bei sich selbst gesucht. Sich nicht liebenswert gefunden. *Ich reiche ihr nicht, um glücklich zu sein,* hatte ihr kindliches Ich stets geflüstert. Es hatte den Boden bereitet für ein Leben, in dem Liebe zuzulassen hieße, sich verletzlich zu machen. Dass sich auch andere Menschen von ihr abwenden würden, weil sie einfach nicht genug war. Das Vertrauen in sich und andere hatte sie nie gefunden, bis heute nicht.

»Hey«, sagte Ben da hinter ihr, und seine warme Stimme kitzelte in ihrem Bauch. Carole wurde bewusst, dass sie ihr Visier in mehr als einer Hinsicht gerade sperrangelweit offen trug, doch es fühlte sich zu gut an, um es wieder herunterzuklappen.

»Hey«, antwortete sie ebenfalls und wandte sich mit einem kleinen Lächeln zu ihm um.

Er zog sie auf die Füße, presste ihr einen aufmunternden Kuss auf die Lippen und stupste sie mit der Nase an. »Was hältst du davon, wenn wir die Suche nach Mr. X ohne sie fortsetzen. Vielleicht können wir deine Mutter mit einem besonderen Gast zum Abendessen überraschen.«

»Denkst du nicht, dass es verrückt klingt, wenn wir einem alten Mann erzählen, dass wir im Namen seiner Jugendliebe hier aufgekreuzt sind?«, fragte sie zweifelnd.

Ben schüttelte lächelnd den Kopf. »Auch nicht verrückter, als wenn Isabelle es ihm selbst sagen würde. Also lass uns sehen, ob wir sie glücklich machen können.«

Noch ehe Carole es sich anders überlegen konnte, hatte Ben sie hinter sich aus dem Hotel gezogen. Zum Glück hatte sie einen warmen Sweater an, denn der Morgen war ungewöhnlich kühl für September, und sie fröstelte.

Ben, der neben ihr ging, sah sie einen Augenblick an, bevor er seine Lederjacke öffnete und einen Arm hob, um sie in seine Wärme einzuladen. Carole holte tief Luft und ließ sich dann in seine Umarmung wickeln. Wieder ein Meilenstein für sie, wenngleich ihm das vielleicht auch nicht klar war. Es war eine Sache, in der Anonymität der Nacht Nähe zuzulassen, doch eine völlig andere, es in aller Öffentlichkeit zu tun. Sie kam sich linkisch und unbeholfen vor, wie sie sich bemühte, im Gleichklang mit seinen ausholenden Schritten zu gehen.

»Nicht nachdenken«, flüsterte er da und küsste ihren Scheitel. Carole holte tief Luft und versuchte, alle anderen Gedanken beiseitezuschieben. Er hatte recht. Heute ging es um Isabelle, sie wollte ihr so gern diese Freude machen. Jedoch wurde ihre neu gewonnene Zuversicht rasch enttäuscht, denn abermals öffnete ihnen niemand bei Haus 324.

»Vielleicht wohnt der gar nicht mehr hier?«, sagte Carole verdrossen, doch so schnell war Ben nicht bereit aufzugeben.

»Wir versuchen es wieder, in der Zwischenzeit können wir ja etwas auf Isabelles Spuren wandeln«, schlug er vor.

»Was meinst du?«, fragte Carole.

»Sie hat mir ein bisschen was von ihrem Leben erzählt, von der Zeit, bevor sie nach dem Krieg nach Deutschland kam. Ich hab mir einen Stadtplan besorgt und ein paar Punkte markiert. Na, was meinst du?«

Er sah sie erwartungsvoll an, aber Carole musste erst hart schlucken. Wieder einmal hatte Isabelle ihn ins Vertrauen gezogen und sie nicht. Die alte Wut drohte, ihr den

Tag zu vergiften, doch verpuffte, als er sie schnell an sich zog, um ihr einen sanften Kuss auf die zu einer schmalen Linie verzogenen Lippen zu pressen.

»Sei ihr nicht böse, dass sie es mir und nicht dir selbst gesagt hat. Sie benutzt mich einfach als Brücke, weil sie immer noch Angst hat, dass du sie zurückweist.«

»Hast du auch ein paar Semester Psychologie studiert, Freud?«, versuchte sich Carole in einem Scherz. Doch seine Art, sich in andere einzufühlen und mit detektivischem Spürsinn die wunden Punkte offenzulegen, rang ihr Bewunderung ab und berührte wieder einmal ihr Herz, das sich schon ganz rau anfühlte, so oft wie es in den letzten Tagen ins Spiel gekommen war.

Das Quai des Bateliers lag im Quartier Krutenau und reichte vom Quai Saint-Nicolas bis zum Quai des Pécheurs. Ganz in der Nähe lag Petite France, das ehemalige Gerberviertel, wo sich früher Seeleute, Prostituierte und Räuber in den nach Tierhäuten stinkenden Gassen herumgetrieben hatten. Heute war der pittoreske Stadtteil nahe der Ill vor allem bei Touristen und Nachtschwärmern beliebt. Carole und Ben schlenderten entlang der kleinen Läden, in denen typisch elsässische Souvenirs wie Postkarten, Gugelhupfformen und Klapperstörche feilgeboten wurden. Es duftete nach Gebäck und Schokolade, und vom Wasser her vermischte sich die Süße mit dem salzigen Geruch von Fisch und Algen.

»Isabelle hat hier eine Zeit lang mit den Ozaneauxs gelebt«, sagte er und deutete auf eine Reihe Häuser. Carole runzelte die Stirn. Sie versuchte, sich ihre Mutter hier als kleines Mädchen vorzustellen, doch das Bild blieb blass, sie besaß zu wenig Informationen. Ben hatte ihr Stirnrunzeln richtig gedeutet und begann, das bisschen, das Isabelle ihm wohl erzählt hatte, zusammenzufassen.

»Die Frau, die sie aus dem Krankenhaus mitnahm, hieß Sabine Ozaneaux. Sie wohnte dort mit ihrem Mann Albert und ihren Eltern Jeanne und Robert, der früher Seemann war, aber bei einem Schiffsunglück beide Beine verlor. Sie hatten noch eine jüngere Tochter, Agathe, die nach dem Krieg in einer Einrichtung für psychisch Kranke starb, und eine ältere Tochter, Gertrude, die irgendwo in der Provence lebte. Und jetzt aufgepasst – es gab außerdem noch Sabines Sohn Philippe, der vier Jahre älter war als Isabelle«, erläuterte er.

Carole sah ihn überrascht an. »Der Philippe?«, fragte sie ungläubig.

»Ich gehe davon aus«, sagte Ben, der weiter zu berichten wusste, dass Isabelle ihre Mutter nie kennengelernt hatte, dass die Familie Ozaneaux sie wie ihre Tochter aufzog und dass ihr Vater Werner sie erst etliche Jahre nach dem Krieg über das Rote Kreuz ausfindig machen konnte und sie dann zu sich holte.

»Es gibt so vieles, das ich nicht von ihr weiß«, sagte Carole und versuchte, die Verbitterung aus ihrer Stimme zu halten. An der Rue de Montagne blieben sie vor einer mit Efeu umrankten Stadtvilla stehen.

Ben studierte den Stadtplan und nickte. »Hier war die Wohnung, in der sie ihre ersten Jahre verbracht hat. Das Haus wurde im Bombenhagel der Alliierten 1944 zerstört, der Großvater kam dabei ums Leben«, dozierte er wie ein versierter Stadtführer.

Carole blickte sich um. Es war ein schönes Viertel, alt und gewachsen. Die meisten Häuser hier waren wohl verschont geblieben, es gab viele windschiefe, anheimelnd aussehende Fachwerkbauten, daneben große Villen und geschmackvoll in die Baulücken eingefügte Mehrfamilienhäuser. Und durch all das floss die Ill träge dahin. Sie ließen Petite France hinter sich und bummelten am Wasser entlang. Ein voll besetztes Ausflugsboot passierte sie, und ein paar Kinder winkten. Carole musste lächeln, als Ben zurückwinkte. Straßburg hatte eine einzigartige Atmosphäre mit seinem Mix aus Alt und Neu, mit den malerischen Brücken, winzigen Gassen und schönen Häusern. Die Stadt schien das Beste aus ihrem deutsch-französischen Erbe gemacht zu haben.

Weil es wärmer geworden war, hatte Ben die Jacke ausgezogen und trug sie nun unter dem Arm. Carole vergrub die Hände in den Taschen ihres Sweaters und ging ein Stück neben ihm her, bis sie seine Finger spürte, die fragend über den Sweatstoff fuhren. Nach einigen Momenten holte sie die Hand hervor und ließ sie neben seiner baumeln, bis seine Finger sich vorsichtig mit ihren verschränkten. Carole konnte sich nicht daran erinnern, jemals mit einem ihrer wenigen Freunde Händchen gehalten zu haben. Es war eine simple Geste, sicher bedeutungsloser als die vergangene Nacht, und doch breitete sich eine ungewohnte Wärme in ihrem Bauch aus, über die sie im Moment nicht näher nachdenken wollte.

Sie kauften sich ein Eis und tranken später etwas in einem kleinen Bistro, bevor sie sich wieder zu Philippes Wohnung aufmachten. Auch dieses Mal ohne Erfolg.

»Wir können nicht ewig hier herumlungern. Vielleicht ist er verreist oder lebt mittlerweile im Altenheim, und es hat nur noch niemand den Namen an der Klingel ausgewechselt«, sagte Carole missmutig und wollte Ben schon fortziehen. Doch der blieb stehen, während sein Blick über die vielen Namensschilder huschte. Dann begann er, den untersten Knopf zu drücken. Er klingelte zwei-, dreimal, wieder geschah nichts. So arbeitete Ben sich durch vier Schellen, bis die Stimme einer jungen Frau ungeduldig aus der Gegensprechanlage drang.

»Oui?«

»Entschuldigen Sie, aber wir sind auf der Suche nach Monsieur Ozaneaux«, sagte er in passablem Französisch.

»Der ist nicht hier. Im Herbst ist er meist auf seinem Weingut«, entgegnete die Frau und wollte schon auflegen, als Ben sie mit einem verzweifelten »Attendez un moment!« aufhielt.

»Wo ist dieses Weingut?«, fragte er aufgeregt, doch die Frau schwieg.

Carole glaubte fast, dass die Nachbarin es leid war, Fremden Auskunft zu geben, da ertönte allerdings ihre blechern klingende Stimme noch einmal. »Irgendwo im Roussillon, aber fragen Sie mich nicht, wo genau.«

Carole war enttäuscht. Insgeheim hatte sie gehofft, Isabelle am Abend eine Freude machen zu können. Sie hätte sogar ihre kindliche Animosität über Bord geworfen, um den Mann, den ihre Mutter wohl ihr ganzes Leben lang liebte, kennenzulernen. Der Gedanke schmeckte zwar ein wenig nach Verrat an ihrem Papa, aber es ging hier nicht um ihn und dieses Mal auch nicht um sie.

Umso enttäuschter war sie nun über den Ausgang ihrer Suche.

»Es ist zwecklos, wie sollen wir einen alten Herrn auf irgendeinem Weingut ausfindig machen? Das ist ja, als würden wir nach der sprichwörtlichen Nadel im Heuhaufen suchen.« Entmutigt trat sie mit dem Schuh nach einem kleinen Stein, der an der gegenüberliegenden Hauswand abprallte.

Ben griff in Gedanken versunken wieder nach ihrer Hand, was sich schon so erschreckend vertraut anfühlte, dass Carole kurz schlucken musste.

»Lass uns zum Hotel zurückkehren. Wir sollten nach ihr sehen«, meinte er.

Sie nickte, während er den Rückweg einschlug, den sie beide in einvernehmlichem Schweigen verbrachten. Carole fragte sich, ob Ben auch das Gefühl hatte, dass sie sich gerade in einer Art Blase bewegten, die außerhalb von Zeit und Raum schwebte.

Die Möglichkeit, dass diese Reise zu nichts führen würde und sie wieder in ihre jeweiligen Leben zurückkehren mussten, machte ihr plötzlich klar, dass diese Blase damit im Begriff war zu platzen. Automatisch zog sie ihre Hand aus seiner und vergrub sie tief in den Taschen ihres Sweaters. Ben sah sie zwar kurz mit gerunzelter Stirn an, kommentierte ihren Rückzug aber nicht.

Am Hotel angekommen teilten sie sich noch eine Zigarette, bevor sie durch das weitläufige Foyer zu den Fahrstühlen strebten, die sie nach oben fuhren, wo sie Isabelle die schlechten Neuigkeiten überbringen würden.

Eine ganze Zeit lang sagte ihre Mutter nichts. Sie saß in einem Sessel und trug einen übergroßen Hotelbademantel, in dem sie fast versank. Dann sah sie zwischen Ben und Carole aufgeregt hin und her.

»Wisst ihr, was das heißt?«

Beide schüttelten den Kopf.

»Das heißt, dass wir morgen abreisen.«

Carole warf Ben einen fragenden Blick zu, doch der zuckte ebenfalls ratlos mit den Schultern.

»Willst du nach Hause?«, fragte sie vorsichtig, und ihre Mutter nickte vergnügt.

»Ganz richtig. Ich will nach Hause. Wir fahren morgen in die Provence, genauer nach Gordes. Das ist bei Roussillon. Dort haben wir gelebt, bis ich etwa zwölf war. Er muss da sein, ich bin sicher, dass das Gut von Tante Gerte in der Familie geblieben ist.«

Colmar, 1958

»Philippe, das Gemüse«, donnerte Thomas, der Beikoch. Erschrocken fuhr Philippe aus seinen Gedanken und riss die Pfanne vom Herd, bevor der Rosenkohl noch schwärzer wurde.

»Tut mir leid«, sagte er entschuldigend und starrte auf das Malheur.

»Ich weiß nicht, was mit dir los ist in letzter Zeit, Junge. Du warst einer der Besten, aber jetzt kann ich dich zu nichts mehr gebrauchen. Immer bist du in Gedanken. Reiß dich endlich zusammen, sonst war es das für dich.« Wütend nahm Thomas ihm die Pfanne aus der Hand und ließ das verbrannte Gemüse in den Mülleimer gleiten.

»Vite, fang noch mal an«, befahl er dann, als Philippe immer noch unschlüssig neben ihm stehen blieb.

Er nickte und nahm sich zum x-ten Mal vor, sich mehr zu konzentrieren. Doch als er den frischen Rosenkohl von Strunk und groben Blättern befreite, wanderten seine Gedanken wie von selbst wieder zu Isabelle. Er wurde fast verrückt vor Sorge. Irgendetwas sagte ihm, dass es ihr nicht gut ging. Seit drei Monaten hatte er kein Wort von ihr gehört. Seine Briefe waren unbeantwortet geblieben, und die zwei Versuche, sie per Telefon zu erreichen, scheiterten daran, dass das Hausmädchen ihm mitteilte, seine Anrufe seien nicht erwünscht.

»Philippe«, hörte er da die mahnende Stimme von Thomas und riss sich für den Rest des Tages zusammen. Doch als er am Abend müde und mit dicken Füßen in sein Bett fiel, kreisten seine Gedanken wieder nur um sie.

»Hey, Philippe, die anderen gehen noch rüber zu Luis auf ein Bier, kommst du mit?«, fragte Thierry, mit dem er sich ein Zimmer unter dem Dach des Hotels teilte, wo alle Angestellten untergebracht waren, die nicht die Möglichkeit hatten, am Abend nach Hause zurückzukehren.

Abwesend schüttelte er den Kopf, aber Thierry ließ sich nicht so schnell abschütteln. Er hockte sich neben Philippes Bett und klopfte ihm freundschaftlich auf die Schulter. »Nun komm schon, du kannst doch nicht ewig dieser Kleinen nachtrauern. Es gibt auch noch andere Mütter mit hübschen Töchtern«, sagte er fröhlich.

»Du kapierst es nicht, oder? Hier geht es nicht um irgendein Mädchen, mit dem ich mal was hatte. Isabelle ist meine große Liebe, ich will sie heiraten, doch ihr Vater ist dagegen.

Er schottet sie vor mir ab, ich bin verzweifelt, Thierry, ich muss sie hören. Ich muss wissen, dass es ihr gut geht.«

Er hatte sich aufgesetzt und den armen Thierry bei seinen Worten am Kragen gepackt und geschüttelt, sodass dieser sich mit finsterer Miene aus seinem Griff befreite und Abstand zwischen sie beide brachte.

»Dir ist nicht zu helfen, Ozaneaux. Dann suhl dich in deinem Elend, wir gehen jetzt und haben Spaß. Aber lass dir gesagt sein, dass Thomas dich auf dem Kieker hat. Du machst zu viele Fehler in letzter Zeit«, mahnte er.

Doch Philippe hatte sich schon wieder auf das Bett zurückfallen lassen und starrte finster die Decke an. Thierry knallte die Tür zu, als er das Zimmer verließ, und Philippe atmete erleichtert auf. Nicht dass er den Bretonen nicht gemocht hätte, er war ein gutmütiger Kerl, aber Philippe ertrug Gesellschaft gerade nicht.

Er wollte allein sein, nachdenken. Es musste doch irgendetwas geben, was er tun, irgendeinen Weg, auf dem er Kontakt mit ihr aufnehmen konnte. Unruhig tigerte er in der engen Dachkammer auf und ab. Weil ihm nichts einfiel, hockte er sich irgendwann nachdenklich an den kleinen Schreibtisch, der ihre Betten trennte, und schrieb einen weiteren Brief, der, da war er sicher, wie seine Vorgänger ebenfalls nicht bei seinem Ziel ankommen würde. Denn nur so konnte er sich ihr beharrliches Schweigen erklären. Bestimmt hatte ihr Vater dafür gesorgt, dass seine Post nicht bis in Isabelles Hände gelangte. Er hatte an seinem freien Wochenende versucht, mit Sabine und Albert darüber zu reden, aber die beiden hatten sich nur angesehen und ihm dann geraten, es doch endlich gut sein zu lassen.

»Eure Liebe hat keine Zukunft, Junge. Die Mächte, die euch entgegenstehen, sind zu gewaltig«, hatte sein Vater ihm abends ins Ohr geflüstert und ihm mitleidig die Wange getätschelt, bevor er sich einen Wein eingoss. Doch Philippe würde das so nicht hinnehmen, niemals. Sein Herz hatte schon immer Isabelle gehört, und er würde nicht müde werden, um sie zu kämpfen. Das schrieb er ihr auch in seinem Brief, den er zuklebte und am frühen Morgen zur Post brachte.

Ein paar Tage später stand er in der Küche des Hotels und schnitt Zwiebeln, als Thomas ihn rief. »Hey, Junge, Telefon für dich.«

Philippes Herz begann zu rasen. Er bekam nie Anrufe, es musste also etwas passiert sein. Er betete, dass mit seinen Eltern alles gut wäre, und die Sorge um die beiden ließ ihn vergessen, dass es auch noch weitere Menschen gab, die wussten, wo sie ihn im Notfall erreichen konnten. Wohl deshalb keuchte er überrascht, als er am anderen Ende ihre aufgeregte Stimme hörte.

»Philippe, mon amour, ich bin's«, flüsterte sie hektisch, und die Erleichterung darüber, endlich mit ihr sprechen zu können, verursachte ihm weiche Knie.

»Isabelle, Gott sei Dank, ich habe dich so vermisst, ich war halb wahnsinnig vor Sorge. Du hast nie auf meine vielen Briefe geantwortet, und man wollte mich am Telefon nicht zu dir durchstellen«, sagte er und bemühte sich, trotz seiner Aufregung, langsam zu sprechen, weil die Leitung ohnehin schlecht war und es zwischen seinen Worten knackte und rauschte.

»Ich habe keine Briefe bekommen, aber du hast dann

meine wohl auch nicht erhalten«, stellte sie resigniert fest.

»Nicht einen«, sagte er betroffen.

»O Philippe, sie halten mich wie eine Gefangene. Ich muss dir so viel sagen, aber weiß kaum, wo ich beginnen soll.«

Er hörte, wie sie mit den Tränen kämpfte.

»Kannst du sprechen?«, fragte er, weil er das Gefühl hatte, die Zeit drängte sie.

»Nicht lange, es war pures Glück, dass ich überhaupt heute aus dem Zimmer gekommen bin, weil Grete eben wegen Papas Soiree am Abend so viel um die Ohren hatte, dass sie glatt vergessen hat abzuschließen.«

»Sie schließen dich ein?«, fragte er ungläubig und spürte, wie Wut in ihm hochstieg.

»Philippe, ich muss es dir jetzt sagen, ich weiß nicht, wie lange ich noch telefonieren kann. Ich bin schwanger, Liebster. Unser Zusammensein ist nicht ohne Folgen geblieben.«

Er holte zittrig Luft und ließ sich gegen die Wand fallen, an der der Fernsprecher montiert war. Alles drehte sich um ihn herum. Glück und Angst hielten sich die Waage. Als er schwieg, hörte er sie kurz schluchzen.

»Du freust dich nicht«, stellte sie mit tränenerstickter Stimme fest.

»Isabelle, wie kannst du das sagen? Es macht unsere Situation eben etwas komplizierter, wir können nicht warten und planen. Klar ist, dass wir jetzt heiraten werden. Keinen Tag länger werde ich ausharren«, erklärte er entschieden.

»Das ist das Problem«, flüsterte sie nun. »Papa weiß es, und er zwingt mich, das Kind wegmachen zu lassen. Am Dienstag ist der Termin. Sie schließen mich ein bis dahin, damit ich keine *Dummheiten* mache, wie Ingrid es sagt.«

Panik erfasste ihn. Er atmete mehrmals ein und aus, um einen klaren Gedanken fassen zu können, doch bevor er etwas erwidern konnte, hörte er eine Frauenstimme.

»Fräulein Isabelle, um Himmels willen, ab auf Ihr Zimmer, wenn das der Herr Papa erfährt, gibt es für uns beide ein Donnerwetter!«

»Ja, Grete.«

»Sie haben doch nicht telefoniert, oder? Das müsste ich den Herrschaften berichten, auch wenn es meinen Kopf ebenso kosten könnte«, sagte die Haushälterin.

Dann war die Leitung tot.

»Isabelle?«, schrie er und rüttelte ungehalten an der Gabel, doch es ertönte nur noch ein Besetztzeichen. Er warf den Hörer auf, ließ sich an der Wand hinabgleiten und raufte sich verzweifelt die Haare.

»O mein Gott, o mein Gott«, stöhnte er nur immer wieder, wobei er sich vor und zurück wiegte wie als Kind, wenn er so die Angst vor einem schweren Gewitter vertreiben wollte.

»Philippe, was ist los?« Thierry hatte ihn gehört und hockte nun mit besorgtem Gesicht vor ihm.

»Ich muss nach Deutschland, Thierry, ich muss sie holen. Sie wollen unser Baby töten.«

Thierry sagte etwas, doch Philippe hatte das Gefühl, unter Wasser zu sein. Er stieß den Freund zur Seite, rappelte sich auf und strebte zu seinem Zimmer, wo er unter einem losen Brett sein Erspartes aufbewahrte. Dann nahm er eine kleine Reisetasche und warf wahllos Dinge hinein.

»Was denkst du, tust du da, Junge?«

Thomas' dunkle Stimme ließ ihn zusammenfahren, doch er drehte sich nicht zu seinem Chef herum. Stattdessen legte er als letzte Tat ein Foto von Isabelle oben auf seine Kleidung, bevor er die Schnallen der Tasche zuklappen ließ.

Als er sich herumdrehte, hatte sich Thomas mit verschränkten Armen vor ihm aufgebaut und blockierte so die Tür. »Wenn du jetzt gehst, war es das für dich, Philippe. Ich habe dir lange genug den Rücken frei gehalten, deine Fehler gedeckt und deine Unaufmerksamkeit vertuscht. Wir brauchen jeden Mann für das große Bankett. Also pack dein Zeug aus und mach, dass du in deine Arbeitskleidung kommst.«

Philippe blieb vor Thomas stehen, seine schweißnassen Hände umklammerten den Griff seiner Tasche. »Es tut mir leid, Thomas. Ich danke dir für alles, aber ich kann nicht bleiben.«

Mit diesen Worten drängte er den anderen zur Seite und stürmte aus dem Zimmer.

»Du ruinierst deine Zukunft«, brüllte Thomas ihm hinterher. »Kein gutes Haus wird dich mehr nehmen, wenn sich das herumspricht.«

»Und wenn schon«, rief Philippe, während er eilig die Treppe hinunterstürmte. Es gab Wichtigeres als seine Ausbildung, es ging um jede Minute. Würde er Isabelle verlieren, würden sie das Kind verlieren, sein Leben wäre ohnehin vorbei.

Philippe rannte zur Haltestelle, wo er ungeduldig wartete, bis endlich ein Bus vorbeikam, der ihn nach Straßburg brachte. Dort löste er am Bahnhof ein Ticket nach Frankfurt. Es war Sonntagabend, als er den Zug bestieg. Noch hatte er Zeit, bis Dienstagmorgen waren es etwas mehr als sechsunddreißig Stunden.

Er durfte nicht versagen, er musste rechtzeitig da sein, um sie zu retten. Mit diesem Gedanken ließ er sich auf das abgenutzte Leder einer Zweite-Klasse-Sitzbank fallen und starrte aus dem Fenster in die vorbeifliegende Nacht, wobei er versuchte, die dunkle Vorahnung, die ihn erfassen wollte, fortzudrängen und sich im Licht einer falschen Hoffnung zu sonnen.

Kapitel 21

Als Isabelle sich später am Abend schlafen gelegt hatte, kam Carole wieder zu Ben ins Zimmer. Sie nahm an, dass er sie erwartet hatte, denn auf dem Bett lag eine Serviette ausgebreitet und darauf standen zwei Zahnputzbecher und zwei kleine Flaschen Rotwein aus der Minibar.

»Ein Romantiker«, kommentierte Carole, doch insgeheim freute sie sich über die kleine Geste. Sie setzten sich auf dem breiten Bett im Schneidersitz gegenüber und prosteten sich zu.

»Erzähl mir etwas von dir, etwas, was sonst niemand weiß«, forderte Carole ihn heraus. Ben kratzte sich am Kopf und betrachtete sie dann eine Zeit lang, bis ihm etwas einfiel.

»Mit sechzehn war ich unsterblich in Kylie Minogue verliebt«, gestand er, und sie musste lachen. »Und ich habe im Kino bei Titanic geweint, als Jack unterging«, fügte er an.

»Oje, ein Weichei mit schlechtem Musikgeschmack«, bemerkte Carole, die ihre Augen fröhlich über sein Gesicht tanzen ließ.

Er grinste und schien ihr die Bemerkung nicht übel zu nehmen.

»Damit muss ich leben«, sagte er und prostete ihr erneut zu.

Sie betrachtete ihn eingehender. Seine Augen waren so dunkelblau, dass sie von Weitem fast schwarz wirkten. Er hatte Wimpern, um die manche Frau ihn beneidet hätte. Sein blondes Haar trug er immer noch kurz, jedoch hatte es mittlerweile genug Länge, um ihm meist wild vom Kopf abzustehen, was sie reizte, hineinzugreifen und es zu bändigen. Sein Kinn war markant, mit einem kleinen Grübchen, und sein Körper muskulös und durchtrainiert. Sie hatte ihn von Beginn an trotz ihrer Animositäten insgeheim ganz ansehnlich gefunden. Doch jetzt, gerade in diesem Augenblick, schien er ihr der attraktivste Mann zu sein, dem sie jemals gegenübergesessen hatte.

Carole war kein impulsiver Mensch, aber der Drang, ihn zu berühren, zu schmecken, zu fühlen, war übermächtig, weshalb sie sich nach vorne beugte, um sich einen Kuss zu stehlen.

Was war das nur mit ihm, dass seine Küsse sie alles um sich herum vergessen ließen? Dass sie nicht genug bekommen konnte? Mit Ben war es ein bisschen wie damals mit dem Achterbahnfahren. Carole hatte sich insgeheim immer gewünscht, auf einer Achterbahn zu fahren, aber jedes Jahr auf der Kirmes verließ sie der Mut. Es schien ihr zu schnell, zu unberechenbar, und sie bekam Angst, dass sie sich verletzen würde, wenn sie einstieg, weshalb sie um die rasanten Fahrgeschäfte stets einen großen Bogen machte.

Erst auf dieser denkwürdigen Reise ins Fantasialand hatte sie sich überwunden. Als die Wagen losruckelten, wäre sie am liebsten abgesprungen, doch es gab kein Entrinnen mehr, weshalb sie sich festklammerte und es geschehen ließ. Etwa auf der Hälfte der Bahn begann ihr die Fahrt Spaß zu machen, und am Ende rannte sie zurück zu der langen Schlange, um sich erneut anzustellen. Sie hatte nicht mehr genug von diesem berauschenden, unglaublichen Gefühl kriegen können – wie jetzt auch.

Carole konnte es selbst kaum fassen, aber so wie es aussah, war Ben ihre ganz persönliche Achterbahn und sie auf dem besten Weg, ihr Herz bei dieser verrückten Fahrt zu verlieren.

Sie erwachte wieder in seinen Armen, sein nackter Körper lag hinter ihr und wärmte ihren Rücken. Sein Arm lag besitzergreifend über ihrer Brust, und sein gleichmäßiger Atem verfing sich in ihrem Nacken. Wenn ihre Freundin Sanne ihr früher darüber berichtet hatte, wie schön es war, mit Rainer aufzuwachen, hatte Carole nur unbeteiligt mit den Schultern gezuckt. Sie hatte nie einen Mann kennengelernt, der auch nur ansatzweise das Bedürfnis in ihr geweckt hätte, sich so halten zu lassen. Doch nun musste sie zugeben, dass sie das Gefühl, sicher und beschützt in seinen Armen zu liegen, genoss.

Weil sie ihre Blase spürte, pflückte sie vorsichtig seine große Hand von ihrem Brustkorb, schob sein Bein weg und pellte sich, wenn auch widerwillig, aus der Wärme, die er und das Bett versprachen. Im Schlaf drehte er sich zur Seite und nahm ihr Kissen mit, das er nun an ihrer Stelle umarmte. Sie lächelte.

Auf Zehenspitzen schlich Carole in das kleine Bad und erleichterte sich. Weil es erst kurz nach sechs war, wollte sie wieder zu ihm klettern und noch einmal in diesem wohligen Gefühl baden, von ihm gehalten zu werden, als ihr Blick auf das Handy fiel, das er am Waschbeckenrand hatte liegen lassen.

Isabelle hatte es ihm bei der Ankunft in Straßburg gekauft. Er hatte das teure Geschenk ausschlagen wollen, hatte darauf beharrt, dass er bislang auch ganz gut ohne Smartphone ausgekommen sei. Doch ihre Mutter konnte sehr überzeugend sein, wenn sie etwas wollte. Sie hatte darauf hingewiesen, wie elementar es sein konnte, ihn auch kurzfristig erreichen zu können. Also hatte er das Telefon am Ende widerwillig angenommen.

Das Display leuchtete gerade auf und zeigte den Erhalt einer Nachricht. Carole hasste sich dafür, doch die Neugier war größer, und so langte sie nach dem Gerät, das er nicht einmal mit einem Code gesichert hatte.

»Hey Bennibär, schön, dass du dir endlich ein Telefon zugelegt hast. Jetzt kann ich dich jederzeit erreichen. Wann bist du wieder im Lande? Ich vermiss dich schrecklich. Meld dich schnell, HDGDL, Tini«

Die Nachricht war mit ein paar Herzchen geschmückt. Carole legte das Handy weg und starrte es an wie ein gefährliches Tier. Wie dämlich sie doch war, dumm und naiv. Sie hätte auf ihre innere Stimme hören sollen, statt sich Hals über Kopf in diese verrückte Geschichte zu stürzen.

Sie kannte Ben Bäcker ja gar nicht, wusste nichts über ihn, und wie sich gerade herausstellte, hatte er wohl ein ganzes Leben außerhalb dieser Blase, in der sie sich die vergangenen Tage bewegt hatten.

»Blöde Kuh«, flüsterte sie sich selbst nun im Spiegel zu. Hatte sie ernsthaft geglaubt, sich verlieben zu können, ernsthaft erwartet, hier auf dieser irren Reise den Mann fürs Leben gefunden zu haben?

Sofort verschloss sich ihr Herz aufs Neue, doch der Schaden war schon angerichtet. Es tat höllisch weh, und das altbekannte Gefühl, wieder einmal nicht gut genug zu sein, Vertrauen geschenkt zu haben und enttäuscht zu werden, ließ sie ihre Mauern hochfahren. Dieses Mal jedoch doppelt so dick und undurchdringlich. Sie sammelte leise ihre Kleidung vom Boden auf und verschwand mit einem letzten wütenden Blick auf seine schlafende Silhouette aus dem Zimmer.

Als sie in ihrem eigenen kalten Bett lag und sich verbot, auch nur eine Träne seinetwegen zu vergießen, fiel ihr wieder ein, weshalb sie am Ende doch nie mehr Achterbahn gefahren war – ihr war speiübel geworden, und sie hatte sich eine ganze Autofahrt lang die Seele aus dem Leib gespuckt.

Als Ben erwachte, bemerkte er als Erstes, dass ihr Duft verblasst war. Er tastete auf die andere Seite des Bettes, die sich leer und kalt anfühlte. Dann öffnete er die Augen und suchte den Raum nach ihr ab, aber sie war fort.

Er stand auf, schlüpfte in seine Boxershorts und tapste ins Bad, doch auch hier war sie nicht. Komisch. Eigentlich gab es keinen Grund mehr, dass sie Versteck spielten. Isabelle hatte ihm gegenüber schon mehrfach angedeutet, dass sie nichts dagegen hätte, wenn sich etwas zwischen ihnen entwickeln würde.

Am Anfang hatte er das als absurd abgetan, doch nun war es so, dass er auf dem besten Weg war, sich ernsthaft zu verlieben. Er hatte sich auf den Moment gefreut, mit ihr im Arm zu erwachen. In ihr vom Schlaf noch weiches, offenes Gesicht zu sehen und einen ersten müden Kuss mit ihr zu tauschen.

Die vergangenen paar Tage hatten alles geändert. Ben hatte diese Fahrt in dem Glauben angetreten, dass das Leben keine großen Überraschungen mehr für ihn bereithielt. Er war Ende dreißig, und in der Zeit, in der seine früheren Freunde Karriere machten, heirateten und Kinder bekamen, hatte er einen alten gebrechlichen Mann gepflegt und im Gefängnis gesessen. Schicksalsergeben sei er, hatte ihm sein Bewährungshelfer mal gesagt, als Ben ihm gestand, dass er keine Pläne mehr fasste, weil das Leben ihm am Ende ohnehin wieder einen Strich durch die Rechnung machte.

Doch dann war er Carole begegnet, und plötzlich schien es sogar für ihn ein wenig Hoffnung auf Glück, auf eine Zukunft zu geben. Sein Bauchgefühl sagte ihm allerdings, dass etwas nicht in Ordnung war. Sorgenvoll kratzte er sich am Kopf. Er beschloss, schnell zu duschen und dann zu ihr zu gehen, bevor er Isabelle helfen würde zu packen.

Sie öffnete erst beim dritten leisen Klopfen. Ben sah, dass sie schon angezogen war. Anders als in den vergangenen Tagen, wo er sie meist in bequemen Sweatern und mit offenen Haaren gesehen hatte, trug sie nun wieder ihr Businessoutfit: enge Jeans, hohe Pumps, weiße Bluse, fast schmerzhaft straffer Pferdeschwanz. Ben ließ seinen Blick kurz über ihr geschäftsmäßig kühles Gesicht streifen.

»Wüsste ich es nicht besser, ich müsste dir wieder vorwerfen, dass du etwas unbefriedigt wirkst.«

Es hatte ein Scherz sein sollen – zugegeben, nicht sein bester –, doch an der Art, wie ihre grünen Augen ihn nun abfällig anfunkelten, ahnte er schon, dass sie an diesem Morgen wohl nicht zu Späßen aufgelegt war.

»Was gibt es?«, fragte sie kurz angebunden, ohne auf seine blöde Bemerkung einzugehen.

»Ich habe mich gewundert, wohin du heute Morgen in aller Frühe verschwunden bist«, sagte er nun sanft.

»Hör zu, Ben. Nur weil wir Sex hatten, heißt das nicht, dass ich an mehr interessiert bin. Wir fahren gleich zu dem Weingut, Mutter kann diesen Philippe treffen, und dann werde ich nach Hause aufbrechen. Am Montag bin ich wieder im Büro und du, na ja, wo auch immer du sein wirst, in jedem Fall sind unsere Leben ohnehin nicht kompatibel, warum die Sache also unnötig in die Länge ziehen?«

Sie wollte ihm nach dieser Abfuhr die Tür vor der Nase schließen, doch Ben lehnte sich in den Spalt und hielt das Holz mit seinem Arm weg, sodass sie ihm nun dicht gegenüberstand.

»Was hab ich verpasst, Carole?«, fragte er ratlos und versuchte, nicht ganz so bitter zu klingen, wie er sich nach ihrer Eisdusche fühlte.

»Ben, wir hatten unseren Spaß …«

Weiter kam sie nicht, weil er ihr ungehalten ins Wort fiel. »Spaß?«

»Ja, genau, Spaß. Wir haben miteinander geschlafen, und es war gut. Nicht mehr und nicht weniger.«

»Du lügst, du kannst mir nicht mal in die Augen sehen, Carole. Und mach mir und dir nichts vor. Wir haben beide gespürt, dass da mehr ist zwischen uns.«

»Gar nichts ist da zwischen uns. Lass es mich ganz deutlich sagen: Ich will dich nicht daten, ich will dich nicht heiraten, und ich will auch keine kleinen, süßen Babys mit dir machen. Ich bin keine Romantikerin, die auf so was hofft. Aber da draußen gibt es sicher Frauen, die das wollen. Geh und mach denen schöne Augen.«

Ihre herablassende Art half ihm nicht gerade dabei, sich weiter zu öffnen, doch Ben setzte alles auf eine Karte. »Carole, ich habe noch nie für eine Frau so viel empfunden wie für dich. Ich will dich besser kennenlernen. Ich will, dass wir der Sache zumindest eine Chance geben, egal, was daraus am Ende wird.«

Sie schnaubte verächtlich. »Glaub mir, wenn mich ein Mann ehrlich interessiert, dann, weil er etwas geleistet hat und mit beiden Beinen im Leben steht, was man von dir nicht gerade behaupten kann. Soweit ich mich erinnere, findet sich bislang nicht viel in deinem Lebenslauf, außer, dass du im Gefängnis warst – wofür auch immer.«

Ben ließ die Tür los und stieß sich mit einer schnellen Bewegung vom Rahmen fort, um Abstand zu ihr zu bekommen. Ansonsten hätte die Gefahr bestanden, dass er sie genommen und kräftig durchgeschüttelt hätte, um zu sehen, wo sich die echte Carole versteckte.

»Ich danke dir«, sagte er, ohne jetzt die Bitterkeit aus seinen Worten herauszuhalten.

»Wofür?«, fragte sie schnippisch.

»Dafür, dass du mich auf den Boden der Tatsachen zurückgeholt hast.«

Mit diesen Worten ließ er sie stehen und ging zurück in sein Zimmer, wo er die Tür so heftig ins Schloss warf, dass er von gegenüber einen älteren Herrn über die Rücksichtslosigkeit mancher Gäste schimpfen hörte.

Er wusste nicht, was diesen Umschwung bewirkt hatte, wusste nur, dass er keine Lust hatte, sich auf Gedeih und Verderb Carole Steinmanns Launen auszusetzen. Er hatte geahnt, dass die vergangenen Tage einfach zu gut gewesen waren, um wahr zu sein.

Ben schnappte sich seine Jacke und trat auf den kleinen Balkon hinaus, wo er sich von der kalten Morgenluft die tiefe Enttäuschung wegpusten ließ, während er zwei Zigaretten rauchte. Als er anschließend zu Isabelles Zimmer ging, war er äußerlich gelassen, obwohl sein Herz ein Trümmerhaufen war. Das passierte also, wenn man sich ernsthaft verliebte. Er hätte auf diese Erfahrung getrost verzichten können.

Frankfurt, 1958

Isabelle lag auf ihrem Bett und versuchte, der aufkeimenden Panik Herr zu werden. Der Montag neigte sich schon seinem Ende zu. Morgen früh sollten Ingrid und der Chauffeur sie zu dieser Adresse fahren, wo man »sich des Problems annehmen würde«, wie ihr Vater es nannte. Sie legte die Hände auf ihren Bauch und strich beruhigend darüber.

»Deinem Papa wird schon irgendetwas einfallen, mein Kleines. Er wird uns nicht im Stich lassen. Philippe hat mich noch nie enttäuscht«, flüsterte sie und sprach damit sich selbst ebenso Hoffnung zu. Zum Glück hatte Grete gestern Morgen nicht gesehen, dass Isabelle den Hörer des schwarzen Telefons hinter ihrem Rücken versteckt hielt und heimlich auflegte, als die Hausdame näher kam.

»Nein, ich habe nicht telefoniert, ich wollte aber«, hatte sie trotzig gesagt, als Grete sich vor ihr aufbaute.

»Fräulein Isabelle, ich bitt Sie, gehen Sie jetzt wieder auf Ihr Zimmer, wir bekommen sonst beide Ärger. Ich weiß gar nicht, wo ich heute Morgen mit meinen Gedanken gewesen bin, dabei hat der Herr es mir so eingetrichtert, dass ich die Tür stets verschlossen halten soll und auch auf das Fräulein warte, wenn es das Bad aufsuchen muss.« Nervös knetete Grete an ihrer weißen Schürze herum.

»Ist ja gut, ich werde Sie schon nicht verraten, wenn Sie es mir gleichtun«, hatte Isabelle in verschwörerischem Ton erwidert.

In diesem Moment hatte die Limousine draußen gehalten, und ihr Vater und Ingrid waren von ihrem sonntäglichen Kirchbesuch zurückgekehrt.

Schnell lief Isabelle die Treppe hinauf, gefolgt von der getreuen Angestellten, die gleich hinter ihr verriegelte. Und so war wieder ein nutzloser Tag verstrichen.

Isabelle ließ ihren Tränen ungehindert freien Lauf. Sie war verzweifelt, und die Hoffnung schwand mit jedem Zentimeter, den die Sonne sich dem Horizont zuneigte, um dem Abend Platz zu machen. Ein Klopfen schreckte sie aus einem Dämmerschlaf, in den sie aus Verzweiflung und

Erschöpfung gefallen war. Dann drehte sich der Schlüssel, und die aufrechte Gestalt ihres Vaters erschien im Türrahmen.

Ohne abzuwarten, ob sie ihn zum Eintreten auffordern würde, kam er ins Zimmer und nahm neben ihr auf der Bettkante Platz. »Ich weiß, dass die vergangenen Tage nicht leicht für dich waren, Kind«, sagte er mit seiner tiefen Stimme, aus der aufrichtige Sorge klang. »Aber mir blieb keine andere Wahl. Ich bin für dein Wohlergehen verantwortlich, und ich habe diese Entscheidung zu deinem Besten getroffen.«

Isabelle setzte sich auf und wischte sich dabei über ihre immer noch vom vielen Weinen verquollenen Augen. »Bitte Vater, tu das nicht. Ich will das Baby behalten.«

»Wie kann man so stur sein?«, fragte er halb verärgert, halb verwundert. »Du bist noch ein Kind und erkennst die Tragweite einer solchen Entscheidung nicht.«

Trotzig reckte Isabelle ihr Kinn vor. »Ich bin kein Kind mehr, und ich weiß, was ich will. Ich will mein Baby, und ich will Philippe«, schluchzte sie.

Werner Richter schüttelte nun ärgerlich den Kopf. »Mit dir ist ein vernünftiges Gespräch nicht möglich, Isabelle. Du sagst, du seist kein Kind mehr, aber gerade benimmst du dich wie eins. Denk doch einmal weiter. Was soll aus euch werden? Er ist selbst noch ein grüner Junge und kann nicht adäquat für euch sorgen. Seine Zukunft machst du gleich mit kaputt.«

Isabelle schwieg, weil sie wusste, dass jedes Wort umsonst war. Ihr Vater würde sich nicht erweichen lassen. Sie ahnte, dass er es für die beste Entscheidung hielt und ihr tatsächlich nichts Böses wollte, doch das half ihr in ihrer ausweglosen Lage auch nicht weiter. Im Gegenteil, es zeigte ihr, wie wenig sie in ihrem eigenen Leben mitzureden hatte.

»Geh«, sagte sie müde und vergrub ihr Gesicht in den Kissen.

Er blieb noch einen Augenblick sitzen, und aus den Augenwinkeln sah sie, wie seine große Hand über ihrer Schulter schwebte, doch dann zog er sie zurück, stand eilig auf und ging mit schnellen Schritten zur Tür. »Du solltest jetzt schlafen, morgen wird ein anstrengender Tag.«

Mit diesen Worten ließ er sie allein.

Isabelle sah ihm nach und schlug sich dann hilflos die Hände vors Gesicht. Ihr Schicksal schien besiegelt. Der Gedanke raubte ihr den Atem, und sie spürte, wie sich ihre Lunge verkrampfte bei dem Versuch, Luft hineinzupressen. Ihr wurde schwindelig, und sie stand auf und wankte zum Fenster, das sie aufriss, um nun mit tiefen, gierigen Zügen die Schwärze an den Rändern ihrer Sicht zu vertreiben.

Als sie eine leise Stimme hörte, glaubte sie zuerst, sie hätte es sich in ihrer Verzweiflung nur eingebildet. Doch dann sah sie einen Schatten, der sich aus der Dämmerung schälte. Auch wenn sie zunächst nur seine Silhouette ausmachen konnte, hätte sie ihn immer und überall erkannt.

»Philippe«, rief sie und hielt sich gleich die Hand vor den Mund, als er sich ihrem Fenster näherte und sie sah, wie er warnend den Finger auf die Lippen legte.

»Ich werde dich holen, Chérie. Ich überlege mir einen Plan, schließ dein Fenster, bereite dich vor und lausche gut.

Wenn du ein paar Kiesel gegen deine Scheibe fallen hörst, dann ist es so weit.«

Sie nickte, und ihr Herz lief über vor Glück. Wie immer war Philippe ihr Retter in allerletzter Sekunde, ihr Held. So gerne hätte sie in die Welt hinausgeschrien, wie sehr sie ihn liebte, doch das musste warten. Brav schloss sie das Fenster und begann eilig, ein paar Dinge, die ihr teuer waren, in ihren kleinen Lederrucksack zu packen, den Vater ihr für einen Urlaub in den Alpen im nächsten Jahr gekauft hatte.

Es war nicht viel, trotz all des Reichtums um sie herum. Ein paar Kleidungsstücke, eine silberne Bürste, eine Kosmetiktasche und ein Foto, das Sabine, Albert und Philippe zeigte, ihr Lavendelkissen und Philippes geschnitztes Herz. Mehr nicht.

Aus ihrer Spardose holte sie noch alles an Bargeld, was sie besaß. Es war keine große Summe, weil ihr Vater auf der Bank für sie sparte. Dann schlüpfte sie in ihre Jacke und setzte sich auf die Bettkante, wo sie ungeduldig mit dem Fuß wippte. Die Minuten schienen wie eine Ewigkeit, der Zeiger an ihrem Wecker kroch im Schneckentempo vorwärts.

Doch dann endlich vernahm sie das erlösende Klirren der kleinen Steine. Ihr Herz machte einen Satz. Sie stand auf und öffnete das Fenster, wo die Dämmerung nun einer sternenlosen Nacht gewichen war. Leichter Regen hatte eingesetzt, und ein eisiger Wind brachte eine Ahnung vom herannahenden Winter. Philippe hatte eine lange Leiter an die Hauswand gelehnt. Er stand darunter und blickte erwartungsvoll zu ihr hinauf. Ängstlich spähte sie in die Tiefe.

»Ich komme kaum an die oberste Stufe«, flüsterte Isabelle und versuchte trotz der aufkeimenden Panik, ruhig zu klingen.

»Du musst aus dem Fenster klettern und dich am Rahmen hängen lassen. Wenn du dich lang machst, sollte es mir gelingen, an deine Beine zu kommen. Dann fang ich dich auf«, rief er leise.

Isabelle holte ein paarmal tief und zittrig Luft. Der Plan war irrwitzig. Sie war nicht schwindelfrei, und es war dunkel und nass draußen. Die Möglichkeit, dass sie beim Versuch, die Sprosse der Leiter zu erwischen, scheitern und aus dem oberen Stock hinabstürzen würde, erschien ihr gerade viel wahrscheinlicher, als dass ihre Flucht auf diesem Weg von Erfolg gekrönt sein würde. Sie dachte angestrengt nach, aber eine andere Möglichkeit wollte ihr partout nicht einfallen. Ihr blieb keine Wahl, denn sie musste sich beeilen. Ihr Vater würde vermutlich die Polizei rufen, wenn er Philippe entdeckte, und dann wäre ohnehin alles vorbei.

Sie musste aufhören zu denken und einfach tun, was er ihr sagte. Mit einem letzten, tiefen Atemzug warf sie ihr Gepäck nach unten, das Philippe auffing und hinter sich abstellte, um dann die Leiter zu erklimmen.

»Komm, mon ange«, ermutigte er sie, als er auf der vorletzten Stufe haltmachte. Er ließ die Griffe der Holzleiter los, richtete sich wackelig zu voller Größe auf und streckte ihr mit einem zuversichtlichen Lächeln die Arme entgegen.

»Ich kann nicht, Philippe, ich sterbe vor Angst«, gab sie zu und spürte, wie die Panik ihr die Kehle zuschnüren wollte.

»Du schaffst das, Isabelle, sieh nur nicht nach unten, schau immer in meine Augen, bitte, Chérie.«

Isabelle nickte, kniff die Lider noch einmal zusammen und hob widerwillig erst ein Bein und dann das andere über die Fensterbank, sodass sie nun im Rahmen saß. Der Hof unter ihr war schwarz wie die Nacht, was vielleicht auch gut war, weil sie so nicht ermessen konnte, wie tief es wirklich runterging.

»Jetzt!«, befahl er, und wie in Trance wandte sie sich um, klammerte sich mit ihren feuchten, kalten Fingern am Fensterbrett fest und ließ dann todesmutig ihre Beine nach unten gleiten. Einen Augenblick trat sie ins Leere, und ihr Herz galoppierte davon. Ein kleiner, erschrockener Schrei riss sich von ihren Lippen, doch in diesem Moment spürte sie seine Hände an ihren Schuhen.

»Langsam« beschwor er, während er sich noch ein Stück reckte, um sie weiter oben an den Waden greifen zu können.

»Du kannst loslassen«, flüsterte er, doch Isabelle konnte sich nicht überwinden.

»Nein, wir werden beide fallen«, stieß sie panisch hervor und schloss die Augen, weil ihr schrecklich übel wurde.

»Ich gebe auf dich acht, so wie ich es mein Leben lang schon getan habe«, sagte er da, und sie spürte, wie sie sich etwas beruhigte.

Nach einem letzten, tiefen Atemzug ließ sie das Holz los und sich fallen. Einen schrecklichen Augenblick lang fühlte es sich so an, als würde sie ins Nichts stürzen, doch dann spürte sie seine Hände, die an ihren Beinen bis zu ihrer Hüfte hochglitten, sie fest packten und auf der obersten

Sprosse abstellten. Die Leiter schwankte bedenklich, und beide lehnten sich gegen die Hausmauer, um das Gleichgewicht wiederzufinden. Schwer atmend lag Philippe an ihrem Rücken, doch obwohl er kaum hörbar einen derben Fluch ausstieß, konnte sie an der Vibration seines Brustkorbs spüren, dass er leise lachte.

»Himmel, ich wusste selbst nicht, ob wir das hier schaffen«, sagte er dann erleichtert.

»Dein Plan war wohl nicht ganz so durchdacht«, stellte sie fest und musste nun, wo die entsetzliche Anspannung etwas wich, ebenfalls den irrwitzigen Drang zu kichern unterdrücken.

»Er hat noch weitere Lücken, befürchte ich«, gestand er, als er Isabelle nun sanft die Sprossen herunterdirigierte.

»Und welche?«, fragte sie, als sie beide wieder festen Boden unter den Füßen hatten.

»Wir sollten schleunigst hier weg, aber mein Geld hat nicht für ein Auto gereicht. Wir müssen den Bus und dann die Bahn nehmen, und auf dem Weg könnte uns die Polizei finden. Ich bin sicher, die wird uns dein Vater auf den Hals hetzen, sobald er merkt, dass du fort bist.«

Isabelle sah kurz auf ihre Armbanduhr. Ein Geschenk ihres Vaters, das ihr nun zeigte, dass es gleich neun schlagen würde.

»Gegen halb zehn sieht Grete noch mal nach mir und bringt mir eine heiße Schokolade ans Bett. Sie werden es also in spätestens einer halben Stunde bemerken«, stellte sie drängend fest.

Philippe fuhr sich verzweifelt durchs Haar. »So schnell werden wir nicht von hier fortkommen.«

Isabelle zwang sich zum Nachdenken, auch wenn ihr Kopf sich anfühlte, als hätte jemand Watte hineingepackt. Es musste einen Weg geben. »Ich muss noch mal ins Haus, dann könnte ich aus dem Schrank im Flur die Autoschlüssel nehmen, die Garage ist gleich hier vorne«, rief sie da aufgeregt.

Doch Philippes Blick war zweifelnd. Isabelle sah, wie er im Kopf die Idee nach ihrer Tauglichkeit abtastete.

»Nein, zu gefährlich. Wenn sie dich hören, ist alles vorbei.«

»Ich weiß, wie es gehen könnte!«

Philippe sah sie abwartend an, während Isabelle nun vor ihm aufgeregt auf und ab ging.

»Die Hintertür zur Küche ist bis spätabends nicht verschlossen, weil die Dienstboten das Haus darüber verlassen. Erst wenn Grete geht, sperrt sie ab.«

»Und?«, fragte Philippe ungeduldig.

»Du musst irgendein Ablenkungsmanöver hier draußen veranstalten. Ich schleiche mich nach hinten und versuche, unbemerkt in den Flur zu kommen, um die Schlüssel zu stehlen.«

»Es ist und bleibt zu riskant«, befand er, doch Isabelle baute sich nun mutig vor ihm auf.

»Wir haben keine andere Chance. Uns läuft die Zeit weg, Philippe. Mein Verschwinden wird in sechsundzwanzig Minuten auffallen.«

Nun war er es, der nervös auf und ab lief, doch dann drehte er sich mit einem tiefen Atemzug zu ihr um und nickte. »Geh schon zur Hintertür, ich denk mir was aus.« Er zog sie an sich und presste ihr einen schnellen Kuss auf die Lippen. »Los«, befahl er dann, und sie rannte von ihm fort in die Dunkelheit.

Aufgeregt versteckte sie sich hinter einer Hortensienhecke, von wo aus sie einen guten Blick zur Hintertür hatte. In der großen Küche brannte Licht, die Köchin spülte noch ein paar Töpfe ab. Hoffentlich veranstaltete Philippe einen solchen Budenzauber, dass auch wirklich alle aus dem Haus liefen.

Sie hätte sich jedoch nicht sorgen müssen. Mit einem Klirren hörte sie plötzlich Glas zerbersten, dann aufgeregte Stimmen und eilige Schritte. Selbst die Köchin war aufgeschreckt und rannte nun mit gerafften Röcken hinterher, um ja nichts zu verpassen.

Bevor sie es sich anders überlegen konnte, sprang Isabelle aus ihrem Versteck und schlich sich zur Hintertür, die wie immer einen Spaltbreit offen stand, um die Essensgerüche in die kalte Nachtluft zu schicken. Ihre Beine zitterten, und ihre Handflächen waren so feucht, dass sie zweimal am Türgriff abrutschten, bis sie die Klinke der schwergängigen Tür zu sich gezogen bekam. Auf Zehenspitzen betrat sie die warme Küche, wo sie sich auf die Knie fallen ließ und wie ein Hund über die Terrakottafliesen krabbelte, damit niemand sie durch die Glasscheibe im oberen Drittel der Flügeltür sehen konnte, die Küche und Flur trennte. Dort angekommen stand sie langsam auf, presste sich an die Wand und lugte durch das Fenster.

Sie sah die kleine Versammlung ratlos am zerborstenen Flurfenster stehen. »Werner, um Himmels willen, warte auf die Polizei. Wer weiß, wer da draußen lauert?«, beschwor Ingrid, ihre blasse Hand umklammerte dabei seinen Arm.

Dann sah Isabelle, wie ihr Vater sich mit einem unwirschen Ruck aus dem Griff seiner Gattin befreite, die ihn nun ängstlich anblickte. »Papperlapapp, bis die Polizei da ist, könnte wer weiß was passiert sein.«

Mit diesen Worten schob er den Schürhaken, den er wohl im Hinauslaufen auf die Schnelle vom Kaminbesteck mitgenommen hatte, in die andere Hand und hielt ihn wie einen Degen vor sich. Dann riss er die Haustür auf und trat in die Dunkelheit. »Kommen Sie heraus, Sie Lump! In ein paar Minuten ist das Spiel ohnehin für Sie vorbei!«

Isabelle konnte hören, dass die Stimme ihres Vaters weitaus weniger mutig klang, als seine kühnen Worte es vielleicht hätten vermuten lassen.

In dem Moment flog etwas durch die Schwärze der Nacht und landete knisternd zu Werner Richters Füßen. Es sah aus wie ein zum Ball gedrehter Stofffetzen, der lichterloh brannte.

»Oje, oje«, jammerte die Köchin und trat noch näher an die Tür. Alle starrten nun hinaus, wo sie den Angreifer im Schutz der Bäume versteckt glaubten.

Jetzt oder nie, dachte Isabelle und nahm noch einmal all ihren Mut zusammen, um lautlos die Küchentür zu öffnen. Sie trat hindurch und presste sich an der Wand entlang, um sich hinter dem rechts von ihr stehenden alten Bauernschrank, der als Garderobe diente, zu verstecken. Sie rang ein paarmal um Atem, dann spähte sie an dem Möbelstück vorbei, ob die Luft rein war. Tatsächlich war der gesamte Haushalt nun auf die Veranda getreten, wo Ingrid, Grete und die Köchin sich im Rücken ihres Vaters versteckten und abwarteten, was nun passieren würde.

Werner Richter ging langsam die Stufen hinunter, wobei der Schürhaken immer noch wie eine Waffe in seiner Hand auf und ab wippte. Isabelle nutzte diesen filmreifen Moment, um die paar Meter zu dem Holzbrett zu sprinten, an dem die Schlüssel hingen. Ihr Blick glitt hektisch über das Sammelsurium. Schlüssel für das Haus, die Gartenhütte und für das Büro fanden sich hier, doch keine Autoschlüssel. Ihr Herz setzte kurz aus. Dann fiel ihr ein, dass ihr Vater diese manchmal in die kleine Schale neben der Haustür warf, die dort auf einem antiken Schränkchen stand.

Sie starrte in die Richtung, wo die Schatten der Draußenstehenden wie tanzende Geister durch die offene Haustür fielen. Sie musste ihnen verdammt nahe kommen, wollte sie an die Glasschale heran. Trotz der Kälte, die durch den Flur zog, perlte ihr nun der Schweiß die Stirn hinab.

Es half nichts, sie waren so weit gekommen, sie musste es versuchen. Mit wenigen langen Schritten näherte sie sich dem Objekt ihrer Begierde. Sie griff hinein und umklammerte erleichtert ein Bund. Es war der Mercedesschlüssel, der an einem schwarzen Ledermäppchen baumelte. Der der Limousine war nicht da, vermutlich trug der Chauffeur ihn mit sich.

Als einer der Schatten sich aus der Masse löste und auf das Innere des Hauses zustrebte, rannte Isabelle los, ohne sich noch einmal umzusehen. Sie stieß die Küchentür auf, sprintete durch den langen Raum und dann zur Hintertür hinaus, die sie offen gelassen hatte. Sie stolperte und strauchelte, ruderte mit den Armen, bekam aber ihr Gleichgewicht zurück, sodass sie die letzten Meter wieder Fahrt aufnahm und dann mit einem großen Sprung hinter der Hortensienhecke verschwand, wo Philippe bereits ungeduldig auf sie wartete.

»Ich hab ihn«, stieß sie euphorisch hervor und presste ihm das Ledermäppchen in die Hand.

»Gut, lass uns keine Zeit verlieren.«

Mit diesen Worten zog er sie hoch, griff ihre Hand und zerrte sie über den dunklen Hof in Richtung Garage, die sich rechts vom Haus befand. Ihr Vater stand an der Treppe im ausblutenden Lichtdreieck, das durch den Haustürspalt fiel, die Augen zu Schlitzen zusammengekniffen, während er versuchte, die Dunkelheit nach dem Angreifer abzusuchen. Die Köchin hatte inzwischen das brennende Stoffbündel mit einem Topf Wasser gelöscht.

»Was hast du da angezündet?«, wisperte Isabelle, die sich nun mit Philippe an der Steinmauer der Garage entlang tastete.

»Mein Hemd«, sagte er und zog kurz seine dünne Lederjacke auseinander. Darunter war er nackt. »Ich hab es verknotet, den Stoff mit etwas Benzin aus meinem Feuerzeug getränkt und es dann entzündet.«

»Es hat auf jeden Fall für einigen Aufruhr gesorgt«, stellte Isabelle mit einem schnellen Blick zum Haus hin fest, wo die Silhouette ihres Vaters gerade mit eiligen Schritten in die Sicherheit des warmen Flurs verschwand.

»Diese Strolche treiben sich hier noch irgendwo herum«, wetterte er. »Ich habe Äste knacken hören.« Scheinbar hatte ihn aber doch der Mut verlassen, denn er zog die schwere Haustür hinter sich zu. Durch das zerborstene Flurfenster konnte Isabelle trotzdem seinen dunklen Bariton hören. »Sieh nach Isabelle, das arme Kind ist sicher völlig verängstigt.«

Schritte verrieten, dass jemand die Marmortreppe hocheilte. Ihre Uhr tickte.

»Jetzt zählt es«, sagte Philippe eindringlich, dann drehte er den Griff und ließ mit einem Quietschen das Wellblechtor der Garage aufschwingen.

»Die wollen das Auto stehlen«, brüllte da ihr Vater, der die Haustür nun wieder aufgerissen hatte.

Dann ging alles furchtbar schnell. Der Strahl einer Taschenlampe blendete Isabelle, die wie ein Reh im Scheinwerferlicht stehen blieb.

»Was zum Teufel …?« Ihrem Vater blieben die Worte im Hals stecken. Mit großen, zornigen Schritten eilte er die Treppe hinunter auf sie zu. Da riss Philippe sie am Arm, zog sie mit sich und schubste sie unsanft auf den Beifahrersitz. Er selbst rannte um den Wagen herum und sprang hinein. Die Tür fiel mit einem Krachen zu, und Isabelle zuckte zusammen. Mit aufgerissenen Augen sah sie ihm dabei zu, wie er mit ungeschickten Bewegungen versuchte, den Schlüssel ins Schloss zu bekommen.

»Mach, mach!«, flehte sie, doch es kostete ihn wertvolle Zeit, bis endlich der Motor mit einem Husten zum Leben erwachte.

Der Wagen schoss aus der Garage, und ihrem Vater blieb nichts anderes übrig, als sich mit einem Sprung zur Seite zu retten. Isabelle kurbelte ihr Fenster herunter und hielt ihren Kopf hinaus. Tränen strömten über ihre Wangen.

»Es tut mir leid, Papa, du hast uns keine andere Wahl gelassen«, brüllte sie in den Fahrtwind. Sie schossen die Auffahrt entlang, wobei Philippe erleichtert nach ihrer Hand griff. Er führte sie zu seinem Mund und presste einen schnellen Kuss darauf. »Es wird alles gut werden, du wirst sehen, Chérie. Am Ende wird dir auch dein Vater verzeihen.«

Isabelle lächelte gequält, denn in ihrem Herzen wusste sie, dass das eine Wunschvorstellung war. Sie hatte die mörderische Wut in seinen Augen gesehen, als seine einzige Tochter mit ihrem Liebhaber, dem unehelichem Kind im Leib und seinem Auto durchbrannte.

»Was, verdammt …?«, fluchte Philippe, als ein Lichtkegel auf sie zukam. Hastig riss er das Lenkrad herum, wobei die Räder im matschigen Gras versanken und der Wagen leicht schlingerte, bis sie auf der engen Zufahrt das andere Fahrzeug passiert hatten und wieder auf Asphalt kamen. Isabelle drehte erschrocken den Kopf nach hinten.

»Das war Richard, unser Chauffeur«, sagte sie und sah der Limousine nach, die in Richtung der Villa verschwand. »Jetzt hat Papa auch ein Auto, er wird uns folgen.«

Die gerade abebbende Furcht machte sich nun umso heftiger in ihrem Magen breit, und wie so oft strich sie mechanisch über ihren Bauch, um sich und das Baby zu beruhigen.

In der Ferne waren nun Sirenen zu hören. Wie vermutet, hatte ihr Vater die Polizei alarmiert. Philippe trat das Gaspedal durch, wobei der Wagen erneut ungut zur Seite schlingerte und die Räder kurz durchdrehten, bevor er alles wieder unter Kontrolle hatte.

Philippe war kein geübter Fahrer. Er hatte auf dem Weingut manchmal den Lastwagen kutschieren dürfen, einen Führerschein besaß er aber nicht. Doch Isabelle verbot es sich, an ihm zu zweifeln. Es würde alles gut werden. Das dachte sie noch so lange, bis zwei Lichtkegel hinter ihnen erschienen, die eilig zu ihrem Fahrzeug aufschlossen. Im Rückspiegel konnte sie mehr ahnen als sehen, wer am Steuer saß.

»Papa hat wirklich die Limousine genommen«, sagte sie ungläubig und klammerte sich verzweifelt am Sitz fest, als Philippe noch einmal das Gaspedal durchdrückte. Der Mercedes jagte auf der dunklen, regennassen Landstraße dahin, doch die Limousine ließ sich nicht abschütteln.

Kapitel 22

Isabelle war bester Laune. Sie hatte einigermaßen gut geschlafen, und die Schmerzmittel hatten ihr sogar so viel Erleichterung verschafft, dass sie mit Appetit ihr Frühstück aß. Allerdings war die Atmosphäre am Tisch alles andere als entspannt. Ben starrte verbissen auf sein Omelette, Carole hingegen hatte ihr Handy vor sich liegen und tippte wie besessen an einer Nachricht herum. Beide hatten außer einem unterkühlten »Guten Morgen« noch kein Wort miteinander gewechselt, und zu ihrem Bedauern gab es heute auch kein verstecktes Lächeln oder heimliche Blicke.

»Ist alles in Ordnung?«, fragte sie, als sich das Schweigen selbst nach dem Ende des Essens ausdehnte.

»Bestens« sagte Carole spitz.

»Großartig« ließ Ben zeitgleich verlauten.

Isabelle sah von einem zum anderen und seufzte. Was auch immer vorgefallen war, die beiden waren wieder dort, wo sie angefangen hatten. Konnte denn nichts im Leben einmal geradlinig verlaufen oder einfach sein? Warum war alles ein immerwährendes, ermüdendes Vor und Zurück? Ihre gute Laune wollte schon schwinden, doch da erinnerte sie sich daran, wohin sie gleich aufbrechen würden, und die

Aussicht erfüllte sie immer noch mit Staunen und großer Dankbarkeit.

Ben belud schweigend das Auto, und Carole bellte Befehle in ihr Handy, während Isabelle auf dem Vordersitz saß und mit geschlossenen Augen die Wärme der Sonnenstrahlen, die durch die Scheibe drangen, in sich aufsog. Sie hatte sogar bereits den Duft der Provence in der Nase. Endlich, endlich fuhr sie nach Hause.

»Über siebenhundert Kilometer«, stellte Carole missmutig fest, als sie die Adresse in ihr Navigationsprogramm eingab. »Ich hoffe wirklich, dass er es wert ist«, sagte sie und ließ sich mit einem Stöhnen in die quietschenden, braunen Ledersitze des alten Mercedes sinken.

»Und wie er es wert ist«, flüsterte Isabelle und strich einmal mehr über das Bündel Briefe in ihrer Handtasche, bevor sie mit einem Lächeln einschlief.

Carole versuchte verbissen, nicht Bens Gesicht im Rückspiegel zu beobachten. Stattdessen starrte sie aus dem Seitenfenster hinaus, wo sie Colmar und Mulhouse passierten und dann die A36 nahmen, die in die A6 mündete. Nahe Lyon krümmte sich Isabelle plötzlich zusammen und stöhnte.

»Mama, alles gut?«, fragte Carole und legte ihr besorgt eine Hand auf die Schulter. Isabelle nickte, sagte aber nichts.

Ben warf ihr nun auch prüfende Blicke zu, sah in den Rückspiegel und fuhr dann rechts rüber, um die nächste Ausfahrt zu nehmen. Dort steuerte er eine Autobahnraststätte an. Ben lenkte den Wagen auf einen Parkplatz und ließ den Motor ersterben.

»Wie wäre es mit etwas frischer Luft?«, fragte er, und Isabelle nickte dankbar. Sie war totenblass, und um ihre müden Augen herum hatten sich vor Schmerzen tiefe Furchen gebildet. Ben umrundete den Wagen und half ihr beim Aussteigen. Sie war so zittrig auf den Beinen, dass er sie einige Augenblicke halten musste, bis sie ihr Gleichgewicht wiedergefunden hatte.

»Da drüben sind Bänke, warum setzt du dich nicht mit Carole kurz in die Sonne? Ich tanke den Wagen und hole uns etwas zu essen und zu trinken«, schlug Ben dann vor.

Isabelle nickte dankbar und blickte Carole abwartend an. Sie war ebenfalls ausgestiegen, hatte es aber weiterhin vermieden, Ben in irgendeiner Form Beachtung zu schenken. Es tat auch so schon weh genug. Ihr verräterischer Körper sehnte sich mit jeder dummen Faser nach ihm, und sie musste all ihre Willenskraft aufbieten, um die gelassene, kalte Fassade aufrechtzuerhalten.

Immer wieder hatte sie seine Blicke während der Fahrt auf sich gespürt, mal fragend, mal resigniert. Wäre ihr dummes Herz nicht so übermütig in diese Sache hineingestolpert, sie wäre lange nicht so verletzt und getroffen. Nun musste sie es im Zaum halten, um es vor noch schlimmeren Schäden zu bewahren, weshalb es einfacher war, ihn auf dem Rest der Reise zu ignorieren.

Er war ein Lügner, erinnerte sie sich wieder. Er verbarg zu viele Geheimnisse und hatte bewiesen, dass ihr erster Impuls, ihm nicht zu vertrauen, richtig gewesen war.

»Komm, wir nehmen die Bank da, dort scheint noch am meisten Sonne«, sagte sie, während sie Isabelles Arm griff und sie zu dem kleinen Aussichtspunkt führte. Die Bank stand mit dem Rücken zum Rastplatz, dafür gab sie den Blick frei auf endlose Kornfelder und verstreute Wäldchen. Sie setzten sich, und Isabelle rang ein paar Momente nach Luft, bevor ihr Brustkorb aufhörte, sich angestrengt auf und ab zu bewegen. Dann sah sie Carole plötzlich an, wobei ihre Hand unsicher begann, den Saum ihrer grellgrünen Jacke zu kneten.

»Ich muss dir etwas sagen«, flüsterte sie und sah schnell weg.

Carole schluckte nervös. Sie ahnte, was nun kommen würde, und war hin- und hergerissen. Auf der einen Seite wollte sie die Wahrheit endlich aus Isabelles Mund hören. Auf der anderen Seite schien es ihr, als würde die Tatsache erst dann unumstößlich sein, wenn sie laut ausgesprochen wurde, was natürlich kindliches Denken war. Denn auch schon aus Bens Mund war sie sich der Tragweite des Ganzen bewusst gewesen.

»Ich habe Krebs. Es … es ist nicht heilbar, mir bleibt nicht mehr viel Zeit.«

Sie hatte leise gesprochen und es dabei weiterhin vermieden, ihre Tochter anzusehen, doch nun wanderte ihr Blick aus den Augenwinkeln nach rechts, wo Carole ihre eiskalten Hände tiefer in die Taschen ihrer Jacke gleiten ließ. Einige stille Minuten folgten, bevor Carole den Mut fand zu sprechen.

»Warum hast du es mir nicht früher gesagt?«

»Es war dumm, ich weiß, und es tut mir leid. Aber ich wollte nicht, dass du mir diese Reise aus irgendeinem Grund verwehrst.«

»Warum ist es dir so wichtig?«, hakte sie nach, doch Isabelle ging auf ihre Frage nicht ein. Stattdessen legte sie vorsichtig ihre Hand auf Caroles Bein.

»Es bedeutet mir unendlich viel, dass du auf dieser Reise dabei bist, Carole. Im Traum hätte ich nicht gewagt, mir vorzustellen, dass du mich begleitest, aber hier bist du.«

Sie sagte es so erstaunt, als könne sie immer noch nicht ganz begreifen, wie es dazu gekommen war, und irgendwie erging es Carole ähnlich, wenn sie darüber nachdachte.

Sie sah kurz auf Isabelles Hand, dünn und alt, mit blauen Adern überzogen und bunten, teuren Ringen geschmückt. Vor wenigen Tagen noch hätte sie diese Hand ausgeschlagen, sie von ihrem Bein gewischt und sich hinter ihrer Mauer aus jahrelanger Wut und Enttäuschung verschanzt.

Doch Ben, dieser Mistkerl, hatte ihre verdammten Mauern brüchig gemacht, weshalb Carole langsam ihre Hand aus der Jackentasche zog und sie zögerlich über Isabelles legte. Sie wandte den Kopf gerade rechtzeitig genug, um das zaghafte Lächeln über Isabelles verblüht schöne Züge huschen zu sehen. Es verfing sich tief in Caroles Innerem und wärmte sie dort, wohin die dicke Eisschicht in der vergangenen Nacht so unbarmherzig zurückgekehrt war.

Das Klingeln ihres Handys zerstörte den Augenblick, und Carole sah Bedauern im Blick ihrer Mutter, als diese ihre Hand fortzog, damit sie das Gespräch annehmen konnte.

Um Ruhe zum Telefonieren zu haben, stand Carole auf und ging ein paar Schritte von der Bank weg in Richtung Parkplatz, wo sie das Smartphone dann an ein Ohr presste und ihr anderes zuhielt.

»Carole, Jan Munsius hier. Du wolltest doch etwas über diesen Ben Bäcker wissen?«

Caroles Herz machte einen hektischen Satz. Sie hatte ganz vergessen, dass sie ihn mit in diese Sache gezogen hatte. Überraschenderweise blieb ihre Stimme ruhig, als sie nun sprach. »Was hast du rausbekommen?«

»Na ja, ich hoffe, du hast nicht näher mit diesem Bürschchen zu tun, der ist einer von den schweren Jungs«, teilte Jan wichtigtuerisch mit.

»Jetzt sag schon, was du weißt«, fuhr sie ihn ungehalten an, und er räusperte sich indigniert.

»Fünf Jahre, Paragraf 212, Carole, Totschlag.«

Carole ließ das Handy sinken. Ohne darauf zu achten, dass Jans nasale Stimme immer noch aus dem Lautsprecher klang, drückte sie das Gespräch weg und beugte sich vornüber, weil ihr plötzlich übel war. Sie zitterte am ganzen Leib, und die Welt um sie herum drohte zur Seite zu kippen, so schwindelig war ihr.

»Carole, was ist?«, hörte sie Bens besorgte Stimme hinter sich. Er hatte schnell seinen Ballast abgestellt – ein Papptablett mit drei Kaffeebechern und eine große Papiertüte mit der Aufschrift einer Fastfoodkette – und stand nun neben ihr, seine Hand sanft auf ihre bebenden Schultern gelegt.

Wütend schüttelte sie ihn ab und fuhr wie eine Furie zu ihm herum. »Fass mich nicht an, fass mich nie wieder an!«

Erschrocken über ihren Ausbruch trat er von ihr fort und hob die Hände wie jemand, der ein wildes Tier beschwichtigen will. »Ist ja gut, Carole, ich wollte nur nachschauen, was mit dir los ist. Du sahst aus, als würdest du jeden Moment aus den Schuhen kippen.«

Nach ein paar tiefen Atemzügen hatte sie ihre Kontrolle zurück. Sie verschränkte die Arme und funkelte ihn nun wütend an. »Ich weiß Bescheid über dich, Ben, und ich will, dass du sofort deine Sachen aus dem Auto holst und verschwindest.«

Sein Blick wurde dunkel, sein Mund eine einzige enttäuschte Linie. »Was glaubst du zu wissen?«, fragte er leise.

»Dass ich recht hatte, dir zu misstrauen. Du bist ein durch und durch schlechter Mensch, und ich hätte mir gleich denken können, dass du deine Strafe nicht wegen Steuerhinterziehung abgesessen hast.«

Er seufzte und fuhr sich mehrmals über den Hinterkopf, bevor sein Blick herausfordernd auf ihr zum Ruhen kam. »Frag mich.«

Sie schüttelte den Kopf und trat noch einen Schritt von ihm fort. »Ich weiß alles, was ich wissen muss. Du bist ein Totschläger, du hast jemanden auf dem Gewissen, Ben, und ich will, dass du augenblicklich verschwindest. Du wirst dich meiner Mutter nie mehr auch nur einen Schritt nähern.«

Er sah verletzt aus, aber auch müde, als er nun mit den Schultern zuckte. »Das sollte Isabelle wohl selbst entscheiden.«

»Was soll ich entscheiden?« Isabelle hatte genau diesen Moment gewählt, um in ihre Auseinandersetzung zu platzen. Fragend blickte sie zwischen Ben und Carole hin und her.

»Ben wird uns verlassen, Mutter«, verkündete sie und wippte ungeduldig mit dem Fuß. Der Schmerz in seinem Blick war fast zu viel für sie. Schnell sah sie zur Seite.

Isabelle blieb der Mund offen stehen. »Aber warum denn?«, wollte sie wissen, als sie sich wieder gefasst hatte.

»Es gibt gute Gründe«, stellte Carole fest und sah ihn vielsagend an.

Ben sah von ihr weg und fokussierte sich auf Isabelle. »Du hast mich angestellt, Isabelle, du solltest auch diejenige sein, die mich feuert.«

»Warum um alles in der Welt sollte ich dich feuern?«, erkundigte sie sich verwundert.

Beide starrten nun in Caroles Richtung, die spürte, wie ihre Kopfhaut zu prickeln begann, weil sich eine üble Migräne ankündigte. »Mutter, ich werde keine Sekunde länger mit diesem Menschen in einem Auto fahren. Ich will, dass er geht. Aber natürlich hat er recht, am Ende des Tages ist es deine Entscheidung – also: er oder ich?«

Sie hatte ihren Joker gespielt und blickte nun abwartend auf ihre Mutter, die sich verzweifelt übers Gesicht rieb.

»Carole, ich verstehe dich nicht. Was soll das jetzt? Lass uns doch in Ruhe darüber reden«, flehte Isabelle, aber Carole blieb hart.

»Nein, Mutter. Sag einfach, wer dich weiter begleiten soll auf deiner letzten Reise«, forderte sie.

Isabelle sah aus, als wäre sie geohrfeigt worden. Tränen sammelten sich in ihren Augen, und sie blickte flehentlich zu Ben, der auf sie zutrat und ihr sanft über den Arm strich.

»Vielleicht ist es wirklich besser, wenn ich gehe, Isabelle. Carole und du, ihr braucht Zeit miteinander, und ihr könnt die Tage hier zusammen nutzen. Zu Hause kannst du dir sicher jemand anderen suchen, der dir hilft.«

»Aber wie willst du von hier fortkommen?«, fragte Isabelle, der man anhörte, wie sehr die Situation sie gerade überforderte. Sie schüttelte sich, als könnte ihr das dabei helfen, einen klaren Gedanken zu fassen.

»Mach dir keine Sorgen, ich trampe«, sagte er und strebte Richtung Auto, wo er den Kofferraum öffnete und seinen Seesack herausholte.

Isabelle lief ihm nach und blieb ratlos neben ihm stehen. »Ben, bitte, ich weiß nicht, warum die Sache hier gerade so eskaliert ist. Ich weiß nur, dass Carole und ich uns nach all den vielen Jahren endlich ein wenig angenähert haben, was auch dein Verdienst ist. Deshalb kann ich sie unmöglich jetzt vor den Kopf stoßen. Warum auch immer sie mich zwingt zu wählen, ich muss mich für sie entscheiden«, gestand sie schuldbewusst und legte dabei entschuldigend den Kopf schief.

»Ich verstehe das, Isabelle, glaub mir.«

Er drückte sie kurz, aber herzlich, dann schulterte er sein Gepäck und ging zielstrebig auf Carole zu.

»Wieder einmal urteilst du, ohne dir die Mühe zu machen, nach den Gründen zu fragen«, sagte er finster und warf ihr in einer flüssigen Bewegung die Autoschlüssel zu, die sie gerade noch auffing.

»Sie bekommt viermal am Tag Tramadol, du solltest aufpassen, dass sie keinen Alkohol trinkt, das wäre gefährlich. Sie hat nachts große Schmerzen und schläft deshalb schlecht. Es hilft ihr, wenn du dich zu ihr setzt und mit ihr sprichst. In ihrer Tasche ist auch Morphium, aber das verweigert sie nach wie vor. Ich hoffe für sie, dass du es hinbekommst. Dass diese Reise sie ans Ziel bringen wird, denn sie ist eine unglaubliche Frau mit einem großen Herzen und verdient das bisschen Glück, das sie sich am Ende dieses Weges erhofft.«

Mit diesen Worten schenkte er Carole noch ein knappes Nicken und lief dann an ihr vorbei in Richtung der vielen parkenden Lkws, von denen einige deutsche Kennzeichen hatten.

»Du wirst dein Geld trotzdem bekommen, Ben. Ich überweise es dir, wenn ich wieder zu Hause bin«, rief Isabelle ihm nach, doch er drehte sich nicht einmal mehr um, als er über seine Schulter hinweg das Angebot abwinkte. Kurz darauf war er aus ihrem Sichtfeld verschwunden.

Isabelle sah, dass ihre Tochter mit den Tränen kämpfte. Blass und angespannt starrte sie Ben hinterher, dessen Gestalt mit jedem Schritt kleiner wurde, bis sie zwischen den bereiften Riesen am Ende des Parkplatzes verschwand.

Strassburg, 1958

Sabine rührte in einem Teig. Sie wollte am Wochenende einen Gugelhupf backen für Philippe. Sie war so stolz auf ihn, darauf, dass er bald seine Ausbildung abschließen würde. Darauf, dass er ein so erwachsener, herzensguter und freundlicher junger Mann geworden war.

Nichts wünschte sie sich mehr, als dass er endlich sein Glück finden würde. Sie wusste, wie sehr er litt wegen

Isabelle. Doch mittlerweile dachte Sabine ähnlich wie Werner Richter – es war zu ihrer beider Bestem so. Wie hätte das ausgesehen, wenn ihr Sohn mit dem Mädchen vor den Altar getreten wäre, das sie wie eine Tochter großgezogen hatten? Vater Armand wäre sicher schockiert. Und die Nachbarn erst. Zerrissen sie sich doch sowieso schon das Maul. Gerade vor ein paar Tagen hatte sie wieder eine alte Frau am Marktstand »Nazis« zischen hören, als sie mit Albert Bohnen und frische Eier geholt hatte.

Nein, die Verbindung der beiden hatte nie unter einem guten Stern gestanden. Sabine siebte etwas mehr Mehl in den Teig, der immer noch zu flüssig war. Natürlich vermisste sie Isabelle auch. Sie hatte sie aufgezogen, sie getröstet und ihr alles beigebracht, was eine Mutter einer Tochter im Leben mitgeben konnte. Vielleicht war sie deshalb insgeheim so enttäuscht darüber, dass Isabelle Philippe irgendwie bezirzt hatte.

Sie hoffte inständig, dass ihr Mädchen ein gutes Leben haben würde, wirklich. Aber bitte eins, in dem ihr Sohn höchstens noch die Rolle des großen Bruders spielte.

Albert stand plötzlich hinter ihr und wischte mit dem Finger durch die Schüssel, um sich etwas von der Masse zu stibitzen.

Lachend klopfte sie ihm auf die Hand. »Naschkatze«, schalt sie, doch dann drehte sie sich zu ihm und küsste seine nach Zucker und Milch schmeckenden Lippen. Er lächelte sie an und nahm sie in den Arm, um den Kuss zu vertiefen.

»Albert, mein Teig, ich muss den Kuchen fertig bekommen. Philippe wird morgen sonst enttäuscht sein. Und bis er hier ist, hab ich noch Unmengen zu tun. Ich will die Betten abziehen und seine Kochschürzen waschen und stärken.«

Sie wand sich aus seiner Umarmung und knetete den jetzt festen Teig in der Schüssel zu einer runden, glatten Kugel.

»Weißt du, ich könnte mal mit Simone Leclerc reden. Ihre Tochter Angeline ist so ein nettes Mädchen, und sie ist genau im richtigen Alter«, dachte sie laut nach.

»Im richtigen Alter wofür?«, fragte Albert und runzelte die Stirn.

»Zum Heiraten, Dummerchen. Sie und unser Philippe würden ein schönes Paar abgeben.«

Albert rollte mit den Augen. »Meine liebe Gattin, lass deine Kuppelversuche besser sein. Unser Sohn entscheidet schon selbst, wen er liebt und wen er heiratet«, mahnte Albert.

»Genau davor graust es mir«, sagte Sabine leise, doch Albert hatte sich bereits mit der Zeitung in seinen Lieblingssessel gesetzt.

Erst ein Klopfen an der Tür riss sie aus ihrer eingespielten Alltäglichkeit. Sabine ging zur Tür und öffnete einen Spalt, wo sie den Postboten, Monsieur Bertier, sah, der mit einem Telegramm herumfuchtelte.

»Bitte gegenzeichnen«, sagte er in gestrengem Ton, und Sabine unterzeichnete den Empfang, bevor sie den Umschlag hereintrug und auf den Tisch legte, wo sie ihn misstrauisch beäugte.

»Nun mach schon auf«, sagte Albert ungeduldig, und sie riss mit zittrigen Fingern das dünne Papier auseinander.

Nervös fühlte sie nach ihrer Brille, die meist in ihrer Frisur steckte, dann begann sie zu lesen, und Albert konnte sehen, wie alle Farbe aus ihrem Gesicht wich.

»Es ist von Monsieur Vallon, er schreibt, dass Philippe sich unerlaubt von der Arbeit entfernt hat und dass seine Ausbildung in Colmar damit beendet sei. Wir sollen seine restlichen Sachen abholen lassen.«

Sabine schlug sich die Hände entsetzt vor den Mund und kämpfte mit den Tränen. »O Albert, was ist denn nur in ihn gefahren? Wie konnte er bloß? Dabei hat dein Freund Thomas sich doch extra dafür stark gemacht, dass sie Philippe in dem feinen Hotel nehmen.«

»Ich glaube, da hat uns jemand eine ganze Menge zu erklären, wenn er morgen zu Hause ankommt«, grollte Albert.

Doch niemand sollte kommen – weder am nächsten Tag noch überhaupt jemals wieder.

Kapitel 23

Das Schweigen im Auto schien ein Eigenleben zu führen. Carole starrte gedankenverloren auf die Straße, während Isabelle den Blick zwischen ihrer Tochter und der Außenwelt, die an ihrer Scheibe vorbeiflog, hin und her wandern ließ. Die Landschaft wurde nun hügeliger und entfaltete sich wie ein weiter Teppich bis zum Horizont, weil sie die Autobahn hinter sich gelassen hatten und auf der Landstraße weiterfuhren. Sie passierten fast verblühte Lavendelfelder, ließen rechts und links hübsche kleine Dörfchen mit ihren typischen Steinhäusern und winzigen Gassen liegen und kamen an einsamen Seen und Fischteichen vorbei, wo Reiher und Störche nach Futter Ausschau hielten. Doch die beiden hatten kaum ein Auge für die Schönheit um sie herum. Ihre Gedanken kreisten um den Mann, den sie gerade zurückgelassen hatten.

Irgendwann räusperte Carole sich. »Wir sind in einer Dreiviertelstunde in Gordes«, bemerkte sie, und ihre Stimme war rau, weil sie sie einige Stunden nicht mehr gebraucht hatte.

»Lass uns hier irgendwo nach einer Übernachtungsmöglichkeit sehen«, bat Isabelle da und klang fast flehentlich.

»Ich dachte, du wolltest so schnell wie möglich dorthin?«

Im Schatten der draußen hereinbrechenden Dämmerung sah Isabelle blass und angespannt aus. »Ich will nicht unangekündigt in den Abend hineinplatzen. Und schon gar nicht so müde und zerschlagen, wie ich mich gerade fühle. Ich brauche ein bisschen Vorbereitungszeit.«

Carole sah sie von der Seite mit kritisch zusammengezogenen Brauen an. »Mutter, du hattest sechzig Jahre, um dich auf den Moment vorzubereiten«, stellte sie trocken fest.

»Es wird niemals genug Zeit sein, befürchte ich.«

Weil sie gerade ein Dorf passierten, hielt Carole am Randstreifen und suchte mit dem Handy nach einer Unterkunft. »Hier, ein kleines Gästehaus in Caromb, *Le Petit Lauron*, ich rufe an und reserviere«, sagte sie und wählte bereits.

Wenige Minuten später ließ sie den alten Mercedes auf den Hof ihrer gebuchten Unterkunft rollen. Es war eine hübsche Pension, die Wände aus dem landestypisch hellen Bruchstein, mit roten Ziegeln auf dem Dach und umgeben von Olivenbäumen und Pinien. Die Luft roch nach Rosmarin und der noch sonnenwarmen Erde.

Die Wirtin zeigte ihnen das Zimmer und bot an, ein kleines Abendessen zuzubereiten, was Carole dankbar annahm. Sie fühlte sich ebenfalls wie gerädert und war froh, sich gleich ausstrecken zu können. Nach einer langen, heißen Dusche, ein paar Schlucken guten Rotwein, Käse, Baguette und Oliven ließ sie sich matt auf das breite Doppelbett fallen. Isabelle war noch im Bad, und das Wasser schien endlos zu laufen.

»Du wirst Schwimmhäute bekommen, wenn du weiterduschst«, rief sie, bekam aber keine Antwort.

»Mama?«

Wieder nichts. Ein ungutes Gefühl beschlich sie, und sie stand auf, um an der Tür zu klopfen. »Mutter, alles okay da drin?«

Als sie ein leises Wimmern hörte, schoss ihr Puls in ungeahnte Höhen, und sie riss eilig die Tür auf, die Isabelle gottlob nicht verriegelt hatte.

»Um Himmels willen, was ist passiert?«, rief Carole, während sie zu der Dusche stürmte, wo Isabelle in sich zusammengesunken lag. Sie hatte die Augen geschlossen, Blut rann aus ihrer Nase und vermischte sich mit Schaum, Wasser und offenkundig dem Wenigen, was ihr Magen beinhaltet hatte.

Zum ersten Mal seit Langem sah sie ihre Mutter unbekleidet, und es versetzte ihr den nächsten Schock, denn Isabelles einst üppiger Körper war mager und ausgezehrt. Über ihre Arme und Beine zogen sich tellergroße blaue Flecken, und die Haut wirkte wie bläuliches Pergament. Carole stieg in die Dusche, drehte das Wasser ab und zog Isabelle hoch, damit sie sie an die nassen Fliesen der Duschwand lehnen konnte.

»Sieh mich bitte an, Mama«, flehte sie und wischte ihr den Rest Erbrochenes aus dem Mundwinkel. Langsam und flatternd hob Isabelle ihre Lider. Ihre Augen waren gerötet, die Pupillen wirkten in der nicht ausgeleuchteten Duschkabine riesig.

»Es tut mir so leid, ich weiß nicht, wie das passiert ist. Erst lief mir das Blut aus der Nase, dann wurden die

Schmerzen immer stärker, und schließlich musste ich mich übergeben. An mehr erinnere ich mich nicht.«

»Ist schon gut, kannst du aufstehen?«, fragte Carole sanft, doch Isabelle schüttelte den Kopf.

»Ich kann nicht mehr. Ich habe das Gefühl, nur noch aus Schmerzen zu bestehen«, wisperte sie und krümmte sich zusammen.

»Bitte, du musst aus der kalten Dusche, lass mich dir helfen.«

Sie stand auf und ließ sich neben Isabelle an der Duschwand hinabgleiten, wo sie sich den Arm ihrer Mutter über die Schultern zog, um sie mit sich nach oben zu stemmen.

»Bitte hilf mir, du musst ein bisschen mitarbeiten«, flehte sie und spürte, wie ihr der nasse Körper entglitt. Wäre Ben doch nur hier, schoss es ihr durch den Kopf, aber sogleich ohrfeigte sie sich für diesen Gedanken. Sie würden schon ohne ihn zurechtkommen.

Endlich spürte sie, wie Isabelle sie unterstützte, indem sie ihre Füße aufstellte und sich mit hocharbeitete. Carole führte sie zum Bett, wo sie sie absetzte und dann ins Bad zurücklief, um ein Handtuch zu holen. Sie versuchte, sich nicht anmerken zu lassen, wie sehr der Vorfall sie erschüttert hatte, während sie Isabelles magere Gestalt, so gut es ging, abrubbelte und danach in einen ihrer grellbunten Bademäntel verfrachtete.

»Das hast du früher immer für mich gemacht«, sagte sie plötzlich leise, weil sie sich mit einem Mal daran erinnerte, wie Isabelle sie als kleines Mädchen nach dem samstäglichen Bad auf dem Arm in ihr Zimmer getragen hatte, wo schon ein großes, warmes Handtuch auf dem Bett lag. Ihre Mutter hatte sie abgetrocknet und dann ihre langen blonden Haare aufgekämmt und zu Zöpfen geflochten. Wenn sie anschließend sauber und in ihrem Frotteepyjama im Bett lag, hatte Isabelle ihr vorgelesen.

»Stimmt, Theo fand, dass das Baden Frauensache ist, und ich war dankbar für diese kleinen Momente, in denen du nur mir gehörtest.«

Carole überlegte. »Warum gab es nicht mehr solcher Momente?«, fragte sie dann zögerlich.

»Du wurdest älter, wolltest meine Hilfe nicht, wolltest mich irgendwann überhaupt nicht länger in deinem Leben«, erinnerte Isabelle leise.

Szenen spielten sich mit einem Mal vor Caroles innerem Auge ab. Papa, der sie zurückhielt, als sie zu Isabelle ins Zimmer huschen wollte. »Lass sie, sie ist wieder mal betrunken«, sagte er dann und zog die kleine Carole mit sich.

Ein anderes Mal hatte sie sich das Knie aufgeschlagen und wollte sich Trost und ein Pflaster bei ihrer Mutter holen. »Sie bat darum, dass du sie nicht störst. Komm, lass mich danach sehen«, hatte Papa gemeint.

Wie in einem Kaleidoskop purzelten plötzlich Tausende solcher Dialoge aus den Rändern der Vergessenheit in ihr Bewusstsein. Was, wenn das gar nicht wahr gewesen war? Wenn ihr Vater mit diesen kleinen Spitzen an ihrem kindlichen Vertrauen gehämmert hatte, bis es zerbrach?

»Du bist schon immer ein Papakind gewesen, hast sehr an ihm gehangen. Wenn er da war, war ich abgemeldet. Aber als du kleiner warst, hast du mich wenigstens dann akzeptiert, wenn du keine Alternative hattest. Als das auch aufhörte, hab ich den Fehler gemacht, nicht zu kämpfen. Es tut mir so leid«, sagte Isabelle und strich ihrer Tochter eine lose Haarsträhne aus dem Gesicht.

»Ich glaube, dass Papa auch aktiv daran gearbeitet hat, dass ich mich von dir abwende«, gestand Carole da und sah ihre Mutter fragend an.

»Ich habe so etwas immer vermutet, aber es nie mitbekommen. Es fing damit an, dass du mir irgendwann wütend gesagt hast, dass du dich lieber allein baden willst und ich dich in Ruhe lassen soll.«

»Papa hatte behauptet, dass du dich über das Baden beklagt hättest. Dass es dir lästig sei und ich doch auch alt genug wäre, es nun selbst zu tun.«

»Niemals, ich habe die Zeit genossen, Carole«, bekräftigte Isabelle.

»Er hat mir auch erzählt, dass du mich gar nicht haben wolltest«, fügte Carole an, und allein die Erinnerung tat weh.

»Unsinn, daran ist kein Wort wahr, das musst du mir glauben«, beschwor Isabelle sie und griff nach ihrer Hand. Carole spürte, wie sich Tränen aus ihren Augenwinkeln stahlen, und sie wischte sie schnell weg. Ihre Mauern bekamen nicht nur Risse, ganze Teile brachen nun heraus. Es fühlte sich befreiend an. Sie war es leid, so bitter und voller Wut zu sein. Sie blickte lange auf ihre verschränkten Hände, dann sah sie auf und lächelte ihre Mutter an. »Ich bin froh, mit auf diese Reise gekommen zu sein«, gab sie zu, und Isabelle schloss kurz die Augen.

»Ich auch, mein Kind«, flüsterte sie, bevor sie sich in die

Kissen des weichen Bettes zurückfallen ließ, weil eine neue Welle Schmerz sie überrollte.

Carole dachte daran, was Ben ihr über die Medikamente gesagt hatte. Sie ging zu der kleinen Ledertasche und durchsuchte sie, bis sie die Packung mit den Tropfen gefunden hatte. Dann rollte sie den endlos langen Beipackzettel auseinander und las sich die Informationen durch.

»Zwanzig Tropfen?«, fragte sie.

Isabelle schüttelte den Kopf. »Mach vierzig draus.«

Carole schluckte, doch sie sah, wie ihre Mutter eilig nickte, bevor sie aufstöhnte und sich wieder ins Kissen drehte. Carole holte ein Glas Wasser, füllte das Schmerzmittel hinein und half Isabelle dann auf, damit sie trinken konnte. Es dauerte qualvoll lange dreißig Minuten, bis Isabelle wieder etwas Farbe zurückbekam und sich allein aufsetzen konnte.

Carole hatte es kaum ertragen, ihr so hilflos zusehen zu müssen und war nun umso erleichterter, als Isabelle sogar bat, ihr ein wenig Brot und Käse zu reichen.

Sie schnitt etwas Baguette ab, bestrich es mit Butter und legte einige Stücke von dem Gruyère dazu. Beides stellte sie Isabelle auf den Schoß, die sich nun an das Kopfteil des Bettes lehnte und nachdenklich auf dem Essen kaute.

»Warum hast du Ben fortgeschickt?«, fragte sie unvermittelt.

Sogleich rückte Carole, die auf der Bettkante Platz genommen hatte, von ihrer Mutter ab. »Ich habe etwas über ihn erfahren, was es unmöglich machte, dass er sich weiter in deiner Nähe aufhalten konnte.«

Isabelle sah sie fragend an.

»Ich weiß jetzt, warum er im Gefängnis saß«, platzte es aus ihr heraus.

Als Isabelle nur weiter schweigend dasaß, holte Carole tief Luft, denn sie nahm an, dass die nächste Information ihre Mutter schwer erschüttern würde. »Er wurde wegen Totschlag verurteilt, Mama.«

Isabelle regte sich einige Momente nicht, dann zuckte sie mit den Schultern. »Aber was genau wurde ihm denn vorgeworfen?«

»Das ist doch egal, er hat einem anderen Menschen das Leben genommen«, betonte Carole, nun etwas ungehalten.

»Ich kenne ihn, er ist ein anständiger Kerl, Carole. Es muss deshalb einen guten Grund für seine Tat geben.«

Carole stöhnte auf. »Du glaubst doch immer an das Gute, Mama. Aber vielleicht hat er uns auch einfach nur getäuscht.« Sie hatte bitterer als beabsichtigt geklungen, weshalb ihre Mutter sie nun aus zusammengekniffenen Augen ansah.

»Carole, ich weiß, dass da etwas zwischen euch lief, und es hat mich glücklich gemacht, weil ich gesehen habe, dass er *dich* glücklich macht. Aus irgendeinem Grund verweigerst du ihm aber jetzt die Chance, sich zu erklären. Warum?«

Carole spürte, wie ihre Wangen brannten. »Das Warum interessiert mich nicht, es reicht mir, dass er es getan hat. Davon abgesehen hat er sein Leben, und dahin ist er sicherlich auch mehr als gerne zurückgekehrt«, antwortete sie spitz.

»Sein Leben besteht aus einer winzigen Zweizimmerwohnung im Bahnhofsviertel und regelmäßigen Treffen mit seinem Bewährungshelfer, hat er mir gesagt. Ich kann mir also schlecht vorstellen, dass er besonders erpicht darauf war, in dieses Leben zurückzukehren. Vor allem, weil er Gefühle für dich hat. Das wäre einem Blinden aufgefallen.«

Carole schoss nun vom Bett hoch und blieb mit verschränkten Armen vor ihrer Mutter stehen. »Ach ja, und von Tini hat er dir nicht erzählt?«, rutschte es ihr heraus. Erschrocken schlug sie sich die Hand vor den Mund, weil sie gar nicht die Absicht gehabt hatte zuzugeben, dass Eifersucht und ihre eigene blöde Unsicherheit durchaus eine entscheidende Rolle dabei gespielt hatten, ihn so rigoros aus ihrem Leben zu drängen.

»Tini? Du meinst seine Schwester Kristina?«, fragte Isabelle nun verblüfft.

Carole ließ ihre Hand sinken und starrte ihre Mutter fassungslos an. »Schwester?«

»Ja, er hat ja nicht gern von sich gesprochen und mir auch nicht viel erzählt, nur einmal, als wir nachts beisammensaßen, hat er gesagt, dass sie alles an Familie sei, was ihm noch geblieben ist. Sein Vater ist wohl vor einigen Jahren gestorben, seine Mutter schon kurz nach seiner Geburt. Die Schwester lebt irgendwo mit Mann und Sohn im Süden, bei München, glaube ich.«

Carole ließ sich nun zurück auf das Bett plumpsen. Sie rieb sich mehrmals müde über das Gesicht. Er hatte so recht gehabt, wieder einmal hatte sie geurteilt, ohne die ganze Geschichte zu kennen.

»Oh«, sagte sie nur, weil sie ihren kapitalen Fehler erkannte. »Na ja, egal, er ist fort, und es bleibt dabei, dass er wegen Totschlag im Gefängnis gesessen hat«, unterstrich sie unnötigerweise, doch Isabelle hatte sie auch so durchschaut.

»Du warst eifersüchtig, richtig? Du hast irgendwas mitbekommen und falsch interpretiert.«

Carole seufzte. »Handy, Textnachricht«, gab sie nach einer Weile kleinlaut zu.

»Diese blöden Dinger«, sagte Isabelle und deutete mit dem Kinn auf Caroles Handy, das auf dem Nachttisch lag. »Als ob es nicht so schon schwierig genug ist zwischen den Menschen«, befand sie kopfschüttelnd.

Doch dann griff sie nach dem Gerät und hielt es Carole hin.

»Manchmal können sie aber auch ganz nützlich sein, also los, ruf ihn an«, befahl sie.

Caroles Augen wurden riesig. »Nein, nie im Leben. Er hält mich so wahrscheinlich schon für eine durchgeknallte Ziege. Und vielleicht will ich ja gar nicht hören, was genau er getan hat.«

Vielleicht schämte sie sich aber auch zu sehr, und die Angst, dass er sie abweisen könnte, war ohnehin übermächtig.

Isabelle blieb jedoch unnachgiebig und hielt ihr das Telefon weiterhin schweigend unter die Nase.

»Ich kann ihn nicht anrufen, Mama. Ich wüsste gar nicht, was ich ihm sagen soll.«

»Das ergibt sich schon, wenn er dran ist«, befand Isabelle halsstarrig.

Carole seufzte. »Wir haben andere Aufgaben vor uns.

Morgen fahren wir zu diesem Weingut und überraschen Philippe«, sagte sie bemüht heiter.

Isabelle reckte jedoch nur stur ihr Kinn vor. »Ich werde erst in das Auto steigen, wenn Ben wieder hier ist. Wir haben diese Reise zusammen begonnen, und wir werden sie auch zusammen beenden. Wir alle drei.«

Carole verdrehte die Augen. »Er wird vielleicht gar nicht abheben.«

»Finde es heraus«, drängte Isabelle und warf ihr das Handy nun entgegen. Es landete direkt vor ihr auf der Bettdecke.

Sie konnte jetzt noch eine gefühlte Ewigkeit diese unsinnige Diskussion hier weiterführen, oder sie würde über ihren Schatten springen und diesen gottverdammten Anruf machen.

Sie griff nach dem Telefon, sah ihre Mutter aber dann unschlüssig an.

»Ich …«

Isabelle lächelte sie wissend an. »Geh schon nach draußen. Ich will gar nicht lauschen. Ich will nur, dass du anrufst.«

Alle Argumente waren nun aufgebraucht. Mit einem letzten tiefen Seufzer lief Carole hinaus in den Garten, wo ein atemberaubender Sonnenuntergang sie empfing. Der warme Wind streichelte ihre Haut, und der Duft von reifen Aprikosen und Rosmarin kitzelte in ihrer Nase. Isabelle hatte ihr die Nummer gegeben, als sie Ben das Handy gekauft hatte. Carole hatte sie eingespeichert, sich aber noch nicht getraut, den Kontakt zu nutzen. Nun scrollte sie mit zitternden Fingern zu seinem Namen.

»Also gut, Mutter, wir werden sehen, ob das hier eine gute Idee ist«, flüsterte sie, bevor ihr Finger sein Profil antippte und das Hörersymbol anzeigte, dass angerufen wurde.

Ihr Herzschlag beschleunigte sich. Nervös begann sie, in dem hübsch angelegten Garten hin und her zu wandern. Es klingelte so lange durch, dass sie kurz davor war aufzulegen, als endlich abgenommen wurde.

»Ja.«

Mehr nicht. Keine Begrüßung, keine Frage, wer dran sei. Er wusste, dass sie es war, und seine Stimme klang alles andere als wohlwollend.

Sie biss sich nervös auf die Lippen. »Ben, können wir reden?«

Sein Schweigen zog sich, sodass sie am Ende noch ein zittriges »*Bitte*?« hinterherschickte.

Sie hörte ihn ungehalten ein- und ausatmen. »Wozu, Carole? Du hast vorhin klargemacht, dass du nicht reden willst.«

Sie wischte sich ratlos über die Stirn. Ihr fehlten die Worte.

»Ich lege auf, wenn du sonst nichts zu sagen hast«, fuhr Ben fort.

»Halt, warte, leg nicht auf. Ich …«

Jetzt oder nie. Sie musste den einen Schritt tun, über diese Klippe springen, sonst hätte sie diesen Kampf verloren, ohne ihn je richtig begonnen zu haben. »Es tut mir leid. Ich würde es dir gerne erklären, und ich möchte wirklich deine Geschichte hören.«

Wieder diese beredte Stille, die Carole die Luft aus der Lunge zu pressen schien.

Dann endlich lenkte er ein. »Also gut, aber nicht am Telefon.«

Die Erleichterung traf sie wie ein Schlag, sodass sie sich kurz an den Stamm einer alten Korkeiche lehnen musste. »Wo bist du?«

»Ein Lastwagenfahrer hat mich ein Stück mitgenommen. Ich bin in einem Bed and Breakfast in Givors, das ist in der Nähe von Lyon. *Séjours et Affaires* heißt es.«

Sie nahm das Handy vom Ohr und googelte die Adresse. »Warte, ich spreche mit Isabelle.«

Sie eilte zur Terrassentür und sah ihre Mutter mit einem breiten Grinsen in den Kissen thronen. So viel zum Thema: *Ich will nicht lauschen.*

»Ich müsste mal eine Zeit lang weg.«

Isabelle nickte zufrieden. »Ich verspreche, ganz brav im Bett zu bleiben, mich von der guten Madame Salinger mit Essen verwöhnen zu lassen, zu lesen und pünktlich meine Medikamente zu nehmen«, beteuerte sie.

»Ben, ich bin in etwa zweieinhalb Stunden bei dir.«

Bevor er es sich anders überlegen konnte, hatte sie aufgelegt.

Unsicher sah sie Isabelle an. »Es ist völlig verrückt, Mama. Ich weiß nicht mal, ob mir am Ende gefällt, was ich zu hören bekomme. Und ob er sich uns noch einmal anschließt, steht auch in den Sternen.«

»Natürlich wird er mitkommen. Wenn du ihm die Chance gibst, seine Geschichte zu erzählen. Ich habe den Eindruck, dass er genau das will. Dass er von dir hören möchte, dass du ihm vergibst, damit er sich selbst vergeben kann.«

Carole schluckte. »Der Abstecher wird unseren Ausflug noch ausdehnen. Ich müsste meinen Urlaub verlängern«, überlegte sie zögerlich, was Isabelle mit fröhlichem Kopfnicken quittierte.

»Mach das! Am besten verlängerst du ihn auf unbestimmte Zeit, denn diese Arbeit hat dich nie glücklich gemacht. Ich wette, tief in dir drin schlummert ein Wunsch, den du nicht einmal vor dir selbst aussprechen willst. Steueranwältin bist du geworden, um deinem Papa zu gefallen.«

Carole hatte das Gefühl, als wanke gerade das gesamte Fundament ihres sorgsam aufgebauten Lebens. Hier stand sie, mitten im Nirgendwo, in einer winzigen Pension mit ihrer sterbenskranken Mutter und überlegte ernsthaft, nicht nur ihren Job zu kündigen, sondern auch in den altersschwachen Mercedes zu steigen, um einem Mann zu gestehen, dass sie ihn lieber fortgestoßen hatte, als sich der Gefahr auszusetzen, zum ersten Mal in ihrem Leben ihr Herz zu verschenken.

Die alte Carole hätte ihr vermutlich den Vogel gezeigt, doch die neue Carole suchte in der Handtasche nach dem Autoschlüssel.

Kapitel 24

Ben starrte das Handy noch eine ganze Weile verblüfft an. Sie wollte reden, war sogar auf seine Bedingungen eingegangen. So weit, so gut. Doch das würde bedeuten, dass er ihr alles erzählen musste. Allein der Gedanke verursachte ihm einen dicken Kloß im Hals.

Er sprach nicht gern und oft über die Zeit im Gefängnis. Und schon gar nicht über die Gründe, die ihn dorthin gebracht hatten. Doch eines war klar: Wenn er wollte, dass sein Leben nicht mehr auf der Stelle trat, dass sich etwas entwickeln würde, dann musste er ihr reinen Wein einschenken. Das war ihm am Morgen bewusst geworden, als sie ihn mit der finsteren Wahrheit konfrontiert hatte.

Er rieb sich den Nacken, der von der Fahrt auf dem Bock des Lkw noch reichlich steif war. Der Fahrer, der Paletten in eine Fabrik nach Lyon geliefert hatte, war froh über die Gesellschaft gewesen und hatte ihm die ganze Zeit von der hübschen Eloise vorgeschwärmt, die einen Imbiss direkt an der Tankstelle hatte und bei der es den besten Kaffee weit und breit gab. Ben hatte ihm nur mit halbem Ohr gelauscht.

Seine Gedanken waren bei Carole und Isabelle. Er fragte sich immer noch, was bei Carole zu diesem plötzlichen

Stimmungsumschwung geführt hatte. Er war nicht so vermessen zu glauben, dass sie sich ebenfalls in ihn verliebt hatte, aber definitiv waren auch auf ihrer Seite Gefühle im Spiel gewesen. Sie waren sich so nahegekommen, doch von einem Moment auf den anderen hatte sie all ihre Mauern wieder hochgezogen. Und egal wie oft er die vergangenen Tage Revue passieren ließ, ihm wollte einfach kein Grund für ihren radikalen Rückzug einfallen.

In Givors hatte der Fahrer ihn rausgelassen, der danach in eine andere Richtung weiterwollte. Als sich keine neue Mitfahrgelegenheit bot, hatte Ben sich das Zimmer in dem kleinen, günstigen Hotel genommen in der Hoffnung, am Morgen entweder per Anhalter weiterzukommen oder ansonsten vom nächstgelegenen Bahnhof aus nach Deutschland weiterzureisen. Bis Caroles Anruf kam.

Er wollte sich nicht zu viele Gedanken machen – und vor allem nicht zu viele Hoffnungen. Er versuchte, sich damit abzulenken, indem er ein paar dringend überfällige Telefonate tätigte. Als Erstes stand Johannes, sein Bewährungshelfer, auf der Liste. Ben ließ sich auf das zerschlissene Sofa fallen und wählte seine Nummer. Er musste ihm mitteilen, dass er die Stelle verloren hatte, doch es ging nur die Mailbox ran, weshalb er auflegte, ohne eine Nachricht zu hinterlassen. Zumindest hatte er es versucht. Danach wählte er Tinis Nummer, die gleich beim zweiten Klingeln abnahm.

»Hey Bennibär«, flötete sie, und er musste lächeln. Den blöden Namen hatte sie ihm als Kind schon verpasst und gebrauchte ihn oft und gerne, weil sie wusste, dass er ihn nicht mochte. So war das wohl mit Geschwistern, man kannte die Schwachstellen und nutzte das manchmal schamlos aus. Trotzdem liebte er seine große Schwester. Sie standen sich nahe, obwohl sie schon vor so vielen Jahren fortgezogen war, und er hatte ihr nie vorgeworfen, dass sie damals vor Gericht nicht für ihn hatte aussagen können. Er wusste, wie schuldig sie sich deshalb fühlte, doch was war ihr anderes übriggeblieben? Sie hätte lügen müssen, um ihm zu helfen.

»Wie ist die Reise gewesen, hat die alte Dame ihren Liebsten gefunden?«

Er atmete tief ein. »Ich weiß es nicht, ich bin vorher weg.«

»Aber warum denn, es lief doch gut, und die Bezahlung war der Hammer! Was hast du angestellt?«, fragte sie im Große-Schwester-Modus.

»Ich will jetzt nicht darüber reden«, befand er müde und hörte, wie sie resigniert stöhnte.

»Bitte, dann nicht. Aber so einen Job wirst du so schnell nicht wieder finden.«

Sie schwiegen beide einen Moment nach dieser Feststellung des Offensichtlichen.

»Du weißt, dass Micha und ich dir Geld geben würden, wenn du das mit dem Studium noch einmal angehen willst«, bot sie da leise an, und er fragte sich kurz, wie man dankbar und wütend zugleich sein konnte.

»Das ist nett, aber ich denke, der Zug ist für mich abgefahren.«

Immer wieder kamen sie in ihren Gesprächen zu diesem Punkt. Doch Tini und Micha hatten genug am Bein. Sie hatten gerade erst ein Haus gebaut und dachten über ein weiteres Kind nach. Die beiden brauchten ihr Geld für andere Dinge. Zum Glück fing sein Neffe Mikka in diesem Augenblick lautstark an zu schimpfen, weil seine Playstation nicht funktionierte, sodass seine Schwester sich eilig verabschiedete.

»Wir reden noch mal über die Sache. In Ruhe. Wenn du wieder zu Hause bist.« Es war zwar als Feststellung geäußert, aber als Drohung gemeint, dessen war er sich bewusst. Tini gehörte, wie Isabelle und Carole, zu den Frauen, die nicht so leicht aufgaben.

Er musste lächeln, als er auflegte. Doch sein Lächeln gefror, als er eilige Schritte im Flur vor der Tür hörte. Sein Herz begann im gleichen eiligen Takt zu schlagen, den ihre Absätze auf dem zertretenen Holzboden machten.

Das Geräusch verebbte vor seiner Tür. Ben stand auf. Angespannt wartete er auf ihr Klopfen. Sie schien sich erst sammeln zu müssen, denn es dauerte, bevor sie zaghaft gegen Nummer 24 pochte.

Er hatte geglaubt, genügend Zeit gehabt zu haben, um sich auf das Zusammentreffen vorzubereiten, doch ihr Gesicht plötzlich nur Zentimeter von seinem entfernt zu sehen, zog ihm glatt den Boden unter den Füßen fort. Er lehnte sich in den Türrahmen und verschränkte die Arme. Es sollte lässig wirken, half ihm aber auch, nicht den einen Schritt auf sie zuzugehen und sie an sich zu ziehen, wie er es gerne getan hätte.

»Sieh an, was der Wind hereingetragen hat«, sagte er und war unendlich froh, dass man seiner Stimme den Aufruhr nicht anhörte.

Schweigend blieb sie vor ihm stehen und sah ihn aus großen, unsicher dreinblickenden Augen an.

»Warum bist du hier, Carole?«, fragte er und hoffte, dass es schroff genug klang, denn er wollte ihr nicht zeigen, dass sein blödes Herz schon allein bei ihrem Anblick weich wurde.

»Ich hab den Auftrag, dich wieder zu Isabelle zu bringen.«

Er kniff die Augen zusammen. »Und wo ist deine Mutter?«

»Sie ist in einer kleinen Pension nahe dem Weingut, und sie weigert sich, ihre Mission ohne dich fortzuführen. Sie will es nur mit uns beiden machen oder gar nicht.«

Ben musste sich ein Lächeln verkneifen beim Gedanken an Isabelle, doch stattdessen schnaubte er abfällig. »Du bist also nur wegen der Sturheit deiner Mutter hier.«

Sie schüttelte so heftig den Kopf, dass sich einzelne Strähnen aus ihrem ohnehin unordentlichen Pferdeschwanz lösten. »Nein, ich will wissen, warum du wegen Totschlag gesessen hast. Was ist die Geschichte?«, sprudelte es aus ihr heraus.

Er stieß sich vom Türrahmen ab und trat von ihr zurück, den Griff schon in der Hand, um sie auszuschließen. »Ist doch völlig gleichgültig, Carole. Du hast dein Urteil ja bereits gefällt.« Der Angsthase in ihm hatte kurzfristig die Führung übernommen. Wenn er sie vergraulte, musste er nicht in seinen finsteren Keller steigen und im wahrsten Sinne die Leichen hervorziehen. Schnell presste sie die flache Hand an die Tür, um ihn daran zu hindern, diese vor ihrer Nase zuzumachen. Ihre Hartnäckigkeit ließ ihn weich werden, doch allzu einfach wollte er es ihr auch nicht machen. Sein Schweigen löste ihre Lippen. »Es tut mir leid,

Ben. Ich weiß, dass ich es schon wieder getan habe und nicht nur einmal. Ich hatte bereits vorher ein Urteil aufgrund dürftiger Beweise gefällt«, gestand sie kleinlaut.

Er zog überrascht eine Augenbraue hoch, schwieg aber weiter beharrlich.

»Ich habe eine Nachricht auf deinem Handy gelesen, was ich per se nicht hätte tun sollen. Und daraus habe ich Schlüsse gezogen, die wohl falsch waren.«

Stumm betrachtete er sie.

»Okay, du willst mir das hier nicht leicht machen, und du hast recht, das habe ich verdient«, sagte sie und knetete nervös ihre Hände. »Also, ich habe gedacht, Tini wäre eine Freundin oder Flamme, und du würdest nur mit mir spielen.«

Immer noch kein Wort.

Sie seufzte. »Ich war verletzt und habe überreagiert, und als dann noch der Anruf kam, schien mir das wie eine Bestätigung zu sein, dass ich meinen Gefühlen einfach nicht trauen kann.«

Er blickte sie durchdringend an, widerstand aber dem Impuls, ihr zu schnell zu vergeben.

»Darf ich reinkommen? Bitte«, flehte sie leise und trat noch dichter auf ihn zu, sodass ihr süßer Duft durch seine Entschlossenheit drang und diese gehörig ins Wanken brachte.

Weiterhin wortlos machte er einen Schritt zur Seite und ließ sie ein. Sie sah sich kurz in dem kargen Zimmer um.

»Ich bin nicht wirklich auf Besuch vorbereitet. Leitungswasser?«, fragte er, und sie nickte dankbar. Er kehrte mit zwei Zahnputzbechern zurück und reichte ihr einen. Dann lehnte er sich an die gegenüberliegende Wand, weil er Abstand brauchte. Zu sehr erschütterte ihre Anwesenheit sein Inneres.

Sie trank ein paar Schlucke und blickte ihn dann abwartend an. Er rieb sich nervös über den Kopf, sodass seine Haare wieder einmal zu Berge standen. Sie lächelte kurz, bevor sie vor sich auf den hässlichen Läufer sah und tief Luft holte.

»Ich weiß, dass es nach allem viel verlangt ist, aber würdest du mir erzählen, was damals passiert ist?«

Sulzbach, Taunus, sechs Jahre zuvor

Ben rieb sich die Augen, sie waren verquollen und brannten, und die Buchstaben vor ihm begannen zu tanzen. Was Müdigkeit aus einem Menschen machen konnte, dachte er und klappte den Ordner mit seinen Unterlagen missmutig zu. Er hätte dringend für sein Physikum lernen müssen, er hatte bereits zwei Semester verloren, weil die Pflege seines Vaters und die Arbeit auf dem Hof ihn so beanspruchten, doch er bekam nichts in seinen Kopf. Seit Wochen schon war an Schlaf gar nicht mehr zu denken.

Ein lautes Stöhnen aus dem Nebenzimmer unterbrach das kurze gleichmäßige Wimmern, das zum Soundtrack seines Lebens geworden war. Die Schmerzen wurden schlimmer, und selbst das Morphium brachte seinem Vater seit ein paar Tagen keine Linderung mehr. Es ging zu Ende, sie wussten es beide. So schrecklich der Gedanke auch war, Ben wünschte sich, sein Vater könnte endlich sterben. Der

Bauchspeicheldrüsenkrebs hatte aus dem einst so vitalen Mann, der in seiner Erinnerung groß und stark wie ein Baum gewesen war, ein Ästchen gemacht, einen Schatten seiner selbst. Ben stand auf und klopfte leise an die Schlafzimmertür. Ein Krächzen ließ vermuten, dass sein Vater wach war.

»Hey Paps, wie geht es dir?«, fragte er, als er in den abgedunkelten Raum trat, der nach Urin, Desinfektionsmittel und ganz allgemein nach Krankheit roch.

»Es hört nicht auf«, stöhnte er tonlos, und Ben wusste, dass sein Vater die unerträglichen Schmerzen meinte.

»Soll ich den Arzt holen?«, fragte er, doch sein Vater schüttelte nur müde den Kopf.

»Bringt nix.«

Ben wusste, dass er recht hatte, sein Vater bekam bereits die höchstmögliche Dosis an Morphium, mehr wäre tödlich gewesen.

Er ging zum Fenster, um wenigstens etwas frische Luft hereinzulassen.

»Nicht, kalt«, ächzte sein Vater und wandte den Kopf ab. Ben seufzte und drehte den Griff wieder nach unten. Der Geruch bereitete ihm Kopfschmerzen und verursachte ihm heute Morgen leichte Übelkeit, weil er noch nichts im Magen hatte. Dabei war er als angehender Mediziner normalerweise nicht zimperlich.

»Hast du was gegessen?«, fragte er sanft, sah aber gleich, dass das Tablett mit dem Toast und dem nun kalten Kaffee unangetastet war.

»Geht nicht«, war alles, was sein Vater noch sagen konnte, bevor er von einer neuen Welle ergriffen wurde.

Das laute Stöhnen ebbte irgendwann erneut in das stetige Wimmern ab.

»Ich muss erst im Stall nach dem Rechten sehen, aber dann komm ich zu dir, und wir versuchen mal, dich zu duschen«, schlug er vor, doch sein Vater schüttelte den Kopf.

»Lass mich einfach, ich will nur noch, dass das aufhört. Mach, dass ich sterben kann«, flehte er ins Nichts zu einem Gott, der ihn scheinbar vergessen hatte.

Ben schluckte. In den letzten Tagen hatte sein Vater immer wieder davon gesprochen, dass er nicht mehr wollte, nicht mehr konnte, dass er sich wünschte, es wäre endlich vorüber.

Hoffnung auf Heilung bestand ohnehin nicht. Ben wusste, dass es bei dieser Diagnose meist aussichtslos war. Wobei sein Vater sich nach einer ersten Chemo im vergangenen Jahr gut berappelt hatte. Doch dann erbrach er eines Morgens Blut, und umfangreiche Tests hatten ergeben, dass der Krebs schon überall gestreut hatte, in die Leber, die Lunge, in den Kopf.

Ben war daraufhin aus dem Studentenwohnheim ausgezogen und nach Hause zurückgekehrt. Tini, seine Schwester, rief jeden Tag an. Sie plagte das schlechte Gewissen, weil sie so weit weg war und ihn nicht unterstützen konnte. Ben vermied es daher, ihr zu schildern, wie schlimm es in Wahrheit war. Er trat auf das Bett zu, strich seinem Vater beruhigend über die eisigen Hände und zog ihm dann die Decke bis unters Kinn.

»Ich bring dir noch eine Wärmflasche.«

Als er kurz darauf wieder in das Krankenzimmer trat, war sein Vater wenigstens für einen Moment befreit, weil das Schlafbedürfnis stärker als der Schmerz gewesen war. Wie gerne hätte Ben sich nun auch auf dem Sofa ausgestreckt und die Lider geschlossen. Er überlegte, wann er das letzte Mal eine Nacht durchgeschlafen hatte, aber er konnte sich nicht erinnern. Oft waren es nur ein oder zwei Stunden, in denen er überhaupt einmal ein Auge zubekam. In der Stille und Dunkelheit der Nacht schien sein Vater noch mehr zu leiden, und seine Schreie hallten sogar durch die wenigen Träume, die Ben derzeit im Schlaf noch fand.

Er zog sich eine Jacke über und ging in den Stall, wo er die Kühe, Hühner und Schafe fütterte und den Katzen etwas Milch in die Schalen füllte. Früher einmal war es ein großer Hof gewesen, doch mit den Jahren kam sein Vater nicht mehr gegen die Konkurrenz der industriellen Landwirtschaft an. Nach und nach hatte er Tiere verkauft und Stücke vom Land, und jetzt, wo er im Ruhestand war, führte er den Hof ohnehin nur noch als Hobby.

Ben musste unbedingt mit seinem Vater reden, denn er hatte ein gutes Angebot für den Betrieb und das Wohnhaus bekommen. Doch er schob das Gespräch vor sich her, weil er wusste, dass sein Vater so an alldem hier hing.

Ben sah wieder nach seinem Vater und machte sich dann schnell im Stehen ein Brot, das er mit lauwarmen Kaffee aus der alten Thermoskanne hinunterspülte. Anschließend versuchte er noch einmal, sich auf seine Unterlagen zu konzentrieren, doch es war hoffnungslos, weil er zwischendurch Erbrochenes aufwischen ging, eine volle Windel wechselte und ein Mittagessen zubereitete, das unangerührt im Mülleimer landete. Das Telefon riss ihn endgültig aus seiner ohnehin dürftigen Konzentration.

»Hey Bennibär«, sagte Tini, doch sie klang eher mitleidig als neckend.

Ben rieb sich das müde Gesicht, versuchte aber, munter zu klingen. »Hallo Schwesterherz, wie geht es dir? Was macht der Wurmfortsatz?« So nannte er scherzhaft das Baby, das in wenigen Wochen zur Welt kommen würde.

»Lässt mich nicht schlafen. Ich habe Rückenschmerzen und Sodbrennen und schlechte Laune«, informierte sie ihn, doch sie klang zu zufrieden, als dass er ihre Worte hätte ernst nehmen können. Er wusste, wie sehr sie und ihr Mann Michael sich auf den Nachwuchs freuten.

»Wie geht es Papa?«, wollte sie dann wissen, und er musste tief Luft holen, weil das Lügen ihm zusehends schwerer fiel.

»Er schlägt sich wacker, Tini, mach dir keine Sorgen«, wiegelte er ab.

»Ich habe nur noch vier Wochen, dann fängt mein Mutterschutz an. Was hältst du davon, wenn ich euch dann eine Zeit lang unterstütze?«

Der Gedanke, seine hochschwangere Schwester wäre diesem Elend hier ausgesetzt, zog ihm die Eingeweide zusammen, und er schüttelte schnell den Kopf, obwohl sie das natürlich nicht sehen konnte. »Schwesterherz, du hast doch sicher anderes zu tun in der Zeit vor der Geburt, zum Beispiel dich auszuruhen. Hatte der Arzt da nicht etwas erwähnt, von wegen halblang machen aufgrund der vorzeitigen Wehen?«

Sie schnaubte kurz, wusste aber, dass er recht hatte. »Ich fühle mich nur so schrecklich nutzlos, all die Arbeit bleibt an dir hängen, Ben«, jammerte sie.

»Das ist keine große Arbeit. Du weißt doch, wie Paps ist, total anspruchslos. Wir lassen es uns gut gehen hier in unserer Männer-WG.«

Eine gewaltigere Lüge war ihm selten über die Lippen gekommen, aber nur so konnte er sie auf Abstand halten und daran hindern, sich in den nächsten Zug zu setzen. Natürlich wusste auch Tini, dass ihr Vater keine gute Prognose hatte, doch mehr hatten sie ihr nicht gesagt, auch Paps wollte nicht, dass seine Tochter ihr ungeborenes Kind mit zu viel Aufregung in Gefahr brachte.

»Lass mich sofort wissen, wenn was ist, versprich es mir, Ben. Wir stehen das zusammen durch«, beschwor sie ihn, bevor sie auflegte. Ihm war nicht klar, ob es ihm wieder einmal gelungen war, sie zu beruhigen, doch er hoffte, dass es für den Moment reichen würde.

Das Wimmern im Schlafzimmer hatte abermals eingesetzt, und er ließ seinen Ordner erneut unangetastet liegen, um seinen Vater etwas abzulenken.

»Komm, wir schauen ein bisschen fern, alter Mann«, sagte er gespielt fröhlich, als er den Raum betrat, der überhitzt und finster wie eine Vorhölle wirkte. Wenigstens erleuchtete das Flackern der Mattscheibe die Dunkelheit, und das Plappern der nichtssagenden Menschen im Vorabendprogramm übertönte für eine kurze Zeit das elende Wimmern.

Ben beobachtete seinen Vater, dessen Gesicht, wenn das überhaupt möglich war, noch eingefallener wirkte als am

Morgen. Es sah aus wie ein Totenschädel, über den sich die blasse, trockene Haut spannte wie altes Pergament. Er schien zu merken, dass sein Sohn ihn studierte, denn plötzlich wandte er sich zu ihm, die Augen riesig und flehend.

»Ben, mach dem ein Ende.«

Bens Herz machte einen Satz, doch er hoffte, dass er die Bitte seines Vaters falsch verstanden hatte.

»Ich soll umschalten?«, fragte er lahm, aber er sah, wie sich der Blick aus den müden Augen seines Vaters in seine Seele brannte.

»Ich kann es selbst nicht, kann nicht mal allein pinkeln, Ben. Gib mir was, misch mir einen Cocktail, setz meiner Qual ein Ende.«

Ben war aufgestanden und hatte sich nun zu ihm auf die Matratze des Krankenbetts gesetzt. »Verlang das nicht von mir, Paps«, flüsterte er und kämpfte mit den Tränen.

»Ben, bitte, das kann noch Wochen gehen. Du weißt, was sie über mein verdammtes Herz gesagt haben. Es schlägt und schlägt, auch wenn mein Körper drumherum krepiert. Hilf mir!«, flehte er noch einmal und griff dabei mit erstaunlicher Kraft nach seiner Hand.

»Ich kann nicht, Papa«, sagte Ben mit tränenerstickter Stimme und floh aus dem Zimmer.

Er hatte danach versucht, die Worte zu verdrängen, während er seinen Vater fütterte, wusch und für die Nacht fertig machte. Doch als er dann allein im Nebenzimmer lag und sich alle Mühe gab, die Schmerzensschreie mit seinem Kopfkissen auszublenden, drehte sich diese eine flehentliche Bitte wie eine Endlosschleife in seinem übermüdeten Hirn: »Hilf mir.«

Ben hatte gehofft, dass sein Vater das Thema nicht noch einmal anschneiden würde, doch in den kommenden beiden Tagen drehte sich alles nur um diese eine Sache. Jedes Mal, wenn er das Schlafzimmer seines Vaters betrat, starrte dieser ihn aus seinen eingesunkenen Augen an. »Bitte, Junge, setz dem ein Ende«, flehte er ein ums andere Mal.

Ben hatte versucht, ihn zu ignorieren, ihn umzustimmen, ihn von dieser fixen Idee abzubringen, aber sein Vater blieb stur. Und nicht nur das. Er begann auch, Essen und Trinken zu verweigern. Würde er so weitermachen, wäre sein Ziel innerhalb von wenigen Tagen ohnehin erreicht – auch ohne Bens Zutun. Allerdings wusste er ebenso, wie qualvoll es war zu verdursten.

Am dritten Abend konnte er es nicht mehr ertragen. Ben wusste nicht, wann er aufgestanden war, wusste nicht einmal genau, ob er mit der Absicht in das Zimmer seines Vaters gegangen war, ihm seine Bitte zu erfüllen, er wusste nur, dass er plötzlich das Glas mit der tödlichen Mischung in der Hand hielt und sich nun mit tränennassem Gesicht zu seinem Paps setzte.

»Bist du dir wirklich sicher?«, flüsterte er und sah die Erleichterung und die Dankbarkeit in den Augen seines Vaters, als dieser fast glücklich nickte. Ben schloss die Lider und holte mehrfach tief Atem. Er war noch nicht bereit, ihn gehen zu lassen, würde nie bereit sein. Seine Entschlossenheit bröckelte, doch als sein Vater wieder einmal vor Schmerzen schrie, streckte sich sein Arm fast wie von selbst zu dem in Wasser aufgelösten Tablettenmix aus.

»Vergib mir«, flehte Ben und griff seinem Vater unter den Kopf, um ihm das Glas mit zitternden Händen an die

Lippen zu führen. Wie ein Ertrinkender krallte sich sein Vater nun in seine Arme, während er den erlösenden Cocktail begierig trank. Dann ließ er sich zufrieden in die Kissen fallen.

»O Gott, was hab ich getan?« Ben starrte entsetzt auf das leere Glas. Nun gab es kein Zurück mehr. Die volle Tragweite des Augenblicks traf ihn mit der Wucht einer Abrissbombe.

»Ben, es ist gut so. Es gibt nichts zu bereuen. Es war meine Entscheidung, nicht deine.«

Ben starrte immer noch auf das leere Glas. »Papa …«

»Ich liebe dich, mein Sohn. Ich hab es dir vielleicht nicht oft genug gesagt, aber jetzt will ich es tun. Ich bin stolz auf dich. Du bist ein großartiger Mensch geworden, und dass ich meinen Teil dazu beigetragen habe, macht mich glücklich.«

Ben zitterte nun am ganzen Körper. Er war hin- und hergerissen von dem Wunsch, seinem Vater diesen letzten Dienst zu erfüllen, und der Panik, ihn wirklich zu verlieren, ja, schlimmer noch, ihn auf dem Gewissen zu haben. Vielleicht hätte er sogar noch Zeit gefunden, den Rettungsdienst zu rufen. Im Krankenhaus hätte man ihm den Magen ausgepumpt, ihn an Schläuche gehängt und sein Leben so einmal mehr verlängert – jedoch auch sein Leiden.

Und so blieb er am Ende sitzen und hielt seine Hand so lange, bis das Wimmern aufhörte. So lange, bis aus dem Röcheln ein flacher Atem wurde, der dann ganz verebbte. So lange, bis die Morgensonne durch die geschlossenen Lamellen des Rollos fiel und ihn daran erinnerte, dass es nun irgendwie weitergehen musste. Ben stand auf, küsste die schon kalte Stirn seines Vaters und rief dann Doktor Wehler an, der nur wenig später erschien.

»Gott sei Dank, er hat genug gelitten«, sagte der alte Landarzt und betrat das Schlafzimmer, wo sein Blick auf das Glas fiel, das direkt am Nachttisch stand. Weißliche Medikamentenreste hatten sich darin abgesetzt. Der Arzt nahm es auf und roch daran. »Ben, was ist das hier?«, fragte er und hielt das Glas dabei in die Höhe.

Ben seufzte, ihm war klar gewesen, dass spätestens bei der Obduktion herausgekommen wäre, dass der Tod herbeigeführt worden war. Er war auch zu müde zum Lügen, er wollte diese Last nicht mit sich herumtragen, weshalb er Doktor Wehler schilderte, was sich in den vergangenen Stunden zugetragen hatte.

»Ben, das muss ich melden«, sagte der, als Ben mit seiner Geschichte geendet hatte.

»Ich weiß.«

»Ich kann verstehen, warum du es getan hast, aber unter uns, weshalb hast du nicht behauptet, dein Vater habe sich selbst getötet?«

Ben sah mit rot geäderten Augen auf. »Paps war Katholik, er glaubte daran, dass Mama im Himmel auf ihn wartet, und das wollte er nicht riskieren. Niemals hätte er deshalb sein Leben selbst beendet, und das wussten alle, die ihn kannten.«

»Nun, aber du wirst dich für diese Tat verantworten müssen, Junge, ist ihm das klar gewesen?«

Ben zuckte resigniert mit den Schultern. »Ich denke nicht, er war einfach froh, dass die Schmerzen endlich aufhörten.«

Doktor Wehler klopfte ihm mitleidig auf den Rücken. »Ich hoffe für dich, dass alles gut wird.«

Doch das wurde es nicht. Ben machte seine Aussage bei der Polizei und wurde daraufhin wegen Totschlag angeklagt. Denn er konnte nicht beweisen, dass es Tötung auf Verlangen war, dass sein Vater ihn darum angefleht hatte.

»Das hat niemand je gehört oder kann es bezeugen, Herr Bäcker. Ich sehe das eher so: Sie wollten sich die Last der Pflege vom Hals schaffen und dazu das Geld einstreichen, das der Verkauf des Hofs gebracht hätte. Ihre Schwester wurde doch schon vor Jahren ausbezahlt, es wäre demnach alles Ihres gewesen«, hatte der übereifrige Staatsanwalt gemeint und eine abstruse Geschichte konstruiert, wie Ben angeblich die Schlaftabletten als Vitamine angeboten und seinen Vater so dazu gebracht habe, den Trunk einzunehmen. Zwar schilderte Doktor Wehler, dass sein Patient zuletzt sehr litt, doch ihm gegenüber hatte Papa nie die Bitte geäußert, seinen Qualen ein Ende zu setzen.

Für Ben sprach zwar, dass die wenigen, die im engen Kontakt zu ihm und seinem Vater waren, bekräftigten, wie aufopferungsvoll er sich stets gekümmert hatte. Gegen ihn sprach jedoch der familiäre Schuldenstand und die Aussage des Interessenten, der den Hof hatte kaufen wollen.

»Ich wusste, dass ich beim alten Bäcker abgeblitzt wäre, denn der hat immer klargemacht, dass ein Verkauf für ihn nicht infrage kommt. Aber sein Sohn meinte, es finde sich schon eine Lösung«, hatte der Mann im Zeugenstand ausgesagt und damit Bens Schicksal besiegelt.

Am schlimmsten war es für Ben jedoch, als Tini aussagen musste. Sie hatte ihn nach dem ersten Verhandlungstag zur Seite genommen und sich furchtbar aufgeregt, dass er all das vor ihr verheimlicht hatte. »Himmel, wie konntest du mir nicht sagen, wie schlimm es wirklich war?«

Er strich ihr über die Wange und lächelte das winzige Baby an, das in einem Tragetuch an ihrer Brust schlummerte.

»Was hättest du tun können, Tini?«

»Ich weiß es nicht, irgendwas?«

Er lächelte traurig. »Es ist schon gut so, mein Anwalt ist optimistisch.«

»Ben, es tut mir so leid, aber bei der Befragung konnte ich doch nicht lügen. Ich wusste nichts davon, dass Papa sich den Tod wünschte. Ich wusste nicht mal, dass es so schlecht um ihn stand. Mir hat er immer vorgegaukelt, dass er sich schon besser fühle.« Sie klang so schuldig wie vorwurfsvoll.

Zu guter Letzt wurde er zu fünf Jahren verurteilt, sein Anwalt wollte gegen das Urteil vorgehen, aber Ben hatte keine Kraft mehr zu kämpfen. Tief im Inneren war er vielleicht sogar davon überzeugt, diese Strafe verdient zu haben, denn am Ende des Tages lief es doch immer auf die eine, unumstößliche Tatsache hinaus: Er hatte seinen Vater getötet.

Kapitel 25

Carole hatte die Hände vor den Mund geschlagen. Tränen liefen ihr die Wangen hinab, und ihr Herz zog sich vor Mitleid schmerzhaft zusammen, um sich im nächsten Moment ins Unermessliche auszudehnen.

»Es tut mir so leid«, flüsterte sie, doch er zuckte nur mit den Schultern.

»Es ist Teil meiner Geschichte, ich kann es nicht mehr ungeschehen machen, und ich weiß, dass ich vermutlich trotz allem wieder so handeln würde. Es war einfach unmenschlich, ihn weiter leiden zu lassen.«

Das Bedürfnis, ihn zu trösten, ihn zu berühren, ließ sie aufstehen und langsam auf ihn zugehen.

»Ich kann verstehen, warum du es getan hast. Ich habe hautnah erlebt, wie hilflos man sich fühlt, wenn ein Mensch, der einem etwas bedeutet, Schmerzen leidet. Es ging Isabelle nicht gut heute Morgen. Sie ist in der Dusche zusammengebrochen. Es schien ewig zu dauern, bis die Schmerzmittel wirkten.«

Er nickte wissend.

»Wie kannst du es ertragen, nach alldem wieder mit jemandem zu arbeiten, den ein ähnliches Schicksal erwartet?«

»Eigentlich sollte das für mich kein Problem sein, wenn ich es denn mal schaffen würde, professionell zu bleiben und auf Abstand zu den Patienten zu gehen, allerdings war das schon vorher meine Schwachstelle.«

Sie schwiegen beide, doch sein Blick sprach Bände. Carole sah die Angst darin, die Resignation, aber auch den Funken Hoffnung. Sie war nie ein besonders mutiger Mensch gewesen, weshalb es sie jetzt auch fast unmenschliche Kraft kostete, sich komplett aus der Deckung zu bewegen. Doch einer von ihnen beiden musste es tun. Sie machte noch einen Schritt auf ihn zu, so nah, dass sie die kleinen bernsteinfarbenen Sprenkel in seiner Iris erkennen konnte.

»Wie sieht es mit den Angehörigen aus? Musst du da auch auf Abstand bleiben?«, fragte sie leise.

Das Blau seiner Augen verdunkelte sich, doch ein Lächeln zupfte an seinem Mundwinkel.

»Da vor allen Dingen«, befand er, aber seine Stimme klang weich. Humor schwang in seinen Worten mit und vertrieb die dunkle Atmosphäre, die eben noch im Raum geherrscht hatte.

Carole trat noch näher auf ihn zu und stellte sich auf die Zehenspitzen, damit sie an seine Lippen reichte, denn er machte nach wie vor keinerlei Anstalten, sich zu bewegen. Es war mehr eine zarte Berührung, ein Abtasten, als ein Kuss. Sie verharrte reglos, die Lippen auf seinen. Ihren Blick unverwandt auf seine unglaublichen Augen gerichtet, wartete sie einfach nur ab, wie er reagieren würde.

»Carole, diese Geschichte ist ein Teil von mir, sie wird mich immer begleiten, mit all den Konsequenzen«, sagte er rau an ihrem Mund, hielt aber genauso gespannt inne wie sie.

»Sie hat dich zu dem Menschen gemacht, der du bist und in den ich mich gerade noch ein bisschen mehr verliebe.«

Da, es war heraus. Sie hatte all ihren Mut zusammengenommen und war gesprungen. Die Frage war nur, ob er sie auffangen würde.

Er beantwortete es ohne Worte, sein Kuss sagte ohnehin mehr.

»Wirst du mit uns kommen nach Gordes?«, fragte sie, als sie sich nach einer kleinen Ewigkeit von ihm löste.

»Mein Seesack ist nicht einmal ausgepackt«, gestand er lächelnd.

Sie checkten aus und machten sich schnell auf den Rückweg.

Nur zu gerne überließ Carole Ben das Steuer. Sie nutzte die Autofahrt, um sich ein paar weitere Tage Urlaub zu nehmen.

Als sie auflegte, kaute sie gedankenversunken auf ihrer Lippe herum.

»Mit der Realität kollidiert?«, wollte er leise wissen, und sie konnte die Unsicherheit hören, die mitschwang.

»Nein, eher mit ein paar alten Träumen.«

Sein Blick wanderte interessiert zwischen ihr und der schmalen, gewundenen Straße hin und her.

»Mama hat vorhin einige Bemerkungen darüber gemacht, dass ich Steuerrecht nur meinem Vater zuliebe studiert habe, und sie hat damit nicht unrecht. Als ich mich damals nach dem Abitur entschied, Jura zu studieren, war mein ursprünglicher Wunsch, mit einer Freundin zusammen kostenlose Rechtsberatung für Bedürftige anzubieten. Sie hat ihren Wunsch wahr gemacht. Ich nicht.«

»Und, bereust du es?«

Sie zuckte mit den Schultern. »Bislang nicht. Ich habe sehr viel Geld verdient. Aber es hat sich schon eine ganze Weile ziemlich leer angefühlt. Vielleicht ist es an der Zeit, über neue Wege nachzudenken.«

Er blickte nun stur geradeaus.

»Es kann einem höllisch Angst machen, alten Träumen nachzujagen.«

»Isabelle hat den Mut, also warum sollte ich ihn nicht haben? Ich bin immerhin ihre Tochter.«

Er schenkte ihr ein aufrichtiges Lächeln. »Das bist du wohl.«

Sie berührte ihn sanft am Bein, woraufhin er zögerlich eine Hand vom Lenkrad nahm, um sie mit ihrer zu verschränken.

»Was ist mit deinen Träumen, Ben? Was ist mit deinem Medizinstudium?« Er wollte schon seine Hand wegziehen, doch sie hielt ihn fest. Sein Kiefer schob sich nach vorne, während er es vermied, sie anzusehen.

»Vielleicht habe ich sogar genug Mut für uns beide«, flüsterte sie.

Es dauerte, bis er langsam nickte. »Vielleicht.«

Die Pension lag im weichen Abendlicht, als der Mercedes im Hof zum Stehen kam. Isabelle konnte die beiden von ihrem Aussichtsposten aus am Fenster ihres Zimmers sehen. Carole streckte sich gähnend, während Ben sie mit einem warmen Lächeln beobachtete, bevor er sie zu einem leidenschaftlichen Kuss heranzog. Mit zerzausten Haaren und roten Wangen stieg ihre Tochter aus, während Ben sein Gepäck auslud.

»Ihr seid zurück«, stellte sie überflüssigerweise fest, als Ben und Carole eintraten. Ben ging zu ihr, und sie stand umständlich auf, damit sie ihn umarmen konnte.

»Ich bin froh, dass du wieder bei uns bist«, flüsterte sie ihm ins Ohr und drückte ihn noch einmal herzlich an sich. Er nickte verlegen und sah zu Carole, die etwas im Hintergrund geblieben war.

»Wie geht es dir, Mutti?«, fragte sie sanft, und Isabelles Herz machte einen Sprung, weil es eine Ewigkeit her war, dass ihre Tochter sie so genannt hatte.

»Es geht mir gut, Schatz. Ich denke, dass ich jetzt bereit bin für unseren Ausflug«, sagte sie entschieden. »Es wird Zeit, sich der Vergangenheit zu stellen. Morgen in aller Frühe würde ich gerne aufbrechen.« Ben und Carole nickten, wobei sie verstohlene Blicke tauschten.

Isabelle verlor an diesem Abend kein Wort darüber, dass Carole nicht mit ihr das Zimmer teilte. Sie sagte auch nichts dazu, als sie die beiden am nächsten Tag draußen auf der kleinen Terrasse sitzen sah, Hände und Blicke ineinander verschlungen, während der Café au Lait kalt wurde. Doch ihr Herz wurde leicht, und ein breites Lächeln verfing sich trotz der anhaltenden Schmerzen auf ihrem Gesicht.

Isabelle legte extra viel Make-up auf, um frisch und weniger siechend zu erscheinen. Sie zog ein knallbuntes Kleid an und frisierte sich besonders sorgsam. Es war ihr wichtig, heute gut auszusehen. Dann nahm sie die Briefe, strich ein letztes Mal liebevoll darüber und steckte sie in ihre große Handtasche. So gerüstet trat sie vor die Tür, wo Ben und Carole am Auto auf sie warteten.

Die Fahrt zum Weingut war zweierlei: quälend langsam und doch zu schnell vorüber. Isabelle hatte darauf bestanden, hinten zu sitzen, sodass sie sich daran erfreuen konnte, wie die beiden einander vorne sich von Zeit zu Zeit berührten oder liebevolle Blicke zuwarfen.

Isabelle schmunzelte und sah zum Fenster hinaus, wo sich die Gegenwart mit ihrer Erinnerung zu vermischen begann. Sie sah die staubige Straße vor sich, die zum Weingut führte, und konnte die schemenhaften Gestalten von Sabine und Albert ausmachen, die sich dort am Ende einer langen Trennung in den Armen gelegen hatten. Sie ließ ihren Blick über die Steillagen wandern, wo die Trauben bald reif für die Ernte sein würden, und hörte sich und Philippe lachend entlang der engen Wege jagen, weil sie sich mit Kletten und Knallerbsen bewarfen.

Sie erkannte die Wipfel des nahe gelegenen Waldes, war wieder zehn Jahre alt und schrie, weil ihr die roten Ameisen die nackten Beine hinaufkrabbelten, bevor Philippe sie endlich rettete. Jeder Zentimeter Landschaft hier war vor ihrem inneren Auge mit alten Bildern beklebt wie ein Fotoalbum.

»Halte kurz«, befahl sie plötzlich unweit des Hauses. Ben ließ verwundert den Wagen ausrollen und schenkte ihr einen fragenden Blick im Rückspiegel, doch Isabelle zwinkerte ihm nur übermütig zu. Sie stieg aus und ging langsam auf die andere Straßenseite, wo sich ein endlos blauer Teppich zum Horizont erstreckte. Lavendel. Vorsichtig bückte sie sich und pflückte einen kleinen Strauß, in den sie anschließend ihre Nase vergrub.

»So riecht Zuhause«, flüsterte sie glücklich, bevor sie wieder einstieg. Ben lenkte den Wagen nun in Richtung des Hauses, wo Isabelle fast glaubte, Tante Gerte mit in die Hüften gestemmten Händen vorzufinden. Doch stattdessen lagen Haus und Hof verlassen da. Ben zog den Zündschlüssel und half Isabelle auszusteigen. Gemeinsam gingen sie auf die Veranda zu, die frisch gestrichen war und von der eine Art Hollywoodschaukel von den Deckenbalken hing. Alles wirkte viel ordentlicher und aufgeräumter als in Isabelles Erinnerung.

Sie strich wehmütig über das Holz am Treppengeländer. »Hier haben wir gespielt. Philippe lief dem dreibeinigen Hund nach und ich ihm, so war es immer, weil er der Ältere war und ohnehin mein großer Held«, sagte sie verträumt und ging an der Veranda entlang einmal um das Haus. Ben und Carole sahen ihr wie gebannt zu, weshalb sie den Mann auch erst bemerkten, als er sich laut und leicht ungehalten hinter ihnen räusperte.

»Entschuldigen Sie, aber was genau tun Sie hier?«, fragte dieser nun auf Französisch.

Carole trat vor und sah lächelnd von dem Mann zu Isabelle und wieder zurück. »Wir suchen Monsieur Ozaneaux«, sagte sie liebenswürdig, und der Mann kniff kurz fragend die Augen zusammen.

»Das bin ich«, antwortete er schulterzuckend.

»Es tut mir leid, wir suchen Monsieur Philippe Ozaneaux«, verbesserte sich Carole, denn der Mann vor ihr konnte schlecht der Gesuchte sein. Er hatte volles grau meliertes Haar, einen ordentlich gestutzten Bart und trug eine kleine Brille mit Goldrand. Carole schätzte ihn auf etwa sechzig.

Der Mann nickte nun und zwirbelte seinen Bart. »Ja, doch, ich bin Philippe Ozaneaux.«

Carole sah Ben fragend an.

»Er müsste aber älter als Mama sein«, flüsterte sie, und Ben sah ebenso ratlos aus, wie sie sich fühlte.

»Gibt es hier noch einen Philippe?«, fragte sie, und der Mann lachte nun; ein Lachen, das Carole auf merkwürdige Weise an etwas oder jemanden erinnerte.

»Nicht dass ich wüsste«, sagte er und blickte nun interessiert zu Isabelle, die langsam von der Veranda kam.

Ihre Augen waren fragend auf den Mann gerichtet, ihr Brustkorb hob und senkte sich aufgeregt, und ihre Wangen waren mit hektischen roten Flecken übersät. Es schien eine Ewigkeit zu dauern, bis sie endlich bei ihnen ankam und sich dann ergriffen ans Herz fasste.

»Philippe«, hauchte sie und streckte kurz die Hand nach dem Mann aus, nur um sie im gleichen Augenblick wieder fallen zu lassen.

»Mama, der Mann hier ist doch viel zu jung, um dein Philippe zu sein«, sagte Carole leise auf Deutsch und hoffte, dass ihre Mutter nicht durch die Schmerzmittel und die lange Reise durcheinander war.

Alle sahen sich fragend an, bis Isabelle wieder im Fokus der Aufmerksamkeit stand.

Sie lächelte versonnen und schien völlig in ihrer eigenen Welt gefangen, bis der Mann das Wort an sie richtete.

»Kenne ich Sie?« Er klang nun misstrauisch.

»Ich bin Isabelle Steinmann, Isabelle Richter war mein Mädchenname. Ich …« Sie brach ab und holte ein paarmal tief Luft.

»Ich bin Ihre Mutter.«

Frankfurt, 1958

Das Erste, was Isabelle wahrnahm, war ein stechender Schmerz, der ihr durch den Kopf fuhr bei dem Versuch, sich zu bewegen. Ihre Lider fühlten sich an, als hätte jemand Bleigewichte darauf abgestellt. Ihre Zunge schien doppelt so dick, und sie nahm vage den Geschmack von Metall wahr, als sie versuchte, die Trockenheit in ihrem Mund durch mehrmaliges Schlucken zu vertreiben. Es brauchte einige Anläufe, um endlich die Augen zu öffnen, die sie gleich wieder schloss, weil das Sonnenlicht, das durch die große Fensterfront drang, sie blendete.

»Sie wacht auf«, hörte sie die Stimme ihres Vaters, die erleichtert und doch besorgt klang.

Mit purer Willenskraft schaffte sie es, aus dem Nebel aufzutauchen und einen Blick auf ihre Umgebung zu werfen. Augenscheinlich lag sie in einem Krankenhauszimmer. Alles um sie herum war weiß, die Decke, die Wände, die Bettwäsche, der Gips, der ihr linkes Bein umschloss.

»Was ist passiert?«, krächzte sie und versuchte, sich aufzusetzen, wurde jedoch von einer Schwester mit sanftem Druck zurück in die Kissen befördert.

Ihr Vater sah zunächst die Schwester an und warf dann einen fragenden Blick über seine Schulter, wo Ingrid in einiger Entfernung saß. Zum ersten Mal, seit Isabelle sie kannte, waren ihre Gesichtszüge nicht kalt und unfreundlich, es schien echte Sorge aus ihrem Blick zu sprechen. Sie nickte kaum merklich.

»Es gab einen Unfall, Liebes«, wagte ihr Vater einen ersten Vorstoß.

Isabelle schloss die Augen, weil ihr das Denken Schmerzen bereitete. Sie versuchte, sich zu konzentrieren. Das Letzte, an das sie sich erinnern konnte, war eine einsame Landstraße, Dunkelheit, Regen, Philippe …

Sie riss die Augen wieder auf. »Wo ist er, wo ist Philippe?«, rief sie und schob wütend die Schwester zur Seite, die sie erneut am Aufsetzen hindern wollte.

Abermals wanderten fragende Blicke durch den Raum, und ihr Herz begann panisch zu hämmern.

»Er wurde woanders untergebracht«, gab ihr Vater vage zurück und reckte sein Kinn vor, was ein eindeutiges Zeichen dafür war, dass er zu diesem Thema nichts mehr sagen würde.

Trotzdem wollte Isabelle sich mit dieser mageren Auskunft nicht zufriedengeben. »Ich muss zu ihm, ich will ihn sehen, jetzt«, schrie sie und riss sich fast den Infusionsschlauch aus dem Arm, den sie erst bemerkte, als die Nadel sie unangenehm in die Vene stach. Den Schmerz in ihrem Bein versuchte sie dabei zu ignorieren.

Ihr Vater war aufgesprungen und hielt sie nun fest, während die Schwester sie gestreng ansah, das Bett umrundete und etwas in den Zugang spritzte, den sie mit professioneller Effizienz zuvor wieder gerichtet hatte. Isabelle fühlte sich augenblicklich, als hätte jemand ihr Gehirn durch Watte ersetzt. Sie versuchte, etwas zu sagen, aber es kamen nur merkwürdige Laute aus ihrem Mund, dann wurde ihr unglaublich heiß und am Ende schwarz vor Augen.

Als sie das nächste Mal erwachte, war die Sonne schon verschwunden, und ein wolkenverhangener Abendhimmel lugte zum Fenster hinein. Erster Schnee fiel zögerlich und tanzte, vom Wind getrieben, durch die Dämmerung. Sie sah sich um und stellte fest, dass sie allein im Zimmer war. Auf ihrem Nachttisch stand eine Vase mit Misteln und Immergrün. Im Hintergrund hörte sie Menschen sprechen, Türen zufallen und eilige Schritte auf dem Flur. Krankenhausgeräusche.

Sie hatte Durst und immer noch das Gefühl, durch einen Nebel zu blicken. Irgendwo in ihren schwammigen Gedanken ragte ein Erinnerungsbruchstück wie ein Stolperstein hervor, und sie musste erst ein paarmal darüberfallen, bis sie das Bruchstück ins Ganze einfügen konnte und wieder ein Bild bekam.

Sie hatten einen Unfall gehabt. Philippe und sie. Der Wagen war auf der nassen Straße ins Schlingern gekommen. Isabelle hatte geschrien und sich am Sitz festgeklammert, während Philippe panisch am Lenkrad riss, doch die Räder blockierten.

Wie in Zeitlupe sah sie den Baum auf sich zukommen, spürte den Aufprall, der durch ihren ganzen Körper ging. Ihr Kopf wurde erst nach vorne geschleudert und dann wieder nach hinten. Wie Eissplitter flogen die zerborstenen Teile der Windschutzscheibe um sie herum, schnitten ihr in Hände und Gesicht und hinterließen tiefe Risse, aus denen Blut floss. Ein schrecklicher Schmerz schoss durch ihr Bein und die Hüfte. Die Stille, die auf den Aufprall folgte, war ohrenbetäubend.

Benommen wandte Isabelle den Kopf und sah, dass Philippe über dem Lenkrad lag, das Gesicht von ihr fortgedreht, sodass sie nicht ausmachen konnte, ob er wach, ohnmächtig oder Schlimmeres war. Sie wollte den Arm nach ihm ausstrecken, ihn schütteln, doch sie konnte sich nicht bewegen. An den Rändern ihres Bewusstseins lauerte schon die Schwärze, und Übelkeit stieg in ihr auf. Das Letzte, was sie hörte, waren die Schreie ihres Vaters.

Allein die Erinnerung an diesen Augenblick genügte, um eine neue Welle Furcht durch ihren geschundenen Körper zu senden. Sie blickte sich suchend um und fand endlich den Knopf, mit dem sie die Schwester herbeirufen konnte.

Nur wenig später betrat eine junge Frau das Zimmer.

»Schlecht«, krächzte Isabelle, und die Schwester holte eilig eine Nierenschale von ihrem Wagen, die sie Isabelle hinhielt, bis die Übelkeit abebbte und sie nicht mehr vom Brechreiz durchgeschüttelt wurde. Erschöpft ließ sie sich zurück in die Kissen fallen.

»Sie haben eine Gehirnerschütterung bei dem Unfall davongetragen«, informierte sie die freundliche Schwester und holte nun Wasser und Lappen, um Isabelle zu reinigen und ihr danach in ein frisches Nachthemd zu helfen.

»Was noch?«, fragte Isabelle, als sie halbwegs zu Kräften gekommen war.

»Sie haben zudem einen komplizierten Bruch im Schienbein, und am Arm wurden Sie wegen eines tiefen Schnitts genäht. Aber Sie können ganz ruhig sein, dem Baby geht es gut.«

Sie lächelte aufmunternd und tätschelte Isabelles Schulter, bevor sie das Zimmer verließ. Isabelle musste ein paarmal tief durchatmen. Wie hatte sie vergessen können, dass sie schwanger war? Das Baby war doch der Grund für ihre halsbrecherische Flucht gewesen. Das war der letzte kleine Gedankensplitter, der ihr in ihrem Puzzle noch gefehlt hatte. Eilig schlug sie die Decke fort und legte ihre Hände auf ihren noch flachen Leib.

»Es geht dir gut, Gott sei Dank geht es dir gut«, flüsterte sie und ließ ihren Tränen freien Lauf.

Isabelle verbrachte eine unruhige Nacht, in der die Erschöpfung sie zwar in den Schlaf trieb, dort aber furchtbare Bilder lauerten. Sie schrak immer wieder hoch, und zweimal kam sogar die Nachtschwester in ihr Zimmer, weil sie so laut geschrien hatte.

Entsprechend elend fühlte sie sich am nächsten Morgen, als ihr Vater kam, um bei der Visite dabei zu sein. Der Chefarzt, ein langer, dürrer Mann mit Hornbrille und Spitzbart, redete gar nicht mit ihr, sondern wandte sich wie selbstverständlich nur an ihren Vater.

»Sie braucht Ruhe und Schonung, doch wir gehen davon aus, dass der Bruch gut heilen wird. Dem Kind geht es gut, wir haben Doktor Peters hinzugezogen. Er wird als Gynäkologe die weitere Betreuung übernehmen, solange das Fräulein in unserer Obhut ist.«

Ihr Vater presste, wie so oft, wenn er angespannt war, seine Lippen fest aufeinander, nickte und bedankte sich bei dem Medizinalrat, der anschließend mit seiner Rotte

Assistenzärzte aus ihrem Zimmer schwebte, ohne Isabelle auch nur eines Blickes gewürdigt zu haben.

Als sie wieder allein waren, seufzte ihr Vater ein paarmal tief, bevor er sie ansah.

»Nun hast du Fakten geschaffen, mein Kind. Dass du schwanger bist, lässt sich jetzt weder verheimlichen noch ungeschehen machen.« Er klang gereizt, doch in Isabelle breitete sich die Nachricht wie warmer Sonnenschein aus. Sie biss sich auf die Lippen, um nicht glücklich zu strahlen.

»Wenn du genesen bist, wirst du aufs Land fahren. Ich habe bereits alles organisiert. Dort gibt es eine von Ordensschwestern geführte Einrichtung, wo man dich bis zur Geburt begleiten und danach eine Familie für das Kind suchen wird.«

Das Glück, das sie gerade noch empfunden hatte, erlosch wie eine Kerze im Herbstwind. »Was meinst du damit? Ich will es nicht hergeben, es ist unser Baby. Philippe wird mich heiraten, und zusammen werden wir eine Familie sein.«

Ein Schatten huschte über das verbissene Gesicht ihres Vaters, und Mitleid glomm in seinen Augen auf, als er nun aufstand, sich auf die Bettkante setzte und nach ihrer Hand griff. »Es tut mir leid, mein Kind, aber der Junge hat es nicht überlebt.«

Sie brauchte einen Moment, weil sie verwirrt war. Von welchem Jungen redete ihr Vater?

»Junge? Was für ein Junge?«, stammelte sie, obwohl ganz hinten in ihrem Bewusstsein die Antwort auf die Frage wie in Leuchtschrift zu lesen war.

»Dein Philippe. Er starb bei dem Unfall.« Ihr Vater räusperte sich und drückte dabei ihre Hand ein wenig fester.

»Nein, nein, das stimmt nicht. Du lügst, er würde mich nie zurücklassen. Er ist nicht tot, niemals!«

Ihre Schreie lockten neues Krankenhauspersonal herein, und wieder setzte man sie und den unmenschlichen Schmerz, der sie erfasst hatte, außer Gefecht.

Stunden, Tage, vielleicht sogar Wochen verbrachte Isabelle nun in einer Art Zwischenwelt. Betäubt von Medikamenten und der schrecklichen Wahrheit, ließ sie alles nur noch geschehen. Sie wurde gefüttert, gewaschen, in einem Rollstuhl an die Luft geschoben und wieder in das Bett verfrachtet. Alles ohne dass Isabelle wirklich beteiligt gewesen wäre. Ihr Körper war eine Hülle und sie selbst meilenweit fort, an einem Ort, wo Philippe noch lebte und sie sein Lachen hören und seine Liebe spüren konnte.

Irgendwann war Ingrid gekommen und hatte ihre Wäsche in eine Reisetasche gepackt. »Sie werden dich morgen entlassen, wir fahren dich dann zu dem Sanatorium in den Spessart. Es ist zum einen eine Kinderheilanstalt, wo du für deine Rekonvaleszenz untergebracht wirst, zum anderen wird man sich dort um die Schwangerschaft kümmern. Dein Vater hat schon alles in die Wege geleitet.«

Als Isabelle verbissen schwieg, zuckte Ingrid nur mit den Schultern. »Es ist zu deinem Besten, Isabelle. Niemand wird dich mit einem französischen Bastard heiraten wollen. Aber ohne einen anständigen Mann bist du nun mal nichts wert. Deine ganze Zukunft wäre ruiniert. Und für das Kindchen ist es sicher auch die richtige Entscheidung. Erinnere dich an deine eigene Kindheit. Ungewollt hier und da, heimatlos, nirgendwo verwurzelt. So ein Schicksal willst du doch für das Kleine nicht, oder?«

Isabelle schwieg weiter, ihr Herz blutete jedoch bei Ingrids Worten. Dabei waren sie nicht einmal gemein oder verletzend gewesen, sondern einfach nur wahr. Erschüttert blickte sie ihrer Stiefmutter hinterher, die sich nach der kleinen Ansprache mit einem knappen Kopfnicken verabschiedete.

Isabelle hatte nie weitergedacht als bis zu dem Moment, wo sie mit Philippe und dem Kleinen eine Familie werden konnte. Doch nun hatte der arme Wurm keinen Vater mehr und eine Mutter, die ihm nichts außer Liebe schenken konnte. Das war in dieser Welt nicht genug, das musste sie sich aus eigener Erfahrung eingestehen. Sie besaß kein Geld, keine Ausbildung, hatte keine Freunde, nirgendwo Rückhalt. Sie würde mit dem Kind auf der Straße landen, denn ihr Vater hatte schon klargemacht, dass unter seinem Dach kein Platz für sie und das Baby wäre. Sie fühlte sich unendlich einsam, hilflos und ausgeliefert. Wie sie es auch drehen und wenden wollte, ihr fiel keine Möglichkeit ein, aus diesem Dilemma herauszukommen.

Mitten in diese trüben Gedanken hinein schreckte sie ein Klopfen hoch.

Sie hatte Ingrid erwartet, die vielleicht etwas vergessen hatte, oder eine der Schwestern, doch an der Tür erschien das blasse Gesicht von Sabine. Eine Flut von Gefühlen erfasste Isabelle, und sie stemmte sich hoch, um ihre Ziehmutter besser sehen zu können. Ein Lächeln breitete sich auf ihren Lippen aus, das erstarb, als sie die Kälte und Wut in den Augen der anderen sah.

»Sabine?«, fragte sie unsicher, aber die zitternde Gestalt trat nicht weiter in den Raum hinein. Sie blieb an der Tür stehen, die sie hinter sich geschlossen hatte und deren Klinke sie umklammert hielt, als wolle sie nichts als wieder fort von hier. Das fahle Licht der Neonröhre ließ die dunklen Schatten unter Sabines Augen noch stärker hervortreten, ihre Lippen waren blutleer und zerbissen, das schwarze Kleid und ihre streng zurückgekämmten Haare verliehen ihr eine Aura von Unnahbarkeit.

»Du hast ihn auf dem Gewissen«, sagte sie da, leise und ohne Betonung, doch die Worte hätten Isabelle nicht tiefer treffen können, hätte Sabine sie hinausgeschrien.

»Sag das nicht, es war ein schrecklicher Unfall«, flehte Isabelle und merkte, wie ihr die Tränen die Kehle zuschnürten.

»Der ohne dich nie geschehen wäre«, antwortete Sabine bitter.

»Bitte, Sabine, ich wünschte doch auch, ich könnte alles ungeschehen machen.« Ihre Stimme brach, ebenso wie ihr Herz.

»Das kannst du aber nicht. Nichts und niemand kann mir meinen Jungen zurückbringen. Ich verfluche den Tag, an dem ich dich aus dem Krankenhaus mitgebracht habe. Alle haben mich gewarnt, dass es Wahnsinn sei, einen deutschen Bastard ins Haus zu holen, aber mein verdammtes Mitleid war stärker als die Vernunft. Doch damit ist nun Schluss!«, rief sie und ballte ihre Hand zur Faust, die sie Isabelle wütend entgegenreckte.

»Niemals im Leben will ich dich wiedersehen. Du bist für mich ebenso tot wie mein Sohn.«

Mit diesen Worten presste sie die Klinke herunter, schlug die Tür hinter sich zu und eilte den langen Krankenhausgang hinab. Es war das letzte Mal in ihrem Leben, dass Isabelle Sabine sah.

Sanatorium Haus Mariengrunde, Spessart, 1959

Isabelle saß am Fenster und versuchte, sich auf die Stickarbeit zu konzentrieren, die man ihr gegeben hatte. Das Baby machte es ihr jedoch heute unmöglich, mit ihren Gedanken bei dem aufwendigen Blumenmuster zu bleiben. Es trat sie immer wieder in den rechten Rippenbogen. Überhaupt tollte das kleine Wesen gerne durch ihren Bauch, sodass sie von Zeit zu Zeit sogar einen winzigen Fuß unter der gespannten Haut ausmachen konnte.

In weniger als zwei Wochen war der Geburtstermin, und ihr graute bereits davor. Denn dann würde sie sich trennen müssen, würde das Liebste, das sie im Leben besaß, alles, was ihr von Philippe geblieben war, aufgeben. Zum einen hatte sie keine Wahl, zum anderen war sie mittlerweile überzeugt, dass sie dem Kind nichts zu bieten hatte. Insgeheim, in den langen, dunklen und einsamen Nächten, hielt sie Zwiesprache mit ihm und versicherte ihrem ungeborenen Baby, dass es geliebt wurde, dass sie all das tat, damit es einmal ein gutes Leben haben möge. Zum ersten Mal in all den vielen Jahren dachte sie dabei auch an ihre Mutter, die womöglich Ähnliches gedacht und gefühlt hatte.

Ein Ziehen riss sie aus ihren Gedanken, und sie krümmte sich leicht, wobei ihr fast der Atem wegblieb. Gabi, die wie sie im Westflügel des Sanatoriums untergebracht war – dem Bereich für die »gefallenen Mädchen«, wie er hinter vorgehaltener Hand genannt wurde –, sah sie besorgt an.

»Du bist ganz blass, soll ich Schwester Ignatia holen?«

Isabelle schüttelte heftig den Kopf. Bloß nicht Schwester Ignatia mit ihrem spitzen Mund und ihren abfälligen Bemerkungen.

»Es geht gleich wieder«, versicherte sie. Doch das Gegenteil war der Fall, die Schmerzen wurden immer schlimmer, und irgendwann musste sie sich eingestehen, dass sich das Baby wohl etwas früher als geplant auf den Weg machte. Schwester Ignatia holte die Hebamme, und Isabelle wurde ins Krankenzimmer gebracht, wo die Frau sie auf einer Liege untersuchte.

»Der Muttermund ist noch nicht weit genug offen, sie muss noch etwas laufen«, befahl die Hebamme, und Isabelle kletterte umständlich von dem provisorischen Bett herunter, um endlose Runden auf den langen Gängen des Westflügels zu ziehen.

Ihr war schon in den vergangenen Tagen aufgefallen, dass der Bauch sich abgesenkt hatte, und die Rückenschmerzen ließen sie seit Montag kaum mehr schlafen. Doch dass es jetzt so schnell ging, überforderte sie. Sie war noch nicht bereit, weder für die Geburt noch dafür, ihr Kind fortzugeben. Aber danach fragte hier im Westflügel niemand. Viele Mädchen kamen im Mariengrunde mit dicken Bäuchen an und kehrten mit leeren Händen wieder nach Hause zurück. Und so würde es ihr ebenfalls ergehen.

Zwei Stunden später war es vollbracht. Isabelle lag völlig erschöpft und zitternd unter einer Decke, während die Hebamme das Kind untersuchte.

»Ein strammer Junge«, informierte sie und holte das rosige Bündel von der Waage.

»Ganze acht Pfund, ein Wunder, dass ein so junges Ding die Geburt auf natürlichem Wege hinbekommen hat«, sagte sie und sah Isabelle halb mitleidig, halb anerkennend an.

»Darf ich ihn halten, bitte?«, flehte Isabelle und reckte den Hals, um wenigstens einen Blick auf den Kleinen zu erhaschen.

»Sind Sie sicher? Es ist einfacher, wenn man sie gar nicht erst im Arm hatte«, meinte die Hebamme und strich dem Baby über den Kopf, während sie es wiegte.

»Bitte, ich will ihn ansehen«, erwiderte Isabelle sehnsüchtig.

Die Hebamme zuckte mit den Schultern, als wollte sie sagen »Ich hab dich gewarnt«, doch sie trat auf die Liege zu und legte Isabelle das blaue Handtuch in den Arm, aus dem ihr zwei wache Augen interessiert entgegenblickten.

Er war wunderschön, rosig, mit einem dunklen Flaum auf dem kleinen Köpfchen und winzigen Fingern, die am Frottee des Handtuchs nestelten. Isabelle spürte, wie ihr die Tränen bei seinem Anblick in die Augen traten und ihr Herz vor Liebe überlief.

»Mein Kleiner, du bist so hübsch, du wirst ein gutes Leben haben, das verspreche ich dir. Ich werde dich immer lieben und dich niemals vergessen, niemals«, flüsterte sie, während sie ihren Kopf in das weiche Bündel drehte und den süßen Duft einatmete, den das Baby verströmte.

Sie hätte ewig so daliegen können, doch schon wenige Augenblicke später öffnete sich die Tür und Schwester Ignatia trat ein. Missbilligend sah sie zuerst zu Isabelle und dann zur Hebamme, die so tat, als ginge sie das alles nichts an.

»Es ist Zeit, junges Fräulein«, sagte die Nonne und kam zu Isabelle, um nach dem Kleinen zu greifen.

Instinktiv umfasste sie das Bündel fester, doch Ignatia trat dicht ans Bett und zog ihr das Baby mit einem tadelnden Schnalzen aus dem Arm.

»Bitte, tun Sie mir einen Gefallen, einen einzigen: Geben Sie ihm den Namen mit, den ich für ihn ausgewählt habe.«

Die Schwester spitzte wie so oft, wenn ihr etwas missfiel, ihren Mund und zog dabei die Stirn in Falten. »Das ist äußerst ungewöhnlich«, merkte sie an.

»Ich flehe sie an, es ist der Name seines Vaters, seines verstorbenen Vaters, der mir die Welt bedeutet hat. Es ist ein guter Name, er wird ihn beschützen, und ich kann ihn wenigstens in meinen Träumen rufen.« Sie klang so verzweifelt, wie sie sich fühlte. Trotz des Wundschmerzes hatte sie sich aufgesetzt und die Schwester am Ärmel ihres Habits gegriffen.

»Versprechen Sie es mir, versprechen Sie wenigstens, es zu versuchen, bitte, Schwester!«

Ignatia warf ihr einen so abfälligen Blick zu, dass Isabelle erschrocken die Hand zurückzog. Die Schwester umfasste das Baby fester und wandte sich Richtung Tür.

»Bitte, haben Sie ein Herz, geben Sie ihm den Namen mit, als ein letztes Geschenk«, flehte sie erneut beharrlich, sodass Ignatia schlussendlich mit einem tiefen Seufzer innehielt und sich noch einmal zu ihr herumdrehte.

»Wie lautet er?«, wollte sie ungeduldig wissen.

»Philippe, er soll Philippe heißen.«

Die Schwester nickte knapp und ging zur Tür. »Ich kann es ausrichten, ob es etwas ändert, weiß ich nicht, vermutlich wird seine neue Familie über den Namen entscheiden.«

»Trotzdem danke, dass Sie es versuchen.«

Ein letztes Mal sah sie auf ihr Baby, und es brach ihr das Herz, als sich die Tür mit einem endgültigen Krachen hinter ihm schloss.

Strassburg, 1959

Sabine lag auf dem Sofa und starrte an die Decke. Sie hätte etwas zu essen zubereiten müssen, die Wäsche türmte sich in Bergen, und der Müll quoll über, doch sie hatte nicht die Kraft aufzustehen. Ihr Leben schien jeden Sinn verloren zu haben. In einer halben Stunde würde Albert nach Hause kommen und mit einem tiefen Seufzer sein schmutziges Geschirr vom Frühstück abspülen, um danach aufzuräumen, sauber zu machen und ein Essen zuzubereiten, welches sie ohnehin nicht anrühren würde.

So ging es schon seit Wochen. Sie war abgemagert und schwach, aber sie fand weder die Stärke noch den Willen in sich zu kämpfen. Wozu auch? Sie hatte alles verloren. Die Tage und Wochen seit Philippes Tod waren gefüllt mit Schmerz und Hoffnungslosigkeit. In ihren Träumen war er noch lebendig und stand mit einem frechen Grinsen im Flur. Nur wenn sie ihre Hände nach ihm ausstreckte, löste er sich wie eine Nebelschwade auf. Sie erwachte dann mit jagendem Herzen und der Gewissheit, dass alles Schöne aus ihrem Leben verschwunden war.

Sie war so in Gedanken, dass sie zunächst nicht auf das Klingeln reagierte. Doch dann wurde es fordernder, und am Ende zwang der ungebetene Besucher sie mit seiner Hartnäckigkeit, ihren Platz zu verlassen und auf wackeligen Beinen zur Haustür zu wanken. Sie hörte, wie jemand anders die Haupttür des Mehrfamilienhauses öffnete, und spähte durch den Türspion. Als sie den Mann erkannte, der die Treppe mit langsamen Schritten hochkam, glaubte sie, ihren Augen nicht zu trauen. Mit steifen Fingern entsperrte sie die Verriegelung und machte die Tür einen Spalt auf, durch den sie ihn misstrauisch beäugte.

»Sabine, ich muss mit Ihnen sprechen«, brachte Werner Richter vor und sah sie aus seinen ernsten blauen Augen an.

»Ich weiß nicht, Albert ist nicht zu Hause, und wir haben uns doch ohnehin nichts mehr zu sagen«, befand sie abweisend, zögerlich.

»Ich weiß, dass Sie Isabelle und mir die Schuld an dem Unfall geben, und womöglich haben Sie recht. Wäre ich den beiden nicht gefolgt, vielleicht wären sie nicht gegen diesen Baum gerast. Aber ich empfand es als meine väterliche Pflicht, die Kinder von weiteren Dummheiten abzuhalten.« Er schluckte hörbar, wobei sein Adamsapfel auf und ab hüpfte.

Sabine rührte sich nicht, weshalb er sich verlegen räusperte.

»Es ist wichtig«, unterstrich er eindringlich und deutete mit dem Kopf auf die Wohnung.

Unwillig trat Sabine zur Seite und ging ihm voran in das Wohnzimmer, das unaufgeräumt war und nach abgestandener Luft und kaltem Essen roch. Doch es scherte sie nicht. Er wollte etwas von ihr und nicht umgekehrt.

Werner Richter schob ein ungebügeltes Hemd von der Sessellehne und nahm Platz. Sabine kroch wieder auf das Sofa, wobei sie die alte Wolldecke über ihre ewig kalten Füße zog.

»Ich habe etwas mitgebracht, aber ich war mir nicht sicher, wie Sie reagieren.«

Seine Ankündigung verwirrte sie, und sie sah an ihm vorbei, ob irgendwo Gepäckstücke, Pakete oder Ähnliches zu entdecken waren.

»Es ist unten in meinem Auto. Ich bin die ganze Nacht durchgefahren«, sagte er, als er ihren suchenden Blick bemerkte. »Darf ich es holen?«

Sie legte den Kopf schief und starrte ihn lange Zeit nur durchdringend an, aber dann siegte ihre Neugierde und sie nickte langsam. Er stand auf und ging, um nur wenige Augenblicke später wieder an die Wohnungstür zu klopfen. Sabine blieb sitzen. Er hatte die Tür einen Spalt offen gelassen, sodass er nun mit seinen schweren Schritten durch den Flur kam und erneut in der Tür zum Wohnzimmer erschien, außer Puste und sichtlich nervös.

Sabine starrte ihn mit offenem Mund an, denn in seinen großen Händen trug er einen Korb, aus dem ein blaues Deckchen lugte. »Was bringen Sie da?«, fragte sie schroff, doch eine Ahnung ließ ihr Herz höherschlagen.

»Es ist unser Enkelkind, Ihres und meines«, sagte er, und seine Stimme klang belegt. Selten hatte sie ihn emotional erlebt. Selbst damals nicht, als er nach all den Jahren hier gesessen und sein eigenes Kind zum allerersten Mal zu Gesicht bekommen hatte.

Sabine stand wortlos auf und trat auf ihn zu. In dem Körbchen lag ein Baby. Sein winziges Gesichtchen war eine exakte Kopie ihres Sohnes. Ergriffen schlug sie die Hand vor den Mund, sprachlos, fassungslos. Zitternd streckte sie die Finger aus, um das blaue Deckchen etwas weiter herunterzuschieben, um das Kindchen noch besser sehen zu können. Werner Richter hatte sie genau beobachtet und schien zufrieden mit ihrer Reaktion, denn sie hörte, wie er leise die Luft ausstieß, die er scheinbar angehalten hatte.

»Warum bringen Sie ihn mir?«, flüsterte sie und strich immer noch ungläubig über die zarte Haut an seinen winzigen Händchen.

»Ich habe lange überlegt, was mit ihm passieren soll. Es war klar, dass meine Tochter das Kind nicht behalten kann. Es würde ihre Zukunft ruinieren. Aber er ist auch mein Fleisch und Blut, und der Gedanke, dass er zu völlig Fremden kommt und ich nicht weiß, wie und wo er aufwächst, hat mich umgetrieben«, gestand er.

Sabine sah ihn aus großen Augen an, schwieg aber, sodass er nach einer Zeit weitersprach, um die Stille zu durchbrechen.

»Ich weiß, dass Sie weder mit mir noch mit Isabelle Kontakt wünschen, und es ist mir auch recht so. Doch sollten Sie einverstanden sein und ihn aufziehen, wäre ich Ihnen dankbar, wenn Sie mir von Zeit zu Zeit berichten, wie es ihm geht. Ich werde Ihnen monatlich Geld für seine Erziehung und Ausbildung zukommen lassen. Wenn er achtzehn ist, bekommt er noch etwas aus einem Treuhandfonds, den ich für ihn eingerichtet habe. Aber Sie müssen mir schwören, dass Isabelle niemals davon erfahren wird. Niemals, haben Sie verstanden, Sabine?«

Sie schwieg.

»Es ist ungeheuer wichtig, dass Sie und Albert sich an diese Abmachung halten. Ich will, dass Isabelle ein neues Leben beginnt und dazu gehört, dass sie alles hinter sich lässt, was sie an ihr altes erinnert. Dazu gehören Sie beide, dazu gehört aber vor allen Dingen der Junge.«

Bei seinen letzten Worten hatte er das Körbchen ein Stück von ihr fortgezogen – eine unausgesprochene Drohung, was geschehen würde, wenn sie sich weigerte.

Sabine zögerte. Sie gestattete es sich zum ersten Mal seit dem Unfall, ohne Groll an Isabelle zu denken – an das Mädchen, das sie fünfzehn Jahre wie ihr eigen Fleisch und Blut großgezogen hatte. Sie konnte nur ahnen, wie verzweifelt sie sich fühlen musste, und ihr Herz zog sich voller Mitgefühl und Liebe zusammen. Isabelle hatte ein Recht darauf zu erfahren, wo ihr Kind abgeblieben war. Doch Werner Richter schien ihr Zögern richtig interpretiert zu haben.

»Ich dachte, ich könnte auf Sie bauen, aber ich scheine mich in Ihnen getäuscht zu haben. Nun gut, somit war diese Fahrt umsonst. Dann wird er zu Fremden kommen. Niemand wird wissen, wie und wo er aufwächst.«

Sabine starrte ihn erschrocken an. Seine Züge waren wie aus Granit, hart, unnachgiebig. Sie seufzte leise. Sie tat das für ihre beiden Kinder, für Philippe und für Isabelle, sagte sie sich. Trotzdem kam sie sich wie eine Verräterin vor, als sie schlussendlich langsam nickte.

Als er ihr den Korb wieder hinhielt, nahm sie ihn mit zitternden Händen und pochendem Herzen entgegen. Sanft stellte sie ihre wertvolle Fracht auf dem Sofa ab und holte das Baby heraus. Es wurde wach und rieb sich über das Gesichtchen, und es war ihr, als würden Vergangenheit, Gegenwart und Zukunft in diesem einen Augenblick kollidieren und einen großen, sinngebenden Kreis bilden. Sie presste das Kind an sich und sah Werner Richter dankbar an.

»Sie bat darum, ihn Philippe zu nennen, wäre Ihnen das recht?«, fragte er leise.

Sabine sah auf und lächelte. »Diesen Wunsch will ich ihr nur allzu gerne erfüllen«, sagte sie und küsste die kleine Stirn des Babys.

Werner Richter lächelte sie nun ebenfalls an, nickte kurz und verschwand danach aus ihrer beider Leben.

Kapitel 26

Carole und Ben starrten Isabelle nach dieser Offenbarung verblüfft an. Philippe Ozaneaux hatte seinen Kopf schief gelegt und strich sich wieder über seinen Bart, dieses Mal wirkte die Geste ratlos.

»Sie müssen sich irren. Meine Eltern starben beide kurz nach meiner Geburt bei einem Autounfall, meine Großeltern haben mich aufgezogen«, sagte er, betrachtete Isabelle aber weiter aufmerksam.

»Darf ich hereinkommen? Ich kann Ihnen alles erklären«, bat sie, und Carole hörte die tiefe Sehnsucht aus ihren Worten.

Der Mann wirkte unsicher, hin- und hergerissen. Da ging die Tür auf, und eine attraktive Frau trat heraus, während sie sich die Hände an einem karierten Küchentuch trocknete.

»Haben wir Besuch, mon cher?«, fragte sie und blickte erst erwartungsvoll auf Philippe und dann auf die anderen. Er brauchte einen Moment, bis er sich an die grundlegenden Formen der Höflichkeit erinnerte.

»Meine Frau Luise«, sagte er und deutete mit dem Kopf zu der schlanken Gestalt, die nun langsam die Verandastufen hinabstieg, um sich zu ihm zu stellen. Sie hatte wohl gespürt, dass irgendetwas an diesen Fremden ihren Mann zutiefst beunruhigte.

»Diese Dame dort behauptet, meine Mutter zu sein«, sagte er und sah wieder zu Isabelle, wobei schwer zu deuten war, ob die Behauptung ihn nun erzürnte oder verwirrte.

»Aber …?«

Weiter kam seine Gattin nicht, denn Philippe schnitt ihr kurz angebunden das Wort ab. »Ich weiß selbst, dass meine Mutter tot ist. So wurde es mir zumindest erzählt.«

Er verschränkte die Arme vor der Brust und stellte sich breitbeinig hin, fast so, als suche er Halt im Angesicht der Tatsache, dass sein ganzes Weltbild gerade erschüttert wurde.

Isabelle räusperte sich und trat auf ihn zu. Ihre Augen streichelten dabei sein Gesicht. Carole spürte einen tiefen Stich der Eifersucht. Deshalb hatte ihre Mutter sie nie richtig geliebt. Es gab ein anderes Kind, einen Bruder, von dem sie nie gewusst hatte, und ihm gehörte ihre ganze Liebe. Sie straffte die Schultern und schluckte, weil sie am liebsten in kindlicher Wut zu ihr gerannt wäre, um ihr diese Gedanken an den Kopf zu werfen.

Ben neben ihr schien zu merken, dass sie mit sich rang, denn er schob seine Hand in ihre und drückte sie sanft. Ihr Herz hörte sofort auf, so zornig zu schlagen, und sie spürte, wie sie ruhiger wurde.

Er trat noch näher zu ihr und beugte sich dann an ihr Ohr. »Du und deine Mutter, ihr steckt wirklich voller Überraschungen«, flüsterte er und nahm der Situation damit ein wenig Spannung. Carole schenkte ihm ein kurzes, wackliges Lächeln, das er erwiderte.

»Egal, was jetzt weiter passiert, sie liebt dich, sei dir dessen sicher«, fügte er an und beugte sich dann noch ein wenig näher zu ihr, sodass seine Lippen ihre Ohrmuschel streiften. »Und falls ich es gestern nicht explizit erwähnt habe: Ich liebe dich auch.«

Dankbar hüllte sie sich in seine Worte wie in eine warme Decke. Es half ihr, sich aus der Gleichung zu nehmen und dem Geschehen nun eher als Zuschauer beizuwohnen.

Isabelle stand immer noch erwartungsvoll vor Philippe, der sichtlich um eine Entscheidung rang. Seine Frau blickte zwischen den beiden hin und her, dann erschien ein wissender Ausdruck auf ihren weichen Zügen. »Du solltest die Frau anhören, mon cher, ich habe das Gefühl, dass sie dir einiges erklären kann«, sagte sie und zog ihn bereits am Arm in Richtung Haus.

Er nickte, während sein Blick noch einmal auf Isabelle fiel, die ihren kleinen Strauß Lavendel fest umklammert hielt.

»Na schön, kommen Sie herein und sagen Sie, was Sie zu sagen haben.« Es klang härter als wohl beabsichtigt, weil er seine Worte gleich darauf mit einem kleinen Lächeln abmilderte.

Isabelle atmete hörbar aus. Sie blickte sich hilfesuchend zu Carole und Ben um, die zu ihr traten und sie auf dem Weg zum Haus in ihre Mitte nahmen. Carole spürte, wie ihre Mutter zitterte, und sah, dass Ben sie stützen musste, damit sie überhaupt bis zur Veranda kam. Luise hielt ihnen die Fliegengittertür auf, und gemeinsam traten sie ins Innere des Hauses.

»Mein Gott, es hat sich alles verändert. In meiner Erinnerung sind die Tapeten grün mit kleinen Blumenranken. Hier lag ein zerschlissener Läufer, und da war die Küche.« Aufmerksam ließ Isabelle ihren Blick durch die Räume streifen, die nun weiß getüncht waren, mit einem blitzblanken Holzboden und gemütlichen Möbeln.

»Sie kennen das Haus?« Philippe klang ernsthaft beunruhigt.

»Ich habe hier meine Kindheit verbracht. Es gehörte der Tante deines Vaters, Gertrude, jeder nannte sie allerdings Tante Gerte. Sie war immer ein wenig übellaunig und hat uns mit ihrer schroffen Art so manches Mal Angst eingejagt, aber eigentlich hatte sie ein Herz aus Gold. Und außerdem machte sie den besten Vin doux in der ganzen Region.«

Philippe strich sich nun mehrfach über seine buschigen, graumelierten Augenbrauen. »Das stimmt alles«, sagte er dann, immer noch verwundert.

»Dein Vater Philippe und ich, wir sind wie Geschwister aufgewachsen. Er war mein Freund, mein Beschützer und später meine große Liebe. Es stimmt, dass er bei dem Unfall ums Leben kam, ich aber nicht. Du warst zu diesem Zeitpunkt noch nicht einmal geboren. Wir beide haben überlebt. Doch dann musste ich dich fortgeben, gleich nach deiner Geburt.«

Ihre Worte hatten ihn nun sichtlich in Aufruhr gebracht. Er war blass und fahrig, rieb sich immer wieder übers Gesicht und ließ sich dann irgendwann in den großen Korbsessel fallen, der im Flur stand. Seine Frau war zu ihm getreten, um ihm beschützend die Hände auf die Schultern zu legen.

»Das ist eine ganze Menge zum Verdauen, Madame«, sagte er irgendwann und blickte Isabelle an, die wissend nickte.

»Das kann ich mir vorstellen«, entgegnete sie kleinlaut und stützte sich noch mehr auf Ben, weil die Begegnung sichtlich an ihren wenigen Kraftreserven zehrte. Auch Carole trat nun dichter auf Isabelle zu. Sie griff ihr von der anderen Seite unter den Arm, um ihr ebenfalls Halt zu geben.

»Meine Mutter ist geschwächt von der Reise, könnten wir uns setzen und vielleicht ein Glas Wasser bekommen?«

Isabelle lächelte sie dankbar an, doch Philippe blieb wie in Trance sitzen. Nun starrte er Carole an und schüttelte dann den Kopf, als sei ihm alles zu viel.

Luise ergriff dafür das Wort. »Aber natürlich, folgen Sie mir.«

Sie gingen durch den Flur in einen großen Raum, der wohl früher, wie Isabelle angemerkt hatte, die Küche gewesen war. Heute befand sich darin das Wohnzimmer, ein gemütlicher Raum mit einem ausladenden dunkelgrünen Sofa, auf dem viele bunte Kissen und Decken Behaglichkeit ausstrahlten. Zwei senfgelbe Ohrensessel standen davor, der Couchtisch war aus alten Weinkisten gezimmert. An den Wänden hingen unzählige Bilder, und Carole konnte nicht anders, als ihren Blick darüber streifen zu lassen. Sie erkannte einen jungen Philippe, der seine Luise stolz im Arm hielt. Sie ganz in Weiß und mit einem Kranz aus Margeriten im langen Haar. Dann kamen Kinderbilder, ein Junge und ein Mädchen, ein Hund, Tage auf dem Land,

Einschulungen, Zahnlücken, Schulabschlüsse – ein ganzes Leben, von dem sie nichts gewusst hatte, obwohl sie untrennbar damit verbunden war. Mit ihm, mit allem hier. Wie schrecklich musste diese Erkenntnis erst für ihre Mutter sein? Carole spürte, wie ihre restliche Wut verrauchte.

Ben und sie führten Isabelle zum Sofa, wo sie sich mit einem Stöhnen fallen ließ. Luise kam zu ihnen, um eine Karaffe mit Wasser, Limonen und Rosmarin zu bringen. Sie goss jedem ein Glas ein und reichte Isabelle ihres mit einem ermutigenden Lächeln. Philippe hatte sich in sicherem Abstand in einen der Ohrensessel gesetzt und schob das Glas Wasser zur Seite.

»Bring den Vin doux, Luise, ich habe das Gefühl, dass dies ein Augenblick für einen guten Tropfen ist«, sagte er heiser und schüttelte, immer noch benommen, den Kopf.

Ben und Carole setzten sich nun zu Isabelle und warteten, bis alle Wein gereicht bekommen hatten. Luise stellte zudem ein Tablett mit Oliven, Käse und Brot dazu. Dann ließ sie sich auf der Lehne des Sessels nieder, in dem Philippe thronte, und blickte Isabelle erwartungsvoll an. »Dann erzählen Sie mal, Schwiegermutter.«

Frankfurt, 1963

Isabelle sah an sich herab. Ihr Vater hatte sie gedrängt, sich für den Abend besonders schön zu machen. Wortlos hatte sie genickt, wie sie alles fügsam und wortlos tat seit damals. Seit man sie gebrochen hatte in dem Augenblick, in dem man ihr Philippe aus den Armen nahm. Der Schmerz war heute noch so stark wie vor vier Jahren, auch wenn sie gelernt hatte, damit zu leben.

Sie hatte sich für ein cremefarbenes Wollkostüm entschieden, knielang, mit einem kurzen Jäckchen, das vorn mit einem Gürtel gebunden wurde, um die Taille zu betonen. Ihre Haare hatte sie lustlos zu einem Dutt hochgesteckt, wie ihn die Frauen in den amerikanischen Filmen trugen.

Erst neulich hatte Ingrid sie gedrängt, mit Annegret ins Kino zu gehen. *Die Vögel*, ein gruseliger Streifen, der dazu geführt hatte, dass sie nun immer eine Gänsehaut bekam, wenn sie irgendwo mehr als einen gefiederten Gesellen zusammenhocken sah. Aber die Frau, verkörpert von Tippi Hedren, die hatte ihr gefallen. Eine mutige Kämpferin. Ganz anders als sie selbst.

Sie verachtete sich für ihre Schwäche. Auch Philippe wäre sicher enttäuscht von ihr. Sie war nur noch ein Schatten ihrer selbst, wehrte sich nicht einmal mehr dagegen, mit Annegret, der falschen Schlange, auszugehen. Ingrid hatte es tatsächlich geschafft, dass Werner seinen Bann zurücknahm und die angeblich reumütige Annegret wieder mit offenen Armen empfing. Zu ihrer Buße schien zu gehören, sich mit Isabelle anzufreunden. Etwas, das Annegret innerlich wohl ebenso verabscheute wie Isabelle selbst, denn immer, wenn sie allein waren, warf sie ihr vernichtende Blicke und kleine Gemeinheiten zu.

»Isabelle, wie weit bist du?«, rief Ingrid mit gewohnter Gereiztheit in der Stimme.

»Ich komme«, beeilte sie sich zu sagen und warf einen letzten Blick in den Spiegel. Blass war sie und spitz, ihre üppigen Formen hatten unter all den Strapazen der vergangenen Jahre gelitten, weil sie wenig aß und noch weniger schlief.

»Sieh zu, dass du dich nett zurechtmachst, Theo ist ein wichtiger Geschäftspartner. Er ist der Sohn von Berthold Steinmann, dem die Privatbank gehört, bei der wir einen großen Kredit für die neuen Maschinen aufnehmen wollen«, hatte ihr Vater ihr wohl zum tausendsten Mal eingetrichtert, als er sie vor einer Stunde auf ihr Zimmer geschickt hatte. Isabelle seufzte und kniff sich ein paarmal in die Wangen, was ihr wenigstens etwas Farbe ins Gesicht brachte. Dann ging sie hinunter, wo im großen Salon schon die Tafel gedeckt war. Ihr Vater hatte seinen besten Anzug an, und Ingrid trug ein teures Seidenkleid und ihren auffälligsten Schmuck.

Das Personal eilte mit Krügen voll gutem Wein und Champagnerflaschen umher, um den nach und nach eintrudelnden Gästen im Foyer die Wartezeit bis zum Essen zu verschönern. Werner Bockelmann, der Bürgermeister, war mit seiner Gattin ebenso unter den illustren Besuchern wie die Mutter der Eiskunstläuferin Marika Kilius. Ihr Vater umgab sich gerne mit Glamour und Geld, dann blühte er auf und war in seinem Element.

Ingrid hingegen schien an solchen Abenden stets überfordert, sie blieb still und mit einem aufgemalten Lächeln in Werners Schatten, lenkte dafür aber geschickt die Fäden im Hintergrund, sodass die Soireen im Hause Richter stets für das gute Essen und die perfekten Abläufe gelobt wurden. Mit einem Klopfen gegen seine Champagnerflöte machte ihr Vater nun auf sich aufmerksam und bat die Gäste zur Tafel.

»Da vorne ist Theo Steinmann. Sei besonders nett zu ihm. Es ist wichtig«, predigte ihr Vater zum x-ten Mal, und Isabelle nickte unterwürfig. Sie ließ ihren Blick durch den Raum schweifen und blieb an einem hageren Mann hängen, dessen blonde Haare schon schütter wurden. Sein blasser Teint deutete darauf hin, dass er viel Zeit am Schreibtisch verbrachte. Er trug eine auffällige Hornbrille und einen maßgeschneiderten grauen Anzug, der seine gesamte Erscheinung noch farbloser aussehen ließ. Er erwiderte ihren Blick und lächelte freundlich, was ihn zwar nicht attraktiver erscheinen ließ, aber immerhin sympathischer machte.

Isabelle ging zu ihm und stellte sich artig vor. »Darf ich Sie zu Tisch begleiten?«, fragte sie höflich und wartete, dass er ihr seinen Arm anbot, damit sie sich unterhaken konnte. Aus den Augenwinkeln sah sie den wohlwollenden Blick ihres Vaters. Immerhin schien sie einmal etwas richtig zu machen, schoss es ihr bitter durch den Kopf.

Der Abend zog sich endlos in die Länge. Theos Konversation war ebenso langweilig wie sein Aussehen, und Isabelle hatte Mühe, ihr Gähnen zu unterdrücken.

»Ich reise sehr viel, wissen Sie. Wir haben Geschäftspartner überall auf der Welt«, sagte er gerade mit Stolz.

»Und wohin sind Sie schon gereist?«, fragte Isabelle, froh darüber, dass er das Thema Börse endlich beendet hatte.

»Oh, überallhin, ich war bereits im Fernen Osten, in Afrika, in Polynesien. Ich bin herumgekommen. Doch in letzter Zeit bindet mich die Erkrankung meines Vaters ans Büro.«

Alles, was Theo Steinmann danach erzählte, ging wieder unter im stetigen monotonen Einerlei von Zahlen und langweiligen Schilderungen aus seiner täglichen Arbeit. Isabelle sah flehentlich zu ihrem Vater, der sie aber nur gestreng musterte. Es war klar, dass Theo Steinmann sein auserwählter Kandidat war, egal, was seine Tochter dazu zu sagen hatte.

Isabelle schluckte bei dem Gedanken, mit diesem blassen Mann neben ihr näher zu tun haben zu müssen, ja, vielleicht sogar eine Ehe einzugehen. Sie schüttelte sich bei der Vorstellung.

Zwei endlose Stunden später war der Abend endlich vorüber. Theo hatte sich lange und umständlich von ihr verabschiedet und ihr nach einem Handkuss das Versprechen abgerungen, sich am Wochenende mit ihm zu einem Spaziergang zu treffen. Da ihr Vater dicht hinter ihr stand, blieb ihr keine Wahl, als zuzustimmen. Nun saß sie in ihrem Zimmer und starrte auf das weiße Papier, weil sie nicht wusste, wie sie all das viele, das ihr auf dem Herzen lag, auf einen einzigen Brief übertragen sollte. Wie immer fing sie mit dem Datum an: 26. März 1963. Dann kaute sie auf dem Ende des Füllfederhalters herum, um schließlich mit sorgsam ausgeführten Lettern die Anrede niederzuschreiben.

Mein über alles geliebter Philippe,

nun bist du schon vier Jahre alt. Wie die Zeit verfliegt. Ich bete, dass du einen großartigen Tag hast mit Kuchen, Luftballons und Geschenken. Ich vermisse dich in jeder Stunde, an jedem Tag. Wie gerne wäre ich nun bei dir, würde mit dir die Kerzen ausblasen und sehen, wie deine Augen aufleuchten, wenn du deine Päckchen auswickelst.

Wie in jedem Jahr bleibt mir jedoch nichts anderes, als dir diesen Brief zu schreiben. Vielleicht erfahre ich irgendwann einmal, wo du bist, wer deine Eltern sind, wo du aufwächst, mein kleiner Liebling. Dann werde ich dir deine Geburtstagsbriefe geben, damit du mit eigenen Augen lesen kannst, dass ich dich nie vergessen habe. Genauso wenig wie deinen Vater, dessen Bild ich für immer in meinem Herzen trage.

Ich schwöre dir, hätte ich damals vor vier Jahren eine Möglichkeit gesehen, dich zu behalten, ich hätte wie eine Löwin gekämpft. Aber ich musste auch an dich denken. Was für ein Leben hättest du mit mir gehabt? Als junges Mädchen allein mit einem Kind, das in Schande, wenn auch mit Liebe, gezeugt worden ist. Mein Vater hätte mir nicht eine müde Mark gegeben und mich seines Hauses verwiesen, das hat er ganz klargemacht, als ich davon sprach, mit dir wegzugehen.

Ich musste meine Gefühle außen vor lassen bei der Entscheidung in der Hoffnung, dass es so das Beste für dich wäre. Vater hat mir immer wieder versichert, dass man für dich ein liebevolles Zuhause gefunden hat, dass man dir zumindest deinen Namen als mein letztes Geschenk an dich, als eine Erinnerung an deinen Vater, gelassen hat. Das macht es mir leichter, mit meiner Entscheidung zu leben.

Schon etliche Male habe ich versucht, etwas aus Vater herauszubekommen, doch er weigert sich preis-

zugeben, wohin man dich gab. Ich bin nicht mal sicher, ob er es weiß, ob es ihn interessiert hat. Aber ich will glauben, dass das Schicksal es gut mit dir meint, mein kleiner Philippe. Dass das Leben dich lieben wird und dir aus dem Vollen schenkt, wo dein Start doch denkbar holprig war. Wie in jedem Jahr ende ich meinen Brief an dich mit tausend Küssen und meiner ganzen Liebe, die dich immer begleiten soll.

Deine Mama

Isabelle küsste ihre Zeilen und schob das gefaltete Papier dann in einen Umschlag, den sie nicht beschriftete, weil sie keine Adresse besaß. Weil es Briefe waren, die danach, mit einer roten Schleife umwickelt, in ihrer Nachttischschublade endeten, dazu bestimmt, niemals ihren Empfänger zu erreichen.

Es waren nun mit diesem hier sechs an der Zahl. Fünf für ihren Sohn und ein letzter Liebesbrief an seinen toten Vater. Wie immer am Jahrestag der Geburt nahm sie die anderen Briefe aus der Schublade, um sie noch einmal zu lesen, ehe sie mit dem neuen für ein weiteres Jahr in ihrem Versteck verschwanden. Ihre Hände zitterten, als sie den ersten der Briefe öffnete. Sie hatte ihn in Mariengrunde verfasst, kurz bevor sie in den Wehen lag.

Mein geliebter Philippe,

wie sehr du mir fehlst. Ich wünschte mit jeder Faser meines Herzens, du wärst jetzt hier. Ich bin einsam und verzweifelt und weiß nicht, wie ich ohne dich leben soll. Du bist es, dem ich für immer gehören werde. Du allein. Niemals kann ich für einen anderen Mann das fühlen, was ich für dich empfinde. Niemals mehr mein Herz verschenken, denn du besitzt es für immer.

In ewiger Liebe
Isabelle

Es war ihr Abschied gewesen. Ihre Art, ihm zu versichern, dass er nicht vergessen wurde. Dass ihre Liebe stärker als der Tod war und immer sein würde. Der nächste Brief war bereits für ihren Sohn, verfasst am Tag seiner Geburt, an einem Abend, an dem draußen ein Sturm tobte genauso wie in ihrem Inneren.

Sie hatte all ihre Liebe und Verzweiflung ins Papier gegossen und gespürt, dass es ihr danach besser ging. Das war der Moment, in dem sie beschloss, ihm dieses Geschenk zu machen, sollte sie je erfahren, wo er war.

Nachdem sie alle fünf Briefe überflogen hatte, umwickelte sie die Umschläge erneut mit der roten Schleife und legte sie vorsichtig zurück an ihren Platz. Danach ging sie zu Bett, wo sie wie immer an diesem Datum Tränen vergoss, bis der Schlaf sie übermannte.

Nur ein halbes Jahr danach stand sie neben Theo am Altar. Sie spürte seine Blicke, fühlte, wie er ihren Arm besänftigend drückte, während der Pfarrer ihnen die Treueschwüre abnahm. Isabelle wäre an ihrem fast erstickt. Sie kam sich vor, als würde sie ihre Liebe verraten, als würden die leeren Worthülsen sie noch weiter fort von dem Leben tragen, das sie einmal für sich erhofft hatte. Was Unsinn war, denn der Tod war dieser Hochzeit schon zuvorgekommen.

Frankfurt, 1985

Isabelle lag wie betäubt im Bett. Sie starrte an die Decke und hatte das Gefühl, sich in Nichts aufzulösen. Dabei hätte die Geburt ihrer Tochter der glücklichste Tag in ihrem Leben werden sollen – zumindest einer der glücklichsten.

Endlich, nach so vielen Jahren und nachdem sowohl sie als auch Theo die Hoffnung aufgegeben hatten, war sie wie durch ein Wunder schwanger geworden. Über zwanzig Jahre waren sie nun verheiratet, und die Jugend war ihr durch die Hände geronnen wie ihr Leben überhaupt. Sie war langsam alt geworden neben Theo und hatte deshalb auch geglaubt, die Wechseljahre hätten sie verfrüht erwischt, als ihre Menses ausblieb.

Was für eine Überraschung, als der Arzt ihr mitteilte, dass sie guter Hoffnung war. Isabelle hatte geweint vor Glück, sie war sogar Theo um den Hals gefallen, der entgegen seiner sonst steifen Art mit in ihren Freudentaumel einstimmte und sie einmal durchs Wohnzimmer wirbelte.

Danach hatten sie Pläne geschmiedet, Namen überlegt und Bücher bestellt, denn mit den Jahren schien der Familienzuwachs nicht mehr wie die natürlichste Sache der Welt, sondern eher wie ein großes Projekt, das es genauestens durchzuplanen galt.

Isabelle las, stromerte durch Geschäfte, kaufte die Ausstattung, ließ ein Zimmer in freundlichem Gelb streichen und dekorierte die Wand danach mit einer Borte aus kleinen tanzenden Bärchen. Abends lag sie erschöpft auf dem Sofa, und Theo brachte ihr Saft und Obst. Sie fühlte sich friedvoll, hoffnungsvoll, und zum ersten Mal in all den vielen Jahren hätte sie fast vergessen, Philippe an seinem Geburtstag zu schreiben – aber nur fast.

Sein vierundzwanzigster Geburtstag. Vor ihrem inneren Auge war es nun stets ihre große Liebe, die sie sah, wenn sie an ihren Sohn dachte, denn die Gesichter der beiden wichtigsten Männer in ihrem Leben waren schon lange zu einem verschwommen. Sie stellte sich vor, dass er einen Universitätsabschluss hatte und etwas Wertvolles tat, vielleicht Arzt war oder Forscher. Manchmal glaubte sie auch, dass er seines Vaters Talent geerbt hatte und Koch geworden war, himmlische Macarons herstellte und damit das Herz einer hübschen Frau gewann.

All das schrieb sie ihm und dazu wie immer, wie sehr sie ihn liebte. Dann verschloss sie den Umschlag und legte ihn zu den anderen. Vielleicht war es die Müdigkeit durch ihre Schwangerschaft, vielleicht war sie mit den Jahren auch einfach nachlässig geworden, was ihr Geheimnis anging. In jedem Fall versäumte sie es, die Nachttischschublade abzuschließen, wie sie es sonst immer tat. Wenige Tage später kam sie in ihr Zimmer und sah Theo auf ihrem Bett sitzen. Er hatte seine Hornbrille vorne auf der Nasenspitze und las – ihre Briefe.

»Gib das her, was gibt dir das Recht, in meinen Sachen herumzuschnüffeln?«, rief sie aufgebracht und lief auf ihn zu, um ihm die wertvolle Korrespondenz aus den Händen zu reißen. Doch Theo war schneller. Er hatte sich erhoben und hielt die Briefe nun hinter seinem Rücken, sodass sie nicht drankam.

»Was hast du mir zu sagen?«, donnerte er und sah sie so wütend an wie niemals zuvor. Sie trat einen Schritt zurück, so heiß und brennend traf sein Zorn sie.

»Bitte, Theo, gib sie mir, sie sind nicht für deine Augen bestimmt«, sagte sie und hielt fordernd ihre Hand hin, doch er schüttelte nur den Kopf.

»Wann wolltest du mir denn beichten, dass dein Zusammensein damals Folgen hatte? Dass irgendwo ein Bastard von dir lebt?«

Nun schrie er fast, und Isabelle musste schlucken. Er machte ihr Angst.

»Nie, ich wollte es dir nie erzählen. Es hat keine Bedeutung mehr«, log sie.

Er lachte bitter. »Mach mir und dir nichts vor, Isabelle. Das hier sind Briefe, die du jedes Jahr schreibst. Sie strafen deine Worte Lügen. Der jüngste ist gerade mal ein paar Tage alt. Du trägst unser Baby unter dem Herzen. Du solltest dich ganz darauf konzentrieren und freuen, und stattdessen schreibst du an ein Kind, das du seit der Geburt nie mehr gesehen hast.«

Er war wieder leiser geworden, doch leuchteten hektische rote Flecken auf seinen sonst so blassen Wangen, ein Beweis dafür, wie erregt er war.

»Theo, er ist mein Sohn. Ich musste ihn damals gegen meinen Willen weggeben. Bitte versteh doch! Das ist meine Art, sein Andenken zu ehren.«

Er war nun ruhiger, dennoch musste er ein paarmal tief ein- und ausatmen. »Wenn du es sagst. Du hättest es mir trotzdem erzählen müssen. Ich finde es bedenklich, dass du solche Geheimnisse vor mir hast.«

Nun klang er enttäuscht und distanziert. Sie konnte gut verstehen, warum ihr Vater sie so inständig ermahnt hatte, Theo nichts über Philippe zu erzählen. Dass über zwanzig Jahre verstrichen waren, bis er ihr Geheimnis erfuhr, machte die Sache nicht besser.

»Es tut mir leid, bitte glaub mir, ich wollte dich nicht verletzen damit, im Gegenteil.«

Nach einiger Zeit nickte er langsam. »Na gut, ich glaube dir. Trotzdem will ich, dass du diese Briefe fortwirfst. Und auch keine mehr schreibst. Wir schlagen gemeinsam ein neues Kapitel auf, und da passt diese unschöne Episode nicht hinein. Versprich es mir!«, sagte er und sah sie fordernd an.

Sie schluckte. Niemals würde sie das tun können. In diesen Briefen steckte all die Liebe, die sie Philippe nie hatte geben können. Trotzdem wollte sie Theo glauben machen, dass sie seinem Willen Folge leistete. Ansonsten bestand die Gefahr, dass *er* die Briefe vernichten würde, und dann wären sie unwiederbringlich fort.

»Ist gut, ich verspreche es. Gib sie mir, und ich entsorge sie.« Sie hielt den Atem an und seinem forschenden Blick stand. Dann, zögerlich, streckte er den Arm aus und gab ihr die vielen Umschläge zurück, durch die er sich ungefragt gelesen hatte.

»Nun«, sagte er und deutete auf den Abfallkorb. Sie seufzte und trat mit pochendem Herzen darauf zu. Sie schloss die Augen, als all ihre ungesagten Worte in den blauen Eimer flogen. Geschockt sah sie, wie Theo danach griff und zur Tür ging.

»Die bringe ich hinunter, morgen werden die Tonnen geleert.«

Sie rannte entsetzt zum Fenster und sah, wie er im Licht der Gartenlaterne zur Garage strebte, wo die großen Mülltonnen standen. Als er den Deckel fallen ließ, stieß sie erleichtert die Luft aus. Wenigstens hatte er sie nicht noch zerrissen.

Sie wartete in ihrem Zimmer, bis sie hörte, wie er sich zur Nacht zurückzog, rannte dann barfuß durch die Hintertür hinaus und rettete, was ihr so lieb und teuer war. Dieses Mal versteckte sie die Briefe jedoch besser. Sie packte sie in einen alten Schuhkarton und stellte diesen in die hinterste Ecke auf den Speicher in der Hoffnung, dass Theo ihren Schatz dort nicht finden würde.

Mit der Geburt hatte die Vergangenheit sie wieder eingeholt. Wie damals lag sie in diesem kargen Krankenzimmer und fühlte sich leer und schrecklich einsam. Daran konnte auch das kleine Bündel nichts ändern, das sich in dem Plastikbettchen neben ihr im Schlaf bewegte, weil es Hunger bekam. Sie drehte den Kopf weg und starrte die Wand an.

Frankfurt, 1989

»Carole, soll ich dir die Zöpfe flechten?«, fragte Isabelle, doch die Kleine sah sie nur finster an.

»Nein, Claudia soll das machen«, sagte sie entschieden und drehte sich fort. Isabelle seufzte. Sie wusste, dass das hier ihre Schuld war. Sie hatte sehr lange gebraucht, um die schwarzen Wolken zu vertreiben, die sie seit der Geburt umgeben hatten. Und als es irgendwann bergauf ging, wollte ihre Tochter nichts mehr von ihr wissen.

Seither kämpfte Isabelle mal mehr, mal weniger erfolgreich gegen Caroles Verbissenheit, ihre Mutter aus ihrem Leben weitgehend herauszuhalten. Gerade stolzierte sie mit ihrer pinken Bürste und diversen Spängchen an ihr vorbei in Richtung des Kindermädchens, das Isabelle mit einer Mischung aus Bedauern und Schadenfreude betrachtete.

»Soll ich? Oder wollen Sie es doch lieber selbst probieren?«, fragte Claudia überflüssigerweise. Isabelle nickte ergeben, auch wenn sie der jungen Frau gerne ihre Arroganz aus dem Leib geschüttelt hätte. Sie trat zur Seite, und Claudia begann nun, Caroles langes blondes Haar mit kräftigen Strichen zu bürsten. Isabelle lächelte ihre Kleine trotzdem an, auch wenn sie wieder einmal einen Korb bekommen hatte. Dann verließ sie leise das Zimmer, damit die beiden bei ihrem Ritual nicht weiter gestört wurden.

Später am Abend, als Claudia gegangen und Carole eingeschlafen war, saß Isabelle noch lange an ihrem Bett. Wie wunderschön sie war, schoss es ihr durch den Kopf, während sie ihre Tochter betrachtete. Ihre Bäckchen waren gerötet, ihre dichten Wimpern ruhten wie ein Kranz um ihre geschlossenen Äuglein, und sie drückte im Schlaf ihren geliebten Teddy an sich, den Theo ihr von einer Reise mitgebracht hatte.

Liebe tat weh, das stellte Isabelle nicht zum ersten Mal fest. Dafür, dass sie zu Beginn so taub gewesen war, dass sie gar nichts hatte für ihre Tochter empfinden können, war die Liebe irgendwann wie ein Blitz durch sie hindurchgeschossen. Nun zog es ihr jedes Mal schmerzhaft das Herz zusammen, wenn sie sie ansah. Sie beugte sich hinab und strich Carole eine verschwitzte Strähne aus dem Gesicht. »Ich liebe dich«, flüsterte sie, bevor sie noch einmal die Decke um sie schlang, um dann auf Zehenspitzen das Zimmer zu verlassen.

Am nächsten Tag zog sich Isabelle an, um in die Stadt zu fahren. Mittwoch hatte Annegret Geburtstag, und obwohl sie Ingrids Nichte auch nach all den Jahren noch nicht leiden konnte, fühlte sie sich genötigt, nach einem Geschenk zu suchen. Leider hatte Isabelle immer noch keinen Führerschein. Theo hatte es ihr immer wieder ausgeredet und ihr vorgehalten, was für eine ängstliche und schreckhafte Beifahrerin sie doch sei.

»Am Steuer will ich dich erst gar nicht erleben«, hatte er mit einem Augenrollen hinterhergeschoben.

Und am Ende hatte sie sich gefügt. Der Unfall von damals trug maßgeblich zu ihrer Entscheidung bei. Noch immer fühlte sie sich nicht wohl in einem Auto. Egal, ob sie am Steuer saß oder nur daneben.

Also rief sie sich ein Taxi und ließ sich in die Innenstadt fahren, wo wie immer viel Betrieb herrschte. Sie hatte keine Ahnung, was sie der biestigen Annegret schenken sollte. Sie beide waren sich in altem Hass verbunden geblieben – auch jetzt noch, wo Ingrid schon mehrere Jahre tot war, weshalb Isabelle nicht gerade ihr Herz in die Suche nach einem passenden Geschenk legte. Vielleicht würde sie ihr ein Halstuch kaufen oder einen Schal. Völlig in Gedanken schlenderte sie an den Geschäften vorbei, als ihr

Blick in der Ferne an einem jungen Mann hängen blieb. Er hatte lockiges Haar, einen vollen Mund und karamellfarbene Augen.

Isabelles Herz setzte aus, nur um danach wie ein stotternder Motor wieder anzuspringen. Der Mann sah aus wie Philippe. Ihr Mund wurde trocken, und ihre Beine zitterten, trotzdem sprintete sie wie von Sinnen dem jungen Kerl hinterher, der sich umgedreht hatte, um in die andere Richtung davonzubummeln.

»Philippe!«, schrie sie und rempelte beim Rennen mehrere Leute an, die ihr verärgert nachsahen oder ihr Unflätiges hinterherriefen. Es interessierte sie nicht. Sie musste ihn erreichen, musste ihm ins Gesicht schauen, aus der Nähe sehen, ob er es war.

»Philippe, warte!«, rief sie noch lauter und merkte nicht einmal, wie ihr der teure Seidenschal vom Hals wehte. Sie hatte nur noch Augen für die schlanke, dunkel gekleidete Gestalt, die gottlob an einem Schaufenster haltmachte. Isabelle erreichte ihn mit einem letzten Sprint und riss den Mann am Ärmel seines Parkas zu sich herum.

»Hey, sind Sie bescheuert?«, blaffte der Junge sie an.

Er war es nicht. Er war höchstens sechzehn, vielleicht gerade volljährig. Auch waren seine Augen nicht karamellfarben, wie sie es aus der Ferne geglaubt hatte, sondern hatten ein fades Hellbraun. Nichts stimmte mehr mit dem Bild von eben überein, jetzt, wo sie ihm nahe war.

»Entschuldigen Sie, ich habe Sie mit jemandem verwechselt«, bat sie und trat von ihm fort.

»Bekloppte Alte«, maulte der Teenager und trottete davon.

Isabelle lehnte sich benommen an die Wand eines Kaufhauses und rieb sich mehrfach über die Augen, die ihr einen solchen Streich gespielt hatten. Wobei es wohl eher ihr dummes Herz gewesen war, wie sie sich eingestehen musste. Sie war so durcheinander und aufgewühlt, dass sie Annegrets Geschenk ebenso vergaß wie das teure Halstuch, das Theo ihr zum Hochzeitstag geschenkt hatte. Sie ging in ein Café, wo sie sich einen Schnaps zu ihrem Milchkaffee bestellte, während sie dort auf das Taxi wartete, das die Kellnerin ihr netterweise gerufen hatte.

Zu Hause angekommen lief sie gleich hinauf auf den Speicher, wo sie die Briefe versteckt hatte. Tränenüberströmt sackte sie im Staub zwischen alten Möbeln und Teppichen, Plunder und Schätzchen zusammen.

»Warum bist du gestorben? Warum hast du mich damals alleingelassen? Ich vermisse dich so, dich und unseren Sohn.« Sie erlaubte sich, die vielen, seit Jahren nicht mehr geweinten Tränen herauszulassen, bevor sie sich schwerfällig erhob und wieder nach unten ging, wo sie sich zielstrebig in Theos Arbeitszimmer begab. Dort wühlte Isabelle in seiner Schreibtischschublade, bis sie die Gelben Seiten gefunden hatte. Sie blätterte zu D und fand mehrere Einträge für eine Detektei. Warum auch immer, ihr Finger blieb auf dem Namen Karl Schuster hängen. Sie atmete tief ein und aus und wählte dann beherzt die Frankfurter Nummer. Nach dem dritten Klingelton meldete sich eine raue Männerstimme.

»Schuster, Detektei.«

»Hallo, mein Name ist Isabelle Steinmann, ich möchte Sie beauftragen, meinen Sohn zu finden.« Ihr Puls überschlug sich fast, und sie musste sich setzen, weil ihr schwindelig wurde. So viele Jahre hatte sie mit dem Gedanken gespielt, es sich jedoch immer wieder selbst verboten, weil sie nicht einfach so nach all der Zeit in sein Leben platzen wollte.

Doch der Wunsch, ihn zu sehen, mit eigenen Augen festzustellen, dass er gesund und glücklich war, hatte sich heute erneut als übermächtig erwiesen. Sie wollte wenigstens einmal in seine Augen schauen, ihm erklären, warum sie ihn damals fortgeben musste, und ihm als Beweis ihrer Liebe all die Briefe geben, die sie ihm geschrieben hatte.

Der Detektiv hörte sich ihre Geschichte an und schien sich nebenbei Notizen zu machen, weil er sie öfter bat, etwas zu wiederholen, besonders dann, wenn es um Namen und Daten ging.

»Nun, das wird nicht einfach, Frau Steinmann. Wir haben so gut wie keinen Anhaltspunkt. Ich bezweifle, dass man damals in diesem Haus Mariengrunde Buch darüber geführt hat, wo die unehelichen Kinder hinkamen. Aber ich will es versuchen. Ich melde mich wieder bei Ihnen.«

Isabelle legte auf und ihr war, als hätte man ihr nach all den Jahren einen Stein vom Herzen genommen. Es fühlte sich leicht und hoffnungsvoll an. Sie aß mit Carole zu Abend, brachte sie ins Bett und las ihr vor, bis sie eingeschlafen war. Danach ging sie auch schlafen, zufrieden mit sich selbst, ein Gefühl, das sie schon seit einer Ewigkeit nicht mehr gehabt hatte. Doch ihr Glück sollte nicht von langer Dauer sein.

Nur wenige Tage später, Isabelle war gerade von Annegrets furchtbar langweiliger Geburtstagsfeier gekommen, rief Theo sie mit versteinerter Miene ins Arbeitszimmer.

»Setz dich, ich denke, du musst mir da etwas erklären«, sagte er und klang so kalt und unfreundlich, dass Isabelle mehrmals trocken schluckte, bis sie ihm antworten konnte.

»Was gibt es denn?«, fragte sie und merkte, wie ihre Stimme dabei vor Anspannung schrill wurde.

»Ich hatte gerade einen interessanten Anruf«, sagte er, während er sich hinter seinen Schreibtisch setzte und seine langen, manikürten Hände unter seinem Kinn faltete. Seine Augen ruhten auf ihr, sein Blick war lauernd, voll unterdrückter Wut, und Isabelle spürte, wie ihr die Hitze in die Wangen kroch.

»Was für einen Anruf?«, fragte sie, um auf Zeit zu spielen. Sie konnte sich fast denken, was ihn so unglaublich wütend gemacht hatte.

»Hast du allen Ernstes eine Detektei beauftragt, um nach deinem Bastard suchen zu lassen?« Er hatte es leise gesagt, was die Anschuldigung nicht weniger verletzend klingen ließ.

Sie nickte nur, langsam, weil sie ahnte, was für einen Sturm sie entfesselt hatte.

»Ich dachte, dass wir das besprochen haben, Isabelle. Da oben schläft unsere Tochter, die du sträflich vernachlässigt hast in den vergangenen Jahren. Stattdessen jagst du irgendwelchen Spinnereien hinterher. Was denkst du denn, was du finden wirst? Der Zug ist abgefahren. Der Junge hat ein eigenes Leben so wie du auch!«

Noch war er beherrscht, doch sie sah, dass an seiner linken Schläfe eine Ader verdächtig pochte. Ein sicheres Indiz dafür, dass es unter seiner ruhigen Oberfläche brodelte.

»Bitte, Theo, versteh doch. Er ist genauso Teil von mir wie Carole. Ich will nur wissen, dass es ihm gut geht. Ich will ihm erklären, warum ich es tun musste«, bettelte sie, aber er musterte sie nur weiter aus seinen kühlen hellblauen Augen.

»Ich kann dich nicht verstehen, Isabelle. Du hast ein Kind, verdammt noch mal. Kümmere dich darum, und lass die Vergangenheit ruhen!« Nun hatte er gebrüllt, und seine Stimme hallte in den hohen Räumen genauso nach wie unter ihrer Schädeldecke.

»Warum kannst du es nicht begreifen?«, schrie sie nun ebenfalls und sprang auf. »Ich muss das tun. Ich finde sonst keinen Frieden.«

Er umrundete den großen, antiken Eichenholzschreibtisch, an dem schon ihr Vater gethront hatte, und blieb vor ihr stehen.

»Hör mir jetzt gut zu, meine Liebe, denn ich werde das hier nur einmal sagen.«

Isabelle trat von ihm fort, weil sie Angst bekam, solche Wut loderte in seinen Augen.

»Wenn du dieser verrückten Idee weiter nachjagen willst, dann lernst du mich kennen, Isabelle. Ich werde die Scheidung einreichen, und ich habe genügend Beweise gesammelt und unzählige Zeugen dafür, dass du als Mutter und Ehefrau nichts taugst. Ich kann dir auf die Stunde genau sagen, wie oft und wie lange du in deinem Zimmer warst oder auf dem Sofa gelegen hast, statt dich um dein Kind zu kümmern. Du willst deinen Sohn suchen? Na los, dann mach das, aber dafür wirst du deine Tochter verlieren.«

Entsetzt starrte Isabelle ihn nun an. »Das klingt, als hättest du nur auf den Moment gewartet, wo du all das gegen mich verwenden kannst«, erwiderte sie fassungslos.

»Nun ja, ich bin nicht blöd. Mir ist schon klar, dass es für dich keine Liebesheirat war. Ich fand es daher nur sinnvoll, Vorkehrungen zu treffen, falls du dich jemals gegen mich, gegen uns, entscheiden solltest.«

»Aber ich will mich doch gar nicht gegen dich und schon gar nicht gegen Carole entscheiden, nur eben auch für Philippe«, versuchte sie, ihn umzustimmen. Es war ein letztes Aufbäumen.

»Führe diesen Namen nie wieder unter meinem Dach«, wetterte er und schlug mit der Faust neben Isabelle in die Wand. Ängstlich zog sie den Kopf ein und hielt ihn schützend mit ihren Händen.

»Sei nicht albern, ich habe nie die Hand gegen dich erhoben und werde es auch jetzt nicht tun. Aber lass dir eins gesagt sein, wenn du Carole willst, dann zu meinen Bedingungen. Ansonsten kannst du dich wegscheren. Haben wir uns verstanden?«

Sie zitterte am ganzen Leib, als sie nun das Kinn hob, um ihm in die Augen zu sehen. »Ich habe dich verstanden, klar und deutlich, Theo.«

Kapitel 27

Philippe und seine Frau sahen Isabelle nach ihrer Erzählung lange schweigend an.

»Das ist wirklich eine ganze Menge zu verdauen«, bemerkte er irgendwann erneut und strich sich in schon vertrauter Geste über seinen Bart.

Isabelle saß da und hielt die Luft an. Sie war immer noch nicht ganz davon überzeugt, dass er ihr glaubte. Dass er sie in sein Leben lassen wollte. Luise legte Philippe eine Hand auf die Schulter und wisperte etwas in sein Ohr. Fast unmerklich nickte er dann.

»Ich möchte Sie alle einladen, heute unsere Gäste zu sein. Es gibt noch so vieles, das ich gern von Ihnen erfahren würde und Sie sicher auch von mir.«

Isabelle ließ die Anspannung mit einem tiefen Atemzug entweichen. Einen kleinen Sieg hatte sie errungen. Sie blickte Carole und Ben an, die nun ebenfalls nickten.

»Das wäre sehr freundlich, wenn wir Ihnen keine Umstände machen«, beeilte sich Carole zu sagen.

»Nein, nein, wir haben immer viel Besuch. Seit Philippe im Ruhestand ist, verbringen wir die Sommermonate hier. Unsere Kinder kommen oft an den Wochenenden mit ihren Partnern, und Freunde aus Straßburg mögen das

Weingut auch und laden sich gerne selbst von Zeit zu Zeit ein«, erklärte Luise.

Sie schritt voran, um ihnen die Gästezimmer zu zeigen. Mit Genugtuung beobachtete Isabelle, dass es für Carole gar keine Frage mehr war, zu wem sie ins Zimmer ging. Sie hatte Isabelle ein Lächeln geschenkt und Ben einen Kuss, um danach ihr Gepäck zu seinem auf ein großes französisches Bett zu werfen, auf dem eine hübsche blau-weiß gemusterte Decke lag. Das Zimmer ging zum Garten hinaus und gab den Blick frei auf eine geräumige Terrasse mit vielen Korbstühlen, die unter einem Pavillon im Schatten standen. Darüber spannte sich ein wolkenloser Himmel, in dem erste Boten der nahenden Dämmerung dunkle Konturen hinterließen.

Isabelles Zimmer lag gleich daneben. Hier hatte früher Tante Gerte geschlafen. War der Raum damals spartanisch gewesen mit nur einem Bett und einem Kleiderschrank, so war er nun auf gemütliche Weise vollgestellt. Neben dem Gästebett befand sich eine Kommode, auf der eine antike Waschschüssel mit passendem Krug stand. Bunte Teppiche bedeckten den sauberen Holzboden, auf Regalen türmten sich kleine Porzellantiere und Andenken, und an den Wänden hingen viele Fotos.

Isabelle fühlte sich gleich wohl hier, das Zimmer schien wie für sie gemacht. Sie legte den Lavendelstrauß auf ihren Nachttisch und stellte ihre große bunte Tasche ab. Dann ging sie auf eine Bildergalerie zu, wo sie auch ein Foto von Albert und Sabine entdeckte.

Die zwei waren deutlich älter als in ihrer Erinnerung. Sabine trug das graue Haar kurz, und auf ihrer Nase saß eine kleine, randlose Brille. Albert hatte sich einen Bart wachsen lassen und einen runden Bauch bekommen. Die beiden waren vor einigen Jahren nur wenige Monate nacheinander gestorben, wie Philippe ihr verraten hatte.

»Zuerst traf es Mamie. Sie hatte einen Herzinfarkt beim Wäscheaufhängen. Papi ist nur kurze Zeit nach ihr friedlich im Schlaf gegangen. Er konnte nicht ohne sie, hat es niemals gekonnt«, hatte er mit zärtlichem Tadel angefügt.

Isabelle fuhr mit ihrem Finger über die Gesichter der beiden. Sie wusste nicht, ob sie wütend oder dankbar dafür sein sollte, dass sie all die Zeit dieses monumentale Geheimnis vor ihr bewahrt hatten. Ein Anruf, eine Nachricht, und sie hätte Philippe schon vor so vielen Jahren finden können. Trotzdem war sie dankbar dafür, dass ihr Sohn bei den beiden ein gutes Leben hatte. Und Zeit für alten Groll blieb ihr ohnehin nicht.

Sie wanderte weiter und sah sich die Bilder von Philippe an. Er schien ein guter Fußballer gewesen zu sein. In dem anderen Zimmer hatte sie Pokale gesehen und Medaillen, und hier hingen alte gelbstichige Aufnahmen von ihrem Sohn – mit langen Locken und gebräuntem Gesicht, wie er stolz einen Fußball unter dem Arm hielt und in die Sonne blinzelte oder auf einem anderen gerade dem Ball zum Tor der Gegner nachjagte.

Sie ließ danach ihre Finger über die beiden Babys streichen, ihre Enkelkinder. Ein hübsches blondes Mädchen mit grünen Augen und ein kleiner Junge mit braunen Locken. Ein tiefer Friede erfasste sie. Alles schien Sinn zu ergeben, es war ihr, als würden sich sämtliche offenen Stellen mit einem Mal schließen.

»Mögen Sie Kaninchen?«, rief Luise nach oben, und Isabelle steckte den Kopf aus der Tür, um zu antworten.

»Sehr gerne, kann ich Ihnen helfen?«

Luise stand an der Treppe und lächelte sie an. »Auf gar keinen Fall, Sie sind unsere Gäste«, lehnte sie freundlich ab.

»Dann leiste ich Ihnen Gesellschaft«, bot Isabelle an. Die andere nickte, und gemeinsam gingen sie in die große Küche, die sich in einem Anbau im hinteren Bereich befand.

»Diesen Teil des Hauses gab es damals noch nicht«, stellte Isabelle fest, als sie sich auf einen der breiten Holzstühle sinken ließ, die im Kreis um den antiken Küchentisch standen.

Luise ging zu der eckigen Kochinsel in der Mitte des Raums, über der Pfannen, Töpfe und getrocknete Kräuter hingen. Auf dem Herd schmurgelte das Kaninchen bereits in einem großen Bräter und verströmte einen herrlichen Duft nach Tomaten, Lauch, Nelken und Wacholderbeeren.

»So hat Sabine es immer gekocht«, sagte Isabelle und schnupperte in die Luft.

»Ja, ich habe das Rezept von ihr.« Nach einer kleinen Pause sah sie Isabelle forschend an. »Sie war ihm eine gute Mutter, er hat nichts vermissen müssen, wissen Sie.«

»Das ist gut, aber ich hätte es nicht anders erwartet. Mir war Sabine damals ebenfalls eine gute Mutter, wenn sie am Ende auch mit mir gebrochen hat.«

»Sie hat den Verlust ihres Sohnes nie wirklich verwunden. Seine Asche wurde hier auf dem Weingut verstreut. Sie hatte erzählt, Ihre sei auch hier verteilt worden, aber das war wohl gelogen.« Luise zuckte entschuldigend mit den Schultern. »Es ist furchtbar, was Ihnen damals zugestoßen ist. Ich kann mir kaum vorstellen, wie es gewesen sein muss, erst den Mann und dann das Kind zu verlieren.«

Isabelle schluckte mehrmals, bevor sie antworten konnte. »Nun ja, die Hoffnung, dass es Philippe gut geht, hat mich all die Jahre aufrecht gehalten – und meine Tochter.«

»Sie ist Ihnen wie aus dem Gesicht geschnitten«, merkte Luise an und rührte in der Soße.

»Das hört sie sicher nicht gerne. Wir haben leider eine schwierige Beziehung. Es war nicht immer einfach mit mir«, gestand sie der anderen.

»Wir Mütter tun unser Bestes, aber niemand ist frei von Fehlern.«

Beide nickten nun und sahen zum Fenster hinaus, wo sich Carole gerade mit Philippe unterhielt. Er erklärte ihr, wie man den *Vin doux* machte und ließ sie an ein paar Flaschen schnuppern.

»Er hat sich immer eine große Familie gewünscht, fand es stets traurig, dass es keine Geschwister gab«, merkte Luise an.

Draußen lachten beide gerade über irgendetwas, und Isabelle fiel auf, dass sie sich in diesem Moment sogar ähnlich sahen, auch wenn sie nur Halbgeschwister waren.

»Ich würde vor dem Essen gerne ein wenig über das Gelände schlendern, wenn es Ihnen recht ist.«

»Ich kann Sie begleiten«, bot Luise an, doch Isabelle schüttelte mit einem geheimnisvollen Lächeln den Kopf.

»Ich wäre gern ein bisschen allein.«

Der Himmel war nun pink, mit orangefarbenen und schwarzen Streifen, so als stritten sich Tag und Nacht noch um den Sieg. Ein einzelner Stern leuchtete bereits, als Isabelle vorsichtig die Stufen der Veranda hinabging. Sie hörte ein paar Grillen zirpen, spürte den lauen Südwind, der den Duft von Lavendel und Rosmarin in sich trug, und hatte das Gefühl, endlich angekommen zu sein.

Sie ging in den hinteren Garten, fort von den Scheunen, in denen die Pressen und Maischetanks standen, und wo Carole und Philippe noch ins Gespräch vertieft waren. Dort setzte sie sich auf die Reste einer alten Bruchsteinmauer, die noch die Wärme des Tages in sich trug, und berührte den staubigen Boden zu ihren Füßen. »Ich bin zu Hause, Geliebter«, flüsterte sie, als sie die Erde durch ihre Finger rieseln ließ.

Carole steuerte auf das Haus zu, um nach Ben und Isabelle zu sehen. Luise erklärte ihr, dass ihre Mutter im Garten sei und etwas allein sein wollte, weshalb Carole nach oben ging, wo Ben sich auf dem Bett ausgestreckt hatte.

»Hey, wie war die Tour?«, fragte er, als sie sich zu ihm setzte.

»Sehr interessant, es ist schon merkwürdig, nach all den vielen Jahren auf einen Bruder zu treffen. Aber auch schön. Es ist ein gutes Gefühl, hier ein Stück Familie gefunden zu haben.«

Er zog sie in seine Arme, wo sie sich an ihn kuschelte, während er ihre Haare streichelte.

»Ich bin froh für dich«, flüsterte er und gab ihr einen schnellen Kuss. »Und froh für Isabelle. Das war es, was sie noch erledigen musste«, sagte er mehr zu sich selbst. Es klang jedoch merkwürdig abgeschlossen, sodass Carole sich auf ihren Ellbogen stützte, um ihm ins Gesicht sehen zu können.

»Was meinst du?«

Er zuckte mit den Schultern. »Oftmals hält die Menschen noch etwas hier, etwas Offenes, Unerledigtes. Ich habe es erlebt in meiner Zeit am Krankenhaus. Sie können erst in Frieden gehen, wenn das erledigt ist.«

»Ich will nicht übers Sterben reden«, flüsterte Carole und spürte, wie ihr die Tränen in die Augen schossen. Sie hatte gerade erst wieder ein zartes Band zu ihrer Mutter geknüpft. Der Gedanke, sie gehen zu lassen, tat weh.

Ben atmete tief ein und aus. »Dann feiern wir heute lieber das Leben«, sagte er bestimmt und fing ihren Mund mit seinem ein.

Isabelle war noch immer in dieser absolut friedlichen Stimmung, als sie Philippe auf sich zukommen sah. So hätte sein Vater im Alter ausgesehen, wenn er damals nicht umgekommen wäre, schoss es ihr durch den Kopf. Groß, mit breiten Schultern und einem Gesicht, das Zeuge eines gelebten Lebens war. Tiefe Lachfältchen lagen wie ein Kranz rund um seine karamellfarbenen Augen, die allerdings eine Spur heller waren als die seines Vaters. Sie fand auch sich selbst – in seinem Lächeln, in seiner Art, fragend den Kopf schief zu legen, wenn er auf eine Antwort wartete.

So wie jetzt, wo er vor ihr stand und unsicher auf den freien Platz auf dem Mäuerchen neben ihr deutete. Ihr erster Impuls war es, aufzuspringen und ihm freudig um den Hals zu fallen, doch sie wollte ihn nicht verschrecken, indem sie ihm allzu deutlich ihre Liebe zeigte. Sie hatte ein ganzes Leben lang Zeit gehabt, sich dieses Treffen in allen nur erdenklichen Farben auszumalen, er hingegen nur wenige Stunden. Also beließ sie es dabei, einladend auf die freien Backsteine zu klopfen.

Er räusperte sich verlegen, bevor er Platz nahm, wobei er darauf bedacht war, einen kleinen Abstand zwischen sich und ihr zu lassen. »Ich habe so unendlich viele Fragen«, brach es nach einiger Zeit aus ihm heraus. Er vermied es, sie anzusehen, stattdessen starrte er auf den staubigen Grund, wo eine leichte Brise Blütenblätter vor sich hertrieb.

»Du kannst mich alles fragen«, sagte Isabelle und legte sanft ihre Hand auf seinen Arm. Der Drang, ihn endlich zu berühren, war übermächtig. Er zuckte kaum merklich. Isabelle schluckte, bevor sie ihre Hand wieder sinken ließ.

Statt sie jedoch nun mit Fragen zu löchern, rieb er sich den Nacken, als müsse er erst Ordnung in seine Gedanken bringen. Als er sie dann ansah, spielte ein kleines Lächeln um seinen Mund. »Himmel, ich weiß nicht mal, wo ich anfangen soll. Gibt es keine Anleitung für solche Situationen?«

Isabelle lachte leise. »Ich befürchte nicht. Aber wenn es dir hilft, dann erzähl mir doch erst einmal von dir. Von deinem Leben. War es ein gutes? Bist du glücklich?« Ihr Herz klopfte, denn sie fürchtete seine Antwort.

Umso erleichterter war sie, als sein zaghaftes Lächeln in

ein breites Grinsen überging. »Ja, das war es«, bestätigte er nachdrücklich.

Langsam lockerte sich seine Zunge. Er berichtete ihr von seinen Kindern Antoine und Agathe, von seiner Arbeit als Koch in einem Vier-Sterne-Restaurant in Straßburg und der Zeit seit dem Ruhestand, die er nun meistens mit Luise hier in der Provence auf dem Weingut verbrachte.

Isabelle lauschte ihm fasziniert, kostete jeden Augenblick aus und hätte vor Freude am liebsten geweint, als er ganz nah zu ihr rückte, um ihr Bilder seiner Kinder zu zeigen, die er stolz in der Brieftasche trug. Gerade hatte er eine Anekdote über ein unvergessliches Weihnachtsfest beendet, an dem der Hund der Familie, Froufrou, eine ganze Schüssel Heringssalat gefressen hatte, die zum Durchziehen auf der Veranda stand. »Wir mussten hungern, und das blöde Viech hat sich halb totgeschissen in der Nacht«, berichtete er und wischte sich die Lachtränen aus den Augen.

Doch dann wurde er plötzlich ernst. Mutig legte er seine Hand auf ihre, bevor er ihr nach einem tiefen Atemzug forschend ins Gesicht blickte. »Warum jetzt, Isabelle? Warum hast du jetzt erst nach mir gesucht?«

Frankfurt, 2019

Isabelle saß im Behandlungszimmer und starrte einen hässlichen Kunstdruck an. Der Arzt, ein junger Enddreißiger mit arroganter Attitüde, nahm ihr gegenüber Platz, ohne sie eines Blickes zu würdigen. Er war in ihre Akte vertieft.

»Das sieht nicht gut aus, Frau Steinmann. Akute myeloische Leukämie. Sie haben viel zu lange gewartet. Ich befürchte, dass auch eine sofortige und hoch dosierte Chemotherapie Ihnen höchstens ein paar Wochen oder Monate mehr schenken könnte.«

Isabelle nickte geistesabwesend. Sie hatte so etwas geahnt. Sie hatte schon vor Wochen ihre Symptome gegoogelt. Fluch und Segen des Internets. Aber sie hatte der bitteren Wahrheit zunächst nicht ins Gesicht sehen wollen. Hatte gehofft, dass alles von selbst wieder weggehen würde. Doch das war nicht der Fall gewesen. Im Gegenteil.

»Ich möchte keine Chemo«, sagte sie entschieden, und der Arzt nickte, immer noch ohne aufzusehen.

»Man kann Ihnen durchaus noch Lebensqualität geben mit gut abgestimmter Medikation. Ich überweise Sie an einen Kollegen aus der Palliativmedizin.«

Mit der Adresse im Gepäck verließ Isabelle die Uniklinik und ließ sich mit dem Taxi vom Theodor-Stern-Kai wieder nach Sachsenhausen fahren. Ihr schwirrte der Kopf. War sie schon bereit zu gehen? Die Antwort lautete Nein. Sie gab dem Fahrer ein üppiges Trinkgeld und stieg aus. Im gleichen Moment wünschte sie aber, sie wäre noch etwas in der Stadt geblieben, weil sie Annegrets grünen Mini Cooper vor dem Haus entdeckte.

Wenn es einen Menschen gab, auf den Isabelle jetzt keine Lust hatte, dann Annegret. Sie war die negativste Person, die Isabelle kannte. Stets mürrisch und unzufrieden und immer noch neidisch darauf, dass das gesamte Richter-Vermögen an Isabelle gefallen war. Isabelle überlegte gerade, ob sie den Fahrer einfach bitten sollte, wieder umzukehren, als Annegret ausstieg und winkend auf sie zukam.

»Da bist du ja endlich, Isabelle. Ich warte schon seit Stunden«, sagte sie vorwurfsvoll.

»Waren wir verabredet?«, fragte Isabelle und warf die Tür des Taxis nun mit etwas mehr Schwung als nötig zu.

»Na ja, das nicht, aber wer erwartet schon, dass du ausgehst. Sonst hockst du ja auch nur drinnen und genießt deinen Reichtum«, meinte Annegret spitz und musterte Isabelle dann kritisch.

»Ist alles in Ordnung? Du bist blass heute.«

Isabelle war zu müde, um zu lügen. »Komm mit mir rein, Frau Iwanow kann uns einen Kaffee machen.«

Annegrets hagere Gestalt mit dem akkurat geschnittenen grauen Bob ging ihr voraus, immer noch so, als gehöre ihr die Villa. Isabelle verdrehte die Augen. Sie folgte ihrem Gast ins Wohnzimmer, wo Annegret ihre Handtasche abstellte und sich aus ihrem Mantel pellte. Während diese ihre Frisur im Fensterglas richtete, orderte Isabelle den Kaffee und ließ sich mit einem Ächzen auf das Sofa fallen.

»Nun spuck schon aus, was ist los?«, fragte Annegret, als sie endlich ihr gegenüber Platz genommen hatte.

»Es wird dich freuen zu hören, dass meine Tage hier auf Erden gezählt sind«, sagte Isabelle und konnte den Sarkasmus in ihrer Stimme nicht verhehlen.

Annegret hingegen war still geworden. Mit blassem Gesicht und großen Augen starrte sie ihre Hass-Freundin an, wobei sie ihren Bob schüttelte, sodass die heilige Ordnung der toupierten Strähnen verloren ging.

»Das will ich nicht glauben. Du warst immer zäh, körperlich gesund wie ein Pferd, auch wenn du natürlich deine Probleme hattest – seelisch, meine ich«, fügte sie überflüssigerweise an.

»Tja, auch die besten Pferde sterben, Annegret. Ich habe Leukämie. Eine Chemo würde nichts mehr bringen.«

Annegret schluckte, stand auf und holte aus der Hausbar die Flasche mit Portwein. Sie goss zwei Gläser randvoll und reichte Isabelle eins.

»Das tut mir aufrichtig leid«, sagte sie irgendwann leise, und Isabelle sah sie verwundert an, weil es die Wahrheit zu sein schien.

»Ich dachte, du freust dich, wenn ich vor dir abnibble«, warf Isabelle ein, um dem Moment die Schwere zu nehmen.

»Sei nicht albern, du bist alles an Familie, was ich noch habe«, sagte Annegret gewohnt spitz.

»Dabei sind wir nicht mal verwandt«, merkte Isabelle an.

»Dann eben alles, was mir aus der Vergangenheit geblieben ist«, korrigierte Annegret und blickte auf ihre rot lackierten Nägel. Es stimmte, sie hatte keine Kinder, und ihr Mann war schon vor Jahren gestorben.

Isabelle wusste darauf nichts zu erwidern, also prostete sie Annegret zu und nahm einen großen Schluck Port.

»Na ja, wenigstens hast du Carole. Sie kann sich um dich kümmern. Ich hätte niemanden«, sagte Annegret nun, die zu vergessen schien, dass Carole und Isabelle alles andere als herzlich miteinander waren. Jedoch unterließ Isabelle es, diesen Umstand anzumerken.

»Ich bin noch nicht bereit zu gehen«, platzte es da plötzlich aus ihr heraus, und Tränen drohten ihr die Sicht zu nehmen. Annegret war völlig überrascht von diesem Ausbruch. Sie sprang auf und setzte sich zu ihr, um sie unbeholfen in ihre dürren Arme zu ziehen.

»Irgendwann müssen wir das alle«, versuchte sie, mehr schlecht als recht zu trösten.

»Ich kann nicht. Ich muss ihn vorher finden, aber es ist aussichtslos.«

Annegret rückte von ihr ab und sah sie verwirrt an. »Wen musst du finden?«

»Meinen Sohn. Ich muss wissen, wo er ist. Ich will ihm einmal in die Augen sehen, um ihm zu sagen, dass ich ihn niemals vergessen habe. Dass ich damals keine andere Wahl hatte.«

Annegret wusste um die ganze Angelegenheit, sie hatte schon vor Isabelles Rückkehr aus dem Sanatorium alles haarklein und brühwarm von Ingrid erfahren.

»Aber warum hast du ihn denn nicht früher gesucht?«

»Ach, erst hat Theo mich daran gehindert, und nach seinem Tod habe ich es noch einmal mit einem Detektiv versucht, doch die Spur verliert sich schon im Spessart. Es gibt nirgendwo einen Hinweis darauf, wo er abgeblieben ist. Auch nicht in Vaters Unterlagen. Und Ingrid hat geschworen, dass sie es ebenfalls nicht weiß.«

Annegret starrte sie nun mit leerem Blick an. »Nun ja, das ist so nicht ganz richtig«, sagte sie irgendwann schuldbewusst und schluckte schwer.

»Was heißt das? Was weißt du?«, schrie Isabelle sie nun an.

Erschrocken rückte Annegret noch weiter von ihr ab. »Herrje, reg dich nicht so auf, sonst stirbst du eher an einem Infarkt als an deinem Krebs.«

»Annegret«, knurrte Isabelle und zerrte die andere am Ärmel ihres grauen Kaschmirpullis.

»Ingrid hat es mir gesagt, aber ich musste schwören, dass ich es dir niemals erzähle«, stieß sie eilig hervor, wobei sie vorsichtig Isabelles zusammengekrampfte Finger von ihrem Arm löste. Danach lehnte sie sich zurück, um sich mit einem tiefen Schluck aus dem Portglas zu wappnen. »Wenn ich mich recht erinnere, dann hat Werner selbst das Baby nach Frankreich gebracht.«

»Was?« Isabelle riss die Augen auf.

»Zu Sabine und Albert. Er hat wohl auch all die Jahre bezahlt für ihn. Du kannst es in den Kontoauszügen nachlesen. Da gibt es einen regelmäßigen Posten Auslandskosten. Ingrid hat die Zahlungen aber eingestellt, nachdem Werner gestorben war. Da war der Junge schon erwachsen.«

»Du wusstest das all die Jahre? Und Ingrid auch?« Isabelle sah die andere fassungslos an.

Annegret zuckte mit ihren knochigen Schultern. »Werner hatte allen strengstens verboten, mit dir darüber zu reden. Er hat es, glaube ich, gut gemeint. Wollte, dass du die Vergangenheit endlich hinter dir lässt. Er hat auch den Ozaneauxs damit gedroht, ihnen den Kleinen wieder abzunehmen, sollten sie jemals Kontakt zu dir suchen.«

Um Isabelle drehte sich nun alles. In ihrem Kopf und ihrem Herzen vermischten sich tausend unterschiedliche Emotionen. Sie war glücklich, dass sie es endlich nach all diesen vielen Jahren erfahren hatte. Glücklich, dass ihr Vater ihn wenigstens zu den eigenen Großeltern gegeben hatte. Glücklich, dass damit vielleicht ein klein wenig ihrer Schuld an Sabine und Albert getilgt war.

Doch zugleich tobte eine unbändige Wut in ihr, dass alle Menschen, die ihr nahestanden, die sie als ihre Familie angesehen hatte, sie so lange belogen hatten. Sie war todtraurig, dass sie so viel wertvolle Zeit verloren hatte, dass ihr kaum mehr Zeit blieb. Aber da war auch eine neue Kraft, eine ungewohnte Entschlossenheit, die sie den Schmerz und die Angst vergessen ließ.

Sie stand auf. »Annegret, du gehst jetzt besser. Ich kann dich im Augenblick nicht mal ansehen. Ich werde dir nie verzeihen, dass du es mir all die Jahre verheimlicht hast. Aber ich werde auch nicht vergessen, dass du es mir jetzt wenigstens erzählst.«

Annegret war nun ebenfalls aufgesprungen. »Isabelle, so hör doch …«

Weiter kam sie nicht. Isabelle hatte Annegrets Tasche und Mantel gegriffen und steuerte schon auf die Haustür zu, die sie schwungvoll aufriss. Mantel und Tasche flogen durch die Luft und landeten vor dem grünen Mini Cooper.

»Wenn ich dich bitten darf …«

Annegret sah aus, als wolle sie noch etwas dazu sagen, aber dann straffte sie ihre Schultern und stolzierte ohne ein weiteres Wort an Isabelle vorbei.

»Du wirst bei gegebener Zeit von mir hören«, rief Isabelle ihr nach und knallte die Haustür zu. Dann stieg sie auf den Speicher, um den Schuhkarton mit den Briefen zu suchen. Sie musste sich beeilen. Es galt nun, die ihr verbliebene Zeit gut zu planen, und das konnte sie nicht allein. Sie würde Hilfe brauchen. Auf Carole konnte sie wohl kaum bauen.

Aber vielleicht fand sie jemanden über eine Anzeige. Ja, genau, sie würde eine Annonce aufgeben und nach jemandem suchen, der sie begleiten würde auf diese allerletzte Reise.

Kapitel 28

Isabelle begnügte sich damit, Philippe die Sache mit Annegret zu erzählen. Warum sollte sie ihn auch mit den Details über ihre Erkrankung belasten. Doch brannte sie darauf, ihm von den Briefen zu berichten. In dem Moment allerdings trat Luise auf die Veranda und winkte ihnen, während sie sich die Hände an einem Geschirrtuch abtrocknete. »Das Abendbrot ist fertig, kommt, bevor alles kalt wird.«

Er stand auf, und Isabelle verspürte einen kleinen Stich der Enttäuschung. Wie gerne wäre sie noch stundenlang so mit ihm hier sitzen geblieben, doch sie musste sich mit dem begnügen, was ihr vergönnt war. Die verlorene Zeit war ohnehin unwiederbringlich vorüber. Als sie ihm folgte, war ihr, als würde sie Philippe im Schatten der Bäume stehen sehen, keinen Tag älter als damals, wo sie ihn das letzte Mal gesehen hatte. Um seinen Mund lag nicht das übliche Lächeln, das er sonst für sie bereithielt, sondern ein trauriger und wissender Zug. Sie schluckte und musste kurz benommen die Augen schließen. Als sie sie wieder öffnete, war er verschwunden.

»Genau dort wurde seine Asche verstreut«, flüsterte ihr Sohn plötzlich neben ihr. Fast erschrocken fuhr sie zu ihm um. Er deutete mit dem Kinn zu der kleinen Baumgruppe.

»Dort, wo du gerade hinsiehst.« Isabelle bekam eine Gänsehaut. »Ich habe euch immer gemeinsam da bei den Bäumen besucht. Nun bin ich froh, dass ich wenigstens dich kennenlernen kann.« Er hielt ihr seinen Arm hin, und mit einem letzten Blick auf die nun verwaiste Stelle schritt sie neben ihm her ins Haus. Dort duftete es bereits köstlich nach dem Essen, das auf dem großen Tisch auf sie wartete und um den sich die anderen bereits versammelt hatten.

Es wurde ein großartiger Abend, der sich noch lange bis nach Mitternacht hinzog, weil niemand so recht zu Bett gehen wollte. Es wurde viel gelacht, während der Vin doux kreiste, die Zungen löste und die Köpfe leicht und leer machte.

Der Schrei gellte später unendlich laut durch die Stille des morgendlichen Hauses. Carole riss die Augen auf, und Ben, in dessen Armen sie vor Sekunden noch warm und sicher gelegen hatte, war aus dem Schlaf heraus aufgesprungen und stand jetzt orientierungslos vor dem Bett.

»Was war das?«, fragte sie und versuchte, ihren Herzschlag zu ignorieren, der in ihren Ohren pochte.

Ben zuckte im Halbdunkel mit den Schultern und schlüpfte dabei schon in seine Jeans. Mit nacktem Oberkörper trat er auf den Flur hinaus und spähte zu Isabelles Tür, die nur angelehnt war.

Carole hatte sich ihren Sweater übergeworfen und folgte ihm. Ihr war schwindelig und schlecht, und obwohl der Holzboden – kalt und rau – nur allzu real unter ihren blanken Sohlen war, hatte sie das Gefühl, durch einen nebligen Traum zu waten.

Luise erschien in der Tür des anderen Gästezimmers, blass und mit schreckensweiten Augen. Sie hatte die Hand vor den Mund geschlagen und atmete flach. Ben machte einen Schritt auf sie zu und schloss kurz die Lider, bevor er wortlos an ihr vorbei in Isabelles Zimmer trat.

Carole schüttelte den Kopf. Nein, das war ein Traum, das musste ein schrecklicher Traum sein, aus dem sie gleich erleichtert aufwachen würde. Sie blieb vor Luise stehen, die nun ihre Hand nach ihr ausstreckte.

»Es tut mir so leid«, murmelte sie.

»Was tut dir leid?«, flüsterte Carole heiser.

»Ich wollte sie fragen, ob sie den Sonnenaufgang bei einem Spaziergang mit mir sehen will, die Hunde müssen immer früh raus. Und da lag sie …« Luise brach ab und biss sich auf die Lippen. Carole schob sie zur Seite und trat nun ebenfalls in das Zimmer.

Ben saß auf dem Bett. Er hielt Isabelles Hand und fühlte dem nicht mehr vorhandenen Puls nach, seine große Gestalt verdeckte jedoch ansonsten den Blick auf ihre Mutter. Er sah genau in dem Moment zu ihr, als Carole die Tür zuschlug und sich am Holz hinabgleiten ließ. Wie ein Kind blieb sie am Boden sitzen, die Beine mit beiden Armen umschlungen, und wiegte sich vor und zurück.

»Warum? Warum jetzt?«, stieß sie unter Tränen hervor. Ben war aufgestanden und zu ihr gekommen. Er ließ sich neben ihr auf dem Boden nieder und zog sie in seine Arme, wo Carole endgültig zusammenbrach. Er gab ihr Zeit zu weinen, bevor er sanft ihr Gesicht zu seinem emporhob.

»Es ist gut so, Carole. Sie ist friedlich eingeschlafen, ohne noch mehr leiden zu müssen. Sie ist mit einem Lächeln gegangen, sieh selbst.« Er zog sie auf die Füße und dann mit sich zum Bett.

Carole hatte die Augen geschlossen. Die Angst war übermächtig. Sie wollte die Gewissheit nicht, wollte dieses Bild nicht in ihrem Kopf. Doch als er leise ihren Namen sagte und ihre Hand ermutigend drückte, wagte sie es, ihre Augen zu öffnen. Er hatte recht. Es war kein schlimmer Anblick. Isabelle lag auf dem Rücken, ihre Lider geschlossen, die Lippen waren in einem kleinen Lächeln verharrt, als hätte ihr jemand kurz vor ihrem Tod etwas sehr Schönes verraten. Ein fast greifbarer Frieden umgab sie.

Carole löste sich sanft aus Bens stützendem Griff und setzte sich zu ihr auf die Matratze. Sie strich Isabelle über ihre faltige Wange, die sich bereits kühl anfühlte, und wartete einen Augenblick, bis das Brennen in ihren Augen und ihrer Kehle nachgelassen hatte. Dann beugte sie sich zu einem letzten Kuss zu ihr herab.

»Mach's gut, Mama. Ich hoffe, dass er dich schon erwartet hat, dass du jetzt glücklicher bist, als du es hier warst.«

Ben hatte sich hinter sie gesetzt und bot ihr Halt, als sie sich nun gegen ihn lehnte. Im Hintergrund hörten sie Luises leises Schluchzen, dann trat Philippe zu ihnen. Er sah zerknittert und verschlafen aus an diesem Morgen. Sein volles graues Haar stand wirr ab, er trug gestreifte Pyjamahosen und einen offenen, alten Frotteebademantel, braun und zerschlissen an den Ellbogen.

»Darf ich?«, fragte er leise, während er in der Tür verharrte.

»Natürlich, sie ist auch deine Mutter«, sagte Carole und lächelte ihn durch den Tränenschleier ermutigend an.

Er blieb in kurzer Distanz stehen und betrachtete Isabelle nachdenklich. »Das Schicksal hat schon einen merkwürdigen Humor. Mein Leben lang habe ich geglaubt, meine Eltern seien tot, und dann finde ich heraus, dass meine Mutter noch lebt, dass sie mich all die Jahre gesucht hat, nur um sie gleich wieder gehen lassen zu müssen.«

Er klang nüchtern, abgeklärt, doch die Trauer in seiner knarzigen Stimme war unüberhörbar.

»Es ist ein Geschenk, das dir zuteilwurde, Liebster«, sagte Luise leise, die nun neben ihm stand und seine Hand ergriff. »Sie hat dir ihre Geschichte geschenkt – und eine Schwester.«

Philippe lächelte Carole nun an, ein langsames, zögerliches Lächeln. »Das stimmt wohl«, sagte er und blickte wieder auf Isabelle.

Niemand rührte sich für eine sehr lange Zeit. Erst als der Tag draußen erwachte und die Helligkeit die merkwürdig friedliche Atmosphäre in dem dämmrigen Raum verscheuchte, ließen sie Isabelle allein, um alles für ihre letzte Reise vorzubereiten.

Der Arzt, der den Totenschein ausstellte, bescheinigte, dass ihr Herz in der Nacht einfach aufgehört hatte zu schlagen. Der Ordonnateur war danach gekommen, um sie mitzunehmen. Es war allen klar gewesen, wie sie von dieser Welt gehen wollte.

»Findest du es nicht komisch, wenn sie hierbleibt? Wenn sie am Ende nicht neben deinem Vater auf dem Friedhof liegt?«, fragte Ben in dieser Nacht.

Carole wandte sich zu ihm, auf die Ellbogen gestützt,

wobei sie nachdenklich auf ihrer Unterlippe kaute. »Ich glaube, sie hat nie wirklich zu ihm gehört, nie wirklich nach Deutschland. Hier ist sie aufgewachsen, hier hat sie ihr Herz verloren, es fühlt sich richtig an, sie nun zu ihm gehen zu lassen, meinst du nicht?«

Es beugte sich kurz zu ihr und küsste ihre malträtierte Unterlippe. »Es ist gut so, denke ich. Ich frage mich nur, ob du damit deinen Frieden schließen kannst?«

»Das habe ich schon«, sagte sie leise und legte sich wieder in seine Arme.

Nur wenige Tage später standen sie mit der Urne genau an der Stelle bei den Bäumen, an der damals Sabine und Albert die sterblichen Überreste von Philippe verstreut hatten. Zögerlich presste Carole ihre Hand auf den Deckel.

»Ich fühle mich noch nicht bereit, sie gehen zu lassen«, sagte sie hilflos.

»Lass es uns zusammen tun«, bot Philippe an und trat vorsichtig auf sie zu. Gemeinsam griffen sie nach dem Deckel und drehten die Urne um. Genau in diesem Moment kam eine kleine Brise auf und trug die Asche fort über die staubigen Felder, an Pinien und Zedern vorbei bis hin zu den endlosen Lavendelfeldern, die wie ein Teppich zum Horizont führten.

»Irgendwie fühlt es sich an, als hätten wir sie nach Hause gebracht«, befand Ben und lächelte.

Gemeinsam gingen sie zum Weingut zurück, wo Luise bereits aufgetischt hatte. Es gab Suppe und Brot, dazu selbst gemachte Limonade und natürlich Vin doux. In den letzten

Tagen hatten Carole und Philippe sich angenähert und festgestellt, dass Blut tatsächlich dicker als Wasser war. Sie verstanden sich ungewöhnlich gut und stellten viele Gemeinsamkeiten fest. So auch jetzt, als beide gleichzeitig ihr Glas hoben, um einen Toast auf Isabelle auszubringen.

»Auf Isabelle, die ich zwar nicht gut gekannt habe, die mir aber mit ihrer Geschichte neue Wurzeln geschenkt hat.«

»Auf Mama, die endlich am Ende fand, was sie ihr Leben lang gesucht und vermisst hat.«

Sie klang emotionaler als beabsichtigt und spürte, dass Ben sie kritisch musterte.

»Keine Sorge, es geht mir gut. Ich wünschte nur, dass ich nicht all die Jahre so hart gegen sie gewesen wäre. Vielleicht hätte sie nie diese schreckliche Sehnsucht nach ihrem unbekannten Sohn gehabt, wenn ich eine bessere Tochter gewesen wäre.«

»Das glaube ich beides nicht«, sagte Ben. »Sie hätte Philippe immer vermisst, weil das nun mal so ist bei Eltern und Kindern. Und sie hat dich immer geliebt, egal, was zwischen euch war, weil das nun mal auch so ist.«

Es war ihr trotz allem nur ein schwacher Trost. Nach dem Essen ging sie packen, weil sie endlich zurückmusste. Ihr Chef wurde langsam ungeduldig, und sie hatten Philippes und Luises Gastfreundschaft schon lange genug strapaziert.

Mit einem Kloß im Hals betrat sie das Zimmer, in dem Isabelles Sachen immer noch verstreut herumlagen. Die Ordentlichste war ihre Mutter nie gewesen, dachte Carole mit einem Lächeln und begann, die bunt gemusterten

Stoffe von den Stühlen und dem Bett aufzuklauben. Doch als sie diese in die große Stoffreisetasche legen wollte, fiel ihr das Bündel Briefe in die Hand.

Sie ließ sich zittrig auf der Bettkante nieder und löste die rote Schleife. Den ersten hatte sie gelesen, natürlich hatte sie ihn gelesen, auch wenn sie etwas anderes behauptet hatte. Doch nun schwante ihr, dass die übrigen Briefe vermutlich gar nicht an denselben Adressaten gerichtet waren. Und richtig, als sie einen weiteren überflog, begriff sie, dass all die Briefe am Geburtstag ihres Bruders verfasst waren. Jedes Jahr. Sechzig Briefe. Sechzig schriftliche Zeugen ihrer unerschütterlichen Mutterliebe.

Carole schlug sich vor die Stirn. Natürlich, deshalb hatte Isabelle ihr die Briefe gegeben. Sie hatte Carole schon auf der Fahrt damit sagen wollen, dass sie einen Bruder hatte. Dass er der Grund für die Reise war. Sie wusste, was nun zu tun war. Sie band die Schleife wieder um die Post und ging nach unten, wo sie Philippe das kleine Päckchen in die Hand drückte.

»Hier, die wollte sie dir geben. Sie sind alle für dich«, sagte sie mit einem traurigen Lächeln. Sie versuchte, den kleinen Stich der Eifersucht in ihrem Herzen zu ignorieren. »Ich lass dich jetzt mal mit ihr allein«, flüsterte sie mit einem Nicken zu den Briefen, bevor sie die Treppe hocheilte, um weiterzupacken. Dabei konnte sie wenigstens ungestört weinen. Doch kurz darauf hörte sie Schritte auf der alten Treppe. Schnell wischte sie sich die verräterischen Tränen fort.

»Der da ist an dich adressiert«, sagte Philippe und drückte ihr einen der Briefe in die Hand. Carole starrte überrascht auf den weißen Umschlag. Sie hatte den Stapel nicht bis zum Ende durchgesehen, weil sie nicht damit rechnete, dass einer für sie bestimmt sein könnte. Carole schnupperte an dem Umschlag, dem der unverwechselbare Geruch von Lavendel anhaftete. Reglos blieb sie sitzen, den Brief ungeöffnet in der Hand. So fand Ben sie eine halbe Stunde später, als er vom Tanken zurückkehrte.

»Was hast du da?«

»Mamas letzten Brief.«

Er setzte sich neben sie und sah sie prüfend an. »Lies ihn«, forderte er sanft auf und stupste sie aufmunternd mit der Schulter an.

»Vielleicht später«, sagte Carole und wollte das Kuvert schon in ihrer Handtasche verschwinden lassen, als Ben ihre Hände griff.

»Tu es hier, wo du ihr noch so nah bist.« Er lächelte und küsste sie, bevor er aufstand. »Ich lass euch beide dafür mal allein.«

Ihre Neugier siegte irgendwann, und sie öffnete vorsichtig den Klebestreifen. Der Brief war bereits vor einigen Wochen verfasst worden, stellte sie überrascht fest.

Meine geliebte Tochter,
wenn du das liest, bin ich nicht mehr bei dir. Wir beide waren nie gut mit Worten, jedenfalls nicht mit schönen. Und doch gibt es so vieles, das ich dir sagen will, bevor ich gehe. Und dass ich gehen werde, weiß ich jetzt. Meine Tage sind gezählt.

Unsere Beziehung war nie leicht und unbeschwert, aber ich habe dich trotz allem vom ersten Augenblick an und aus vollem Herzen geliebt – und daran hat sich bis heute nichts geändert. Du bist mir das Wichtigste auf der Welt.

Ich wünschte nur, ich hätte als deine Mutter einen besseren Job gemacht. Ich hoffe, du kannst mir verzeihen. Und ich hoffe, dass du dein Glück finden wirst. Ich war dir in der Ehe mit deinem Vater kein gutes Vorbild. Doch glaube mir, es gibt die wahre Liebe, du musst sie nur zulassen. Ich hatte sie gefunden und für immer verloren geglaubt. Doch am Ende war sie stets da, wenn ich in deine Augen blickte, mein geliebtes Kind. Pass auf dich auf, ich werde es auch tun, von wo auch immer.

Mama

Unter dem Brief war mit anderer Tinte und hastiger Schrift noch ein Zusatz verzeichnet, das Datum gerade einmal zwei Tage alt.

P.S. Ich wusste es. Ben und du. Jetzt kann ich wirklich beruhigt gehen.

Carole packte den Brief schnell wieder in den Umschlag, denn ihre Tränen drohten die Tinte aufzulösen. Sie presste ihn an ihr Herz und blickte zum Fenster hinaus, wo der Wind mit den Ästen einer alten Kastanie spielte.

»Ich liebe dich auch, Mama. Mach's gut.«

Epilog

Carole blickte die Frau ihr gegenüber freundlich an.

»Ich werde versuchen, die Anträge nachzureichen. Vielleicht erwirken wir einen zeitlichen Aufschub, damit Sie die Zahlungen nicht jetzt leisten müssen.«

Die alte Dame lächelte schwach. »Das wäre großartig. Sie glauben gar nicht, wie schön es ist zu wissen, dass mir endlich jemand helfen will.«

Carole lächelte und schüttelte der Frau die runzlige Hand.

»Ich melde mich bei Ihnen.«

Die Frau ging aufrechter als zuvor aus dem Büro. Man hatte ihr den Strom abgestellt und drohte nun auch mit einer Zwangsräumung, weil sie die Miete nicht begleichen konnte. Aber sie hatte ihre ganze Rente ihrem Sohn gegeben, der Spielschulden gemacht hatte und bei zwielichtigen Typen in der Kreide stand. Mutterliebe war blind für solche Verfehlungen. Nun galt es, schnell zu sein und eine Lösung zu finden, damit sie nicht auf der Straße landete.

Carole führte ein paar Telefonate und konnte der Frau schließlich mitteilen, dass man ihr die Schulden gestundet hatte. Der Strom würde nicht abgestellt, ebenso wenig das Wasser. Die alte Dame brach am anderen Ende der Leitung in Tränen aus, und Carole wusste einmal mehr, warum sie den Job in der hoch bezahlten Steuerkanzlei hatte sausen lassen.

Sie hatte es nie bereut, die Stelle bei ihrer alten Studienfreundin angetreten zu haben, wo sie das erste Mal das

Gefühl hatte, Menschen wirklich helfen zu können mit dem, was sie tat. Sie verdiente zwar nicht einmal die Hälfte von dem, was sie früher am Monatsende auf dem Konto gehabt hatte, dafür bekam sie nun auf andere Art Bestätigung.

Mit einem Lächeln legte sie auf und sah auf die Uhr. Sie musste los. Es wurde Zeit. Sie schloss die Tür zu ihrem Büro ab und lief die Treppe hinunter. Wenig später lenkte sie ihren Volvo, gegen den sie den Audi TT getauscht hatte, Richtung Sachsenhausen, wo sie Frau Iwanow schon an der Tür stehen sah.

»Frau Täubner ist heute wieder ausgesprochen übellaunig«, teilte diese ihr mit und verzog das Gesicht. Carole verkniff sich ein Lachen. Sie sah der Haushälterin nach, die noch einen wütenden Blick auf den grünen Mini Cooper warf, bevor sie vom Hof marschierte.

Ja, es war für Carole auch eine Überraschung gewesen, dass ihre Mutter verfügt hatte, Annegret ein lebenslanges Wohnrecht in der Villa einzuräumen. Die beiden waren nicht gerade das gewesen, was man ein Herz und eine Seele nennt. Doch die Zeit hatte wohl aus den alten Feindinnen Seelenverwandte gemacht.

Und am Ende des Tages war Annegret auch gar nicht so übel. Sie hatte angeboten auszuziehen, als Ben und Carole beschlossen, das Apartment zu verkaufen, weil sie mehr Platz brauchten. Sie beide hatten davon nichts hören wollen. Die Villa war groß genug für Annegret, Carole, Ben und demnächst auch für eine weitere kleine Person.

Carole strich sich bei dem Gedanken liebevoll über ihren riesigen Bauch, in dem das Baby gerade eine wilde Drehung vollführte, und ihr Herz lief wie immer über vor Glück.

»Warum entlässt du diese Xanthippe nicht?«, giftete Annegret aus ihrem Fenster hinter Frau Iwanow her, und Carole sah sie tadelnd an.

»Du weißt, warum. Mama hatte eben ein großes Herz – nicht nur für dich«, fügte sie an und grinste, als Annegret schnaubend das Fenster schloss.

Sie ging über den Hof und öffnete die Tür zu ihrem Zuhause, wo sie schnell zwei Taschen packte. Am Abend würden sie zum Weingut aufbrechen. Philippes Geburtstag stand an, und sie wollten gemeinsam feiern, wie sie es schon seit zwei Jahren taten. Ben würde sie später schimpfen, dass sie das Gepäck allein ins Auto gehievt hatte, aber sie wollte keine Zeit mehr verlieren und unbedingt pünktlich da sein.

Im Hinausgehen griff sie nach der kleinen Schultüte, die in einer hinteren Ecke in ihrem Kleiderschrank schon seit ein paar Tagen darauf wartete, zum Einsatz zu kommen. Dann fasste sie vor dem Spiegel ihre offenen Haare zu einem lockeren Dutt zusammen, lief eilig die Stufen hinunter, die Schultüte an sich gepresst, um wieder ins Auto zu springen.

Der Berufsverkehr war die Hölle, Frankfurt an allen Ecken und Enden verstopft. Doch sie kam gerade noch rechtzeitig, um zu sehen, wie er mit einem Lächeln die Stufen der medizinischen Fakultät herunterkam. Heute war Semesteranfang, und Ben hatte endlich den Mut gefasst, sich wieder einzuschreiben. Sie hatte ihm auch lange genug mit dem Thema in den Ohren gelegen, ebenso wie seine Kollegen im Krankenhaus, wo er bis dato gearbeitet hatte.

Carole öffnete die Tür und stieg umständlich aus, um vor dem Auto auf ihn zu warten. Versonnen drehte sie an ihrem Ehering. Sie musste kurz daran denken, wie sie ihm den Antrag gemacht hatte.

»Ben Bäcker, ich will dich daten, und zwar mein Leben lang. Ich will dich heiraten, und ich will kleine süße Babys mit dir machen – gern eine ganze Fußballmannschaft voll.« Dann hatte sie ihn erwartungsvoll angesehen.

Er hatte lachend in seine Jackentasche gegriffen und ein kleines Kästchen hervorgeholt. »Immer kommst du mir zuvor«, befand er, während er die kleine Schatulle hatte aufschnappen lassen.

»Na ja, einen Ring hatte ich nicht besorgt.«

»Zum Glück, der lässt sich, glaube ich, nicht mehr umtauschen.«

Mit diesen Worten hatte er das kleine Goldband an ihren Ringfinger geschoben und sie so geküsst, wie er es immer tat – als wäre es das erste und das letzte Mal.

Als sie seine hoch aufgeschossene Gestalt sah, riss sie sich – immer noch lächelnd – aus der Erinnerung.

Er entdeckte sie gleich, und seine Augen hefteten sich nun mit der für ihn typischen Intensität auf sie. Wenn Ben sie ansah, hatte sie stets das Gefühl, die einzige Frau auf der Welt zu sein.

»Frau Bäcker, was machen Sie denn hier?«, fragte er, nachdem er sie ausgiebig geküsst hatte.

»Ich wollte dich an deinem ersten Schultag unbedingt abholen«, sagte sie strahlend und zauberte die Schultüte hinter ihrem Rücken hervor.

Er küsste sie erneut und spähte dann hinein, wo er ein

paar rosafarbene Söckchen auf einem Bett von Süßigkeiten entdeckte.

»Ein Mädchen?«, fragte er, und seine Stimme klang ungläubig, freudig und aufgeregt zugleich.

Carole nickte. Sie beugte sich vor und stahl sich einen schnellen Kuss, dann sah sie ihn liebevoll an. »Ich habe einen Wunsch.«

»Jeden«, sagte er und strich versonnen über die winzige Strickarbeit.

»Ich möchte, dass wir sie Isabelle nennen«, bat sie leise.

»Etwas anderes wäre mir nie in den Sinn gekommen«, flüsterte er und zog sie wieder an sich.

Danksagung

Ein Buch zu schreiben ist ein Prozess, ein Weg, auf dem einen viele Menschen begleiten und in vielfältiger Weise unterstützen, manchmal ganz aktiv, manchmal einfach nur, weil sie da sind, manchmal einfach nur, weil ein Wort, ein Satz, eine Idee von jemandem etwas in uns Autoren zum Leuchten gebracht hat. Insofern ist es eine der schönsten Aufgaben am Ende des Schreibprozesses, diesen Menschen zu danken.

Danke – Zuallererst muss hier meine Familie stehen: Mein Mann, meine drei Töchter, meine Mama, Lalla – ohne eure Unterstützung, Rücksichtnahme, euer Anfeuern, euren festen Glauben an mich, eure Hilfe, euer Mitlachen, Mitleiden, Mitleben wäre keins meiner Bücher entstanden.

Danke – an meinen wundervollen Verlag sowie den Menschen dort, die im Hintergrund so viel dafür tun, dass unsere Geschichten in die Welt finden. Namentlich will ich hier meiner großartigen Lektorin Maria Runge danken, für jedes Brainstorming, für deine Begeisterung, dein scharfes Auge, das aus Schwachstellen Stärken macht, für deine

Liebe zu guten Geschichten. Katrin Cinque: Jedes gute Buch braucht gute Ideen, um es sichtbar zu machen. Ulrike Gerstner: Es hat Spaß gemacht, gemeinsam mit dir an den Lavendeljahren zu feilen.

Danke – meinen beiden Agenten Peter und Regina Molden von der Literarischen Agentur Molden in Köln: Ich freue mich auf noch viele weitere Bücher mit euch.

Danke – meinen Testlesern: Zuallererst Silvia Patt (wie versprochen): Danke für dein Adlerauge im allerersten Durchgang, Essen und Cocktail trinken sind gesetzt (und irgendwann finden wir einen Termin), Inge Bury: Auch dir ein dickes Dankeschön, dass du die Rohfassung mit Rotstift und gutem Rat begleitet hast, Katja von Kitzlitz, Freundin, Bücherfan, Gleichgesinnte – danke für dein Feedback und für jedes Telefonat (ist mal wieder an der Zeit für ein echtes Treffen), Andrea Hirsch, Frankreich-Fan und Freundin, danke für deine Einschätzung über den Provence-Teil dieser Geschichte. Barbara Leciejewski: Danke fürs Vorablesen und dein wunderschönes Feedback. Du gehörst natürlich auch in die nachfolgende Kategorie. Tom: wie immer, bester Erstleser der Welt.

Danke – meinen Autorinnenkolleginnen. Eines der schönsten Dinge daran, Autorin zu sein, ist es, so viele Schreiberlinge und Wörtermenschen kennenzulernen. Ein paar von ihnen wachsen einem dabei ganz schön ans Herz. Namentlich hier erwähnt seien Michaela Abresch und Christof Wolf (ich liebe unsere Spaziergänge und unseren

Stammtisch), Claudia Winter (Leipzig war ein echtes Highlight mit dir, schön, dass wir uns gefunden haben), Meike Werkmeister (es war mir eine große Freude, die LitLove mit dir zu machen, ich freue mich schon auf November). Ursula Kollritsch und Stephanie Jana: Grandios, dass wir uns mit Claudia und Meike im #teamkarma zusammengefunden haben.

Danke – Nur weil es am Ende steht, heißt es nicht, dass dieses Dankeschön das kleinste wäre, im Gegenteil: Ein dickes, fettes Dankeschön an alle Blogger, Buchhändler und natürlich Leser. Ohne euch wären unsere Geschichten vermutlich nur Druckerschwärze auf vergilbtem Papier in irgendwelchen Schubladen. Danke für jedes Feedback, danke für jede Empfehlung, danke für eure Zeit, die ihr den Büchern und damit uns Autoren schenkt.

Autorin

Sonja Roos, 1974 geboren, wuchs in einem kleinen Dorf im Westerwald auf. Sie studierte Germanistik und Anglistik und arbeitete als Redakteurin und Kolumnistin bei der Rhein-Zeitung. Sonja Roos lebt heute mit Mann, drei Töchtern, einem Hund und diversen Meerschweinchen in ihrer alten Heimat, dem Westerwald.

Sonja Roos im Goldmann Verlag:

Der Windhof. Roman
Die Lavendeljahre. Roman

(Alle auch als E-Book erhältlich)

Die international gefeierte Sieben-Schwestern-Reihe

Band 1

Band 2

Band 3

Band 4

Band 5

Band 6

Band 7

goldmann-verlag.de

GOLDMANN